JOHN SANDFORD

Letzter Dreh

Buch

Anna Batory leitet mit ihrem Partner Creek eine Crew von Kameraleuten, die von Mitternacht bis Morgengrauen auf den Straßen von Los Angeles unterwegs sind. Für verschiedenste Fernsehstationen jagen sie Überfällen, Drogenrazzien und anderen Sensationen der Großstadt nach. Dabei gelingt ihnen eines Nachts der Coup, exklusive Bilder vom Selbstmord eines Jungen zu liefern, der sich im Drogenrausch aus dem Fenster eines Hochhauses stürzt. Kurz darauf wird einer der Kameramänner aus Annas Crew an den Strand von Santa Monica gespült – erschossen. Als Anna sich mit Jake Harper trifft, dem Vater des toten Jungen, ist dieser davon überzeugt, daß zwischen den beiden Todesfällen eine Verbindung besteht und daß auch Anna selbst in Gefahr ist. Tatsächlich wird in ihre Wohnung eingebrochen und Creek durch eine Kugel schwer verwundet. Anna beschließt, der Sache gemeinsam mit Jake auf den Grund zu gehen. Doch entgegen ihren Befürchtungen kommt die Gefahr nicht aus der Zeit längst verlorener Tagträume, sondern aus der nächtlichen Kulisse der unmittelbaren Gegenwart...

Autor

John Sandford ist das Pseudonym des mit dem Pulitzerpreis ausgezeichneten Journalisten John Camp. Mit seinen Romanen um den Polizisten Lucas Davenport sicherte sich Sandford internationalen Ruhm als begnadeter Thriller-Autor. Schneller und fesselnder als er schreibt kaum ein zeitgenössischer Schriftsteller. Weitere Titel aus der Reihe um Lucas Davenport sind bei Goldmann in Vorbereitung.

John Sandford im Goldmann Verlag:

Blinde Spiegel (41352) · Böses Spiel (43429) · Das Messer im Schatten (43398) · Die Schule des Todes (41031) · EisNacht (42549) · Kalte Rache (43708) · Königin der Nacht (41120) · Stumme Opfer (41533)

JOHN SANDFORD

Letzter Dreh

Roman

Aus dem Amerikanischen
von Klaus Kamberger

GOLDMANN

Die Originalausgabe erschien 1997 unter dem Titel
»The Night Crew«
Bei G. P. Putnam's Sons, New York

Umwelthinweis:
Alle bedruckten Materialien dieses Taschenbuches
sind chlorfrei und umweltschonend.
Das Papier enthält Recycling-Anteile.

Der Goldmann Verlag
ist ein Unternehmen der Verlagsgruppe Bertelsmann

Deutsche Erstausgabe 8/98

Umschlaggestaltung: Design Team München
Umschlagfoto: Mauritius / AGE
Satz: Uhl + Massopust, Aalen
Druck: Elsnerdruck, Berlin
Verlagsnummer: 44058
Redaktion: AB · Bernd Wiesner
Herstellung: Heidrun Nawrot
Made in Germany
ISBN 3-442-44058-0

3 5 7 9 10 8 6 4 2

Einmal mehr für Susan

1

Nicht weit vom Campus, Ecke Gayley und Le Conte.

Giftgrüne Miatas und kirschrote Camaros, alle blitzblank poliert. Verbindungsstudenten drehten ihre Runden. Am Steuer lauter breitschultrige Burschen, leger angezogen, strahlend weiße Zähne. Und neben ihnen auf den Sitzen ausnahmslos propere Blondinen.

Zwei magere Kinder, ein Junge und ein Mädchen, beide in schwarzen Klamotten und mit Drei-Tage-Schweißgeruch, schälten ihre Ding-Dongs aus der Verpackung und unterhielten sich laut über Jesus und die Zukunft in Seligkeit. Sie lobten den Herrn – und genossen die Vanillecremefüllung.

An der Shell-Station füllte ein Tankwagen Premium in ein Rohr, das aus der Wand ragte. Der Fahrer stand mit seinem dicken Bauch daneben und paßte auf.

Und von oben lächelte aus einer halben Million Kilometer Entfernung ein buttergelber Mond unterwegs zum Pazifik auf alle herab.

›The Bee‹ war ungeduldig. Sie sah auf die Uhr, wippte auf den Zehenspitzen. Sie hatte sich an der Ecke postiert und wartete. Ein JanSport-Rucksack stand vor ihr auf dem Boden. Im Schweinwerferlicht der vorbeifahrenden Autos erinnerte ihr Gesicht an einen blassen Halbmond. Blaß deswegen, weil es in Los Angeles nie ganz dunkel wurde.

Der Tankwagenfahrer stand in einer Wolke aus Benzingasen, kaute auf einem Zahnstocher und begutachtete ›The Bee‹, wie man eben mal lässig eine Frau begutachtet. Ihr Outfit stammte aus einem Banana-Republic-Laden: ausgewaschene Khakihosen, T-Shirt mit einer Bienenkönigin auf der Brust, Fotografenweste mit fünfzehn Taschen, Schnürstiefel und dazu eine schwarzseidene Schneemaske, die sie hochgerollt hatte und wie eine Pudelmütze auf dem Kopf trug.

Als sie den Truck mit der Antennenschüssel auf dem Dach bemerkte, zog sie die Maske über ihr Gesicht, griff nach dem Rucksack und trat vom Bordstein auf die Fahrbahn. ›The Bee‹ hatte kleine, opalgrüne Augen – wie türkisfarbene Reißzwecken wirkten sie unter der schwarzen Maske.

Anna Batory hatte den Sicherheitsgurt nicht angelegt und stemmte die Füße gegen das Plastik-Armaturenbrett. Sie sah ›The Bee‹ vom Bordstein treten und zeigte auf sie: »Da ist sie.«

Creek brummte etwas und fuhr rechts heran. Anna kurbelte auf der Beifahrerseite das Fenster hinunter und fragte die Maskierte: »Sind Sie ›The Bee‹?«

»Ihr seid spät dran«, giftete ›The Bee‹.

Anna blickte auf die Uhr am Armaturenbrett und dann wieder zum Fenster hinaus: »Jason hat zehn Uhr dreißig gesagt.«

Jason hockte hinten im Truck auf einem grauen Metallklappstuhl, Louis neben ihm. Er schaute von seinem Sony-Chipcam auf und bekräftigte: »Genau das hat es geheißen. Zehn Uhr dreißig.«

»*Jetzt* ist es aber zehn Uhr *drei*unddreißig«, entgegnete ›The Bee‹. Sie drehte ein Handgelenk und präsentierte das blaue Zifferblatt ihrer rostfreien Rolex.

»Tut uns leid«, entschuldigte sich Anna.

»Das reicht wohl nicht«, schimpfte ›The Bee‹. »Wir könnten zu spät kommen, und das Ganze hat sich erledigt.«

Der Shell-Lieferant hinter ›The Bee‹ wurde aufmerksam: ein paar Leute in einem Ü-Wagen und eine Blondine mit Skimaske, die miteinander stritten.

»Besser, Sie steigen jetzt ein«, empfahl Anna. Die Benzindämpfe stiegen ihr in die Nase, als sie nach hinten griff und die Schiebetür des Ü-Wagens öffnete. Louis half von seinem Platz aus nach. ›The Bee‹ sah die beiden Männer hinten im Wagen an, nickte und sagte: »Jason«. Louis dagegen begrüßte sie nicht und stieg ein.

»Um die Ecke in den Westwood Boulevard, von dort zum Circle«, befahl ›The Bee‹. »Ihr findet den Circle?«

»Klar, wir kennen uns überall aus«, erwiderte Creek. Es gab keinen Ort, an dem sie nicht schon gewesen waren. »Los geht's, festhalten.«

Creek bog mit dem Wagen um die Ecke und summte dazu, was er immer tat, wenn es losging. Anna drehte sich zu ›The Bee‹ um, sah, wie sie Creek mit offenem Mund anstarrte, und grinste.

Irgendwie erinnerte Creek an Wookie in *Star Wars*: größer als einsfünfundneunzig, muskelbepackt und von oben bis unten behaart. Er trug ein US-Marine-Corps-Hemd mit abgetrennten Ärmeln und Kragen. Seine Arme waren voll mit Tätowierungen. Durch die rotblonden Haare auf dem Bizeps schimmerte rot, blau und weiß die amerikanische Flagge. Darunter stand auf tiefbraun gebrannter Haut verschnörkelt der Schriftzug: »Unter der Fahne: Niemals zurück!«

»Hallo!« Anna wedelte mit der Hand vor ihren Augen. ›The Bee‹ löste sich von Creeks Anblick. »Wir brauchen ein paar Zahlen und Fakten«, erklärte Anna. »Wieviele Leute bei der Aktion mitmachen, wo eure Zentrale ist, was ihr genau vorhabt – all diese Dinge.«

»Alles hier drin. Aber es wird knapp«, meinte ›The Bee‹. Sie kramte im Rucksack nach einer Plastikmappe und reichte ihr ein steifes Blatt weißes Papier. Anna knipste die Leseleuchte an.

Es handelte sich um eine knappe Presseerklärung, professionell gemacht, Ausdruck per Laserdrucker. Am Kopf der Seite prangten als Logo ein laufender Mustang und der Slogan »Free Hearts.«

»Ist das Ihre Erfindung, oder gilt das für die ganze Gruppe?« fragte Anna und tippte mit dem Fingernagel auf das Blatt.

»Für alles, was in Anführungsstrichen steht, stehen sowohl ich als auch ›The Rat‹.«

»Und – treffen wir ›The Rat‹?« fragte Anna. Sie reichte die Pressemitteilung an Louis weiter, der das Blatt unter die Klammer am Faxgerät schob.

»Er ist jetzt schon im Gebäude«, erläuterte ›The Bee‹ und beugte sich links nach vorn, um an Anna vorbei durch die Windschutzscheibe zu spähen. »Da vorne gleich nach links«, sagte sie. Creek nahm den Fuß vom Gas.

»Wir hätten gern ein Zeichen, wann wir anfangen sollen zu drehen, also wenn sie herauskommen und die Tiere freilassen«, bat Anna.

»Kein Problem. Das kriegen wir schon hin.« ›The Bee‹ sah auf ihre Rolex und dann wieder aus dem Fenster. Sie waren jetzt direkt im medizinischen Komplex der ›University of California, Los Angeles‹, kurz UCLA genannt. »Tut mir leid, daß ich so … heftig war. Aber als Jason zehn Uhr dreißig gut fand, haben wir uns auch *pünktlich* auf zehn Uhr dreißig eingestellt. Die Aktion ist bereits im Gang.«

Anna nickte und wandte sich an Louis. »Was sagt denn der Funk?«

Louis Martinez saß auf einem Bürodrehstuhl, der im Boden des Wagens festgeschraubt war. Er konnte von seinem Sitz aus die Scanner und Transmitter, den Schneidetisch, Fax und Telefon erreichen sowie alle Monitore, die auf einem Metallgestell standen.

Es war sein Job, unablässig an den Knöpfen und Schaltern des Funkgeräts herumzufummeln, den Polizeifunk abzuhören und sich dabei Los Angeles vorzustellen und was dort jetzt nach Einbruch der Dunkelheit ablief: Unfälle, Schießereien, Verfolgungsjagden, Feuersbrünste, Überfälle.

»Alles bestens«, berichtete er. »Unten in Inglewood haben sie eine Schießerei, nichts Besonderes. Weiter südlich, in Long Beach, verfolgen sie einen Wagen, aber der fährt für uns in die verkehrte Richtung.«

»Bleib dran«, befahl Anna. Von Hetzjagden durch die Cops hatte sie in den letzten Jahren mindestens zwei berühmt gewordene Videoclips gedreht. Gelang es, Verfolgte und Verfolger von vorne auf den Film zu bekommen und sie auf den Betrachter zurasen zu lassen, konnte man das optimal verkaufen.

»Alles klar«, sagte Louis. Er schob die Brille auf der Nase hoch und grinste ›The Bee‹ mit seinem leicht vertrottelten Charme an. »Warum nennen Sie sich eigentlich Biene?« erkundigte er sich.

»Na ja, wie so ein struppiges Vieh wollte ich jedenfalls nicht heißen. Tierschutz muß man anders verkaufen«, erläuterte ›The Bee‹. Sie klang zurückhaltend, ging auf Distanz. Louis verzog das Gesicht.

»Und deswegen hat Steve sich wohl für die Ratte entschieden«, warf Jason ein.

›The Bee‹ runzelte die Stirn, als sie ›The Rats‹ echten

Namen hörte, nickte aber. »Genau. Und weil wir eine geistige Verwandtschaft zu den Tieren spüren, die wir uns ausgesucht haben.«

Creek gab am Steuer einen Grunzer von sich und schüttelte einmal kurz den Kopf. Anna betrachtete ihn von der Seite und inspizierte seine Stimmung. Ihm gefielen diese Leute genauso wenig wie ihr professionelles PR-Getue – die Presseerklärung, diese theatralische Skimaske. Alles viel zu aufgesetzt. Creek brauchte alles unverfälscht.

Um Annas Mundwinkel zuckte ein Lächeln. Wenn sie Creeks Augen sah, konnte sie seine Gedanken lesen. Creek wußte das. Er blinzelte sie an, schaute dann nachdrücklich weg und sagte schnell: »Da steht jemand an der Ecke.«

Vorne rechts befand sich eine Frau in Skimaske und ruderte mit den Armen. *Schneller, schneller.*

»Das ist Otter«, erklärte ›The Bee‹. »Um die Ecke geht es in den Circle. Sie müssen schon da sein – rechts abbiegen.«

Creek bog ab und fuhr an der winkenden Frau vorbei. Die Straße stieg an. Hundert Meter weiter stürmte eine Gruppe Frauen aus einer Auffahrt auf die Straße. Zwei mühten sich mit einer blauen Plastikmülltonne von der Stadtreinigung ab. Ein Wachmann kam von oben den Hügel herabgelaufen, einen zweiten Kollegen im Schlepptau.

»Sie haben sie rausgelockt«, kommentierte Anna nach hinten über die Schulter. Etwas durchfuhr sie: keine richtige Erregung, eher eine Mischung aus Spaß und Besorgnis.

Man wußte ja nie genau, wie so etwas ausging. Wahrscheinlich nicht schlimm. Dennoch: Immer, wenn man mit bewaffneten Wachleuten zu tun bekam... Trugen die Wachmänner überhaupt Waffen? Sie riskierte einen schnellen Blick, der ihr aber keinen Aufschluß gab.

Während sie hinschielte, griff sie hinter sich, klappte die an der Rücklehne befestigte Metallbox auf und holte den

Nagra-Recorder aus dem Schaumstoffbett, in dem er geschützt lagerte. Jason lugte über ihre Schulter durch die Windschutzscheibe und verfolgte die Aktion. Sie kommandierte: »Fertig machen!«

»Ja, Mami«, meldete er, setzte sein Headset auf und stöpselte es ein. Creek steuerte mit einer Hand weiter und stülpte seines mit der anderen Hand über die Ohren.

»Kann mich jeder verstehen?« fragte Anna durch ihr Mikrophon. Die Verständigung lief ›one-way‹: Anna redete, alle anderen hörten zu.

Creek antwortete: »Ja«, setzte den Wagen mit einem heftigen Stoß auf den Bordstein, ließ die Bremsen quietschen und hielt mit einem Ruck. Jason hatte sich irgendwo festgeklammert, und Louis pendelte den Stoß mit seinem Drehstuhl aus. ›The Bee‹ dagegen kippte nach vorn und schrie: »Scheiße.«

Vor ihnen rannten und stolperten die Frauen mit der Abfalltonne die Auffahrt herunter und führten ihren Extra-Tanz für die Medien auf – sahen in die Kameras, sorgten dafür, daß sie immer gut im Licht waren, und versuchten, ihren Vorsprung vor den Wachmännern zu halten.

Eingedrungen waren sie über eine Laderampe an der Rückseite des Gebäudes. Die Rampe befand sich in einem eingezäunten Bereich mit einem gepflasterten Innenhof, der fünfzehn bis zwanzig Wagen Platz zum Parken bot. Mindestens ein Dutzend Frauen, alle maskiert, schossen in dem Innenhof hin und her. Dann kam ein Mann aus dem Laborgebäude gerannt, ein kleines, quiekendes, schwarzweiß gestreiftes Ferkel unterm Arm. Hinter ihm her lief eine weitere Frau mit Kisten oder vielleicht Käfigen in den Händen.

Der Wagen stand, Bee gab einen Schrei von sich, und Anna war schon draußen und sprintete los. Das Aufnahmegerät schlug ihr gegen das Bein. Zwei Schritte hinter ihr war Jason mit der tragbaren Sony-Kamera. Auch Creek sprang aus der Fahrertür, schulterte seine Kamera und lief links von Anna. Bee, ein wenig aus dem Tritt gekommen, stolperte hinter ihnen her.

Dann schaltete Creek seine Lampe ein, und Anna rief laut dem Mann mit dem Schwein zu: »Her mit dem Schwein. Hier entlang... Her mit dem Schwein!« Der Angebrüllte sah sie auf sich zukommen. Anna hielt das Mikro ihres Tonbandgeräts auf das quiekende Schwein gerichtet. Jason ließ die Kamera laufen.

Die Wachleute bemerkten die eingeschalteten Scheinwerfer. Der erste drehte sich zu seinem Kollegen nach hinten um und schrie ihm etwas zu. Darauf rannte dieser wieder den Hügel hinauf. Der erste kam dagegen näher und fuhr Creek an: »Hey, keine Kameras hier, keine Kameras!«

Doch schon stürzte eine Gruppe maskierter Frauen auf den Wachmann zu und blockte ihn gegen die anderen herumlaufenden Frauen ab, drängte den Kerl in Richtung Rampe. Er kletterte sie wütend hoch und eilte auf das offene Tor zu. Als er gerade hineinschlüpfen wollte, hielt er plötzlich an. Ein junger Mann in blauem Oxford-Hemd und Jeans kam aus dem Gebäude und raste auf die Kameraleute zu.

Anna meldete mit ruhiger Stimme in ihr Mikrophon: »Creek, paß auf, da kommt ein Junge auf dich zu. Jason, halt weiter auf das Schwein.«

Creek ging ein paar Schritte rückwärts. Mit Annas Stimme im Ohr hatte er vom Sucher aufgeschaut und den Jungen im blauen Hemd entdeckt: Vielleicht gab das jetzt Ärger. Aber Ärger brachte meistens gute Einstellungen. Der Junge näherte sich mit langen Schritten. Unter der Nase war sein Gesicht dunkel verschmiert. Mit einer Hand hielt er sich die Kinnbacke. Er schien zu weinen.

»Sie wollten dieses Schwein töten, für nichts und wieder nichts – für Tests zur Seifenherstellung oder sonstwas, für Shampoo«, brüllte derweil der Maskierte mit dem Schwein in Jasons Kamera. Das Schwein zappelte und gab lange Quiektöne von sich, wie eine Frau, die erstochen wird. »Jetzt wird es weiterleben«, verkündete der Mann, während das Schwein unter seinem Griff strampelte. »Weiterleben.«

Der Innenhof erlebte einen einzigen Menschenauflauf: die Kameras, der Typ mit dem Schwein, die Frauen mit ihren Käfigen. Alles wirbelte durcheinander. Der Junge im blauen Hemd mischte sich darunter, und Anna sah, daß er tatsächlich weinte. Tränen rannen ihm die Wangen herab, während Creek ihn mit seiner Kamera voll im Bild hatte. Das dunkel Verschmierte im Gesicht des Jungen war Blut. Es lief ihm aus der Nase über Lippen und Kinn.

»Geben Sie mir das Schwein«, schrie er und rannte auf den Mann mit dem Schwein zu. »Geben Sie es mir.« Die Frau neben ihm blockte ihn jedoch ab. Sie stieß ihn nicht weg, blockte ihn nur. Creek und Jason drehten die chaotische Szene. Anna bemühte sich, ihnen nicht vor die Kamera zu laufen. Sie hielt ihr Mikro in den Lärm gerichtet, um mit ihm später, nötigenfalls, die Schnitte zu unterlegen.

›The Bee‹ packte Anna am Arm. »Das ist bloß ein kleiner Handlanger, vergessen Sie ihn«, rief sie ihr durch den Krach ins Ohr. »Aber jetzt sind die Mäuse dran. Nehmt die Mäuse auf, da, in der Abfalltonne.«

Die Frauen mit der blauen Mülltonne warteten auf ihren Einsatz und daß die Kameras auf sie schwenkten. Anna sprach wieder ihre Anweisungen ins Mikrophon: »Jason, weg von dort. Zur blauen Mülltonne. Sie ist voller Mäuse, die sie jetzt freilassen.« Jason trat einen Schritt zurück, hob den Kopf und nahm die Tonne ins Visier. »Creek, du bleibst bei dem Jungen«, befahl Anna. »Bleib bei dem Jungen.«

Als Jason bei ihnen ankam, klappten die Frauen, die solange gewartet hatten, den Deckel der Tonne auf, kippten sie nach vorn, und zwei- oder dreihundert Mäuse, schwarze, weiße, braune, wimmelten heraus und rannten durch den Innenhof, äugten und suchten die nächste schützende Stelle.

Jason ging auf Naheinstellung. Da kam erneut der Junge im blauen Hemd, schrie: »Geben Sie sie mir«, und versuchte schluchzend, die Mäuse zusammenzutreiben. Sie waren überall, huschten über seine Hände und Füße, wichen dem Griff aus und suchten das Weite. Schließlich gab er es auf, sank zu Boden und hielt den Kopf in den Händen. Rund um ihn herum huschten überall die Mäuse.

Meine Güte, das ist ja fast zu schön, um wahr zu sein, dachte Anna.

Creek nahm die Szene auf. Da kam Bee und fragte mit ihrer meckernden Stimme: »Wie wäre es mit einem Statement vor laufender Kamera?«

Wer hat hier eigentlich das Sagen? dachte Anna. Doch gleichzeitig mußte sie darüber lächeln, wie mächtig sich diese Frau ins Geschirr legte. »Ja, aber wir sollten uns damit beeilen«, entgegnete sie. »Gleich sind nämlich die Cops da.«

Ins Mikrophon sagte Anna: »Jason, halt jetzt auf Bee, sie gibt ein Statement.« Dann schob sie das Mikrophon hoch und fragte mit lauter Stimme: »Rat, wo stecken Sie?«

Der Mann mit dem Schwein drehte sich zu ihr um. »Ich bin ›The Rat‹«, stellte er sich vor und bleckte dabei die Zähne. Sein Gesicht war voller Spritzer, die nach Dreck aussahen, aber auch Schweinekot sein konnten.

»Wir brauchen Sie hier drüben für einen Kommentar von Ihnen«, erklärte Anna.

»Kein Problem«, erwiderte er und gab das strampelnde

Schwein an einc Frau weiter. »Was genau wollen Sie denn hören?« ›The Rat‹ hatte eine weiche, tiefe Baritonstimme. Aus seiner schwarzen Maske schauten sie blaßblaue Augen an.

»Erläutern Sie uns nur, warum Sie das hier getan haben«, antwortete Anna und nickte dabei in Richtung Jason und seine Kamera.

Er beugte sich zu ihr und flüsterte laut: »Wegen der Publicity.«

Anna lächelte zurück und bat: »Sprechen Sie in die Kamera.«

»Hey, Rat«, bellte Jason los. »Wollen Sie jetzt oder nicht?«

Während ›The Rat‹ und ›The Bee‹ in Richtung von Jasons Kamera sprachen, zog Anna das Mikrophon wieder vor ihren Mund und sagte: »Creek, laß uns mit dem Jungen reden. Ich gehe vor.«

Creek stand ein paar Schritte entfernt und bekam so das Gesicht des Jungen nicht voll ins Bild. Anna hockte sich neben ihn, klopfte ihm auf die Schulter. »Alles okay?«

Der Junge schaute benommen auf, ein blasser Bursche, noch keine zwanzig, mit braunen Augen hinter einer goldgeränderten Brille. »Was ist?«

»Alles okay soweit?« fragte Anna noch einmal.

»Sie werden mich rausschmeißen«, jammerte er und blickte dabei zum Gebäude zurück. »Ich sollte auf sie aufpassen. Ich war für sie verantwortlich, für die Tiere. Ich sollte niemanden hereinlassen, aber sie waren so schnell drinnen...«

»Woher hast du die blutige Nase?« erkundigte sich Anna.

»Ich habe versucht, die Tür zuzuhalten, aber sie haben sie einfach aufgetreten. Dann hielten sie mich fest, wahrscheinlich zu viert, und ich konnte nicht ans Telefon. Im Labor haben sie dann alles umgekippt, die Tierkäfige und so.« Er betastete vorsichtig sein Gesicht. »Ich glaube, es war der Stoß von der Tür…«

»Also, man kann es so oder so betrachten«, meinte Anna, sah zu Creek hinüber und rief: »Creek!«

Der ging daraufhin einen Schritt zur Seite, entdeckte eine Maus, die ihn oben von der Rampe aus anstarrte und zoomte los. Hinter ihm sprachen ›The Bee‹ und ›The Rat‹ weiter in Jasons Kamera. Das Schwein zappelte noch immer in den Armen der Frau, quiekte aber nicht mehr. Das Durcheinander hatte sich etwas beruhigt.

Anna wandte sich wieder dem Jungen zu. »Für manche Menschen werden die Tierschützer die Helden sein. Und für andere wieder gibt es Helden im Dienste der Wissenschaft.«

Sie klopfte ihm auf den Schenkel. »Nun fahr dir mal übers Gesicht. Von der Nase ab.«

Sie machte es ihm vor.

Der Junge schluckte. »Warum?«

»Du möchtest doch deinen Job behalten, oder?« Anna lächelte ihn an. Sie war eine kleine dunkelhaarige Frau mit ovalem Gesicht und kornblumenblauen Augen hinter goldgerahmter Brille. Auf junge Männer wirkte sie. »Sei ein Held. Schmier dir das Blut ein wenig durchs Gesicht, und das nehmen wir dann auf und erzählen deine Version der Geschichte. Glaub mir, sie werden dich nicht rausschmeißen.«

»Ich brauche diesen Job« bekannte der Junge zögernd.

»Verschmier das Blut ein bißchen und steh auf… Wie heißt du eigentlich?«

Der Junge war nicht auf den Kopf gefallen. Er hatte schließlich von klein auf vor dem Fernseher gesessen, verteilte das Blut auf der Wange und entgegnete dabei: »Charles McKinley … Wie sehe ich aus?« Seine Wange erinnerte an ein rohes Filetsteak.

»Toll. McKinley, Charles M-c-K-i-n-l-e-y, wie man's spricht?«

»Ja.« Er berührte wieder sein Gesicht. Das Blut leuchtete hellrot.

»Was hast du hier genau für einen Job, Charles?« Anna ließ sich noch über ein paar Details aufklären, über sein Alter und wo er wohnte.

»Wirklich toll«, lobte sie. »Also, sag einmal …«

Das Schwein quiekte. Anna sah sich um.

Die Frau ging mit dem Tier unterm Arm auf Jason zu, der noch immer ›The Rat‹ und sein Statement aufnahm. Das Schwein strampelte sich frei, quietschte los und rannte davon.

›The Rat‹ bückte sich zwar und versuchte, das Tier mit dem Fuß aufzuhalten, trat nach ihm wie nach einem Fußball. Aber das Schwein stieß nur gegen seinen Knöchel und entkam. Dafür landete ›The Rat‹ auf dem Hosenboden. »Scheiße«, fluchte er. »Fangt das Schwein ein …«

Jason hatte ihn noch voll und gut angeleuchtet im Bild. Der Mann rollte herum. Das Schwein raste inzwischen in heller Panik an der Frau vorbei, die es vorher gehalten hatte, machte dann jedoch eine abrupte Wende und prallte, als ›The Rat‹ gerade auf die Füße kommen wollte, direkt gegen dessen Brust. Woraufhin dieser zum zweitenmal auf dem Hosenboden landete.

Jason hielt die ganze Zeit drauf, während ›The Rat‹ sich endlich aufrappelte.

Anna mußte grinsen und wandte sich wieder an den Jungen. »Berichte uns, was passiert ist. Hier, in die Kamera«, befahl Anna und deutete dabei auf Creek. »Creek, komm her.«

Creek schaltete die Lampe ein, und der Junge erzählte seine Geschichte. Dabei brach er wieder in Tränen aus.

Anna stellte sich nun zu Jason und sah ihm zu. ›The Rat‹ verhedderte sich in seiner ebenso langatmigen wie komplizierten Erklärung der Tierschutzrechte, und sie unterbrach ihn: »Wieso gibt es so viele Frauen in der Gruppe?«

»Es sind auch Männer dabei – aber heute abend waren sie nicht dran«, antwortete Rat. »Die Frauen haben es im Bauch...«

»Das möchte ich genauer wissen. Wieso Frauen für diese Aktionen so gut sind«, unterbrach ihn Anna. Rat nickte und fing an, sich über die Frauen auszulassen. Er war ein Naturtalent, würde sicher mal als Moderator vor der Kamera enden, dachte Anna. Sie lauschte seiner Antwort, bis ihr Mobiltelefon klingelte.

Sie klappte es auf, trat einen Schritt zur Seite und warf einen Blick auf Creek, der immer noch mit dem Jungen beschäftigt war. »Ja?«

Es war Louis. Er rief ganz aufgeregt aus dem zwanzig Meter entfernten Ü-Wagen an: »Himmel, Anna, am Wilshire will jemand aus dem Fenster springen. Er steht schon auf dem Sims.«

»Wo?« Es war immer dasselbe: Die besten Dinge passierten immer zur selben Zeit. Anna sah zu den Kameramännern und ihren beiden Interviewpartnern hinüber.

»Ich weiß nicht. Irgendwo am Wilshire. Nicht weit weg, glaube ich. Ich kümmere mich um die Adresse.«

»Aber sofort«, raunzte sie zurück. Das wäre es. Einen Sprung aus dem Fenster, den brachte sie überall unter. Bei den großen Networks, CNN, überall – wenn sie den Sprung nur direkt in die Kamera kriegten. Sie hörte Louis auf der Tastatur seines Laptops klappern und die Adressendatei aufrufen. »Na, komm schon, komm schon.«

»Ich habe sie gleich...«

»Was ist mit den Cops auf dem Weg hierher?«

»Ihr habt noch gut drei Minuten, ich habe gerade den Funkspruch mitbekommen.«

»Die Adresse, Louis.«

»Ich tu, was ich kann.«

Anna drehte sich zu Creek um. »Mach, daß du fertig wirst.«

Und dann zu dem Jungen: »Die Cops kommen gleich und helfen dir. Ein, zwei Minuten.«

Louis meldete sich wieder. »Himmel, Anna, es ist gleich die Straße runter, eine halbe Meile von hier. Und er steht noch oben.«

Anna kommandierte scharf ins Mikrophon: »Jason, Creek. Zurück zum Wagen. Sofort! Lampen aus. Aber dalli!«

»Hey, was ist denn los?« Jason drehte weiter.

»Macht jetzt Schluß! Zurück in denWagen. Sofort.«

Creek schaltete seine Lampe aus und marschierte los, ohne Fragen zu stellen. Aber ›The Rat‹ rief hinter Anna her: »Augenblick mal, was soll das? Anna, wir haben noch gar nicht miteinander gesprochen.« Und ›The Bee‹ sprintete auf sie zu.

Anna hielt das Handy ans Ohr gepreßt, ging zurück zum Wagen, zog eine Visitenkarte aus der Hemdtasche und warf sie ›The Rat‹ zu: »Rufen Sie mich an. Wir müssen...«

Creek brüllte fragend von hinten: »Was ist los?«

»Da will einer aus dem Fenster springen«, rief sie zurück. »Nichts wie hin. Jason?«

Sie liefen zum Wagen. Louis hatte sich ans Steuer gesetzt und setzte rückwärts vom Gehsteig auf die Fahrbahn.

Anna und Creek standen jetzt am Wagen. Louis schaltete auf Parkposition und kletterte wieder über die Lehne nach hinten. Neben ihm stieg Jason durch die Seitentür. Creek schlüpfte auf den Fahrersitz, und Louis informierte ihn: »Den Westwood hinunter, dann links in den Wilshire, drei Blocks, und dann ist es das ›Shamrock‹«.

Creek: »Das kenne ich. Mein Gott, das ist keine zwei Minuten von hier.«

»Dann beeil dich«, befahl Anna. »Los, Beeilung.«

Creek wendete auf der Fahrbahn, stoppte an der Le Conte gerade so lange, daß er mit niemandem zusammenstieß, und schoß hinüber.

»Egal, was mit diesem Lebensmüden ist, Louis, diese Tierbefreiungs-Kiste ist jedenfalls eins a gelaufen«, berichtete Anna. »Aus dem Jungen mit der blutigen Nase machen wir einen Helden…«

Jason fiel ihr ins Wort: »›The Rat‹ war stinksauer über dieses Schwein. Ich glaube, das endet jetzt auf dem Grill.«

»Von dieser kleinen Maus ist mir auch ein ganz toller Schuß gelungen, Louis«, fiel Creek ein. »Wirklich Spitze.«

»Nun haltet doch mal die Klappe«, fuhr Louis allen über den Mund. Er hatte sich den Kopfhörer über ein Ohr geschoben und meldete jetzt: »Der Kerl steht immer noch draußen auf dem Sims. Leute vom Hotel reden gerade mit ihm. Er gehört zu einer Party-Gesellschaft. High-School-Kids.«

Creek schaffte es mit durchgetretenem Gaspedal gerade noch über die Ampel in den Wilshire. Als sie über die Kreuzung schossen, erkundigte sich Anna bei Jason: »Hast du auch noch genug Band in der Kassette? Reicht es für einen neuen Dreh? Was du bisher drauf hast, ist garantiert erste Sahne.«

»Alles klar«, entgegnete Jason.

»Creek?«

Creek nickte. Er war immer einsatzbereit.

»Louis, was erwartet uns?« fragte Anna.

Louis hatte sich weggedreht und lauschte mit geschlossenen Augen gespannt in den Kopfhörer. »Es sind Wagen unterwegs. Wir selber brauchen noch eine Minute oder zwei.«

»Wo sind denn die Leute vom Channel Three mit ihrem Ü-Wagen? Waren die nicht auch unterwegs?« wollte Anna wissen.

»Die sind inzwischen abgedreht und hinter einer Verfolgungsjagd her«, berichtete Louis. »Da unten in Huntington. Damit sind sie aus der Sache hier raus.«

»Jason«, ordnete Anna an, »du gehst bei dem Kerl auf Nahaufnahme. Creek fängt die Totale ein, nimmt den ganzen Sprung auf. Wenn er wirklich Ernst macht. Ich will auf jeden Fall sein Gesicht haben...«

»Kriegst du, Zuckerschnute«, unterbrach sie Jason.

Creek bleckte die Zähne. »Zuckerschnute?«

Jason grinste zurück. »Anna und ich, wir kommen uns eben näher.«

»Tatsächlich?« Creek blinzelte Anna an, die nur mit den Augen rollte.

»Ich und Anna, wir bringen es«, bekräftigte Jason. Er sagte es fast zu sich selbst, und es sah so aus, als unterdrücke er ein Kichern. Er stand unter Hochspannung, hockte mit weit aufgerissenen Augen da. Jason mochte es, wenn etwas los war. Er hatte ohne Zweifel Talent. Vielleicht kam er sogar mal groß in Hollywood raus, dachte Anna, falls er sich vorher nicht das Gehirn zur Nase rausschnupfte. »Wir bringen es«, murmelte er vor sich hin.

»Das Shamrock«, sagte Anna und deutete nach vorn. Vor ihnen tauchte ein einundzwanzigstöckiges Gebäude auf, Stahlgerippe und grüne Verglasung, mit einem hellgrünen Neon-Kleeblatt auf dem Dach. Und Jason, der nach vorn zwischen die Sitze gekrochen war, entdeckte den Lebensmüden. »Da ist er! Unteres Drittel, vielleicht sechster oder siebter Stock. Seht ihr ihn?«

Er zeigte mit ausgestreckter Hand in die Richtung, und Anna bemerkte, daß sie zitterte: nicht etwa vor Erregung, sondern weil Jason gleich die Nerven durchgingen. Sie sah sein starres, ausgemergeltes Gesicht. Mein Gott, dachte sie, er ist wieder randvoll mit Speed.

Sie wandte ihren Blick von ihm und seinem angespannten Gesicht ab und schaute dorthin, wohin er zeigte. Sechs Stockwerke, zählte Anna. Und tatsächlich: Da oben stand er, der Lebensmüde, in dunkler Hose und weißem Hemd. Aus einem Block Entfernung wirkte er im vollen Scheinwerferlicht, das auf die Fassade gerichtet war, wie eine Fliege auf einer Fensterscheibe. »Näher ran, Creek«, befahl Anna atemlos.

Sie rasten mit quietschenden Reifen und über hundert Sachen direkt auf das Hotel zu. Dann stieg Creek voll auf die Bremse. Der Wagen brach zur Seite aus: Es ging wieder den Bordstein hoch, und schon war Jason mit der Kamera in der Hand auf dem Weg zum Hotel.

Der Mann stand auf dem Sims mit dem Rücken an eine Scheibe gelehnt und hielt die Arme ausgebreitet. Das Sims war in Annas Augen nicht breiter als dreißig Zentimeter – seine Schuhspitzen ragten über die Kante.

»Hört mal, ich versuche jetzt raufzukommen«, teilte Anna per Mikrophon mit und sprang ebenfalls aus dem Wagen. »Ihr müßt für eine Weile auf mich verzichten. Jason, denk dran, ich will unbedingt das *Gesicht* haben.« Sie sprintete zum Hoteleingang. Das Tonbandgerät pendelte unter ihrem Arm.

Hoteliers waren nicht gut auf die Medien zu sprechen. Für sie galt die Devise: Medien sind gut, aber Hotels in den Medien sind es ganz und gar nicht. Anna hatte deshalb nur zwei Möglichkeiten. Sie konnte versuchen, sich hineinzuschleichen. Aber das würde Zeit brauchen. Oder sie konnte rennen. Sie joggte am Strand pro Woche ihre sechzig Kilometer, und wenn sie es bis zum Treppenhaus schaffte, würde kein Sicherheitsmann in ganz Kalifornien sie einholen.

Sie stieß die Glastüren auf und sauste durch die Lobby, als säße sie auf einem Motorrad. An der Rezeption steckten zwei Hotelpagen mit anderen Angestellten die Köpfe zusammen. Einer der beiden bemerkte sie und hatte gerade noch Zeit, sich umzudrehen, den Mund aufzumachen und »Hey« zu rufen, da war sie schon vorbeigewischt. Die Aufzüge lagen direkt geradeaus, und daneben zeigte ein Messingschild mit einem Pfeil nach rechts: »Zu den Treppen.«

Sie stürmte die Treppen hinauf, eine, die nächste, da rief ihr wieder von unten eine männliche Stimme nach: »Hey…« zweiter Stock, noch hatte sie genug Luft. Im dritten machte sie einen Schwenk: Eine Etage höher saß bestimmt ein Wachmann, und den hatten sie vielleicht von der Rezeption aus angerufen. Also betrat sie im dritten Stock den Flur, sah sich nach links und rechts um und entschied sich für rechts, weil der Gang bis ans hintere Ende des Hotels zu führen schien. Dort mußte dann ein anderes Treppenhaus nach oben führen.

Sie lief durch den Gang und spürte jetzt ihr Herz in der Brust hämmern. An einer Nische mit Coke- und Süßigkeitsautomaten und einer Eismaschine ging es um die Ecke ins andere Treppenhaus. Sie zog die Tür auf, lugte nach oben und unten, hörte keine Schritte und hastete zum vierten Stock hinauf. Drei Sekunden nahm sie sich Zeit zum Luftholen, zog das Headset mit Kopfhörern und Mikro vom Kopf und schob sie zusammen mit dem Bandgerät unter die Jacke. Anna hielt beides von außen mit der Hand fest und schlenderte jetzt locker durch den Flur. Auf halbem Weg standen drei ältere Männer – wahrscheinlich Wachleute – vor einer offenen Tür. Ein Dutzend junge Leute standen über den Flur verstreut. Ein paar unterhielten sich, die meisten blickten allerdings nur zur offenen Tür. Alle waren gut angezogen, die Jungen in Anzug und Krawatte, die Mädchen in pinkfarbenen und blauen Partykleidern. Und alle Gesichter waren starr vor Angst.

Ein Wachmann sah Anna an und trat vor – doch genau in dem Moment kreischte eine Frau auf, und die Wachleute drehten sich um und eilten in das offene Zimmer.

Mein Gott, dachte Anna, *er ist gesprungen.*

Die Mädchen in ihren Pastellkleidern sahen zur Tür, die Jungen blickten sich gegenseitig an, und alle waren wie vom Donner gerührt. Anna wußte, daß sie diesen Moment nicht so schnell vergessen würde: Wie sie so dastanden, erinnerten sie unwillkürlich an eine dieser modischen und total abgefahrenen Installationen, Titel: *California Kids.*

Dann machte Anna einen Schritt, und im selben Augenblick heulten einige Mädchen los. Ein Junge schrie: »Oh, nein. Nein. Jacob ...«

Anna lief locker weiter den Flur hinunter und fand ein paar Zimmer weiter eine andere offene Tür, die noch näher am Ort des Geschehens war als das andere Zimmer, vor dem die Wachmänner gestanden hatten. Sie sah hinein. Ein Mann und eine Frau, beide grauhaarig, standen fassungslos an ihrem Fenster und blickten hinaus. Anna trat in das Zimmer.

»Ist er gesprungen?«

Die Frau schaute sie mit totenblassem Gesicht an. Ihre Lippen bewegten sich, doch sie bekam kein Wort heraus, nur: »Oh, mein Gott.«

Anna ging an einem offenen Koffer vorbei durch das Zimmer und sah aus dem Fenster. Der Lebensmüde lag mit dem Gesicht nach unten als eine schwarz-weiße Silhouette auf den gelben Fliesen, zwei Meter vom Pool entfernt. Einen Meter weiter schwenkte Jason seine Kamera auf ihn. Von der anderen Seite des Pools nahm Creek die Szene auf.

Anna zog den Recorder unter der Jacke hervor, drückte den Aufnahmeknopf und hielt das Gerät seitlich am Körper – verbarg es nicht, hielt es aber wie eine Handtasche.

»Was ist passiert?« fragte sie.

»Ich weiß nicht … Ich glaube, es war nur eine Party, lauter junge Leute. Sie haben einigen Lärm gemacht. Wir hörten sie durch den Flur rennen. Das nächste, was wir dann mitbekommen haben, war, daß Leute anfingen zu schreien und jemand vom Hotel kam.«

Anna spürte unter der Hand, wie der Recorder lief. »Haben Sie ihn stürzen gesehen?« fragte sie den grauhaarigen Mann.

»Ich glaube, er wollte wieder herein«, berichtete der Mann. »Er drehte sich um, und es sah so aus, als verlöre er das Gleichgewicht. Und plötzlich sprang er. Man hätte meinen können, er wolle den Pool treffen …«

Die Frau bat ihren Mann: »Jim, laß uns hier weggehen.«

Anna trat zurück und sah nach dem Kofferanhänger: James Madson aus Tilly, o.k. »Sie sind Mr. und Mrs. Madson?«

Die Frau drehte sich zu ihr um. »Ja, ja … Sind Sie vom Hotel? Wir möchten auschecken.«

»Darüber müssen Sie mit den Leuten unten reden. Geht es Ihnen gut, Ma'am? Wie heißen Sie?«

»Lucille … Mir geht es gut, aber der Mann, der Junge, er … Jim, ich glaube, ich muß mich übergeben.«

Sie lief ins Badezimmer, ihr Mann hinter ihr her. Er klopfte ihr beruhigend auf den Rücken. Anna ging zur Tür und spähte hinaus.

Der Hotel-Sicherheitsdienst war zusammen mit vier oder fünf uniformierten Polizisten im Einsatz. Sie trat ins Zimmer zurück und sprach in ihren Recorder: »Madson, M-A-D-S-O-N, Tilly, Oklahoma, T-I-L-L-Y.« Dann ließ sie die Tonbandkassette herausspringen und schob sie in den Hosengurt. In einer schwarzen Gürteltasche hatte sie zwei Reservekassetten. Eine holte sie heraus und schob sie in den Recorder. Sicherheitsdienste fragen normalerweise nicht erst, ob sie das Band haben könnten. Sie nahmen es einfach, vernichteten es und entschuldigten sich dann später dafür.

Anna trat in den Flur. Zwei von den Männern, die in dem Zimmer gewesen waren, kamen gerade heraus. Ein Wachmann und einer, der wie der Hotelmanager aussah. Bevor die beiden etwas sagen konnten, meinte Anna zu ihnen: »Könnte jemand da drinnen meiner Mutter helfen? Ich glaube, ihr ist schlecht.«

Der Manager-Typ fragte: »Was ist denn los?«

»Sie hat den Mann springen gesehen, sie ist im Badezimmer …«

Der Manager ging in das Zimmer der Madsons, während der Wachmann durch den Gang zu den Aufzügen eilte. Anna ging in die andere Richtung zurück zur Treppe.

Ins Treppenhaus und dann hinunter Richtung Erdgeschoß. Anhalten, lauschen. Nichts. Sie trat in die Halle, fand ein Schild mit dem Hinweis *Parkdeck* und folgte ihm.

Creek stand fünfzehn Meter von dem Toten entfernt. Kein Blut, keine Bewegung. Nur ein Hotelangestellter und drei Cops näherten sich zögernd der Leiche. Creek sah Anna kommen und machte mit offen gespreizter Hand eine Geste, die fragte: »Etwas erfahren?«

Sie setzte das Headset wieder auf. »Einen kurzen O-Ton von zwei Zeugen«, berichtete sie ins Mikrophon. »Sagten, da wäre eine Art Party gewesen, bevor er sprang, fiel oder was auch immer.« Anna ging auf ihn zu. »Creek, schau mal oben rauf, vierter Stock. Etwa, Moment, eins, zwei, drei, vier, fünf Fenster rechts vom Fenster des Springers... Siehst du die Vorhänge rauswehen?«

Creek nickte.

»Ich schaue mal, ob ich die Madsons ans Fenster locken kann.«

Jason gesellte sich zu ihnen, und Anna fragte ihn: »Was hast du im Kasten?«

»Ich habe sein Gesicht – die ganze Zeit, bis er unten war«, berichtete Jason mit einem zufriedenen Tremolo. »Sechs Meter von mir entfernt ist er aufgeschlagen.«

»Großartig«, lobte Anna. »Schau da hoch, seitlich von seinem Fenster. Ruf mal bitte: ›Jim und Lucille Madson, kommen Sie ans Fenster.‹«

»Was soll ich?«

»›Jim und Lucille‹ – meine Lunge reicht nicht.«

»Deine Lunge ist schon ganz in Ordnung«, stellte Jason fest. Er verdrehte die Augen. Das Speed wirkte. Er war stoned oder kurz vor dem Zusammenklappen. Zuviel für ihn in letzter Zeit. Als sie ihm das letztemal wieder auf die Beine geholfen hatte, war er total kaputt gewesen.

»Ruf nur ihre Namen, ja?« befahl sie.

»Sicher, Mom.«

Jason rief sie, und nach wenigen Augenblicken kamen die Madsons ans Fenster und schauten herab.

»Hast du sie?« erkundigte sich Anna.

Jason hielt mit der Kamera auf das Fenster. »Ja.«

Die Madsons zogen die Köpfe wieder zurück, und Jason nahm die Kamera von der Schulter. Sein Blick hatte sich auf einmal verdüstert.

»Weißt du was?«

»Was ist? Wir müssen jetzt...«

»Ich glaube, ich gerate ins Schleudern...«

Anna ging ganz nah an sein Gesicht heran. »Was, zum Teufel, ist mit dir los, Jase? Bist du stoned?«

»Nein, nein, nein... Ich komme bloß nicht ganz klar mit dem hier«, entgegnete Jason. Er blickte auf den Toten hinab.

»Was meinst du damit?« Anna warf den Kopf in den Nacken und schaute ihn verwirrt an.

»Ich bin nur... Ich bin total durcheinander«, gestand er. »Es tut mir leid, Anna, aber ich muß einfach weg von hier.« Er zog das Headset herunter und reichte es ihr beschämt. »Es tut mir leid, aber so etwas habe ich bisher noch nicht erlebt. Ich habe schon Tote gesehen, doch der hier... Er hat mich angelächelt.«

Er bog die Knie nach außen und stand jetzt auf den Außenkanten seiner Tennisschuhe, den Kopf gesenkt, wie ein verlegener kleiner Junge. »Ich muß hier weg. Kannst du mir ein paar Scheine leihen, bis wir diesen Mist verkauft haben? Als Vorschuß?«

Anna starrte ihn einen Augenblick an. Besorgt, nicht ärgerlich. »Jase, wie schlimm ist es?«

»Es ist nichts.« Jason blieb hartnäckig. »Wahrscheinlich bist du für heute abend ohnehin fertig. Hast du nun ein paar Scheine für mich?«

»Ja, sicher«, sagte Anna. Sie grub in ihrer Hosentasche, holte ein paar zusammengerollte Zwanziger heraus und gab ihm zwei.

»Danke.«

Dann ging er, lief eilig durch den gefliesten Patio. Creek sah ihm nach. Aus der Ferne hörten sie Sirenen. Die Feuerwehr, sie kam zu spät.

»Was hat das zu bedeuten?« fragte Anna und sah Jason auf die Straße hinaustreten.

Creek schüttelte den Kopf. »Ich weiß nicht.«

»Also…« Anna hob die Kamera hoch, lugte durch den Sucher, richtete das Objektiv auf die Cops, die um den Toten standen, und nahm fünfzehn Sekunden auf. Dann ließ sie das Band zurücklaufen, fünfundvierzig Sekunden, und startete es wieder.

Der Sprung war drauf, mal voll, mal am Rand, aber alles beklemmend real. Ihr stockte der Atem: die letzte Sekunde mit den rudernden Armen des jungen Mannes, sein Gesicht, das von oben durch das rechteckige Display gefahren kam, dann der steinhart gepflasterte Patio.

»Meine Güte«, stöhnte sie. »Das ist…« Sie suchte den richtigen Ausdruck. »Das ist *Hollywood.*«

»Besser, wir hauen jetzt ab«, murmelte Creek. »Manchmal geschehen noch Wunder.« Sie nickte, und beide gingen mit schnellen, aber nicht zu schnellen Schritten zum Ü-Wagen. Die Cops wußten im Moment noch nicht, was sie tun sollten, aber in fünf Minuten würden sie so weit sein. Dann wäre es besser, nicht mehr weiter aufzufallen.

Louis hatte den Wagen auf die Straße zurückgesetzt, stand jetzt im Parkverbot und hielt Wache.

»Wo ist Jason?« wollte er wissen, während Anna und Creek die Kameras verstauten.

»Ist schon weg«, entgegnete Anna achselzuckend.

»Wieso? Hat er die Sache im Kasten?«

»Ja, er hat tolle Aufnahmen gemacht«, sagte Anna. »Ich weiß auch nicht, was er für ein Problem hat. Er ist jedenfalls voll durch den Wind.«

»Klingt gar nicht nach dem Jason, den wir kennen und lieben«, wunderte sich Louis.

Eine Ambulanz fuhr vor, und Creek wendete wieder und lenkte den Wagen durch den Abendverkehr den Wilshire hinunter.

»Wir haben die ganze Geschichte?« fragte Louis.

»Die ganze«, bejahte Anna. »Der Sprung ist absolute Spitzenklasse. Wahrscheinlich das beste Ding, das wir je hatten, dazu exklusiv. Das verkaufe ich mit dem Schwein als Draufgabe.«

»Als zusätzlichen Knüller«, ergänzte Louis.

»Genau. Schauen wir doch mal, was wir für Aussichten haben.« Anna drückte eine Kurzwahltaste auf ihrem Handy, wartete einen Augenblick und sagte dann: »Ich möchte Jack Hatton sprechen. Hier ist Anna Batory. Sagen Sie ihm, ich bin auf dem Wilshire vor dem Shamrock Hotel.«

Creek sah sie erstaunt an, und Louis fragte: »Hatton? Warum rufst du Hatton an?«

»Aus Rache«, antwortete Anna und grinste.

Jack Hatton meldete sich Sekunden später. Seine Stimme war die pure Freundlichkeit. »Anna, wie geht's denn?«

»Hör schon auf mit dem Gesülze«, bellte Anna zurück. »Erinnerst du dich an die Katzen im Wasser? Ich hoffe, du hast noch jede Menge Katzenmaterial, du armer Trottel, denn wir haben jetzt den Lebensmüden, wie er vom Sims springt, komplett, von oben bis unten. Mit zwei Kameras, voll im Bild, aus drei Metern Entfernung, und sonst war kein Team da. Dann setz dich mal hin und schau es dir an: im Kanal Fünf, Sieben, Neun, Elf, Dreizehn, Siebzehn und Neunzehn. Und erzähl nachher der ›Witch‹, warum du es nicht hattest, du lahme Krücke.«

»Anna…«

»Komm mir bloß nicht mit deinem *Anna*, Junge. Ich verrate dir noch was. Wir waren so schnell da, weil wir drüben beim UCLA-Labor die Tierbefreiungsaktion gedreht haben, von der du inzwischen auch gehört haben dürftest. Zu spät natürlich, wie immer. Auch davon haben wir einen Kilometer im Kasten, das quiekende Viehzeug und die ganze Aktion. Wir haben einen Jungen, der was abgekriegt hat und blutet. Und wenn du das morgen auf Fünf, Sieben, Elf, Dreizehn, Siebzehn und Neunzehn siehst, dann weißt du auch, von wem sie es haben, du Schlappschwanz.«

»Anna…« Es klang jetzt flehend.

»Das war's.« Und sie schaltete ab.

Creek neben ihr grinste. »Ich lache mich schief«, gluckste er.

Von hinten meldete sich Louis: »Was für eine Ausdrucksweise… Und wir lassen den Dreier wirklich außen vor?«

»Ach was«, meinte Anna. »Aber sie werden Blut und Wasser schwitzen. Und ich presse ihnen den letzten Nickel aus ihrem Budget für freie Beiträge.«

»Ausgezeichnet«, sagte Louis sehr zufrieden. »Es geht nichts über rosige Aussichten. So machen wir ihn fertig.«

Anna drückte die nächste Kurzwahltaste. »Jetzt wird versteigert.«

2

Geschafft.

Anna saß gemütlich und stillvergnügt an ihrem Küchentisch. Vor ihr stand eine Tasse dampfende Hühnersuppe mit Nudeln. Der Geruch stieg ihr wohltuend in die Nase. Sie gähnte und rieb sich den Nacken. Ihre Augen waren von der langen Nacht ganz verschwollen.

In Augenblicken wie diesen – noch herrschte die Kühle der Morgendämmerung, Creek und Louis waren bereits auf dem Heimweg – überkam sie der Wunsch nach einer Zigarette. Und sie dachte an früher, als sie die Nächte mit Freunden durchgemacht hatte und sie dann, zum Beispiel bei

Denny's, ein Stück Blaubeertorte mit brauner Kruste aßen, Kaffee tranken, redeten, rauchten. Chesterfield. Die bekannten Marken. Lucky Strike. Gauloise oder Players. Man kam sich toll vor. Jetzt tat sie das nicht mehr. Jetzt ging sie heim. Manchmal weinte sie ein bißchen. Die kleinen Tränen machten es auch nicht viel besser, aber sie halfen beim Einschlafen.

Anna Batory war eine kleine Frau, knapp einsachtundfünfzig, kurzgeschnittenes schwarzes Haar, Skaterstyle oder Fencer. Und das paßte zu ihr. Mit ihrem schlanken, sehnigen Körper war sie ein sportlicher Typ. Das Zähe an ihr verbarg sich hinter einem ovalen Gesicht und einem hellen Lächeln, einem kalifornischen Lächeln sozusagen – aber sie joggte jeden Nachmittag ihre zehn Kilometer durch den Sand am Pazifik, und drei Stunden pro Woche arbeitete sie im Fitness-Club mit Gewichten.

Eine Schönheit war Anna nun wirklich nicht, aber sie sah auch nicht gewöhnlich aus, sondern wirkte ziemlich hübsch und fiel durchaus auf. Eine Frau, die wohl auch im Alter noch gut aussehen würde, wenn es denn kam. Ihrer Ansicht nach hätte die Nase etwas kürzer sein können, die Schultern ein bißchen schmaler. Ihre Hände waren so groß wie die von einem Mann – auf dem Steinway draußen im Vorzimmer reichte die Spanne für eine None, zur Not für eine Dezime. Sie hatte stahlharte, blaue Augen. Zu ihren Vorfahren gehörten auch polnische Fürsten, die gegen Rußland gekämpft hatten.

Anna schob den Stuhl zurück, nahm die Suppentasse in die Hand und streifte durch das Haus, ihr Haus, sah nach, ob auch alles in Ordnung war. Schaute aus dem Fenster. Umfaßte die Tasse. Sprach in sie hinein: »Und? Wie ist es gelaufen, alte Schnalle? Hat Creek Pfusch geliefert? Nein, schau dich an. Du schwappst nicht über.«

Manchmal hatte sie den Eindruck, ein bißchen verrückt zu werden, aber es war eine schöne Art des Verrücktseins.

Anna wohnte am Linnie Canal mitten in Venice, eine halbe Meile vom Pazifik entfernt, in einem altmodischen Holzschindelhaus mit blau gestrichenen Dachschindeln. Sein Grundriß bildete ein ›L‹. Der rechte Flügel des Hauses mit seiner winzigen Vorderveranda lag von der Straße versetzt. Die Einzelgarage auf der linken Seite ging direkt auf die Straße. Den kleinen Vorgarten, der durch das ›L‹ entstand, friedete ein weißer Lattenzaun ein. Hinter ihm ließ Anna einen Dschungel wuchern.

Venice kam gerade wieder in Mode – es galt sogar als chic –, doch sie wohnte hier schon seit den alten, weniger schönen Tagen. Wer über ihren Zaun stieg, geriet in kniehohe Yucca-Sträucher mit scharfkantigen, wehrhaften Blättern. Kam der Eindringling durch, landete er blutig und zerkratzt in einem immergrünen, aromatisch duftenden Kräuterbeet.

In Annas Haus war alles genauso sorgfältig aufeinander abgestimmt wie draußen im Vorgarten.

Die Wände waren verputzt und fest genug, daß Nägel hielten, und sie trugen die Tünche aus einem halben Jahrhundert fortwährendem Anstreichen und Übermalen. Die Parkettböden, von Sand und vielen Fußtritten poliert, glänzten, wo immer Sonnenlicht durch die Fenster fiel. Die Bohlen quietschten, wenn sie darauf herumging, und an den Fußsohlen waren sie angenehm kühl.

Im Erdgeschoß lagen ein gemütliches Wohnzimmer und ein Gästezimmer, beide mit Möbeln vom Kunsttischler. Dazu kamen ein kleines Badezimmer, eine kleine Kammer, die sie als Büro nutzte, und die Küche. Diese war absolut auf ihre Zwecke reduziert, hatte doch Anna mit Kochen nichts im Sinn.

»Tatsache ist«, hatte Creek einmal bemerkt, »daß dein wichtigstes Kochwerkzeug ein Toaster ist.« Creek dagegen kochte gerne. Er hielt sich für einen Eintopf-Experten.

Im ersten Stock lagen unter der Dachschräge Annas Schlafzimmer und ein riesiges Bad. Creek und vier von seinen stärkeren Freunden hatten geholfen, die Badewanne hinaufzuschaffen. Sie hatten sie von außen durch das Fenster gehievt, unter nicht ganz vorschriftsgemäßer Zuhilfenahme der Hubarbeitsbühne eines E-Werks.

Die Wanne war ein rechteckiges Monstrum, in dem sie frei herumpaddeln konnte, ohne seitlich, an den Enden oder am Boden anzustoßen. Da blieb ihr edelstes Körperteil immer geschützt und so glatt und rund wie ein Bachkiesel.

Im Schlafzimmer nebenan stand ein französisches Bett mit einer Quiltdecke, die ihre Mutter genäht hatte. Das Material stammte von Kleidern, die ihre Eltern als junge Leute getragen hatten. Unter dem Fenster zum Kanal leuchteten die Stoff-Flicken der Decke wie pures Licht.

Creek und Louis hatten sie kurz nach Tagesanbruch an der Ecke Dell und Linnie abgesetzt. Auf der Linnie ließ sich der Ü-Wagen nämlich nur noch schwer wenden. Sie war eine Einbahnstraße und so eng wie die meisten Wohnstraßen in der Stadt.

»Tust mir schon vorher leid, wenn ›The Witch‹ sich gleich meldet«, hatte Louis gesagt. Und ›The Witch‹ würde sie bestimmt anrufen. Anna ließ sich von der Arbeit gar nicht gern bis nach Hause verfolgen.

»Das geht schon in Ordnung«, hatte Anna geantwortet. »Dies eine Mal kann er es tun.« Sie hatte ihnen mit dem

Handy ›Auf Wiedersehen‹ nachgewunken und ging jetzt die schmale Straße zu ihrem Haus hinunter. Ein Nachbar trat nebenan im Schlafanzug vor die Tür und holte die Zeitung herein. »Hey, Anna«, begrüßte er sie. »Irgendwas losgewesen?«

»Ein Kerl ist aus dem Fenster gesprungen«, entgegnete sie.

»Scheußlich«, meinte er und schüttelte den Kopf, lächelte aber. »Ich werde es mir anschauen.« Damit war er wieder im Haus verschwunden.

Anna hatte den lebensmüden Springer dreizehnmal zusammen mit der Tierschützer-Aktion im Paket verkauft. Für die lokale Ausstrahlung hatte sie es an neun Stationen für fünfzehnhundert Dollar losgeschlagen, und an vier große Networks – die südkalifornischen ausgeschlossen – für dreitausend. Hatton vom Channel Three hatte zweimal zurückgerufen und Druck gemacht. Sie wollten es, nein, sie mußten es haben. Schließlich hatte er gesagt, ›The Witch‹ würde sich melden.

Und das geschah auch, fünf Minuten, nachdem Anna im Haus war. Das Handy klingelte, Anna ging zum Küchentisch und meldete sich.

»Wenn du uns damit hängen läßt, kaufen wir dir von deinem Zeug kein Fitzelchen mehr ab.« ›The Witch‹ legte wie üblich los: mit einer direkten Drohung.

»Damit können wir leben«, sagte Anna. Sie blickte aus dem Küchenfenster auf den dunklen Kanal. In ein paar Stunden würde sich die aufgehende Sonne in ihm spiegeln und ihn dann hinaufwandern. Vom Wasser würde Dampf aufsteigen und den reichen Duft der Algen verströmen. Sie würde im Bett liegen und schlafen, und dieses ganze Gespräch würde nicht mehr sein als eine angenehme Erinnerung. »Das haben wir Hatton auch schon gesagt. Mit dir rede ich nur noch aus reiner Höflichkeit.«

»Du kannst mich mal höflich an meinem breiten, weißen, litauischen Arsch lecken«, schnappte ›The Witch‹ zurück. Anna hörte, wie sie eine Pause machte und sich eine Zigarette anzündete. »Wenn wir nicht bei dir kaufen, geht dir eine große Einkommensquelle verloren. Aus und vorbei.« Sie blies den Rauch aus. »Weg vom Fenster. Das verspreche ich dir. Wir kaufen nie wieder was.«

»Damit schadet ihr euch mehr als uns«, konterte Anna. »Ihr wißt nie, wann wir wieder mit so einem Knüller wie diesem Springer rüberkommen…«

»*So* gut seid ihr nun auch wieder nicht.«

»Doch, genau das sind wir. Wir sind die beste Crew hier draußen. Und deine Karriere beim Three dauert wie lange? Vier oder fünf Jahre? Drei bist du schon dabei? In ein, zwei Jahren bist du abgemeldet, und wir verkaufen unsere Sachen an deine Nachfolgerin. Und eines kann ich dir sagen: Ihr klaut uns nichts. Nicht einmal Katzen im Wasser.«

»Dafür habe ich mich entschuldigt«, krächzte ›The Witch‹.

»Wie bitte?« schrie Anna. Sie schlug das Handy dreimal auf die Tischplatte und brüllte dann in die Sprechmuschel: »Habe ich richtig gehört? Ihr macht euch noch über uns *lustig*?«

»Tut mir leid«, schnauzte ›The Witch‹ zurück. »Nenn deinen Preis.«

»Der, den auch die Networks zahlen«, sagte Anna. Sie schlürfte von ihrer Suppe. »Dreitausend für das Paket. Plus zwei Riesen für die Katzen.«

»Leck mich«, fluchte ›The Witch‹. »Der Network-Preis für das Paket geht in Ordnung, aber die Katzen, die haben wir mit unserer eigenen Crew gedreht.«

»Nun mal langsam«, schrie Anna. »Ich meine, was ich sage.«

»Ich auch… Fünfhundert für die Katzen.«

»Mir ist es ernst damit, wir brauchen euch nicht. Network-Preis plus tausend für die Katzen.«

»Gemacht«, gab ›The Witch‹ nach. »Ich möchte die verdammten Bilder in verdammten zehn Minuten sehen.« Sie schmetterte den Hörer auf die Gabel.

Anna rief im Wagen an und sagte zu Louis: »Bring das Zeug zum Channel Three.«

»Wieviel hast du herausgeholt?«

»Viertausend – davon tausend für die Katzen.«

»Absolute Spitze, Kollegin«, lobte Louis und wiederholte für Creek den Preis, der es aus dem Hintergrund mit einem lauten Lachen kommentierte. Anna lächelte und bilanzierte: »Damit haben wir fünfunddreißigtausend Scheinchen im Topf – das ist dreimal mehr als unser bisheriger Rekord.«

Creek gröhlte ins Telefon: »Wir könnten genausogut Schluß machen. Das erreichen wir nie mehr wieder.«

»Was meldet der Polizeifunk, Louis?« erkundigte sich Anna.

»Alles okay. Im Moment ist nichts los.«

»Ruf mich an.«

Anna hörte Creek immer noch über den Geldsegen lachen und schaltete aus. Sie würde warten, bis Creek Louis abgesetzt hätte. Auf ein schnelles Nickerchen gab es wohl keine Chance. Sie mußte abwarten. Schließlich würde bald schon der Schwerlastverkehr einsetzen, und die besten Dinge passierten immer bei Morgengrauen.

Sie wäre gern ins Bett gegangen, blieb aber am Steinway stehen, schlug ein paar Töne an, gähnte, blätterte in Liszts H-moll-Sonate. Den Fingersatz in den schnellen Passagen mußte sie noch einmal durchgehen.

Aber sie setzte sich nicht hin – dafür ging ihr zuviel anderes im Kopf herum. Sie legte die Noten auf den Flügel, nickte den Zimmerpflanzen einen Gruß zu und genoß die Ruhe. Ging in die Gerätekammer, holte eine Plastikgießkanne heraus und füllte sie.

Barfuß trat sie summend – es war eine blöde Melodie aus *Les Misérables,* die ihr einfach nicht aus dem Kopf wollte – mit der Kanne auf die Veranda und goß die Topfpflanzen. Geranien und ein paar Gänseblümchen. Blumen mit einem altmodischen Flair, helle Tupfer vor dem dunklen Dschungel draußen.

Drinnen füllte sie die Kanne erneut und machte eine Runde durch das Haus, überprüfte alle Töpfe mit ihren hundert und mehr Pflanzen auf ihre Feuchtigkeit. Einige Blumen hatte sie nach Sängern oder Filmstars benannt, sie hießen zum Beispiel Paul, Robert, Faye, Susan, Julia, Jack. Die meisten waren klein und stammten von irgendwoher aus der Wüste.

Auf einem wackeligen Heilsarmee-Tisch, dem ersten Möbelstück, das sie sich in Kalifornien gekauft hatte, standen jetzt aus Wisconsin mitgebrachte Pflanzen: Lilien und ein Ballen wilder Stiefmütterchen, die sie am Ufer des Whitewater River ausgegraben hatte. Die Lilien blühten gerade, und aus ihren weißen Blüten strömte ein betörender Duft, der Anna an den Geruch der Gartenlilien im Frühling drüben im Mittelwesten erinnerte. Hinter ihrer kalifornischen Sonnenbräune war und blieb Anna eine Farmerstochter aus Wisconsin im tiefen Mittelwesten.

Die Farm hatte ihr etwas von ihrer Zähigkeit mitgegeben. Wenn es einmal zu physischen Herausforderungen kam, kannte die Farmerstochter keine Angst. Damals, als sie noch in den Zwanzigern war, hatte sie mehr als einen Kampf mit allen Schikanen ausfechten müssen. Damals, in den guten alten Tagen an der Musikhochschule und bei den abendlichen Feten im Sunset. Als sie dann in die Dreißiger kam, ließen zwar die Adrenalinstöße etwas nach, aber nicht ihr Ruf: Die muskelbepackten Kerle winkten ihr am Strand immer noch von ihrem Kraftsportgelände aus zu, wenn sie vorbeilief, und erzählten den Leuten: »Laßt euch bloß nicht mit Anna ein, wenn ihr euer Gesicht nicht zermatscht haben wollt.«

Diese Zähigkeit übertrug sich auch auf ihre Psyche. Farmerskinder wußten, was lief, und zwar gleich und ohne Umschweife. Sie hatte einfach die zotteligen Schafe gepackt und zum Scheren gebracht, und nachher hatte sie diese als kleine weiße Bündel wieder auf die Weide getrieben.

So machte man das.

Anna hörte mit dem Gießen auf, gähnte wieder und blieb vor dem Flügel stehen. Liszt war schwer. Wirklich schwer. Das Telefon läutete. Sie ging in die kleine Küche und nahm den Hörer auf. Das würden Louis und Creek sein. »Hallo?«

»Anna, hier ist Louis.«

»Alles erledigt?«

»Ja, aber ich habe mit einem Typ von Seventeen über die Tierbefreiung geredet. Ich weiß ja nicht genau, was sie vorhaben, aber es klang alles ein bißchen sonderbar.«

»Wie denn?« hakte Anna nach.

»So als wollten sie daraus eine Art Slapstick machen.«

»Wie bitte?« Das verstörte sie, wenn auch nur ein wenig. Beim Fernsehen passierten die komischsten Dinge.

»Er sagte, sie lassen es in der Schiene laufen«, berichtete Louis. Beim Channel Seventeen nannten sie das Frühstücksfernsehen auch die Erste Schiene oder kurz: Schiene.

Anna sah auf die Küchenuhr. Die Sendung begann in fünf Minuten. »Ich schaue es mir an«, meinte sie.

Sie ging wieder zum Flügel und übte jetzt den Liszt, bis es fünf Uhr war. Dann nahm sie die Fernbedienung und wählte Channel Seventeen. Eine sorgfältig frisierte Blondine in einem Aufzug, der besser zur Rodeo-Übertragung am späten Nachmittag gepaßt hätte, erschien auf dem Bildschirm und meinte: »Sollten im Moment kleine Kinder zuschauen, so möchten wir die Eltern darauf hinweisen, daß der Film, den wir Ihnen jetzt zeigen...«

Und da stand schon der Lebensmüde oben an der Hausfront – wie eine Fliege an der Wand.

Anna stockte der Atem. Sie hatte Angst um ihn, obwohl sie doch dabei gewesen war und wußte, was passieren würde. Aber es jetzt im Fernsehen zu sehen, war so, als schaue man aus dem Fenster und erlebe alles noch einmal. Der Mann wirkte unschlüssig über das, was er tat und tun wollte. Vielleicht hatte er tatsächlich im letzten Moment versucht, noch einmal zurückzusteigen.

Dann verlor er den Halt. Anna spürte, wie sich ihre Finger verspannten, wie sie nach etwas greifen wollten und wie ihr eigener Körper sich bemühte, das Gleichgewicht zu halten. Und der da hing draußen in der Luft, konnte sich nirgendwo festklammern, bis er sich schließlich verkrampft und mit einem Satz abstieß.

Und er schrie – Anna hatte ihn nicht schreien gesehen oder gehört. Vielleicht hatte er ja wirklich versucht, im Pool zu landen.

Anna und ihre Night Crew waren am Ort gewesen, um die Szene zu filmen. Nicht für eine komplette Reportage. Anna hatte nur so viel an Grundinformationen weitergegeben, daß die Hauptbeteiligten beim Namen genannt werden konnten, und es ansonsten den Leuten vom Sender überlassen, ihren eigenen Text zu machen. Beim Channel Seventeen war diese Aufgabe einer eifrigen jungen Frau in knallgrünem Hosenanzug zugefallen, der genau zu ihren knallgrünen Augen paßte.

»... hat man identifiziert als Jacob Harper Jr. aus der Abschlußklasse der High-School von San Dimas, der an einem Frühlingstanzfest im Shamrock teilnahm. Er hatte dort mit einem halben Dutzend anderer Abschlußkläßler einen Salon gemietet. Die Polizei ermittelt, ob Drogen mit im Spiel waren.«

Während sie sprach, wurde der Film noch einmal abgespielt, diesmal in Zeitlupe, dann noch einmal, wobei sie das Gesicht des Jungen eine Weile stehenließen – nein, ein Mann war das noch nicht, dachte Anna, eher ein Kind. Da hing er in der Luft und schrie für immer auf Jasons Film. Auch die Madsons aus Tilly, Oklahoma, kamen ins Bild. Aber das Tape mit ihren Gesichtern am Fenster war in den Sprung hineingeschnitten, so daß es jetzt so aussah, als würden die Madsons ihm dabei zuschauen - was sie ja in Wirklichkeit auch getan hatten, nur daß da die Kamera noch nicht auf sie gerichtet gewesen war.

Am Schluß des Berichts wurde das Band noch einmal abgespielt, und Anna wußte: Das Ganze war für den Sender der Knüller des Tages.

Zu schade um den Jungen, aber... Sie hatte gelernt, das zu trennen: hier sie selbst, dort die Dinge, die sie aufnahm. Täte sie das nicht, würde sie verrückt werden. Und sie hatte den Sprung selbst nicht verfolgt, nur das, was danach zu sehen gewesen war, das Bündel Kleider neben dem Pool. Weniger als das, was sie jetzt vom Fernsehsessel aus gesehen hatte, genau, wie das mit ihr ein paar Millionen Angelenos am Frühstückstisch getan hatten.

Anna stand vom Fernseher auf, setzte sich wieder ans Klavier und fing an, die heiklen Passagen zu üben. Solche Geläufigkeitsübungen waren für sie eine Art Meditation, sie forderten volle Konzentration und befreiten sie zugleich von der Spannung der vorausgegangenen Nacht.

Und sie konnte gleichzeitig ein Auge auf den Fernseher werfen. Fünf Minuten nach dem Bericht über den Todessprung kündigte die blonde Moderatorin, jetzt ganz die heiter-dämliche Ansagetante, etwas über Tierschutzkommandos an, und dann flimmerte eine Fassung ihres Films von der Tierschutzaktion über die Mattscheibe.

Sie hatten das Band im Sender nur zusammengeschnitten und ihm dabei etwas zappelig Stummfilmhaftes verliehen, so à la Laurel und Hardy. Die maskierten Tierschutzaktivisten führten mit dem quiekenden Schwein und der Abfalltonne, aus der sie die Mäuse ins Freie schütteten, einen veritablen Tanz auf. Dann wurde ›The Rat‹ vom Schwein umgerissen – er fiel, rappelte sich auf, fiel wieder hin, und das Ganze gleich nochmal. Sie ließen ihn auf und ab hüpfen wie ein Yoyo.

Die Wachmänner, die so schnell hin- und dann wieder weggerannt waren, hatten Creek und Jason jeweils nur kurz auf den Film bekommen. Jetzt ließ man sie gleich mehrmals die Rampe rauf- und wieder runterrennen, und zwar abwechselnd im Bandvor- und -rücklauf. Und so schienen sie tatsächlich rückwärts zu wetzen... Die blöden Keystone Cops in Reinkultur.

Es war ein lustiges Filmchen, und Anna mußte lächeln, während sie es ansah. Keine Spur von dem blutenden Jungen. Aber egal: Auf einem anderen Kanal kriegte er bestimmt seinen Fünfzehn-Sekunden-Auftritt.

»Dann Gute Nacht«, sagte Anna und drückte den Aus-Knopf.

Sie übte noch zehn Minuten lang ihre Läufe, klappte den Klavierdeckel schließlich zu, sah schnell nach, ob das gelbe

Lämpchen des Luftfeuchtigkeitsmessers nicht blinkte, und ging hinauf ins Schlafzimmer.

Wenn sie von 22 Uhr bis in den Morgen mit ihrer Crew durch Los Angeles kurvte, war Anna voll in ihrem Element.

Wenn es dagegen um sublimere Beziehungen ging, etwa um nette Gespräche mit Männern, die sie nicht kannte, zum Beispiel auf Parties, fühlte sie sich unsicher, linkisch, und hielt sich lieber abseits. Diese Scheu hatte sie allerdings nicht immer an den Tag gelegt.

Die eine große Liebesaffäre ihres Lebens hatte sie fast vier Jahre völlig okkupiert. Doch das lag jetzt schon sieben Jahre zurück, und so etwas war ihr seitdem nie mehr wieder passiert.

Kaum war ihr Kopf auf das Kissen gesunken, da schlief sie auch schon ein. Sie träumte nicht – weder von ehemaligen Liebhabern noch von alten Zeiten.

Doch irgendwie spürte sie die Leere um sich herum und in ihren Träumen. Voller Menschen war sie einst gewesen, Freunden, und jetzt – irgendwie … unausgefüllt.

3

Der Mann mit den zwei Gesichtern kam den dunklen Pier herunter. Im Seitenfenster hinten war Licht. Ja. Er hatte einen großen Schraubenschlüssel in der Hand, über vierzig Zentimeter lang, einen Steckschlüssel, wie man ihn zur Radmontage benutzt. Er hatte das richtige Gewicht, genau das passende Werkzeug. Geräuschlos.

Er blieb kurz vor dem Schaufenster stehen und lugte an dem *Geschlossen*-Schild vorbei. Im Verkaufsraum war alles dunkel. Doch unter einer geschlossenen Tür nach hinten raus sah er Licht durchscheinen.

Er würde Anna kriegen, zwangsläufig. Aber es würde einigen Wirbel, einige Auseinandersetzungen geben. Drei mußte er aus dem Weg schaffen. Na gut – jetzt noch zwei. Bald nur mehr einer.

Der Mann mit den zwei Gesichtern hämmerte gegen die Tür, ein wildes, heftiges, wütendes Bum-bum-bum-bum.

»Hey, nimm ein Aspirin!« Der Mann mit den zwei Gesichtern verlor fast das Gleichgewicht. Ein Schwarzer kam auf ihn zu. Er trug einen Klapphocker, Angelgerät und eine lange Rute unterm Arm.

»Was ist?« Gab es jetzt Ärger? Aber der Angler schlurfte weiter zum Ende des Piers und schüttelte den Kopf. »Ist schon okay.«

Er mußte zu heftig gegen die Tür getrommelt haben. Ja, ganz bestimmt. Das war es. Der Mann mit den zwei Gesichtern zwang sich zu einem Lächeln und nickte mit dem Kopf. Er mußte sich einfach besser in acht nehmen. Er ballte die Hand zur Faust und biß sich fest in die Knöchel, biß zu, bis es blutete und der Schmerz ihn wieder zur Besinnung brachte. Ausgezeichnet.

Wieder an die Arbeit. Er durfte sich nicht so gehen lassen. Wenn er einen Fehler machte, wenn plötzlich jemand auftauchte, ganz zufällig, womöglich ein Bulle – er schüttelte sich bei dem Gedanken. Sie würden ihn wie eine Ratte in den Käfig stecken. Mit an die hundertfünfzig Sachen war er hierher gerast, und wenn sie ihn angehalten hätten, wäre alles zu Ende gewesen, bevor er sie gehabt hätte.

Das durfte er nicht riskieren.

Er versuchte es also noch einmal, klopfte jetzt ruhiger an die Tür, so als wäre er selber plötzlich ruhiger geworden.

Ein Lichtschein fiel aus der rückwärtigen Tür in den Geschäftsraum. Der Mann mit den zwei Gesichtern klopfte noch einmal. Merkte, daß ihm Blut vom Handrücken tropfte. Wann war das passiert? Wie...?

Die Tür ging auf. »Ja?«

Die Augen seines Gegenübers waren trübe vom Dope. Aber nicht so trübe und weggetreten, daß ihr Blick nicht auf sein Hemd fiel, auf die dunkelrote Verfärbung des Stoffes, die sich vom Hals bis zum Nabel erstreckte, und nicht so weggetreten, daß der Doper nicht hervorbringen konnte: »Gott im Himmel, was ist denn mit Ihnen passiert?«

›Two-face‹, der Mann mit den zwei Gesichtern, gab keine Antwort. Er schwang schon den Schraubenschlüssel und traf den Doper voll auf die Nase. Der sackte wie vom Blitz getroffen zu Boden.

›Two-face‹ sah vom Pier zur Straße und dann zum Meer. Niemand in der Nähe. Gut. Er ging hinein und schloß die Tür hinter sich. Der Doper hatte sich derweil auf die Knie hochgerappelt und versuchte aufzustehen. ›Two-face‹ packte ihn am Haar und zog ihn hinter sich her nach hinten.

Jason war hinüber. Ein Wrack. Halbtot.

Selbst im LSD- und Speed-Rausch spürte er den Schmerz. Aber woher er rührte, wußte er nicht so genau. Vielleicht würde er ja aufwachen und einfach sagen: »Verdammt. Was für ein Trip.« So etwas hatte er schon mal erlebt.

Das Zeug, das er da aus dem weißen Glanzpapiertütchen gewickelt hatte, war irgendein gepanschter Mist gewesen. Eine scheußliche Chemie-Mixtur, mit irgendeinem Bindemittel gestreckt.

Er wußte nicht genau, ob der Schmerz echt war oder nur ein Produkt seiner eigenen Vorstellung, einer Vorstellung, die ihn übrigens heimgesucht hatte, als er in einem Videoladen an der Theke stand und sich Horrorvideos zum Ausleihen ansah. Diese Horrorgeschichten hatten sich in seinem Gehirn festgekrallt, Angstträume von abgebissenen Köpfen, Kettensägen-Massakern, durchgeschnittenen Kehlen und in Wände eingemauerten Frauen.

Und so stöhnte und grunzte Jason vor sich hin. Versuchte, zu sich zu kommen, und irgendwo in den kläglichen Überresten seines Gehirns – dort, wo es noch arbeitete – fragte er sich: *Ist das hier alles wirklich?*

Doch, es war wirklich.

Der Mann mit den zwei Gesichtern trat ihn gegen den Brustkasten, bis ihm die Rippen brachen. Jason wollte losbrüllen, doch es kam nur noch ein Blubbern aus seinem Mund. ›Two-face‹ schwitzte und konnte es nicht fassen: Der Typ hockte mit aufgerissenen Augen auf dem Fußboden, Blut lief ihm aus Mund und Ohren, und er sagte noch immer nichts weiter als »Au, Mann.«

›Two-face‹ hatte mehr erwartet, hatte gehofft, daß er betteln würde und jammern. Das hätte ihn richtig heiß gemacht, hätte ihn den Sieg schmecken lassen. Doch das hatte nicht geklappt, und die Schwerarbeit, die er jetzt leisten mußte – den Doper einfach totzutreten –, hatte bereits angefangen, langweilig zu werden. Jason bettelte nicht, beschimpfte ihn nicht. Er stöhnte nur und röchelte: »Au, Mann.« Und manchmal: »Kumpel.«

»Sag mir, wie das ist, wenn du sie fickst«, fragte ihn der Mann mit den zwei Gesichtern säuselnd. »Wie sind ihre Titten? Komm, sag's mir. Los, sag, wie das ist, wenn du *es mit ihr treibst.*« Er trat noch einmal zu, und Jason, von dem Tritt von der Stelle gestoßen, stöhnte. Ein Arm zuckte krampfhaft. »Erzähl mir, wie das ist, wenn du sie fickst …«

Keine Antwort, nur so etwas wie ein Seufzer.

»Erzähl mir von Creek. Er sieht aus wie ein Monster. Wie Bigfoot. Erzähl mir von Creek. War er dabei? Habt ihr sie alle drei gefickt? Alle drei auf einmal?«

Aber der Doper antwortete nicht. Er war schon in einem anderen Land.

»Leck mich«, meinte der Mann mit den zwei Gesichtern schließlich. Er war es leid. Er hörte das Meer unter ihnen gegen die Pylone schlagen, ein rhythmisches Donnern und Tosen. Er zog eine 22er Smith & Wesson mit langem Lauf aus der Jackentasche und richtete sie auf das blubbernde Wrack vor ihm auf dem Fußboden.

»Siehst du das? Ich knalle dich jetzt ab, Mann.«

»Kumpel.« Der Typ konnte schon lange nichts mehr wahrnehmen, das wurde dem Mörder klar, nicht einmal seinen bevorstehenden Tod.

›Two-face‹ ging in die Hocke. »Ich knalle dich jetzt ab.«

Er zielte auf die Stirn des Mannes, und als wieder eine Welle herandonnerte, feuerte er einmal. Jasons Kopf schlug nach hinten auf die Bohlen. Das war es schon.

Der Mann mit den zwei Gesichtern hoffte auf irgendeinen Kick. Aber nichts passierte.

»Scheiße«, fluchte er. Als der Kerl noch lebte, hatte es mehr Spaß gemacht. Hatte er sie wirklich gefickt? Anna? Er hatte sich genau ausgekannt. Also war es möglich.

›Two-face‹ stand auf, schob das Fenster, das auf das Meer hinausging, hoch und starrte hinunter. Hoher Wasserstand. Alles lag im Dunkeln, aber er konnte das Wasser rauschen und schäumen hören.

Genau richtig, dachte er und glotzte hinaus. Genau so.

4

Kurz nach ein Uhr wurde Anna schlagartig wach, realisierte als erstes das Kissen, auf dem ihr Kopf lag, dann das Zimmer und in der Ferne die heulenden Turbinen eines Jumbos, der vom L. A. Airport abhob. Sie blieb noch einige Minuten liegen, rollte zur Seite, sah auf die Uhr, gähnte, stand auf und streckte sich.

Duschte, wusch sich die Haare.

Anna zog, wenn sie nicht arbeitete oder am Strand joggte, gern lange Kleider an, ein bißchen im Hippie-Look mit kleinen Blumenmustern und tiefem Ausschnitt.

Bei der Arbeit trug sie dagegen eine klug zusammengestellte ›Uniform‹, die zu allen möglichen Gelegenheiten passen mußte. Sie bestand aus cremefarbener Seiden- oder weißer Baumwollbluse, schwarzer Hose, teuren schwarzen Schuhen und einer Leinen- oder leichten Wolljacke, von denen sie, passend zu jeder Saison, eine ganze Reihe im Schrank hatte. Dazu kamen drei Hermès-Seidentücher, von denen sie immer das eine oder andere in der zuknöpfbaren Innentasche verstaute, zusammen mit einem Paar goldener Ohrringe. Wenn sie die Jacke im Wagen ließ und die Blusenärmel hochkrempelte, war es die lässige Variante. In der Jacke wirkte sie dagegen geschäftsmäßig, noch immer leger, aber es sah doch nach Arbeit aus. Wenn dann noch Tuch und Ohrringe dazukamen, konnte sie auch bei formellen Anlässen aufkreuzen. Zumindest ging sie als Lieferantin für Speisen und Getränke durch.

Beim abendlichen Einsatz konnte jede dieser Outfit-Varianten angesagt sein – wenn man erst einmal das Terrain sondieren mußte, ehe sie die Scheinwerfer einschalteten und mit dem Drehen anfingen, vor allem dann, wenn Cops oder Sicherheitsleute in der Nähe waren, die allergisch auf jede Art von Publicity reagierten.

Formelleres Outfit war immer dann gefordert, wenn sie selbst vor die Kamera mußte. Das tat sie zwar nicht gern – Anonymität machte die Dinge leichter –, aber manchmal war es eben nötig, als Interviewer mit aufzutauchen. Und wenn sie schon keine andere Wahl hatte, mußte wenigstens ihr Äußeres stimmen.

Für die Kameraleute galt das nicht: Waren erst einmal die Lampen an, gab es nichts mehr zu verstecken.

Sie verließ die Dusche, trocknete die Haare, zog Shorts und ein T-Shirt an und band die Joggingschuhe zu. In der Küche hielt sie an und trank ein Glas Orangensaft. Dabei lehnte sie sich mit dem Rücken gegen die Wand, um ein Bein nach dem anderen zu lockern.

Es war ein schöner Tag, kühl, mit einem blauen Himmel und einer leichten Brise vom Meer her. Der Strand lag eine halbe Meile entfernt, und sie machte unterwegs schon ein paar Lockerungsübungen auf dem Venice Boulevard. Von dort kam sie über eine Stichstraße zum Meer.

Ein riesiger Schwarzer, der mal Linebacker in der zweiten Garnitur der L. A. Raiders gewesen war, machte auf einem Streckrahmen im Sand Liegestütze. Er hob winkend eine Hand und machte die Liegestütze auf der anderen weiter. Anna winkte zurück und ging bis zum Wasserrand, wendete sich nach rechts und rannte los. Sechs Meilen, drei hinauf, drei wieder zurück. Sie jagte immer die Brandung entlang, scheuchte die Strandvögel auf und spürte die Sonne im Rücken. Einige hundert Meter entfernt lief ein anderer Jogger.

Als sie startete, war ihr Hirn leer. Je weiter sie allerdings am Strand kam, desto mehr füllte es sich wieder. Vielleicht sollten sie heute abend mal wieder die südlichen Bezirke abfahren. Sie hatten diese Region schon längere Zeit nicht mehr aufgesucht. Was wohl aus dem Kind aus dem brennenden Haus geworden war, dessentwegen sie zum letztenmal im Süden der Stadt gewesen waren? Der Junge hatte versucht, eine Katze zu retten, oder so. Ob seine Genesung ein geeignetes Thema war? Jedenfalls könnte man dort als erstes wieder einhaken. Louis sollte sich mal um die Telefonnummer kümmern... Vielleicht würde daraus ein Knochen werden, den man Channel Seventeen hinwerfen könnte...

Sechs Meilen, etwas mehr als zweiundvierzig Minuten. Als sie zurückkam, saß der Linebacker auf der untersten Zuschauerbank am Basketballfeld und packte Kompressen auf seine Knie.

»Hey, Dick«, begrüßte ihn Anna. »Wie geht's den Knien?«

»Kricks-kracks-knirsch, wie die Cornflakes«, flachste er.

»Reiscracker«, korrigierte Anna.

»Meinetwegen. Wird jedenfalls immer schlimmer.«

»Mußt dich halt entscheiden«, meinte Anna.

»Ich weiß.« Er stieß sich hoch und humpelte am Spielfeldrand entlang. »Sind so steif, daß ich jetzt nicht bis zum Wasser käme.«

»Geh unters Messer, Junge«, empfahl Anna. »Alles andere ist besser als das hier.«

»Habe aber Angst vor dem Messer. Wenn sie mir die Narkose geben, werde ich nachher nicht mehr wach. Bleibe einfach weg.«

»Ach, hör doch auf, Dick...«

Sie quatschten noch fünf Minuten, dann eilte Anna wieder nach Hause. Beim Abschied sagte der traurige Linebacker: »Wenn ich so gut laufen könnte wie du, wäre ich noch im Spiel.«

Als sie daheim ankam, flötete gerade das Handy. Wieder Louis? Fertig zum Aufbruch für die nächste Nacht? Ein wenig früh noch dafür. »Hallo?«

Es war nicht Louis.

»Hier ist Sergeant Hardesty von der Polizei in Santa Monica.« Er schien etwas überrascht, jemanden am Telefon erwischt zu haben. »Sind Sie Anna Batory?« Er sprach ihren Namen wie ›Battery‹ aus.

»Ba-Tory«, verbesserte sie. Anna streute gern ihre Visitenkarten unter die Leute und bekam über das Handy oft Tips. »Was ist passiert?«

»Es tut mir leid, Ma'am, aber es ist tatsächlich etwas passiert. Eine dabei beteiligte Person hatte eine Nachricht in seinem Portemonnaie, auf der stand, man soll sich mit Ihnen in Verbindung setzen, wenn etwas ist.«

Sie kam nicht gleich darauf, doch dann fror ihr das Lächeln im Gesicht. »Oh, mein Gott, Creek«, stammelte Anna. »Heißt er Creek?«

»Ich weiß nicht, Ma'am«, entgegnete die Stimme und stimmte die professionelle Tonlage des Bedauerns an. »Die Person konnte noch nicht identifiziert werden. Könnten Sie wohl herkommen?«

Die Leiche lag am Strand, direkt am Wasser. Wäre Anna vorhin noch fünf oder sechs Meilen weiter gelaufen, wäre sie darüber gestolpert.

Drei Polizeiautos, zwei Streifenwagen mit Alarmlichtern auf dem Dach und ein neutraler, weißer Chevy, standen hintereinander. Daneben wartete ein Sanitätsfahrzeug schon fast in der Brandung. Die weitesten Wellenausläufer leckten bereits um seine Reifen. Hinter dem Wagen hatten sich mehrere Beamte um etwas versammelt, das wie ein Haufen Seetang aussah: eine Leiche unter feuchtgrüner

Decke. Zwei Cops in Uniform hielten auf der anderen Seite der Autos die Gaffer fern.

Draußen auf dem Wasser jagten zwei Wasserskiläufer sich in weiten Kreisen und sprangen über die Wellen im Kielwasser der Boote. Ihre Motoren klangen aus der Ferne wie Kettensägen. Hinter ihnen schoß ein Einhandsegler in Richtung Marina Del Rey, sein Klüver flatterte in der steifen Brise.

Anna stapfte mit wachsender Furcht durch den Sand zu den Polizeiautos. Sie hatte versucht, Creek telefonisch zu Hause zu erreichen, aber ohne Erfolg. Creek war bei jeder Gelegenheit draußen auf dem Wasser. Oft hatte sie schon daran gedacht, daß er dort auch bestimmt einmal den Tod finden würde.

Einer der uniformierten Cops schlängelte sich an den Autos vorbei und schnitt ihr den Weg ab. »Man hat mich hergerufen«, erklärte sie und zeigte auf die Gruppe am Wasser. »Sie glauben, es ist ein Freund von mir.«

»Würden Sie einen Augenblick warten…«

Sie blieb bei den Autos stehen, während der Cop zu der Gruppe ging und etwas zu einem Beamten in Zivil sagte. Der sah kurz zu Anna herüber und nickte. Der Cop winkte und meinte, als sie aneinander vorbeigingen: »Heiß heute.« Dann fügte er noch hinzu: »Hoffe, es ist nicht Ihr Freund.«

Anna antwortete mit einem Kopfnicken, aber sein freundlicher Wunsch konnte den immer dicker werdenden Kloß in ihrem Hals auch nicht lösen.

Am Wasserrand hockte ein Mann mit beginnender Glatze in Jeans und T-Shirt neben der Leiche und untersuchte sie. Zwei weitere Männer hockten auf der Stoßstange des Krankenwagens und unterhielten sich. Einer hatte die Kopfhörer für einen Walkman um den Nacken. Zwei Polizisten in Zivil, ein Mann und eine Frau, beobachteten den am Boden hockenden Mann. Als Anna zu ihnen trat, wandten sie sich zu ihr um.

Die Frau trug Designer-Jeans und eine gestärkte weiße Bluse. Über ihrem Arm hing zusammengefaltet ein blauer Blazer. Ihre Sonnenbrille mit den altmodisch-runden Gläsern hatte sie sich wohl von den drei Blinden Mäusen aus dem Comic geliehen. Sie war dunkelhaarig und hatte einen braunen Teint, ein kräftiges Kinn und große weiße Zähne. Sie war ein bißchen größer als Anna und hatte eine Automatic-Pistole in ihrem Schulterhalfter.

Ihr Partner war groß mit schütterem grauem Haar, etwas übergewichtig und mit tiefen Krähenfüßen in den Augenwinkeln. Sein Aufzug stammte direkt von JC Penney. Seine spitzen schwarzen Schuhe und die Hosenaufschläge waren sicher voller Sand.

Auch er hatte die Jacke ausgezogen und trug einen Revolver im Gürtel, wahrscheinlich einen uralten Smith & Wesson. Zwischen ihnen herrschte, wie Anna gleich auffiel, eine seltsame Form der Körpersprache. Wenn sie sich bewegte, und waren es nur ein oder zwei Schritte, folgte er ihr, ohne daß sie es bemerkte.

Der Mann lächelte, und die Frau zog die Nase kraus, als wäre Anna ein Schmutzfleck auf einer antiken Tischplatte.

»Mein Name ist Jim Wyatt«, stellte sich der Cop vor. »Und das ist meine Partnerin, Pam Glass.« Die Frau nickte und musterte sie kühl durch ihre Brillengläser. Wyatt runzelte die Stirn und fragte dann: »Kenne ich Sie? Ich bin Ihnen doch schon irgendwo mal begegnet ...«

»Ich mache TV-Reportagen, Polizeithemen«, erwiderte Anna. »Wahrscheinlich haben Sie mich in diesem Zusammenhang mal gesehen.«

Wyatt nickte und lächelte wieder. Wer Antworten bekommen wollte, mußte offen sein. »Genau. Sie waren bei der Jagd auf den Einbrecherring dabei. Mein Gott, das ist Jahre her. Man nahm an, die Kerle hätten diese Frau da an der Marguerita Street umgebracht...«

Anna zeigte bestätigend mit dem Finger auf ihn, als wären sie hier zu einem netten kleinen Tratsch. Sie wollte die Leiche nicht ansehen und tat alles, um es hinauszuzögern. »Und Sie waren der, der die Tür eingetreten hat.«

Das war damals ein guter Streifen geworden: Die Cops beim Anschleichen durch einen Hof auf das Zielobjekt zu, während im Nachbarhaus ein Hund wie verrückt bellte. Wyatt, der mit der Waffe in der Hand wartete, bis die anderen Stellung bezogen hatten, aber nicht zu lange – wegen des Hundes. Dann mit zwei Kollegen in kugelsicheren Westen um die Hausecke und mit Gewalt durch die Tür.

Creek waren die guten Aufnahmen gelungen. Die Cops hatten drei Männer und eine Frau geschnappt und zweihundert gestohlene Elektronikgeräte sichergestellt, vom Blutdruckmesser über Mobiltelefone bis zu Brotmaschinen. Wirklich gefährlich war die Aktion nicht, aber das Filmmaterial war gut gewesen.

Sie schlug Zeit heraus. *Bitte nicht Creek, nicht Creek...*

»Ja, das war ich«, bestätigte Wyatt. Daß sie sich erinnerte, schmeichelte ihm, und er freute sich, sie wiederzusehen. Für ein paar Stunden war er ein Held gewesen. »Und sie machen immer noch Fernsehen?«

Anna nickte. »Ja, immer noch dieselben Sachen. Cops, Feuersbrünste, Schlägereien, Unfälle, Filmstars.«

»Viele Polizisten mögen es gar nicht, wenn man sie Cops nennt«, mischte Pam Glass sich ein.

»Ich weiß«, entgegnete Anna. Ihr Blick fiel auf die Decke, eine olivgrüne Army-Decke. Der Mann, der daneben hockte, zog an einem darunter hervorragenden Fußknöchel. Zu zart für Creek und zu blaß. Kein Schuh, keine

Socke. Die Haut durch das Wasser zusammengeschrumpelt. Das Gesicht des Toten war noch unter der Decke. »Ich hoffe bei Gott«, sagte sie zu Wyatt, »daß das nicht mein Freund ist.«

»Laut seinem Ausweis heißt er Jason O'Brien ...«

Das haute sie fast um. Jason? An ihn hatte sie überhaupt nicht gedacht. Ein Gefühl der Erleichterung erfaßte sie, gleich gefolgt von der Scham darüber.

»Geht es Ihnen gut?« erkundigte sich Wyatt.

Sie fing sich wieder. »O ja, mein Gott ... Jason?«

»Er hatte einen Zettel dabei, daß wir Sie rufen sollen«, erläuterte Glass.

Wyatt sah auf die Decke hinab und fragte: »Sie stehen sich also ziemlich nahe?«

»Das nun nicht gerade, aber er ist schon ein Freund von mir. Er war unser zweiter Kameramann, sprang ein, wenn wir einen brauchten. Er hat immer ›Mom‹ zu mir gesagt«, antwortete Anna. »Er ist ein kleiner Junge – war einer.«

»Waren Sie gestern zusammen?«

»Ja. Er hat gestern abend mit uns gefilmt. Gegen elf ist er abgezogen.«

»Danach haben Sie ihn nicht mehr gesehen?« hakte Glass nach.

»Nein.« Anna erwähnte die Protestaktion der Tierschützer und den Lebensmüden, Glass und Wyatt nickten. Sie hatten die Berichte gesehen. »Was vermuten Sie?« fragte Anna. »Drogen?«

Wyatt schüttelte den Kopf. »Drogen waren es nicht. Wie kommen Sie darauf?«

Anna zuckte mit den Schultern. »Ich glaube, Jason hat immer eine Menge Dope eingeworfen. Er war dann ziemlich weg.«

»Nehmen alle Ihre Freunde Dope?« wollte Glass wissen.

»Einige«, gab Anna zu. Das brachte sie jedoch keineswegs in die Defensive. Es war kein Verbrechen, Doper zu kennen. »Jason hat Speed genommen, auch Crack, wenn er es bekam. Koks hat er sehr gemocht, aber meistens konnte er es sich nicht leisten. Hin und wieder Marihuana.«

»Warum ist er letzte Nacht weg?« bohrte Wyatt.

Anna schüttelte den Kopf. »Ich weiß nicht. Er hatte eigentlich angekündigt, die ganze Nacht dabei zu sein, aber dann, nach dem Springer... Ich weiß nicht.« Sie dachte einen Moment nach. Jetzt, da er tot war – wenn es denn wirklich Jason da unter der Decke war –, erschien ihr sein hastiger Aufbruch um so seltsamer. »Er sagte, der Springer sei ihm auf den Magen geschlagen, er wolle weg. Wir haben alle gemerkt, daß das Unsinn war – die anderen aus der Crew und ich auch. Vielleicht war irgendwas im Busch.«

»Warum war es Unsinn?« erkundigte sich Glass.

»Weil ich beobachtet habe, wie er zu einer aus dem Knast entlassenen Frau in den Wagen stieg. Er wollte sich bei ihr einen besseren Schuß besorgen. Er lag dann mit dem Kopf auf dem Vordersitz, die Augen noch offen und mit einem Lächeln im Gesicht«, schilderte Anna. »Wie hätte der Selbstmörder ihn so aus der Fassung bringen können? Es war ja nicht einmal Blut zu sehen.«

»Hm.« Wyatt nickte und blickte über den Strand in nördlicher Richtung zu den Bergen, die über Malibu thronten. Als fände er dort eine Antwort. Aber das tat er nicht, und so seufzte er und sagte: »Werfen Sie mal einen Blick auf die Leiche? Nur, damit wir wissen, daß er es auch tatsächlich ist.«

Anna nickte und schluckte. Sie hatte einen völlig trockenen Mund. Tote liefen ihr ständig über den Weg, aber nicht tote Freunde.

»Frank«, befahl Wyatt, »hebst du mal an einer Ecke die Decke hoch?«

Frank ließ den Fuß los und hob eine Ecke hoch. Wyatt beobachtete Annas Gesichtsausdruck. Es war Jason.

Drogen waren nicht die Ursache, das stand fest.

Er lag auf dem Bauch, den Kopf leicht in Richtung Wasser gedreht. Das Gesicht war ihr zugewandt. Er sah nicht so aus, als schliefe er nur. Man hatte vielmehr den Eindruck, daß er zu Wachs geworden sei. Das eine für Anna sichtbare Auge war weit aufgerissen, die Zunge hing ihm aus dem Mund wie das schlaffe Ende eines zu langen Gürtels.

Sein Kopf sah schlimm aus, verformt, und etwas war mit seinen Wangen passiert. Blut war keines zu sehen, und so konnte man die genauen Konturen nicht erkennen, aber die Haut schien mit einem Messer oder einer Rasierklinge aufgeschlitzt worden zu sein. Doch das konnte nicht die Todesursache gewesen sein. Die war eine Kugel gewesen. In der Stirn sah man direkt über dem offenen Auge ein sauberes, dunkles Loch.

»O Gott«, entfuhr es Anna. Sie wandte sich ab und hatte das Gefühl, sich übergeben zu müssen. »Er ist es.«

»In Ordnung«, sagte Wyatt. Frank ließ die Decke fallen.

»Wann haben Sie ihn gefunden?«

»Er ist, hmm, vor ungefähr zwei Stunden angespült worden. Leute haben den Körper in der Brandung entdeckt. Sie glaubten, er sei am Ertrinken. Ein Strandwächter ist hingeschwommen und hat ihn rausgeholt.«

Während er das erzählte, rann Anna eine Träne über die Wange. Sie runzelte die Stirn und wischte sie weg. Keine Tränen. Weinen gab es nicht. Und schon rollte die nächste.

»Hatte er mit irgendwelchen Gangs zu tun? Bei denen er sein Dope kaufte und mit denen er Ärger bekommen haben könnte?«

»Nein... Ich glaube nicht. Aber ich kannte ihn nicht gut genug, um das sicher sagen zu können. Warum?«

Wyatt zuckte mit den Schultern. »Wegen dieser Schnitte im Gesicht. Sie könnten das Zeichen einer Gang sein. Sie sehen auf beiden Seiten gleich aus, auf beiden Wangen.«

»Ich weiß nicht«, zweifelte Anna.

»Okay. Hören Sie, wir brauchen eine ausführliche Aussage von Ihnen«, forderte Wyatt. »Wann Sie ihn zuletzt gesehen haben, wo er wohnte, welche Leute er kannte und mit wem er womöglich Ärger hatte. Seine Familie. All diese Sachen. Die Adresse auf seiner ID-Karte stimmt nicht mehr.«

Anna nickte. »Er ist oft umgezogen. Zuletzt hat er, glaube ich, in einem Apartment in Inglewood gewohnt. Ich bin nie dort gewesen, aber ich hatte eine Telefonnummer. Wir haben ihn normalerweise am Pier abgeholt. Er hat im ShotShop-Fotoladen gearbeitet.«

Glass sah zum Pier eine Meile südlich.

»Ja.« Sie drehten sich alle um und sahen zum Santa-Monica-Pier, der sich eine Meile entfernt mit einer grauen Häuserzeile ins Meer schob.

»Hatte er mit irgendwem Ärger? Beim Beschaffen von Speed oder so?« fragte Wyatt.

»Gestern abend war er anfangs richtig munter. Fuhr mit, weil er von den Tierschützern gehört hatte. Er hatte für uns den Kontakt hergestellt – er war mit uns nur ein- oder zweimal im Monat unterwegs, wenn wir mit schwierigeren Dreharbeiten rechneten. Er war einfach nur ... ganz normal ... Jason. Nichts Auffallendes.«

»Und über den Stoff wissen Sie nicht Bescheid. Wer ihn zum Beispiel beliefert haben könnte.«

»Nein. Keine Ahnung«, bekräftigte Anna.

»Sie wissen überhaupt nicht gut Bescheid, oder?« stänkerte Glass.

»War eben nicht meine Sache«, giftete Anna zurück.

»Hier liegt ein gottverdammter Freund von mir tot am Strand, und ich brauche mir von Cops nicht irgendwelchen Quatsch anzuhören.«

Glass ging einen Schritt auf sie zu. Anna wich nicht von der Stelle, aber Wyatt machte selbst einen Schritt nach vorn und trat zwischen beide. »Immer mit der Ruhe, Pam.« Und zu Anna gewandt: »Sie auch.«

Anna blieb noch zehn Minuten bei ihnen, verfolgte ihren sonderbaren Tanz, er immer hinter ihr her, und erklärte sich bereit, von sich aus zum Polizeirevier zu fahren und ihre Aussage zu Protokoll zu geben. Wyatt begleitete sie ein Stück zu ihrem Wagen.

»Tut mir leid wegen Pam«, entschuldigte er sich. »Sie ist noch nicht lange bei der Mordkommission. Sie geht noch so vor wie beim Streifengang auf der *Straße*.«

»Sie kämpft gern?« fragte Anna.

»Sie hat jedenfalls keine Angst davor«, entgegnete Wyatt und sah zu der Frau zurück, die dastand und die Leiche musterte.

»Ach so, eines noch«, fiel Anna ein. »Kann sein, daß Jason letzte Nacht high war. Ich weiß nicht, weil ich es nicht jedesmal merkte, aber er war so aufgedreht. Als wir dann bei dem Hotel drehten, wegen dieses Springers, zitterte er plötzlich wie Espenlaub. Beim Filmen ging es noch prima, aber als wir dranblieben, hat er nur noch … gezittert. Es hat ihn geschüttelt, als hätte er Krämpfe in den Armen.«

»In Ordnung, wir werden das dem Doc mitteilen, Sie bleiben doch erreichbar, oder?«

»Ja. Einen Moment.« Anna wühlte in ihrer Tasche nach einer Visitenkarte, ließ sich von Wyatt einen Stift geben und sagte: »Drehen Sie sich mal um, damit ich eine Stütze habe.« Er diente ihr als Schreibpult – was ihm zu gefallen schien –, und sie kritzelte zwei Telefonnummern auf die Karte und gab sie ihm. »Die erste ist meine Privatnummer zu Hause. Sie steht nicht im Telefonbuch, und an ihr hängt ein Anrufbeantworter. Die andere ist meine Handy-Nummer. Das Ding schleppe ich immer mit mir herum. Auf der Vorderseite steht noch die Nummer, mit der Sie den Ü-Wagen erreichen. Über die eine oder andere erwischen Sie mich immer.«

»Danke. Fahren Sie jetzt bitte ins Revier und machen Ihre Aussage.« Er schaute sich nach seiner Partnerin um, seufzte und ging wieder zu ihr.

»Bereitet Ihnen einige Zahnschmerzen, nicht?« sagte Anna hinter ihm her.

Er blieb stehen und drehte sich halb zu ihr um. »Wie meinen Sie das?«

»Daß Sie so dringend mit ihr schlafen wollen.«

Wyatt blickte sie finster an, und dann zog ein unsicheres Lächeln über sein Gesicht. »Ich glaube nicht, daß eine Frau jemals weiß, wie sehr es einen Mann drängen kann«, stellte er fest, ging wieder los, drehte sich aber noch einmal um und fügte mit Nachdruck hinzu: »Und, wissen Sie, es ist ja nicht nur, daß ich mit ihr schlafen will. Das ist doch bloß … der Anfang.«

5

Anna machte ihre Aussage und fuhr dann zu Creek. Er wohnte im Süden von Los Angeles in Marina Del Rey. In einem Stadthaus, zusammen mit zwei ägyptischen Mau-Katzen, siebenhundert Büchern über das Segeln und einem Billardtisch, der, wie er behauptete, früher mal zur Dekoration eines James-Cagney-Films gehörte und den jemand einfach hatte ›mitgehen‹ lassen. Er nahm noch immer nicht das Telefon ab, und Anna vermutete, daß er auf seinem Boot war.

Lost Dog war ein S-2/7.9-Schwertboot mit einem kleinen Honda-Außenbordmotor, der am Heck hing. Creek war mit dem Boot schon nach Honolulu und zurück gesegelt. Nach der Rückkehr hatte Anna ihm eine ›Urkunde für ausgesuchte Beschränktheit‹ verliehen, die nun stolz in der Hauptkabine über der einzigen Koje hing. Diese war gerade groß genug, daß Creek in ihr schlafen konnte.

Anna parkte ihren Wagen und ging den asphaltierten Gehweg und die lange weiße Rampe zum Hafenbecken hinunter. Es roch durchdringend nach Algen und Benzin. Im Wasser entdeckte sie die grüne Persenning über der *Lost Dog*, also war Creek zumindest nicht draußen.

Tatsächlich hielt er sich im Boot auf und montierte gerade am Klüverbaum herum.

»Creek«, rief sie. »Komm mal rauf.«

Creek stieg die Leiter zur Kaimauer hoch und schob den Kopf über die letzte Sprosse. Er hatte kein Hemd an, hielt eine Bügelsäge in der Hand und glänzte vor Schweiß. Er sah Annas Gesicht. »Was ist passiert?«

»Jason ist tot«, entgegnete Anna ohne Umschweife.

Creek schaute sie einen Augenblick an, schüttelte dann müde den Kopf und sagte: »Ach, du Scheiße.« Er tauchte wieder nach unten, und die Säge fiel klappernd in einen Werkzeugkasten. Kurz darauf tauchte er wieder auf. Er hatte nur eine Turnhose an. Sein Körper war behaart wie ein Zottelpelz. »Ich wette, dieses verdammte Zeug«, vermutete er.

»Er wurde erschossen«, informierte ihn Anna.

»Erschossen?« Creek dachte einen Moment nach, dann zuckte er mit den Schultern und hob die Hände. »Hat wahrscheinlich doch mit Dope zu tun.«

»Ja, schon möglich«, erwiderte Anna.

»Was denn sonst?«

»Ich weiß nicht«, sagte Anna. Sie erzählte ihm die Einzelheiten. Wo die Leiche gefunden wurde und wie. »Ich habe schon gefürchtet, du wärst es.«

»Unmöglich. Ich würde nicht im Wasser treiben.«

Jetzt brach es aus ihr heraus. »Sein Gesicht war so weiß wie Papier, es sah aus wie...« Ihr Blick fiel zufällig ins Hafenwasser. Dort schwamm, den Bauch nach oben, ein toter Fisch. »... wie dieser Fisch. Er sah aus, als wäre er nie lebendig gewesen.«

»Du weißt, mit wem er sich herumgetrieben hat«, stellte Creek fest. »Mit diesen Typen geht es einige Zeit gut, und dann killen sie dich. Verdammte ausgeflippte Hollywood-Junkies.«

Anna sah zu ihm auf und nagte an ihrer Unterlippe. Sie wollte ihm eigentlich nicht sagen, daß sie bei den Cops auch seinen Namen genannt hatte, aber es war notwendig. Er mußte darauf gefaßt sein. »Hör mal, ich mußte bei den Cops eine Aussage machen. Wir könnten die letzten gewesen sein, die Jason lebend gesehen haben, außer dem Mörder. Ich habe ihnen gesagt, daß Jason Speed nahm und das andere Zeug, denn das könnte ja wichtig sein.«

Creek atmete tief durch, legte den Kopf in den Nacken und betrachtete den Wimpel an der Mastspitze. »Kein Wind heute«, meinte er. Und dann: »Sie werden kommen und mit mir reden wollen.«

Anna nickte. »Deswegen bin ich gleich zu dir her. Sie wollten die Namen von allen aus der Crew haben, die mit Jason zusammengearbeitet haben«, berichtete sie. »Ich glaube, wir sollten uns heute abend ausklinken, vielleicht sogar ein paar Tage pausieren.«

»Für mich geht das in Ordnung. Ich habe genug am Boot

zu basteln«, sagte Creek. Er ließ resigniert die Arme fallen. Früher hatte er es mal nicht so genau genommen und ganze Bootsladungen Marihuana aus Mexiko hereingeschmuggelt. Man hatte ihn nie mit einer Ladung geschnappt, aber zum Schluß wußten die Cops ziemlich genau über Creek Bescheid, und als ihn mal einer verpfiff, wanderte er für drei harte Jahre in den Knast. Dabei hatte er sogar noch Glück gehabt.

»In Alabama säße ich noch heute«, mußte er zugeben. Seit zehn Jahren hatte er jetzt keine Drogen mehr geschmuggelt oder eingeschmissen, aber wenn die Cops erfuhren, daß er zur Night Crew gehörte, dann würden sie gleich da sein. »Du sagst besser auch noch Louis Bescheid.«

»Das habe ich schon telefonisch getan«, entgegnete Anna. »Aber du solltest wissen, daß sie hier wahrscheinlich aufkreuzen. Ich hätte es ihnen ja lieber nicht gesagt...«

»Ach was, sie hätten dich bald ertappt und sich dann gefragt, warum du sie belügst.« Er lächelte sie an. »Fahren wir ein bißchen raus? Möchtest du in der Sonne sitzen?«

Nachmittags, wenn Creek nicht arbeitete, warf er gern den Außenborder an und verließ den Hafen in Richtung Pazifik, setzte dann gerade so viel Segel, daß er ein bißchen hinauskam, holte die Fock ein, lockerte den Baum, stellte die Ruderpinne fest und driftete, manchmal die ganze Nacht lang, über das Meer und hörte ihm zu.

Anna lehnte seine Einladung mit einem Kopfschütteln ab. »Nein, lieber nicht«, erwiderte sie. »Ich möchte nach Hause, ein Bad nehmen. Ich rieche wie... tot. Ich habe den Geruch noch in der Nase.«

Jason hatte mit ihnen zwei Jahre sporadisch zusammengearbeitet. Alles in allem gerade ein Monat gemeinsamer Arbeit, möglicherweise ein bißchen mehr. Vielleicht dreißig verschiedene Termine, dachte Anna, und jedesmal ein paar Stunden. Er hatte seinen Job gut gemacht, mit einem künstlerischen Auge. Er wußte, wie man von der Totalen auf die richtigen Ausschnitte fuhr, und er hatte keine Scheu, seine Nase auch in schwierige Aufgaben zu stecken.

Seine Hauptschwäche war, daß er sich nicht auf die wesentlichen Dinge konzentrieren konnte. Er blieb gerne an etwas hängen, das ihn interessierte – etwa einem Gesicht oder einer visuell reizvollen Einstellung, und dann schweifte er von der Story ab, die sie eigentlich verfolgten.

Anna machte eine halbe Stunde lang Ordnung im Haus. Es war stumpfsinnig und ging ihr auf die Nerven, und plötzlich war sie deprimiert. Schließlich trug sie zwei antike Holzstühle auf die Veranda und fing an, sie abzuschmirgeln. Sie hatte sie auf einem Flohmarkt erworben. Da sie in einem ordentlichen Zustand waren, hatte sie sich ausgerechnet, daß sie mit ihnen beim Weiterverkauf einen ordentlichen Profit machen würde, wenn sie nur diesen türkisen Lack herunterkriegte.

Es war eine Futzelarbeit, die nur langsam voranging, aber so fand sie Zeit, an Jason zu denken: Nicht, daß sie dem Mord auf die Spur kommen wollte und nach Zusammenhängen suchte, sie erinnerte sich nur an die Nächte, die er hinten im Wagen verbracht hatte, an die drogensüchtige Frau neben ihm am Olympic Boulevard und an den verrückten Navajo mit dem Baseballschläger, den er in dem Sexladen gefilmt hatte. Dabei waren die pinkfarbenen Plastikpenisse nur so durch die Luft geflogen, genau wie die Pfeile Babylons, die über Jerusalem kamen.

Beim Gedanken daran mußte sie lächeln. Doch es erstarb wieder, als ihr das Gerangel im Black Tulip einfiel, bei dem die wild gewordenen Gäste auf die Scheinwerfer losgegangen waren. Oder der Tag, an dem sie die beiden jungen Ausreißerinnen, Geschwister, dabei gefilmt hatten, wie sie ausgerechnet auf dem Sunset Boulevard Schutz suchten und diese fünfzigjährigen Frischfleisch-Jäger schon hinter ihnen her waren...

Gegen sieben Uhr ließ das Tageslicht nach, und sie hörte mit der Schmirgelei auf, ging hinein und machte sich einen Gin-Tonic. Hinten im Zimmer lief wie immer der Fernseher, und beim Weg zurück auf die Veranda sah sie wieder den Ausschnitt mit dem Tierschützer, der von dem Schwein von den Beinen geholt wurde. Der war mehr als sein Geld wert, dachte sie, und mußte bei seinem Anblick grinsen. Dann fiel ihr ein: *Der Ausschnitt stammte von Jason.* Ihr verging das Lächeln, und sie schritt, an den Fingern noch immer nach Lackfarbe riechend, nach vorn, bis sie auf den Kanal hinaussehen konnte. Dort ließ sie sich in einen Liegestuhl fallen.

»Anna!« Jemand rief nach ihr. Von oben.

Sie sah hoch. Hobart Page schaute von seinem Balkon im ersten Stock nebenan herunter. »Wir haben uns gerade eine Margarita gemacht. Komm doch rauf.«

»Danke, Hobie, aber, hm, ein Freund von mir ist gestorben. Ich möchte einfach nur eine Zeitlang dasitzen und nachdenken.«

Eine andere Stimme, die von Jim McMillan, Hobies Mitbewohner. Sie sah, wie sich sein Schattenriß gegen den Himmel abzeichnete. »Mein Gott. Du bist okay?«

»Ja, ja. Es schafft mich aber ganz schön«, gestand sie.

»Also, komm rüber, wenn du Gesellschaft brauchst.«

Sie hatte gerade ausgetrunken, als das Telefon läutete – das im Haus, das nicht im Telefonbuch verzeichnete. Creek oder Louis, vielleicht auch ihr Vater oder sonst einer von einem halben Dutzend Leute, dachte sie.

Aber es waren die Cops. »Ms. Batory ... Hier ist Lieutenant Wyatt.«

»Sie arbeiten aber noch spät«, stellte Anna fest.

»Wir machen hier gerade Schluß«, erwiderte er.

»Schluß? Haben Sie den oder die Täter?«

»Ich fürchte, nein. Wir haben die Wohnung des Opfers gefunden. Wenig Anhaltspunkte. Wenn nicht noch eine Wende eintritt, werden wir nicht viel damit anfangen können ... Was wir gefunden haben, sieht nach Dope aus oder so.«

»Dann geben Sie also auf?«

»Nein – nur im Moment haben wir nichts in der Hand«, erklärte Wyatt. »Wir haben das ShotShop gecheckt. Es ist möglich, daß er dort umgebracht wurde. Man könnte ihn direkt aus dem hinteren Fenster ins Wasser geworfen haben. Das Fenster war nicht verschlossen, wie sonst eigentlich üblich.«

»Haben Sie denn irgendwo Blut gefunden? Er hat ja einiges einstecken müssen ...«

»Keine sichtbaren Flecken. Aber hinten in dem Raum lag so eine Rolle Plakatpapier – Sie wissen schon, so bedruckte Poster für die Plakatwände.«

»Ja ...«

»Jedenfalls sagte uns der Ladenbesitzer, dort habe halb aufgerollt so etwas gelegen, und jetzt sei es weg. Vielleicht ist er auf der Papierbahn zusammengebrochen, als man ihn tötete, und dann hat der Täter das Papier einfach aus dem Fenster geworfen. Es müßte im Meer versunken sein ... Wir haben jdenfalls die Leute von der Spurensicherung nach Blutspuren suchen und auch nachsehen lassen, ob das Papier vielleicht unter dem Pier angeschwemmt wurde. Aber selbst wenn wir es da noch finden, bringt uns das auch nicht viel weiter. Wir fahnden nach jedem, der etwas gesehen hat, aber bisher haben wir niemanden entdeckt.«

»Haben Sie schon mit den Anglern gesprochen? Einige sind da ja immer unterwegs...«

»Ja, sicher. Und wir setzen das heute abend noch fort. Aber, hören Sie mal, ich habe Sie eigentlich nicht angerufen, um Ihnen den neuesten Stand durchzugeben, sondern weil wir O'Briens nächste Verwandte, eine Tante und einen Onkel drüben in Peru, Indiana, ausfindig gemacht haben. Ich glaube nicht, daß sie allzu gutsituiert sind, aber, hm... Sie würden gerne mit Ihnen reden.«

»Mit mir? Wozu?«

»Ich glaube, sie sähen es gern, wenn Sie sich um die Beerdigungsformalitäten und dergleichen kümmerten.«

Sie rieb sich die Nase. »O je...«

»Na ja, Sie sind nun mal die einzige Freundin, die wir finden konnten«, erklärte Wyatt. »In seinem Apartment gab es nichts von Bedeutung, nichts Wertvolles – ein paar elektronische Geräte, ein altes Fahrrad, Kleidung. Jedenfalls wollte ich ihnen nicht Ihre unregistrierte Nummer geben, habe ihnen aber versprochen, daß ich Sie fragen werde, ob Sie sie anrufen.«

»In Ordnung, geben Sie mir die Nummer.«

Am anderen Ende der Leitung meldete sich eine Nancy Odum in Peru. Sie gab den Hörer an ihren Mann Martin weiter. »Wir steigen prinzipiell in kein Flugzeug«, erklärte Martin Odum, »und es ist doch ein zu weiter Weg, um sich mal kurz in den Wagen zu setzen. Wenn Sie sich um die Formalitäten kümmern könnten, würden wir Ihnen gerne Ihren Zeitaufwand ersetzen.«

»Nein, das geht schon in Ordnung«, erwiderte Anna und dachte: *Nein, das tut es nicht.* Sie hatte noch nie eine Beerdigung vorbereitet und eigentlich gehofft, daß sie das auch nie werde tun müssen.

Martin fuhr im selben bedrückten Ton fort: »Seine Mutter und sein Vater sind beide hier in Peru beerdigt, und wir dachten an eine... Verbrennung? Wir könnten dann die Asche auf ihren Gräbern verstreuen. Wenn Sie damit einverstanden sind.«

»Ich kümmere mich darum«, versprach Anna. »Ihm standen noch ein paar hundert Dollar von meiner Produktionsfirma zu. Die verwende ich für die Verbrennung und die Verschickung der Urne. Ja, und seine Sachen – wollen Sie, daß ich sie verkaufe? Ich weiß natürlich nicht, was sie bringen, aber ich könnte Ihnen den Erlös dann schicken.«

»Das wäre nett von Ihnen, Ma'am.«

Sie besprachen den Rest der traurigen Einzelheiten, und das Telefon begleitete ihr Gespräch mit komischen Geräuschen aus dem Satelliten-Funkverkehr. Die Odoms klangen so grämlich, wie Anna sich fühlte. Als alles Notwendige erörtert war, hängte Anna ein, mixte einen neuen Drink, überlegte, ob sie sich nicht gleich einen Doppelten machen sollte, und entschied sich dafür.

Draußen setzte sie sich wieder in den Liegestuhl und ließ ihren Gedanken freien Lauf. Unter dem Einfluß des Alkohols wanderten sie zu der letzten Beerdigung, an der sie vor so langer Zeit teilgenommen hatte...

Anna war auf einer Farm im mittleren Süden von Wisconsin groß geworden, einer 480 Acres großen Maisfarm, die in der Biegung des Whitewater River nicht weit von Madison lag.

Ihre Mutter war Klavierlehrerin gewesen und Anna gerade sechs Jahre alt, als sie an den Folgen eines Autounfalls starb. Sie konnte sich noch immer gut an die traurige Stimmung und an die ziemlich schauerlichen Begleitumstände der Begräbnisfeier in der kleinen Baptistenkirche erinnern und auch an den langsamen Trauerzug über den staubigen Kiesweg zu dem winzigen Friedhof. Ein warmer und strahlender Tag war es gewesen, die jungen Schwarzdrosseln mit ihren roten Flügeln wurden gerade flügge, und eine hatte auf einem dünnen Zweig gehockt und ihr im Vorbeigehen direkt in die Augen geschaut...

Der Tod und die Musik...

Anna war im Abschlußjahr die beste Pianistin an der Universität von Wisconsin-Milwaukee gewesen. Sie ging von dort an die UCLA, und in dem Jahr, in dem sie dort den Master of Fine Arts machte, gehörte sie zu den zwei oder drei Besten ihres Jahrgangs. Nicht gut genug. Um Konzertpianistin zu werden, hätte sie die Beste ihres Jahrgangs und der ein oder zwei Jahrgänge zuvor und nachher sein müssen. Doch so, wie es ausging – als Spitzenabsolventin der UCLA –, blieb es bei Ensemble-Auftritten und der Produktion von Filmmusik.

Sie spielte selbst jetzt noch immer schwere Sachen, einfach aus Gewohnheit und auch irgendwie aus wirklicher Leidenschaft. Doch bei einem ihrer letzten Auftritte im Rahmen der freien Sonntagnacht-Konzerte im Kingsborough-Hotel hatte sie ein paar etwas romantische und aus der Mode gekommene, gar nicht so üble Jazznummern zum Besten gegeben.

Ihre Mutter hatte selbst komponiert, und eines ihrer Stücke war auf ihrer Beerdigung gespielt worden. All den Farmersleuten aus Wisconsin hatte es wunderbar gefallen.

Etwas angetrunken ging Anna viel zu früh ins Bett.

Alkohol ließ sie nie fest schlafen.

Statt dessen setzte er unglückliche Bilder aus den verborgensten Winkeln ihres Gehirns frei, und die zogen nun durch ihre Träume, erweckten alte Erinnerungen wieder zum Leben. Ab und an kam es ihr im Halbschlaf so vor, als stöhne und seufze sie. Morgens um drei wurde sie schließlich wach, sah auf die Uhr und merkte, daß sie im Schlaf geschwitzt hatte.

Um zehn vor vier vernahm sie ein Geräusch und war mit einem Schlag hellwach. Das Geräusch hatte nämlich eine sehr reale Ursache.

Es stammte aus keinem Traum.

Anna war nur mit einem Slip bekleidet. Sie glitt aus dem Bett, tastete nach dem T-Shirt, das sie über einen Stuhl geworfen hatte, war aber noch nicht fündig geworden, als sie wieder dieses Geräusch hörte. Leise ging sie zum Absatz der Treppe und lauschte.

Tick-tick… und ein Kratzen. An der Hintertür, vermutete sie. Ganz deutlich zu hören. Sie fand sich langsam zurecht, ging zum Nachttisch zurück und griff nach dem Telefon. Sie hob den Hörer ab. Das Display leuchtete auf. Sie tippte eine Kurzwahltaste. Nach dem zweiten Läuten meldete sich schlaftrunken Jim McMillan, der Nachbar von nebenan. »Was ist?«

»Jim, ich bin's, Anna. Hier ist jemand, direkt an meiner Hintertür.«

»Das ist ja ein Ding.« Sie hörte, wie er zu Hobie sagte: »Das ist Anna. Bei ihr ist jemand an der Hintertür.« Und Hobie antwortete: »Okay.«

Jim wandte sich wieder an Anna. »Wir rufen die Cops an und schauen, daß er uns nicht durchs Netz schlüpft. Du bleibst liegen.« Er klang jetzt ein wenig erregt.

»Ja. Seid vorsichtig.«

Man wohnte jetzt zwar besser in Venice, aber es hatte hier nun einmal schlimmere Zeiten gegeben, und ganz waren sie noch nicht vorbei. Ihre Auffassung von nachbarschaftlicher Kontrolle und Unterstützung war daher ein wenig ausgeprägter als sonst üblich. Man wußte, daß die Cops immer eine Weile brauchten, bis sie vor Ort waren. Jim würde also eine Telefonkette in Gang setzen, die die beiden benachbarten Blocks umfaßte. In fünf Minuten würden überall Leute auf der Straße sein.

Nur mußte sie die nächsten fünf Minuten erst einmal überstehen.

Anna hatte eine Handfeuerwaffe und einen Schlagstock in ihrem Schlafzimmer. Weil bald Menschen hier auftauchen würden, griff sie lieber nicht nach der Pistole, sondern nach dem Schlagstock, der immer hinter der Kommode stand. Auf dem Weg dorthin trat sie im Dunkeln auf das T-Shirt und zog es sich über den Kopf. Sie fand den Schlagstock ... und hörte eine Fensterscheibe klirren.

Nur leise. So, als hätte jemand die Scheibe zerdrückt und dann versucht, die Scherben Stück für Stück herauszuziehen, und dabei wäre ihm eine auf den Küchenboden gefallen.

Verdammte Bande. Sie hatten sich an ihrem Eigentum vergriffen.

Anna ging zur Treppe und schlich hinunter. Der Schlagstock war aus Hickory-Eiche und sah aus wie ein kleiner Baseballschläger. Eigentlich diente er dazu, die aus dem Meer geangelten Fische mit einem Nackenhieb ins Jenseits zu befördern. Creek hatte das dickere Ende aufgebohrt, in seinem Grill etwas Blei geschmolzen und in das Loch gegossen. Wenn sie damit jemanden voll traf, war er krankenhausreif.

Als Anna am Fuß der Treppe angekommen war, hörte sie noch einmal Glas klirren. Sie schlich zum offenen Durchgang zwischen Küche und Wohnzimmer und riskierte einen schnellen Blick. Durch das Fenster sah sie den Umriß eines Mannes, der etwa einen Meter rechts von der Tür stand. Er hatte etwas mit dem Fenster gemacht und ein Stück aus der Scheibe herausgebrochen. Sie sah eine Hand durch das Loch greifen, und ein dünner Lichtstrahl wanderte über die Innenseite der Tür. Er versuchte, das Schloß zu finden.

Selbst wenn in den nächsten Minuten genug Unterstützung hier erscheinen würde, wollte sie nicht in ihrem Haus wie in einer Falle sitzen, zusammen mit einem vielleicht mit Crack vollgepumpten Kerl. Sie preßte sich gegen die Wand, war drei Meter von der Hintertür entfernt. Die Hand mit der Taschenlampe verschwand. Und dann nahm sie in der Dunkelheit eine andere Bewegung wahr. Sein Arm langte jetzt noch weiter herein und versuchte, den Riegel zu fassen. Sie wartete, bis er mit der Hand fast sein Ziel erreicht hatte und schoß mit ein, zwei langen Schritten durch die Küche, schwang den Schlagstock und

Krach!

Sie traf zu hoch und dadurch Fensterrahmen und Arm gleichzeitig. Schon beim Schwung mit dem Stock hatte sie »Raus da!« geschrien, und nun holte sie noch einmal aus: Aber der Mann draußen stöhnte auf, riß den Arm zurück und mit ihm noch ein paar Scherben mehr aus dem Fenster.

Sie hörte ihn mit schweren Schritten über die Veranda rennen. Da hatten ihn von jenseits des Kanals die alarmierten Nachbarn schon im Kegel ihrer Stablampe, und einer schrie: »Da ist er.«

Anna ging zur Tür und schaltete die Verandabeleuchtung ein. Jemand rief: »Da links läuft er.« Vor dem Haus brüllte ein anderer: »Da ist er, Larry, da ist er.«

Anna lief nach vorn zur Eingangstür, stürzte auf den schmalen Gehsteig hinaus – und da, zehn Meter von ihr entfernt, flüchtete ein Mann in Jeans und schwarzer Jacke die

Straße hinunter. Er mußte verletzt sein, dachte sie, so verkrampft, wie er den linken Arm hielt.

Pak Hee Chung, der koreanische Geschäftsmann von gegenüber, kam mit der Schrotflinte aus dem Haus gelaufen, bemerkte Anna und rief: »Zurück ins Haus.« Dann ballerte er einmal in die Luft, eine einen Meter lange Stichflamme schoß aus der Mündung, und der Knall hallte in der Straße wider.

Der Mann in Schwarz war jetzt dreißig Meter entfernt. Er wirbelte herum und duckte sich. »Pak, er ist bewaffnet«, schrie Anna in dem Moment, als der Mann feuerte, viermal ein kurzes Pok-pok-pok-pok, und Pak verlor seine Flinte aus der Hand und hielt sich den Bauch.

»Eine Waffe«, schrie Anna. »Er hat eine Waffe.«

Hobie kam hinter ihr aus dem Haus und rief: »Aus dem Weg.«

Anna lief ein paar Schritte zurück, drehte sich um und sah dem Mann in Schwarz nach, der wieder weiterrannte. Er war jetzt vierzig Meter entfernt, und Hobie eröffnete das Feuer aus einem Revolver, fünfmal schnell hintereinander. Der Mann rannte weiter und verschwand um die Ecke. Lichtstrahlen blitzten auf, und jemand drohte: »Halt, oder ich schieße.« Wieder hörte sie das Pok-pok-pok und dann ein lauteres Bang-bang als Antwort.

Pak hatte sich wieder aufgerappelt und lief die enge Straße hinunter, offensichtlich unverletzt, und ballerte aus unersichtlichem Grund noch einmal in die Luft. Noch einmal ein Lichtkegel, noch einmal das Echo des Schusses zwischen den Häusern.

Wahrscheinlich eine zwölfschüssige Pistole wie die von ihrem Vater, ging Anna plötzlich durch den Kopf. Sie selbst war in die Knie gegangen und sah die Straße hinunter.

Dann stand Hobie im Pyjama neben ihr und lud seinen

Revolver nach. »Gottverdammt«, sagte er aufgeregt, »ich habe Logans Garage getroffen. Sag ihm nicht, daß ich es war, ja? Er soll meinen, es war dieses Arschloch. Logan glaubt das sicher.«

»Ja…«

Pak kam zurückgelaufen, die Schrotflinte immer noch in der Hand. »Alle Mann okay?«

»Was ist mit dem Kerl?« fragte Anna.

»Ich weiß nicht. Alle ballerten herum, aber keiner hat ihn getroffen. Dennoch hat er jetzt bestimmt die Hosen voll, oder?« Er blickte noch einmal die Straße hinunter und lachte plötzlich laut los, ein langes angstvolles Gackern. Hobie und Anna blickten einander an. Das war mal etwas anderes…

Als nächstes kamen drei Männer am Ende der Straße um die Ecke gerannt, einer von ihnen mit einem Gewehr bewaffnet. Als sie Pak, Hobie und Anna entdeckten, blieben sie stehen.

Der Mann mit dem Gewehr rief: »Wer da?«

»Pak, Hobie und Anna«, brüllte Hobie zurück.

»Alle okay soweit?«

»Ja…«

»Er muß hier entlanggekommen sein – habt ihr ihn gesehen? Er ist die Linnie runtergelaufen.«

»Wir haben ihn hier nicht gesehen.«

»Alle Mann da hinüber, da hinüber!«

»Du gehst besser runter von der Straße, Anna«, meinte Pak. »Schließ dich ein. Wir bilden eine Kette und schnappen ihn uns.«

»Seid vorsichtig«, bat Anna. Sie sah auf ihre nackten Beine hinunter. »Ich ziehe mir erst einmal eine Hose an.«

»Mir macht das nichts aus«, entgegnete Pak, schob eine neue Patrone in seine Flinte und grinste.

Hobie, der hinter Pak stand, blinzelte Anna zu. Sie errötete und sagte: »Bin gleich wieder zurück.« Pak rief: »Die anderen sollten da ... Wir sollten eine richtige Schützenlinie bilden ...«

Als Anna angezogen wieder herauskam, waren fünfzehn Männer aus der Nachbarschaft, ein halbes Dutzend Frauen und zwei Cops draußen auf der Straße und suchten sie ab, fanden aber nichts. Bei ihrer nächsten Runde ging Anna mit. Sie klopften an alle Türen.

»Als hätte er sich in Luft aufgelöst«, meinte Pak. »Muß durch den Kanal geschwommen sein.«

Nachdem sie die Häuser durchsucht hatten, fanden sich alle bei Pak ein. Die Stimmung war erregt. Pak warf die Mikrowelle an und versorgte alle mit Instant-Kaffee und aufgebackenen Kuchenschnitten. Logan, der Vietnam-Veteran, legte los: »Wie in dieser verdammten Nacht in Dong Ha, Mann, bei dem verdammten Feuergefecht in dem Vorhof. Meine ganze Garage ist voller Einschußlöcher ...«

Es hat ihm *tatsächlich* gefallen, dachte Anna.

Die Party bei Pak mit entsprechender Manöverkritik dauerte eine Stunde, und alle gingen zwischendurch in Annas Haus und schauten sich auf der Hinterveranda die zerbrochene Fensterscheibe an. Der Einbrecher hatte in dem Sprossenfenster eine Scheibe mit Kreppband verklebt und sie dann eingedrückt. Anna schilderte den beiden Cops kurz den Ablauf, aber die schienen mehr Interesse an Paks Kaffee und Kuchen zu haben. Larry Staberg kam mit seiner Fuchsschwanzsäge und einem Stück Sperrholz, sägte ein passendes Rechteck zurecht und nagelte es auf den Rahmen.

»So gut wie neu«, sagte er, während seine Frau Anna mit großen Augen anstarrte.

»Das reicht völlig, bis ich es repariert habe«, entgegnete Anna. »Ich danke euch allen.«

Die Party ging zu Ende. Im Hinausgehen meinte Logan zu jemandem: »Ich hörte ihn schießen und dachte, das ist ein 22er-Kaliber, aber die Löcher in meiner Garage sind größer, vielleicht 38er…« Bei der ›Zweiundzwanzig‹ läutete es leise in Annas Hinterkopf, aber auf dem Weg nach oben vergaß sie es wieder. Viel schlafen konnte Anna nicht mehr für den Rest der Nacht, aber so oft sie das ganze Geschehen auch noch einmal in ihrem Kopf abspulte, sie brachte dabei nie die 22er, die der Mann in Schwarz benutzt hatte, mit der 22er in Verbindung, mit der Jason erschossen worden war.

Jedenfalls noch nicht.

6

Später Nachmittag.

Der Tag war ihr wie eine Ewigkeit vorgekommen. Anna war ein Nachtmensch. Nach einem ganzen Tag in der Sonne fühlte sie sich verbrannt und ausgetrocknet, und der Tagesverkehr auf den Straßen verstärkte diese Gefühle noch. Mit dem nächtlichen Verkehr in Los Angeles konnte man leben. Wenn sie tagsüber überhaupt einmal hatte fahren müssen, dann hatte sie sich auf den Weg nach Oregon gemacht. Oder Nevada. Oder sonstwohin. In dem kleinen roten Corolla, eingeklemmt zwischen einem mörderischen Chevy Suburban und einem waghalsig drängelnden braunen UPS-Lieferwagen, fühlte sie sich gefangen wie in einer Muschelschale, und sie war die Muschel.

Nach der aufregenden Geschichte mit dem Einbrecher hatte sie versucht, wieder ins Bett zu gehen. Nicht, weil sie müde war, sondern weil sie meinte, es wäre besser dies zu tun. Sie stand normalerweise nie vor Mittag auf, frühestens.

Aber es war ihr nicht gelungen, einzuschlafen. Sie hatte sich am Abend vorher zu früh, vom Alkohol beeinflußt, hingelegt, und von der Jagd nach dem Einbrecher war sie doch reichlich aufgedreht gewesen.

Also hatte sie nach einer Stunde Wachliegen das Bett verlassen, geduscht, war nach unten frühstücken gegangen – und prompt müde geworden. Eine Weile hatte sie dagegen angekämpft und sich dann doch gegen acht Uhr auf die Couch fallen lassen. Drei Stunden später war sie wieder auf den Füßen gewesen, mit einem schwammigen Geschmack im Mund. Kein guter Start in den neuen Tag, und beim Gedanken an die Beerdigungsvorbereitungen wurde ihr auch nicht besser, im Gegenteil.

Da der Fall nicht nur mit Mord zu tun hatte, sondern womöglich auch mit Drogen, bestand der Gerichtsmediziner auf Gewebeproben, bevor er die Leiche für das Krematorium freigab. Sie solle immer wieder mal anrufen, jeden oder jeden zweiten Tag, hatte man ihr gesagt.

Und wie lange?

»Na ja, wissen Sie … solange er eben braucht«, hatte es am Telefon geheißen.

Die Cops waren mit Jasons Wohnung schneller fertig. Sie hatten zwei Pappkartons mit Papierkram vollgepackt, und das war es gewesen. Ein verschlafener Sergeant vom Inglewood Police Department drückte ihr mit einem Blick auf ein Fax von den Odums die Schlüssel in die Hand.

»Damit wäre die Sache erledigt«, erklärte er.

»Und Sie sind weiterhin voll an der Geschichte dran?«

Er gähnte, rieb sich die Augen und steckte sie mit seiner Müdigkeit an. »Ja, sicher«, brummte er. »Das sind wir. Aber im Grunde fällt es in den Zuständigkeitsbereich der Kollegen von Santa Monica. Hier bei uns ist ja nichts passiert.«

Sie benutzte das Telefon des Cops, um Wyatt in Santa Monica anzurufen. Während sie darauf wartete, weiterverbunden zu werden, runzelte sie angesichts des Fax von den Odums die Stirn. Die hatten ein Fax-Gerät? Hatte heutzutage denn schon jedermann ein Fax?

»Ja, Wyatt...«

»Ich bin hier unten in Inglewood. Unternehmen Sie da oben denn irgendwas?«

Wyatt erklärte es ihr, und sie kam zu dem Schluß, daß es mit seinen Aktivitäten nicht weit her war.

»Es gibt nichts, von wo aus wir weitermachen könnten«, rechtfertigte sich Wyatt. »Niemand hat irgendwas gesehen, oder gehört – ein Kollege war gestern den ganzen Abend draußen am Pier und hat die Angler ausgequetscht. Zurückgekommen ist er mit Null Komma nichts. Bisher gibt es auch keine Laborbefunde, so daß wir noch nicht einmal Aufschluß über den genauen Tatort haben. Das Motiv ist wohl am wahrscheinlichsten bei den verschissensten anonymen Junkies und ihren Lieferanten in diesem ganzen verdammten Land zu suchen. Deshalb weiß ich nicht, was ich noch tun kann. Reden Sie weiter mit seinen Freunden. Beispielsweise Ihrem Kumpel Creek.«

»Creek ist okay«, bekräftigte Anna.

»Er hatte aber schon mal mit Dope zu tun«, gab Wyatt zu bedenken. »Man sagt, er habe im großen Stil gedealt.«

»Er hat geschmuggelt, nicht gedealt. Und er ist total clean. Er hat nichts Härteres mehr zu sich genommen, als den einen oder anderen Jack Daniel's, seit er wieder raus ist.« Sie konnte ihn gähnen hören, und das ärgerte sie maßlos. »Nehmen Sie doch mal wieder eine Mütze voll Schlaf«, riet sie ihm.

Wyatt ignorierte die sarkastische Bemerkung. »Ja, wäre nicht schlecht. Und Pam erzählt Ihnen alles, was sie über

Creek erfahren hat. Sie war nämlich inzwischen bei ihm und hat mit ihm gesprochen.«

»Pam? Ihre Partnerin?«

»Ja.« Anna mußte lächeln, und selbst über das Telefon bekam Wyatt das mit.

»Wieso? Ist er ein Romeo oder sowas?«

»Nicht direkt. Er wirkt nur auf... eine bestimmte Art von Frauen.«

»Welche Art von Frauen?«

»Den anal frustrierten, Blazer tragenden, mit Hermèstuch und Porschebrille ausgerüsteten Typ, kinderlos natürlich.«

»Aha. So ein Typ wie Sie also.«

Fast wäre Anna ihm über den Mund gefahren, aber dann grinste sie ins Telefon: Sie hatte es nicht besser verdient. »Pam hat tatsächlich eine ganze Kollektion von Hermès-Halstüchern. Und kinderlos ist sie auch«, vollendete Wyatt seinen Satz.

»Das überrascht mich aber«, bemerkte Anna. »Wiedersehen.«

»Hey, warten Sie...«

Er wollte sich mit ihr noch weiter über Pamela Glass unterhalten. Aber Anna war dazu nicht in der Stimmung.

Vom Polizeirevier in Inglewood fuhr Anna zu Jasons Apartment. Es lag in einem gepflegten Vier-Häuser-Komplex, den ein zweieinhalb Meter hoher Maschendrahtzaun umgab. Sie lenkte ihren Wagen durch ein schmales Einfahrtstor mit einem Schild, das verkündete, um Mitternacht werde geschlossen. Es war mit einem Gang-Graffiti übermalt. Sie warf einen Blick auf ihre Uhr. Schon drei. Sie mußte sich beeilen. Creek und Louis würden in zwei Stunden vor ihrer Tür stehen, fertig zum nächsten Einsatz.

Sie stellte den Wagen auf dem Besucherparkplatz ab und ging auf die Gebäude zu. Um einen Swimming-pool saßen ein Dutzend Leute in Gartenstühlen, tranken Bier und unterhielten sich im Schein der langsam sinkenden Sonne. »Still Crazy After All These Years« sang Old Paul Simon aus einer Boombox.

Bring es hinter dich.

Jasons Apartment hatte den kalifornischen Standard-Verputz, braun, mit steinernen Treppen, die zu offenen Außengängen in den einzelnen Stockwerken führten. Von den Dachrinnen liefen Rostspuren die Wände herab. Es hatte lange nicht geregnet, doch die Gänge rochen feucht. Von ihnen führten abwechselnd grüne, rote, gelbe und blaue Türen in die Apartments, ein uninspirierter Versuch, das Ganze ansprechender zu gestalten. Anna sah auf die Schlüssel – 237 –, fand die Tür, eine rote, sah sich um, wartete, ob sich ihr jemand in den Weg stellte. Aber das tat niemand. Sie war allein auf diesem Gang. Der Schlüssel wollte nicht gleich passen, doch schließlich klappte es, und sie trat ein.

Es roch nach Teppichreiniger.

In der Wohnung war es fast völlig dunkel. Das einzige Licht drang durch die offene Tür und ein hinteres Fenster. Der Raum, in dem sie stand – es handelte sich um das Vorderzimmer –, war mit leeren Pizzakartons, Comics und ›Big Gulp‹-Plastikbechern übersät. Mitten auf dem Teppich lagen ein *Playboy* und eine *Penthouse*-Ausgabe. Die Cops hatten alles ausgekippt und das Zeug liegen gelassen, wo es hingefallen war. Sie ließ die Tür offenstehen, tastete nach dem Lichtschalter, fand ihn, knipste an. Nichts passierte. Die Lampe blieb aus.

»Ach je«, stöhnte sie. Ihre Stimme verlor sich im Raum. Sie hielt inne und dachte: *Was nun?* Dann ging sie zurück zur Tür und sah den Gang hinunter, hörte Stimmen, erst die einer Frau, dann eine tiefere männliche.

Sie kamen die Treppe herauf. Anna fürchtete, für einen Einbrecher gehalten zu werden, schloß die Tür und verharrte einen Moment in der dämmrigen Stille. Wartete, daß sich ihre Augen an die Dunkelheit gewöhnten. Irgendwo mußte doch ein Sicherungskasten mit einem Hauptschalter sein, überlegte sie. Wahrscheinlich in einem Wandschränkchen oder drüben in der Küche.

Es war fast *zu* ruhig in dem Apartment. Als hätte Jasons Geist sie alle zum Verstummen gebracht, diese kleinen gewohnten Geräusche, die nur noch das Unterbewußtsein aufnahm: das Gekrabbel der Schaben, das Knarren des Holzes, das Blättern der Farben. Sie verscheuchte den Gedanken und trat in die kleine Kochnische: *Wo war der Schalter?*

Er packte sie, als sie die Küche betrat.

Er kam von rechts, wo ein kleiner Eßtisch stand.

Anna schaute gerade in die andere Richtung, spürte ihn aber einen Sekundenbruchteil, bevor er sie überwältigte, wollte sich umdrehen, etwas sagen, schreien...

Er drückte ihr eine große Hand auf den Mund, umklammerte ihre Brust mit einem kräftigen Arm, stützte sie auf ein angewinkeltes Bein, schleifte sie so ins Wohnzimmer, und dort stürzten sie beide zu Boden, Anna zuunterst. Der Aufprall nahm ihr für einen Augenblick den Atem, und sie schlug wütend um sich, versuchte, einen Arm loszubekommen, wieder Halt unter den Füßen zu bekommen, nach ihm zu treten, doch er war sehr stark, wußte genau, was zu tun war. Das hier machte er nicht zum erstenmal.

Der Arm um ihre Brust drückte noch kräftiger zu. Er zog ihren Kopf zurück und flüsterte in ihr Ohr: »Wenn du schreist, bist du gleich weg. Und wenn du aufhörst zu treten, laß ich dich Atem schöpfen. Komm schon...« Sie rangelten noch einmal, aber er hatte ein Bein um ihre beiden Beine geschlungen, und sie hatte das Gefühl, als kämpfe sie mit einer Riesenboa.

»Komm schon, verdammt nochmal...« fluchte er. »Ich will dir nicht weh tun, sondern nur, daß du den Mund hältst. Wenn du das willst, brauchst du bloß zu nicken.«

Erschöpft, schweißgebadet und von Angst getrieben, gab sie unwillkürlich nach, nickte, und er drohte: »Ich schwöre bei Gott, wenn du schreist, hast du meine Faust im Gesicht.«

Er nahm die Hand von ihrem Mund.

Sie holte Luft, um loszuschreien, aber dann überlegte sie es sich. »Lassen Sie mich los«, verlangte sie und versuchte, ihm ins Gesicht zu sehen. Zugleich fing sie wieder an, sich freizustrampeln und aus seiner Umklammerung zu winden. Aber er hatte sie fest im Griff. Sein Kinn war alles, was sie sehen konnte.

»Wir gehen jetzt zur Couch, und da setzt du dich hin. Ich bleibe direkt vor dir stehen, und beim ersten Schrei schlage ich zu. Damit das klar ist.«

»In Ordnung, in Ordnung.« Nur keine Schläge einstekken.

»Also dann.« Er rollte herüber, tastete sich, eine Hand hinter ihrem Rücken, langsam vor und hielt ihre Hand umklammert, indem er seine Finger zwischen ihre schob. Ein *Cop*, dachte sie und stöhnte laut: »Das tut weh.«

»Nicht besonders«, sagte er. »Aber das wird es, wenn du dich weiter wehrst.«

»Sind Sie ein Cop? Sie hören sich an wie ein Cop.«

»Nein.« Er ließ ihre Beine frei, zog die Knie unter den Körper, erhob sich langsam und zog Anna an der Kabeltrommel vorbei, die Jason zum Kaffeetisch umfunktioniert hatte. Dann stieß er sie weg und wirbelte sie gleichzeitig herum, so daß sie unkontrolliert rückwärts stolperte, bis ihre Beine gegen die Couch stießen und sie auf den Polstern landete. Er stand direkt vor ihr. Sein Gesicht verschwamm noch im Dämmerlicht. Drohend hielt er ihr eine Faust knapp vor die Brust.

»Wie heißt du?« fragte er.

»Lassen Sie mich hier raus.«

»Deinen verdammten Namen will ich wissen.«

»Scheiß drauf.« Irgendwie wirkte er gar nicht bedrohlich. »Lassen Sie mich hier raus.«

»Einen Augenblick noch. Zeig mir deine Arme.«

»Wie bitte?«

»Na, los ...« Er packte ihre linke Hand. Sie wollte sich losreißen, doch er drückte ihr seine andere Hand gegen die Stirn und schnauzte sie an: »Still sitzen bleiben, verdammt noch mal.«

»Was wollen Sie?«

»Nadelstiche?«

Wie bitte? Sie hörte auf, sich zu wehren. Er schaltete eine Minitaschenlampe ein, drehte ihren Arm von innen nach außen und suchte ihn mit dem Lampenstrahl ab.

»Anderer Arm.«

Sie drehte ihm den anderen Arm zu. Er untersuchte ihn und leuchtete ihr dann in die Augen. Sie war geblendet.

»Wie heißt du?« fragte er noch einmal.

»Scheiß drauf.«

»Hüte deine Zunge«, drohte er. »Bleib so sitzen. Wenn du aufstehst ...«

»Ich weiß schon, dann schlagen Sie mich k.o.«

»Genau«, antwortete er. Es klang verlegen.

Er tastete den Fußboden ab, ließ Anna aber nicht aus den Augen. Als er endlich wieder auf sie zukam, hatte er ihre

Handtasche in der Hand. Er hatte sie hochgehoben, öffnete sie jetzt und entleerte ihren Inhalt auf dem Kabel-Tisch, wühlte darin herum und leuchtete mit der Lampe.

Annas Handtasche war klein und enthielt nicht viel: Brieftasche, Kamm, Lippenstift, eine Rolle Drops, eine Handvoll Kleingeld, ein paar abgerissene Kinokarten. Er öffnete die Brieftasche und warf einen Blick auf ihren Führerschein. Sein Gesicht konnte sie noch immer nicht erkennen, und die Taschenlampe, die er in Brusthöhe hielt, erschwerte das Ganze noch.

»Anna Batory«, sagte er und sah hoch. »Sie gehören zu dieser Fernseh-Crew.«

Nein, eine Vergewaltigung mußte sie nicht fürchten, beruhigte sie sich. Wahrscheinlich drohte nicht einmal die Gefahr, zusammengeschlagen zu werden. Der Kerl hatte zwar etwas Gewalttätiges an sich, stand aber nicht so unter Hochdruck, daß er gewaltsam auf sie losgehen würde. Und er kannte sie. »Ja, ich gehöre zu der Fernseh-Crew.«

»Sie haben also den Streifen mit Jacob Harper gedreht.«

»Mit wem?« Jetzt war sie verwirrt.

»Jacob Harper – dem Jungen, der vom Shamrock gesprungen ist.«

»O ja, natürlich. Das waren wir.« Was hatte der Lebensmüde mit Jasons Apartment zu tun?

»Wo hat Jason O'Brien sein Dope bezogen?«

»Ich weiß nicht …«

»Kommen Sie, er hat für Sie gearbeitet. Sie haben einen Schlüssel zu seinem Apartment.«

»Er hat nicht für mich gearbeitet, ist nur ab und zu mal eingesprungen, ungefähr einmal im Monat. Und die Schlüssel habe ich von den Cops.«

»Den Cops.« Er schwieg einen Moment und fragte dann: »Warum sollten die Cops Ihnen den gegeben haben?«

»Weil niemand seine Leiche haben will. Ich soll mich um die Beerdigung kümmern, und hier drinnen ist nichts mehr, was die Cops haben wollen.«

»Hm.« Er stand auf, sah sich im Dämmerlicht um und schimpfte: »Verdammter Mist.«

»Sie haben mir weh getan«, beklagte sich Anna. Langsam gelang es ihr, sich auf ihn einzustellen. Er hatte ihr nicht weh tun wollen. »Sie hätten mir den Arm brechen können.«

»Ach, halten Sie den Mund«, wies er Anna zurecht. »Sie sind nicht verletzt, und wir beide wissen das.« Und dann: »Ihr Lover ist ein Doper.«

»Wen meinen Sie?«

»Diesen Creek.«

»Er ist nicht mein Lover, sondern mein Partner. Außerdem hat er seit zehn Jahren nichts mehr mit Dope zu tun. Und wer sind übrigens Sie? Was haben Sie hier…«

»Quatsch. Er hat keinen ordentlichen Job, wohnt aber in einem netten Apartment am Hafen und besitzt eine Yacht.«

»Keinen ordentlichen Job? Ich will Ihnen mal was erzählen, mein Lieber, wir sind zweihundertfünfzig Nächte im Jahr draußen unterwegs, und…«

»Ja, ein paar verdammte Pfuscher und Möchtegerne mit Kameras seid ihr, zum Teufel.«

Jetzt war sie an der Reihe und legte los: »Ach so? Wir haben letztes Jahr mehr als dreihundertfünfzigtausend gemacht. Creek, Louis und ich haben jeder über neunzig eingesackt, nach Abzug der Unkosten. Wieviel kriegen Sie denn zusammen?«

»Soviel? Neunzigtausend?« Er staunte.

»Und ob.« Sie hätte jetzt bestimmt die Beleidigte gespielt, wenn sie geglaubt hätte, es sich leisten zu können. Aber sie mußte sehen, daß sie ihren Punktevorsprung hielt.

Wieder einen Augenblick Schweigen, dann drehte er sich

um und ging ein paar Schritte zurück. Über die Schulter sagte er. »Dieses Scheiß-L. A. – ihr seid alle eine einzige Bande von Leichenschändern, wißt ihr das? Verdient euch eure Mäuse mit dreckigen Filmen.«

Anna hielt den Mund. Sie würde das hier jetzt bald hinter sich haben und wollte nicht weiter streiten. Nach ein, zwei Schritten meinte er: »Schreien Sie nicht hinter mir her. Es würde mich nur sauer machen, weil ich dann rennen müßte. Und wahrscheinlich komme ich wieder.«

Anna stand jetzt vor ihm und fragte: »Weswegen?«

»Ich muß alles über O'Brien erfahren. Ich bin noch nicht fertig mit ihm, und Sie sind die einzige Verbindung, die ich habe.«

»Hören Sie. Wenn Sie glauben, Jason hätte etwas mit dem Springer zu tun gehabt, dann liegen Sie schief.«

»Nein. Sie liegen schief«, konterte er, zögerte und fuhr dann fort: »Ich habe Sie etwas hart angefaßt, als wir zusammen zu Boden gingen. Sie sollten etwas Salbe auf Ihre Schwellungen tun. Ein heißes Bad nehmen oder so etwas. Vielleicht haben Sie sich was geprellt.«

»Sie machen sich ja richtig Sorgen um mich. Wer sind Sie eigentlich?«

»Als wir zusammenstießen, habe ich mir die Lippe aufgebissen«, sagte er und ignorierte ihre Frage.

»Na, das ist aber auch zu dumm.« Sie konnte es nicht glauben: Er suchte tatsächlich Mitleid. Sie verschränkte die Arme vor der Brust.

»Also, es sticht höllisch«, sprach's und war aus der Tür, die er krachend hinter sich zuwarf. Im Hinausgehen konnte sie im späten Nachmittagslicht einen besseren Blick auf ihn werfen und einen ungefähren Eindruck gewinnen. Sandbraunes Haar, sehr weiße Zähne. Wahrscheinlich blaue Augen, athletisch gebaut, aber nicht nur Muskeln und Knochen, sondern auch ein paar Extrapfunde als Draufgabe. Breite Schultern. Und jetzt war er weg.

Sie ging hinter ihm her zur Tür, überlegte, ob sie schreien sollte, riß die Tür auf, trat hinaus... und sah seinen Haarschopf unten im Treppenhaus verschwinden. Machte den Mund auf und wieder zu. Sie war in Sicherheit, unverletzt und allein – vielleicht *wollte* sie ihn auch nicht sauer machen.

Der Verteilerkasten befand sich in der Küche, die Tür stand offen. Sie legte den Hebel um, und zwei Lampen gingen an. Sie schritt durch das Wohnzimmer zurück, schloß die Wohnungstür, zog das Handy aus der Tasche, fand Wyatts Karte in dem Handtaschenkram auf dem Tisch und wählte seine Nummer. Am Telefon meldete sich ein Kollege, und sie bat ihn, Wyatt zu Hause anzurufen und um einen Rückruf zu bitten. Zwei Minuten später rief er an.

»Was ist?« fragte er ohne lange Vorrede, als Anna sich meldete.

»Ich war gerade in Jasons Apartment, und da war ein anderer Mann. Er ist auf mich losgegangen.«

»Sind Sie verletzt?« Er klang mißtrauisch, nervös. Warum?

»Nein. Er hat mich nur umgeworfen, niedergehalten und mich dann auf die Couch geschoben. Danach ist er gegangen. Ich dachte, es könnte ein Cop sein, aber er verneinte das.«

»Ein Weißer?« Wieder der merkwürdige Ton in seiner Stimme.

»Ja... Hey, Sie kennen ihn?«

»Vielleicht ein anderer Doper.« Er log, und das nicht einmal gut. »Solange Sie nicht verletzt sind...«

»Die Tür war verschlossen, und er war drinnen. Wie ist das möglich?«

»Vielleicht handelte es sich um einen Freund von O'Brien«, entgegnete Wyatt. »Hören Sie, soll ich Ihnen einen Wagen schicken, der Sie herholt? Ich könnte in Inglewood anrufen.«

Sie dachte einen Moment nach. »Nein, ich glaube, das ist nicht nötig. Es sei denn, Sie wollen nach Fingerabdrücken suchen. Sie wissen schon, irgendwas sicherstellen.«

Wyatt seufzte. »Wir haben dreißig verschiedene Fingerabdrücke aus dem ShotStop, und jetzt würden dann wohl noch einmal dreißig dazukommen.«

»Sagen Sie mir wenigstens in einem Punkt die Wahrheit«, bat Anna. »Und weichen Sie nicht aus.«

»Sicher.«

»Glauben Sie, daß Jason in irgendeiner Verbindung zu dem Springer stand, den wir gefilmt haben?«

Wyatt zögerte mit seiner Antwort, und das genügte Anna. »Sie tun es!« rief sie. »Genauso wie der Kerl, der hier war. Sagen Sie mir, warum.«

»Sehen Sie mal, Miss – Anna –, Sie sind verdammt nochmal keine Polizistin, okay? Räumen Sie sein Apartment auf, packen Sie seine Sachen zusammen und machen Sie dann, daß Sie wegkommen.«

»Vielleicht verständigen Sie doch besser Inglewood«, schlug Anna vor. »Ich mache eine Anzeige: Der Kerl hat versucht, mich zu vergewaltigen.«

Schweigen.

»Okay, dann rufe ich selbst dort an«, erklärte Anna. »Ich weiß auch genau, wo er seine Fingerabdrücke hinterlassen hat. Überall auf meiner Handtasche und auf meiner Brieftasche. Ich werde den Inglewood-Cops gegenüber außerdem erwähnen, daß Sie eine Ahnung haben, wer es gewesen sein könnte.«

»Gott, sind Sie lästig. Genau wie Pam, die mir auch den

ganzen lieben Tag auf den Zeiger geht, und jetzt habe ich Sie noch am Hals. Ich bin das einfach leid.«

»So ist nun mal das Leben, und am Ende ist man tot«, philosophierte Anna.

Wieder Schweigen. Dann: »Der Junge, der aus dem Fenster gesprungen ist, war mit Wizard vollgepumpt.«

»Die Mischung kenne ich nicht«, unterbrach ihn Anna.

»Acid und Speed. Vielleicht noch ein bißchen PCP.«

»Okay. Ähnlich wie Rattlers.«

»Rattlers war letztes Jahr in«, meinte Wyatt. »Aber so ähnlich – ja. Mit ein bißchen mehr Gewicht auf Acid. Jedenfalls hat der Junge ein paar Pillen davon eingeschmissen und beschlossen, das Fenstersims für eine Startbahn zu halten und das Fliegen auszuprobieren.«

»Demnach ...«

»Demnach sind Wizards kleine pinkfarbene, auf Wachspapier gedrückte Dots, kleine Kleckse.«

»So was habe ich schon mal gesehen«, sagte Anna.

»Wenn man solche kaufen will, reißt der Dealer bloß die Anzahl Dots herunter, die man bezahlen kann«, erklärte Wyatt. »Der Junge hatte einen Streifen Dots in seiner Jackentasche. Als wir Ihren Freund aus dem Wasser holten, fanden wir bei ihm auch so etwas. Jedenfalls, was davon noch übrig war.«

»Hm. Merkwürdig.«

»Das ist *nicht* merkwürdig«, fuhr Wyatt fort. »Sondern nur ein Zufall: Schließlich macht sich das Scheiß-Wizard überall breit. Aber ich habe nun einmal diesen wilden Einfall und halte die beiden Streifen nebeneinander, und wissen Sie, was sich herausstellte? Die beiden Papierstreifen paßten zusammen. Der von Ihrem Freund war von dem des Springers abgerissen worden.«

»Wie bitte?«

»Ja. *Das* ist jetzt merkwürdig.«

Anna dachte gleich einen Schritt weiter. »Und wie konnte der Kerl hier darüber Bescheid wissen?«

Wyatt seufzte noch einmal und meinte dann: »Sehen Sie mal, Sie scheinen doch … ganz okay zu sein. Als Mensch. Kapiert?«

»Ja, ich bin ganz okay. Als Mensch.« *Okay* bedeutete, daß ein Cop ihr trauen konnte – und *als Mensch* hieß einfach, daß sie so eine Art beknackte Feministin war, die am Ende doch immer tat, was sie wollte, und er mit ihr darüber nicht streiten wollte.

»Er ist ein Ex-Cop«, rückte Wyatt raus. »Ein ganz anständiger Kerl.«

»Ein Wichser ist er. Er hat mir gewaltig Angst eingejagt«, motzte Anna und ärgerte sich über Wyatts Verteidigungsstrategie. »Was wollte er denn von mir?«

»Er interessiert sich für den Fall«, entgegnete Wyatt.

»Interessiert? Ist das alles?«

Wyatt fiel ihr ins Wort. »Er heißt Jake Harper«, klärte er sie auf. »Der Junge, der vom Fenstersims gesprungen ist, war Jacob Harper Junior, sein Sohn. Sein einziges Kind.«

»Ach so.« Was hatte Harper noch zu ihr gesagt. *Verdient euch eure Mäuse mit dreckigen Filmen?*

In Ordnung, dachte sie, *ich bin okay*, als Wyatt einhängte.

Jasons Apartment war eine traurige Ansammlung von abgetragener Kleidung, billiger Filmausrüstung, Büchern über Regie und Filmemachen, Demo-Material und Campbell-Suppendosen: Darin waren all jene Hoffnungen begraben, die einer hatte, wenn er an Hollywood dachte. Zusammengepackt und nach Peru, Indiana, geschickt, würden sie nichts mehr bedeuten.

Anna sah sich alles schnell an, sortierte die Sachen aus, die man vielleicht noch verkaufen konnte, stapelte sie zusammen, ging zur Hausverwaltung und sprach mit dem schläfrigen Verwalter.

»... nicht viel wert, aber wir schaffen es in den nächsten Tagen aus dem Haus. Bis dahin ist es in polizeilicher Verwahrung«, erklärte Anna. »Sie müssen noch ein paar Fingerabdrücke sichern. Wenn Sie also ein Auge auf die Wohnung haben würden, wären wir Ihnen sehr verbunden.«

»Wenn sie nicht zu sehr verwohnt ist, bekommt er noch seine Kaution zurück«, erinnerte sie der Verwalter.

»Nett, daß Sie daran denken«, bedankte sich Anna.

Der Verwalter war ein stämmiger Perser mit grobem Gesicht, schwarzem Bart und einem aus Detroit und Isfahan gemixten Akzent. »Ist ja nicht mein Haus. Und der Besitzer ist ein Arschloch. Warum sollte er das Geld von dem Jungen einsacken?«

»Ganz recht, Bruder«, bemerkte Anna.

7

Ein langer schlimmer Tag, und er war noch nicht zu Ende.

Auf dem Heimweg stoppte Anna an einer Verkehrsampel auf der Santa Monica und warf einen zufälligen Blick auf eine Mobil-Tankstelle an der Ecke.

Ein Mann stand an einer Selbstbedienungssäule und putzte die Windschutzscheibe seines Volvo-Kombi. Er trug Jeans und ein lockeres, weißes Baumwollhemd mit weiten Ärmeln. Vielleicht hatte ihn eine Anzeige im *New Yorker* dazu inspiriert – Sea Island-Baumwolle, so etwas in der Art.

In dem Moment, als sie ihn sah – das Haar dünner, vielleicht etwas heller und weißgrau meliert, ein paar Pfund schwerer, dazu die beinahe unstete Haltung der Arme –, wußte sie:

Clark.

Sie ließ sich tiefer in den Sitz rutschen, konnte aber einfach nicht wegschauen. Er war mit dem Wischen fertig und warf den Gummischrubber mit geschicktem Schwung in den Wassereimer an der Tanksäule. Eine glatte Landung ohne Wasserspritzer. Schon fünfzigmal hatte sie das so von ihm gesehen.

»Oh, mein Gott«, entfuhr es ihr laut.

Hinter ihr hupte ein Auto. Ein schneller Blick in den Rückspiegel, dann nach vorn zur Ampel. Grün. Ganz automatisch fuhr sie über die Kreuzung und wendete wieder.

Der Volvo stand immer noch da, aber Clark war zur Kasse gegangen. Kurz darauf kam er heraus, schob seine Geldbörse in die Tasche, stieg in seinen Wagen, schaltete das Licht an, fädelte sich in den Verkehr ein und fuhr in der entgegengesetzten Richtung über den Santa Monica Boulevard davon.

Sie überlegte, ob sie ihm folgen sollte.

Überlegte zu lange, und weg war er.

Clark.

Anna schaltete den Tempomat ein und hing ihren Gedanken nach, zufälligen Bildern und Erinnerungen, die ihr durch den Kopf huschten. Sie fuhr den Wagen in die enge Garage, zwängte sich am vorderen Kotflügel vorbei ins Haus und ging, ohne erst Licht anzuknipsen, gleich zum Telefon.

Der Anrufbeantworter zeigte ein paar eingegangene Telefongespräche, aber Anna ignorierte sie und wählte die Nummer von Cheryl Burns in Eugene, Oregon. Sie murmelte während des Eintippens die Ziffern mit und hoffte inständig, daß Cheryl in ihrem Laden war. Sie war es und hob beim ersten Läuten ab: »Hallo, hier Töpferei Pacifica …«

»Cheryl? Ich bin's, Anna.«

»Anna!« Da freute sich jemand am anderen Ende der Leitung. Sie trafen sich beinahe jedes Jahr, und ihr Mann brachte Anna immer eine ganze Ladung Töpferware aus dem alten Holzbrennofen mit nach L. A. Zwischendurch telefonierten sie alle zwei, drei Monate einmal. So gelang es Anna und Cheryl, ihre enge Freundschaft trotz fehlender Zeit und gehöriger Entfernung aufrecht zu halten. »Wie geht es dir? Alles wie gehabt?«

»Im Moment bin ich etwas durcheinander«, berichtete Anna und dachte dabei an Clark. »Ein Mann, mit dem ich zusammenarbeite ... ist ermordet worden.«

»Doch nicht etwa Creck?«

»Nein. Er hieß Jason, ging noch auf's College und sprang gelegentlich bei uns ein. Du kennst ihn nicht.« Verlegene Pause. »Sag mal, hast du etwas von Clark gehört?«

Wieder eine Pause, so lang wie ein Herzschlag, und dann ein fast männlich tiefes Glucksen. »Oha. Triffst du dich etwa wieder mit ihm?«

»Nein, getroffen habe ich ihn nicht, nur gesehen«, erwiderte Anna. »An einer Tankstelle. Er ist hier in L. A. Ich bin ihm auf dem Santa Monica begegnet.«

»Ich weiß. Er hat bei mir angerufen und nach deiner Telefonnummer gefragt. Letzten Monat. Mehrmals. Ich habe sie ihm aber nicht gegeben.«

»Er hat dich also angerufen! Warum hast du mir das nicht erzählt?«

»Weil du bei euch beiden das erste- und das zweitemal so ein emotionales Chaos hinterlassen hast. Ich wollte die Verantwortung einfach nicht übernehmen.«

»Cheryl«, meckerte Anna und schob sich zornig das Haar aus der Stirn, »ich kann schon selber auf mich aufpassen.«

»Nein, das kannst du eben nicht.« Sie sah förmlich, wie

Anna den Kopf schüttelte. »Jedenfalls nicht, was Clark angeht...«

»Verdammt nochmal, Cheryl...«

»... aber ich habe mir seine Adresse und Telefonnummer in L. A. aufgeschrieben für den Fall, daß du anrufst und sie haben willst«, unterbrach sie Cheryl in frotzelndem Ton. »Ich hatte so das Gefühl, daß du dich bald mal meldest deswegen. Kosmische *vibrations,* sozusagen.«

Wieder ein kleiner Gluckser. Amüsierte sie sich? »Was macht er hier?«

»Er hat von der UCLA ein Stipendium bekommen. Komposition. Für zwei Jahre, sagte er, und deswegen... ist er eben da.« Wieder ein Moment der Stille. Dann noch einmal Cheryl: »Also? Willst du seine Nummer nun haben?«

»Ich weiß nicht.«

»Ich suche sie mal raus... Und dann kannst du mir von dem Mord erzählen.«

Cheryl gab Anna Clarks Telefonnummer durch. Anna schrieb sie auf und kringelte sie ein, während sie miteinander redeten. Um halb sieben griff sie nebenbei nach der Fernbedienung, richtete diese auf den Fernseher in der Ecke, schaltete ein und zappte durch die Kanäle.

Bei CNN flog der junge Harper vom Sims, dann erschien ein Kopf auf der Mattscheibe und redete zehn Sekunden. Anschließend folgte das Schwein, wie es ›The Rat‹ von den Beinen holte. Sie hatten sich für die Keystone-Kops-Version entschieden.

»Cheryl, hast du im Fernsehen den Film von dem Jungen gesehen, der hier bei uns in L. A. vom Fenstersims gesprungen ist?«

»Na sicher, den haben doch alle angeschaut. Dem konnte

man ja gar nicht aus dem Wege gehen.« Dann aufgeregt: »Wart ihr das etwa?«

»Ja. Er macht die ganz große Runde. Hast du die Tierschützer-Kiste aus dem Medical Center ebenfalls mitgekriegt?«

»Ach, du meinst den Kerl mit dem Schwein? Habe mich halb totgelacht. Wart ihr das auch?«

»Keine zehn Minuten lagen dazwischen. Von einer Story zur nächsten. Und selbst ihr da oben in Oregon kriegt so etwas mit?«

»Hey, wir leben hier doch nicht auf dem Mond...«

Während sie weiterquatschten, erschien der Junge im blauen Hemd auf dem Bildschirm – Anna hatte seinen Namen vergessen. Man hatte ihn noch einmal interviewt, wahrscheinlich am Tag nach der Tierschützer-Aktion. Den Interviewer kannte sie nicht. Der Junge hatte einen Laborkittel an und eine geschwollene Lippe. Im Hintergrund sah man ein paar grinsende Professoren-Typen herumhängen. Louis hatte ihn mit seinem Schnitt zum Helden gemacht, und das war natürlich nicht ohne Wirkung auf die Sender geblieben, die die Story übernommen hatten. Es wurde noch nachgelegt.

Wie hieß er denn nun gleich? Wie dieser Berg... Nicht Everest. Sondern McKinley. Charles McKinley, genau. Er spielte seine Rolle genau richtig, dachte Anna und verfolgte das Bild ohne Ton, während Cheryl ihr etwas ins Ohr schwatzte, irgend etwas von charmanter, bubenhafter Schüchternheit.

Anna und Cheryl telefonierten noch immer, als Creek ankam und sein Hoppla-jetzt-komm-ich gegen die Tür trommelte. Anna ging mit dem Telefon in der Hand hin und zog dabei die Schnur hinter sich her, um ihm zu öffnen. Sie begrüßte ihn mit »Cheryl«, woraufhin er im Vorbeigehen »Hi, Cheryl« brüllte und dann seinen Kopf in den Kühlschrank steckte.

»Cheryl meint, sie wünscht sich deinen Körper«, steckte Anna ihm, als er mit einer Flasche Leinenkugel Light wieder auftauchte.

»Den kann sie haben«, entgegnete Creek, »solange sie ihn hin und wieder schön wäscht und pflegt.« Anna gab seine Antwort weiter, Creek öffnete die Flasche und ging hinaus in den Vorraum. Kurz darauf hörte sie ihn auf dem Klavier herumklimpern.

Nachdem sie den Hörer aufgelegt hatte, riß sie das Blatt mit Clarks Nummer vom Notizblock, betrachtete den Zettel einen Moment lang, faltete ihn dann zusammen und schob ihn unter einen Magneten am Kühlschrank.

Clark. Sie holte eine Cola aus dem Kühlschrank und setzte sich zu Creek auf die Klavierbank, den Blick in die Ferne gerichtet. Creek roch angenehm nach schweißtreibender Arbeit in der Sonne und Terpentin.

»Du bist früh dran«, sagte sie.

»Dachte mir, daß du vielleicht mit mir darüber reden willst, was du wegen Jason am Hals hast und so.« Er schlug ein paar Akkorde an, wahrscheinlich seine Version von »Autumn Leaves«.

»Stimmt.« Von dem nächtlichen Einbrecher hatte sie ihm schon am Morgen erzählt, jetzt war der Mann in Jasons Apartment dran.

»Ich sollte ihm einen Besuch abstatten«, knurrte Creek, als sie mit ihrem Bericht am Ende war.

»Besser nicht«, entgegnete sie und klopfte ihm auf den Rücken. Er fühlte sich hart wie Stein an. »Er hat Verbindungen zu den Cops, und die Cops reden nur von Drogen. Du hältst dich da besser zurück.«

»Ich will aber nicht, daß er dich weiter belästigt«, wandte Creek ein.

»Ich glaube, das tut er auch nicht«, mutmaßte Anna. »Ich habe mit Wyatt über ihn gesprochen – ich hatte Angst, rief ihn an, und er wußte gleich, wer er war ... Übrigens, Wyatt sagte mir, daß seine Partnerin dich verhören wollte.«

»Ja, das ... mußte wohl sein.«

Sie spürte, wie er plötzlich auswich. »Sieh mich an, Creek«, verlangte sie.

Er schüttelte den Kopf. »Lieber nicht.«

»Ach, du lieber Himmel, du hast sie besprungen«, vermutete Anna, halb amüsiert, halb erschrocken.

»Habe ich nicht. Sie besprungen«, stellte Creek klar. »Und was ist das überhaupt für eine Ausdrucksweise! Wie bei den High-School-Kids.« Auf den Tasten war er jetzt bei »Ain't Misbehavin« angekommen. »Aber sie ist tatsächlich eine ganz Süße.«

»Mit reichlich Haaren auf den Zähnen«, ergänzte Anna. Creek und die Frauen, das war manchmal ein schwieriges Kapitel.

»Na, hör mal, hast du eine Ahnung, was ein weiblicher Cop so Tag für Tag durchzustehen hat«, versetzte Creek säuerlich. »Vor allem eine, die auch noch gut aussieht.«

»Und wieviel von ihr hast du dir angeschaut?«

»Das geht dich gar nichts an.«

»Aha. Und liege ich richtig mit der Vermutung, daß dich das dazu animiert hat, deine Bootskabine zu streichen? Du riechst nach Farbe.«

»Sie möchte nun mal lernen, wie man Regatten segelt, und wird mir dafür bei der Wartung des Boots helfen«, erläuterte Creek abwehrend. »Also sagst du besser nichts mehr dazu.«

»Dir so helfen, wie seinerzeit Teri.«

Creek schauderte. »Ich habe dich doch gebeten, diesen Namen nie mehr zu erwähnen.«

»Tut mir leid.«

»Und nun brauche ich einen Priester«, meinte Creek. »Der mich von meinen Sünden freispricht.«

Jetzt lächelte sie. »Noch einmal: Es tut mir leid.«

»Das sagt sich so leicht«, erklärte Creek. »Du mußt ja nicht mit dem Seelenschmerz leben.«

Anna kicherte, und auch Creek mußte lachen und ging zum »Jelly Roll Blues« über.

Eine kleine Weile verging. »Clark ist in der Stadt«, verkündete Anna.

Creek hörte auf zu spielen, wandte sich zu ihr, plötzlich ganz blaß, als sei ihm sämtliche Farbe aus dem Gesicht gelaufen. »Ach, du Scheiße«, stöhnte er.

Um 21.30 Uhr brachen sie von Annas Haus auf. Der lange, harte Tag schleppte sich dahin. Creek brütete schweigend. Anna ging sein Schweigen auf die Nerven und verdarb ihr die Laune. Sie wollte über Clark reden, aber Creek hatte keine Lust zuzuhören. »Das ist *zu* privat«, sagte er. »Ich kann dir keine Ratschläge geben, was du tun sollst, und ich will mir darüber auch nicht den Kopf zerbrechen. Such dir eine Freundin, mit der du darüber reden kannst.«

Louis wartete vor seiner Wohnung auf der Straße. Er stand im weißen Hemd und karierter Jacke mit dem Laptop in der Hand am Rand des Bürgersteigs. Die Adressendatei hatte er mit GPS-Codes aktualisiert und behauptete nun, mit dem neuen GPS-Empfänger alles von der jeweils aktuellen Position aus orten zu können, ganz gleich ob in L. A. County, South Ventura oder Santa Barbara.

»Was passiert jetzt mit Jason?« fragte er und stieg mit eingezogenem Kopf an Bord.

»Ich bin dabei, eine Beerdigung zu organisieren«, berichtete Anna, während er sich setzte. Creek fuhr los, und Louis schaltete die Geräte auf Empfang. »Was läuft denn?« fragte Anna.

Louis hatte sich schon in seinem Apartment in den Polizeifunk eingeklinkt, etwa eine Stunde bevor sie losfuhren. Am Fuß seines Betts stand ein alter Koffer, auf den Louis den Scanner montiert hatte, und Creek behauptete, er habe schon gesehen, wie Louis mit den Zehen daran kurbelte, ohne auch nur die Augen aufzumachen.

»Nichts von besonderer Bedeutung. Am Sunset ist auf dem Strich was los«, meldete er und spielte an der Frequenzeinstellung. »Schwer zu sagen, um was es sich handelt, aber ich bin ziemlich sicher, daß es für die Kamera was hergibt.«

»Boys oder Girls?«

»Girls. Vor zehn Minuten kam eine Durchsage. Die Cops haben einen Club hochgenommen, Kokain und solche Sachen, und dabei wohl einen Haufen Girls auf die Straße getrieben, sie in Reih und Glied antreten lassen, und dann ist es scheinbar losgegangen. Irgendeiner sprach von einer regelrechten Straßenschlacht…«

»Da werden sie doch alle angeschwirrt kommen«, brummte Creek. Das klang genauso mißgelaunt, wie Anna sich fühlte.

»Glaube ich nicht«, wandte Louis ein. Er hatte noch nicht mitbekommen, welche Stimmung da vorn im Führerhaus herrschte. »Allzu viel ist über Funk nämlich nicht rausgegangen. Wir sollten uns einfach dranhängen.«

»Also dann«, meinte Anna.

Die Straßenschlacht war eine Pleite.

Irgendwo standen noch ein paar Polizeiautos herum, und

vereinzelt bummelten Mädchen über die Straße und bewunderten ihre Spiegelbilder in den Schaufensterscheiben. Die typische Stimmung nach dem Ende von Aufläufen. Passieren würde hier nichts mehr – genau wie zehn Minuten nach einem Gewitter: Von der gewaltigen Entladung sind dann nur noch die Pfützen übrig.

Sie fuhren in Richtung Valley, und Anna überlegte, ob sie dabei Ventura gleich mitnehmen sollten. Louis bekam über Funk zwar etwas aufgeschnappt, aber es war nicht der Rede wert und zudem viel zu weit südlich. Bis sie dort ankämen, wäre nichts mehr los oder andere Crews hätten die Story längst im Kasten.

»Ich wünschte, die blöden Weiber hätten irgendwas auf die Beine gestellt«, sagte Louis. »Hätte uns den Abend erleichtert.«

»Red nicht so von ihnen«, blaffte ihn Anna an.

»Wieso nicht?« fragte Louis. »Das sind sie doch...«

»Hör schon auf mit dem Gerede, Louis«, forderte Anna.

»Na, na, haben wir ein Problem?« Er lächelte, wollte sie auf den Arm nehmen, kapierte nicht, wie sie es meinte.

»Am besten bist du einfach still, Louis«, empfahl Creek, und Louis hielt daraufhin den Mund. Nach einer Weile entschuldigte sich Anna, immer noch schmollend: »Tut mir leid, Louis. Red schon.«

»Gibt es da ein Problem, von dem ich nichts weiß?« wollte er zögernd wissen.

»Ja, aber es ist mein Problem«, entgegnete Anna.

»Da drüben kommt ein Fatburger«, warf Creek ein, der jeden Fatburger-Laden in L. A. County kannte.

»Halten wir an«, schlug Anna vor. »Ich brauche etwas Koffein. Und du, Louis?«

»Eine Diet-Cola.«

»Einen Fatburger und eine Cola«, bestellte Creek.

Anna ging die Sachen holen, zahlte und brachte sie zum parkenden Wagen. Zwei Burschen aus der Gegend, beide um die Zwanzig, beide etwas angetrunken und in schwarzen Jacken, lehnten an der Motorhaube eines klapprigen Buick, und einer rief ihr nach: »Hey, Mutter.«

Anna stellte die Fatburger-Tüte, die Cola-Flasche und drei Kaffeebecher auf die Motorhaube ihres Wagens und drehte sich zu ihnen um: »Hey, Mutter? Und weiter?«

Der eine richtete sich auf und blökte: »Hey, Mutter. Schon etwas vor heute abend?«

»Das möchte ich meinen. Ich arbeite nämlich, statt vor einem Fatburger meinen fetten, faulen Arsch an eine müde, alte Klapperkiste zu lehnen.«

»Hey …« Der zweite stieß sich von dem Buick ab.

In diesem Moment kletterte Creek vom Fahrersitz, und der zweite Bursche lehnte sich sofort wieder gegen den Buick zurück. Der andere zog seine Jeans hoch. »Anna«, befahl Creek, »komm in den Wagen.«

»Der Kerl da wollte mit mir reden«, sagte Anna.

»Anna!« Creek wollte so etwas nicht hören. »Komm in den verdammten Wagen!«

Anna war noch immer geladen, nahm aber Tüte, Flasche und Kaffee, stieg in den Wagen, und Creek sagte: »Sorry, Jungs.« Als sie wieder losfuhren, nahm er sich Anna zur Brust: »Was sollte das denn? Wolltest du vor dem Fatburger eine Schlägerei provozieren und dich noch ein bißchen intensiver mit den Cops unterhalten? Oder?«

»Hab heute einfach keinen guten Tag.«

»Damit kannst du mich mal«, wetterte Creek. »Laß deine schlechte Laune gefälligst anderswo aus.«

»Meine Güte, ihr da«, schaltete sich Louis nervös ein. »Immer mit der Ruhe.« Aber Anna und Creek hatten ohnehin nicht ernsthaft vor, einen Streit anzufangen.

»Schon gut«, knurrte Creek. »Gib mir den Fatburger.«

Sie fuhren schweigend, bis Annas Handy sich meldete.

»Anna Batory?« Männliche Stimme. Bekannt. Ziemlich gestreßt, dachte Anna.

»Ja.«

»Hier ist der Typ, dem Sie heute nachmittag in O'Briens Apartment begegnet sind.«

»Ach ja, Harper«, sagte Anna. »Was wollen Sie? Und woher haben Sie diese Nummer?«

Er ging nicht darauf ein, daß sie seinen Namen kannte, und auch eine Erklärung, woher er die Nummer hatte, blieb er schuldig. »Wir müssen uns *sofort* sehen«, drängte er. »Wirklich, Sie müssen schnellstens zu mir kommen.«

»Warum sollte ich?«

»Weil es Sie direkt betrifft«, antwortete Harper. »Ich muß sehr bald die Cops anrufen, aber zuerst brauche ich Sie hier.«

»*Was* betrifft mich direkt?«

»Hören Sie, Sie könnten in ernsthaften Schwierigkeiten stecken. Wenn Sie von denen erfahren wollen, bevor die Cops an ihre Tür klopfen, dann kommen Sie jetzt zu mir. Oder... Übrigens, hey, Sie könnten sogar ein paar Scheine dabei machen.«

Sie dachte einen Moment nach und entgegnete dann: »Ich bringe aber Freunde mit.«

»Die werden Ärger kriegen«, prophezeite Harper.

»Ich werde mich ganz bestimmt nicht allein mit Ihnen treffen. Nicht, nachdem Sie sich schon einmal auf mich gestürzt und mißhandelt haben, Sie...«

Creek sah sie schief von der Seite an, und Harper erklärte nach kurzem Zögern: »Tun Sie doch, was Sie wollen.«

Harper wartete an der Cumpston unter einer Straßenlampe auf sie, ein paar Blocks südlich des Burbank Boulevards. Es war eine Gegend mit verputzten Häusern im Rancho-Stil. Den Vorgarten hinter ihm umgab eine lange nicht mehr gestutzte immergrüne Hecke. Von den Holzlatten des Gartentors blätterte weiß die Farbe.

Creek und Anna stiegen aus.

»Wie ich höre, hatten Anna und Sie ein Problem«, polterte Creek los, und plötzlich wurde Anna klar, daß sie vielleicht bald mit beiden Männern ein Problem haben würde.

Harper hatte sich in leicht gekrümmter Haltung zu Creek gedreht, so als stünde er schon in Kampfstellung. Und er wich keinen Schritt zurück.

Er sah gut aus, fand Anna, wenn auch ein bißchen mitgenommen. Ein großer Mann mit breiten Schultern, kräftigen Händen und einer Nase, die schon ein paarmal etwas mitgekriegt hatte. Sein Gesicht war dunkelbraun, das Haar von der Sonne gebleicht. Wie ein typischer Strandfaulenzer, nur zu alt dafür: Harper war Ende dreißig, schätzte sie. Er trug ein teures schwarzes Sportjackett, Seide, nahm sie an, und dazu Jeans.

Und irgendwo in ihrem Innern meldete sich eine Stimme und machte: »Hmm...«

Creek ging einen Schritt zur Seite, und Harper drehte sich auf der Stelle, um ihn im Auge zu behalten. »Ich schwöre bei Gott«, drohte Anna, »daß ich dem ersten von euch, der zuschlägt, in die Eier trete.«

Creek blieb stehen, Harper entspannte sich und breitete die Hände aus. Er warf Anna einen schnellen Blick zu und sagte zu Creek: »Wenn Sie in meiner Lage wären, Kumpel, dann würden Sie genauso handeln.«

Creek wollte gleich wieder auf ihn losgehen, nickte dann aber kurz und fragte: »Also, was wollen Sie?«

»Ich will mit Ihnen da hinein«, erklärte Harper und wies

mit dem Kopf in Richtung Haus. »Aber rühren Sie nichts an.«

»Und was finden wir dort?« erkundigte sich Creek, dessen Neugier sofort geweckt war.

»Einen toten Dope-Dealer«, entgegnete Harper.

Anna schaltete sich ein. »Haben Sie die Cops gerufen?«

»Nein. Ich tue es aber, sobald Sie drin gewesen sind.«

»Die Cops könnten Sie dafür einlochen, daß Sie ihnen nicht gleich Bescheid gegeben haben«, stellte Anna fest.

»Schon möglich, aber ich habe zur Zeit andere Probleme. Kommen Sie jetzt. Wollen Sie nicht vielleicht auch eine Kamera mitnehmen?«

Er bemerkte das mit bösartigem Unterton, Anna jedoch meinte: »Was soll's.«

Louis blieb am Funkgerät, und Harper ging zur Eingangstür voraus. Sie war nur angelehnt, drinnen brannte Licht. Harper zog einen Kugelschreiber aus der Tasche und schob mit seiner Hilfe die Tür auf. »Berühren Sie die Tür nicht, fassen Sie überhaupt nichts an.«

»Stand die Tür offen, als Sie herkamen?«

»Ja, und das Licht war an«, berichtete Harper, als sie über die Schwelle traten. »Bereits als ich hineinging, wußte ich …«

»Oh, mein Gott«, entfuhr es Anna. Der Gestank stieg ihr in die Nase, und sie zuckte zurück. Eine Mischung aus altem Blut und Abfällen. Dicke Luft.

»Fliegen«, murmelte Harper abwesend und legte den Kopf in den Nacken. Anna sah ihm nach und entdeckte Hunderte von Schmeißfliegen in einer Traube um die Lampe. »Da hinten.«

Er ging vor in ein Schlafzimmer mit senffarbenem Wandanstrich und aufgepickten *Rolling Stone*-Plakaten. Doch am unmittelbarsten fiel ihnen ein Mann ins Auge, der auf den ersten Blick aussah wie dem Bild eines deutschen Expressionisten entsprungen, grotesk verdreht, nackt und in seinem Blut liegend. Alles war schwarz gefärbt. Er war mit Handschellen an das Bett gefesselt, die Beine waren mit einem zerrissenen Bettuch zusammengebunden. Er war nackt bis auf einen Slip und lag, einen Knebel im Mund, auf dem Rücken. Und er war mit einem Messer regelrecht zerstückelt worden.

Und zwar ganz langsam, dachte Anna. Vom Gesicht schien die Haut abgezogen. Eine runde Blutlache umgab den Kopf. Offenbar war dieser mit Gewalt hin- und hergeschlagen worden. Also hatte man ihn bei lebendigem Leib enthäutet…

»Gott im Himmel, was hat das zu bedeuten? Wozu das Ganze?« fragte Creek. »So etwas haben wir…«

»Ja, so etwas habe ich auch schon gesehen«, unterbrach Harper. Er blickte Anna fragend an. »Kennen Sie ihn?«

»Selbst wenn, wäre ich nicht sicher, ob ich ihn so überhaupt wieder erkennen würde«, sagte sie. »Aber ich glaube nicht, daß ich ihm schon einmal begegnet bin.«

»Sein Name ist Sean McAllister«, erläuterte Harper. »Ist dreimal wegen kleinerer Drogenvergehen eingebuchtet worden. Einmal haben sie ihn mit O'Brien im Wagen erwischt…«

Anna nickte. »Mein Gott, wir kennen ihn. Sean. Oh, mein Gott…«

Harper ließ sich nicht aufhalten. »… Die Festnahmen haben nie zu einer Anklage geführt, weil man ihm nicht nachweisen konnte, an wen er den Stoff verkaufte. O'Brien hat hier ein paar Wochen gewohnt, als Übergang.«

»Davon weiß ich nichts – wir haben Jason hier nie abgeholt. Sind Sie sicher, daß er es ist?« Sie konnte den Toten nicht länger ansehen.

»Ganz sicher«, entgegnete Harper. »Seine Brieftasche steckte noch in der Hosentasche.«

»Und was wollen Sie nun von uns? Warum rufen Sie nicht einfach die Cops?« fragte Creek.

»Ich wollte, daß Sie sich das hier anschauen«, antwortete Harper. Er stand direkt neben dem Bett und zeigte auf die nackte Brust des Mannes. Ein Messerschnitt lief quer von einer zur anderen Achsel.

»Und?« wollte Anna wissen.

»Lesen Sie«, forderte Harper.

»Lesen?«

Anna und Creek beugten sich vor. Sie konnte nichts erkennen, Creek dagegen registrierte es sofort. Er drehte ihr plötzlich den Kopf zu, und sie fragte noch einmal: »Und?«

»Da steht: Anna«, sagte Creek fast zu sich selbst.

Und jetzt sah sie ihn auch, ihren in das Fleisch eingeritzten Namen. »Mein Gott.« Sie war für einen Moment wie erstarrt. Dann wandte sie sich an Harper. »Warum?«

»Ich habe keine Ahnung.« Er beobachtete sie genau. »Er war ein Klein-Dealer, mehr weiß ich nicht.«

»Der Dealer Ihres Sohns?«

»Ich weiß nicht. Ich hoffe, nicht. Ich bin ihm durch Ihren Kollegen O'Brien auf die Spur gekommen.« Er sah sich im Zimmer um. »Alles, was ich hier gefunden habe, war ein bißchen Marihuana. Sonst nichts.«

»Keine Dots also«, stellte Anna fest, und er nickte. Sie sah sich noch einmal das Szenario mit der verdreht liegenden Leiche an, dieser Muskelmasse, die einmal ein menschliches Wesen gewesen war, den *Anna*-Schriftzug auf der Brust, und dann drehte sie sich weg und hatte plötzlich das Gefühl, als drücke ihr eine Hand den Mund zu und wolle sie ersticken. »Ich muß raus hier.«

8

Harper und Creek folgten ihr nach draußen. Anna stand mit dem Kopf über den Zaun gebeugt und würgte. Doch außer Speichel erbrach sie nichts. Schon einen Augenblick später drehte sie sich zu den beiden Männern um und sagte: »Entschuldigung.«

»Sie kannten den Kerl also nicht«, bemerkte Harper. Es war eine Feststellung, keine Frage.

»Nein, außer daß ich ihm vielleicht mal zugenickt habe. Ich habe Jasons Freunde nie näher kennengelernt, sie sind mir höchstens mal bei der Arbeit über den Weg gelaufen.«

Harper sah sie zweifelnd an, woraufhin Anna klarstellte: »Hören Sie, Jason hatte einen Teilzeitjob. Ein- oder zweimal pro Monat hat er für uns gearbeitet, wenn er etwas anzubieten hatte.«

»Zum Thema Dope?«

»Nein. Normalerweise Sachen aus dem UCLA-Umfeld. Am Abend, als Ihr Sohn starb, haben wir ihn das letzte Mal gesehen. Er hatte Beziehungen zu einer Tierschützergruppe am College geknüpft, die es auf die UCLA-Tierversuchslabors abgesehen hatte...«

»Das habe ich im Fernsehen verfolgt. Diese Geschichte mit dem Schwein«, erinnerte sich Harper. »Aber was hatte das mit meinem Jungen zu tun?«

»Nichts«, entgegnete Creek. »Die Aktion haben College-Kids abgezogen, und Ihr Sohn war ganz woanders auf einer Highschool-Party. Die einzige Verbindung besteht darin, daß beide Vorfälle ungefähr zur gleichen Zeit wenige Blocks voneinander entfernt abliefen, und deswegen haben wir sie zufällig mitbekommen.«

Harper rieb sich das Kinn und blickte Creek fragend an: »Ganz sicher?«

»Prüfen Sie es selber nach.«

Harper starrte für einen Moment in die Ferne, sah dann wieder Creek an und nickte: »In Ordnung. Aber mein Junge ist tot, Ihr Freund ist tot, beide hatten denselben Dealer, und der ist jetzt auch tot – und Annas Name ist auf seine Brust geritzt. *Irgendwas* geht doch hier vor.«

»Haben Sie bei Jason etwas von den besagten Dots entdeckt – diesen Wizards?« erkundigte sich Anna.

»Was wissen Sie davon?« fragte Harper in scharfem Ton.

»Wyatt hat mir davon erzählt. Das hat er getan, damit ich der Polizei verschweige, daß ich von Ihnen überfallen wurde.«

»Okay.« Er sah auf seine Schuhspitzen. »Tut mir leid, die Sache da in der Wohnung. Ich wußte nicht, wer Sie waren, und ich war ja irgendwie illegal da drinnen. Beim Durchsuchen eines Apartments erwischt zu werden, ist nicht gerade empfehlenswert...«

»Wie haben Sie dann diesen Kerl hier gefunden?« bohrte Anna und sah zum Haus.

»Ich habe Wyatt dazu gebracht, den Computer anzuwerfen und mir alles über Jason ausspucken zu lassen. Dabei stieß ich auf die Festnahme, auf McAllisters Namen, rief die Telefongesellschaft an, bekam seine Adresse. Alles kein Problem.«

»Wenn Sie weiter so in die Scheiße treten wie in diesem Fall, dann kriegen Sie Probleme«, prophezeite Creek. »Überlassen Sie es den Cops.«

»Das kann ich nicht.« Harper schüttelte den Kopf. »Ich habe ein bißchen was anderes vor als die Cops.«

»Was denn? Rache nehmen?« fragte Anna.

»Nein«, erwiderte Harper. Auch er schaute, wie vorher

schon Anna, zurück zum Haus. »Nur ein bißchen Gerechtigkeit, die hätte ich schon gern.«

»Überlassen Sie das den Cops«, wiederholte Creek.

»Von den Cops kannst du keine Gerechtigkeit erwarten«, stellte Harper fest. »Die sorgen für die Einleitung von Verfahren, manchmal auch für Festnahmen. Hin und wieder gibt es sogar eine Verurteilung. Aber Gerechtigkeit erfährst du nie.«

»Und was machen wir dann jetzt?« erkundigte sich Creek.

Anna zog ihr Handy aus der Tasche. »Wir telefonieren.«

Sie riefen Wyatt zu Hause an und hofften auf eine freundliche Empfehlung bei den zuständigen Burbank-Cops.

»Was ist denn los?« grummelte Wyatt schlaftrunken ins Telefon.

Anna nannte ihren Namen und berichtete von dem toten Mann im Bett.

»Bleiben Sie draußen, rühren Sie nichts an«, befahl Wyatt. Er war jetzt hellwach und klang gar nicht glücklich. »Ich verständige L.A.«

»Ich glaube, wir sind hier in Burbank«, wandte sie ein.

»In Ordnung, dann rufe ich Burbank an. Sie warten dort.«

»Wir sind auf der Straße direkt vor dem Haus«, erklärte Anna ihm und sah dabei Harper an. »Die Sache ist allerdings ein bißchen kompliziert. Ich lasse Sie besser direkt mit Ihrem Freund Jake sprechen.«

»Jake? Was macht der denn da?« fragte Wyatt und klang noch unglücklicher.

»Das soll er Ihnen besser selber sagen«, entgegnete Anna und reichte Harper das Telefon.

Louis steckte den Kopf aus dem Wagenfenster. »Wir haben ein Feuer in Hollywood Hills, bei der Freundin von irgendeinem großen Tier, wenn ich die Feuerwehr richtig verstanden habe.«

»Vergiß es«, schnitt ihm Anna das Wort ab. »Wir haben Probleme hier.«

Der erste Streifenwagen traf fünf Minuten, nachdem Harper das Handy ausgeschaltet hatte, ein: nicht Burbank, sondern North Hollywood. Burbank begann erst zwei Blocks weiter. Die Cops redeten, knapp und ein wenig kühl, zunächst mit Harper und fingen dann mit ihrer Routine an: Cops umstellen das Haus, Nachbarn kommen nach draußen, gelbe Absperrbänder werden gezogen, der Gerichtsmediziner erscheint, die L.A.-Mordkommission, schließlich Wyatt. Wortlos nickend ging er an ihnen vorbei, zeigte einem Cop vor der Tür seine Hundemarke und ging hinein. Nach fünf Minuten war er wieder draußen.

»Was für eine Schweinerei«, erklärte er.

»Ja«, pflichtete ihm Anna bei. »Und ich hatte heute morgen einen Einbrecher in meinem Haus. Er war bewaffnet...«

»Ich hoffe, Sie haben jemanden zu Hilfe gerufen«, meinte Wyatt.

»Ich wohne in Venice. Die Nachbarn haben ihn verjagt, dann kamen die Cops und haben Coke getrunken.«

»Das müssen nicht Sie sein«, sagte Wyatt. »Ich meine, auf der Brust von dem Typ.«

Sie sah noch einmal kurz die Leiche vor ihrem inneren Auge und spürte, wie sie innerlich erstarrte: Wer immer das getan hatte, er war jetzt schon lange weg. Doch sie machte sich nichts vor: »Hören Sie auf. Wieviele Annas kennen Sie?«

»Na gut«, mußte Wyatt zugeben. »Ich will Ihnen ja nicht noch mehr Angst machen, als Sie selber schon haben – aber erinnern Sie sich an die Schnitte in O'Briens Gesicht? Ich vermutete, es könnten die Zeichen einer Gang sein.«

»Ja, und?«

»Erinnern Sie sich, daß sie aussahen wie das hier?« Er hielt eine Handfläche auf und malte darüber in der Luft mit dem anderen Zeigefinger ein Dreieck.

»Dreiecke«, stellte Anna fest.

»Oder ›A‹s«, sagte Wyatt ruhig. »Umgekehrte ›A‹s.«

»O nein.« Sie schlug die Hände vor das Gesicht. »Das kann doch nicht sein.«

»Abwarten«, entgegnete Wyatt. »Wir können uns jedenfalls auf ein ernstes Gespräch mit den Kollegen aus L.A. gefaßt machen.«

»Sind sie sauer?« Sie sah wieder hinüber zum Haus. »Weil wir einfach reingegangen sind?«

Wyatt warf Harper einen Blick zu. »Nicht so sehr, wie ihr vielleicht fürchtet.«

»Es war nicht Annas Schuld«, mischte sich Harper in das Gespräch ein. »Sie wußte nicht, was sie erwartete. Ich habe ihr gesagt, sie soll reingehen. Ich dachte mir, vielleicht spuckt sie was aus – oder kennt den Typ.«

»Hat sie?«

Harper blickte sie an und lächelte plötzlich. Das erstemal, daß sie ihn lächeln sah. Ein nettes Lächeln, dachte sie. »Nein. Sie ging raus und mußte sich übergeben.«

»Habe ich gar nicht«, bestritt Anna.

Creek sah an ihnen vorbei die Straße hinunter und sagte besorgt: »So, jetzt geht's los.«

Ein L.A.-Detective war auf dem Weg zu ihnen, und zwar mit dem langen, drohenden Schritt, den Cops draufhaben, wenn sie cool wirken wollen. Er sah Anna an, nickte Creek zu und erkundigte sich bei Harper: »Wie geht's, Jake?«

Eine Szene wie im Kino: Jetzt hätte er sich nur noch lässig eine Zigarette anzünden müssen. Harper zuckte mit den Schultern. »Sie haben das mit meinem Jungen gehört.«

»Ja. Furchtbar.« Der Detective schaute zum Haus zurück und sagte dann: »Hören Sie, ich weiß, daß das der blödeste Zeitpunkt ist, um Sie danach zu fragen, aber ich habe ein Problem... Ich muß mit Ihnen reden. Über Lucy.«

»Muß das jetzt sein?«

»Ja. Sie führt sich verrückter auf als eine Gans auf dem Scheißhaus. Wenn ich nicht von ihr loskomme... Aber ich kann auch wieder die Kinder nicht allein lassen.«

»Rufen Sie mich an«, schlug Harper vor.

»Ich bin pleite...« Der Cop war sichtlich verlegen.

»Na, dann rechnen Sie's über Ihre Kaufhaus-Kundenkarte ab«, empfahl Harper. Er bohrte dem Cop einen Finger in die Rippen. Der nickte und sagte: »Ich rufe Sie an – danke.« Er nickte Anna zu, sah Wyatt an und marschierte davon.

»Was hatte das denn zu bedeuten?« wollte Anna von Wyatt wissen.

»Jake ist Anwalt«, erläuterte Wyatt. »Die halbe Polizei im County gehört zu seinen Mandanten.«

»Sagten Sie nicht, er war mal ein Cop?«

»War er auch. Vor zehn Jahren.«

Carrol Trippen leitete die Ermittlungen der Kriminalpolizei, ein hochgewachsener, ungeduldiger, vorzeitig ergrauter Anglo-Amerikaner. Er nahm sich alle einzeln vor, sprach kurz mit jedem, verglich die Aussagen und schickte sie schließlich in die Stadt zur Protokollaufnahme.

»Stecken wir jetzt in Schwierigkeiten? Sollte ich mir einen Anwalt nehmen?« fragte Anna, als Trippen wieder ins Haus gehen wollte.

»Ich bin stinksauer auf Harper, daß er erst euch gerufen

hat«, entgegnete Trippen grimmig. »Aber es war nicht Ihr Fehler, und ich weiß, woher er kommt. Ich habe Wichtigeres zu tun, als Leute zu schikanieren, die sich eine Leiche angesehen haben.«

Die Cops nahmen Anna, Harper, Creek und Louis mit und ließen sie einzeln ihre Aussagen zu Protokoll geben. Anna wurde von einem schläfrigen Cop verhört, der aus dem Mund roch und ein gelbes Hemd mit frischen Kaffeeflecken anhatte.

Als sie fertig waren, sah er sie über seinen Kaffeebecher an und meinte: »Ich sage Ihnen eines: Sie kennen den Kerl. Den Killer.«

»Und er hat es auf mich abgesehen?« Manchmal konnte sie Gedanken lesen.

»Nun kommen Sie, das ist Ihnen doch auch schon klar.«

»Was soll ich also tun?«

»Erstens: Nachdem Sie diesen Einbrecher bei sich hatten, würde ich an Ihrer Stelle sofort Ihr Haus verlassen. Gehen Sie für ein paar Tage in ein Motel, und teilen Sie niemandem mit, wo Sie sind. Wenn Sie zur Arbeit müssen, treffen Sie sich mit Ihren Freunden irgendwo draußen. Sie haben ein Handy, jeder kann Sie also, wenn nötig, erreichen.«

»Ich überlege es mir«, antwortete Anna. Aber sie wußte, daß sie ihr Haus nicht verlassen würde.

»Tun Sie das. Und heute nachmittag hätte ich Sie gern wieder hier – dann haben wir einen Seelenklempner und einen Profiler für Serienmorde da, und die beiden möchten sich mit Ihnen unterhalten.«

»Sie sind sicher, daß er sie beide umgebracht hat, Jason und Sean?«

»Trippen hat mit Wyatt geredet, und sie nehmen es an. Er meint, an beiden Fällen eine bestimmte Form von Gewalttätigkeit zu erkennen, die man nicht bei einem Durchschnittsmörder findet. Außerdem stand dieser Sean in Verbindung mit Jason und Jason wiederum in Kontakt mit Ihnen.«

»In Ordnung.« Und sie kannte ihn – aber wer war es?

Harper und Creek warteten im Empfangsbereich, als Anna herauskam. Louis kurvte mit dem Wagen herum und wartete. Als Creek Anna aus dem Fahrstuhl kommen sah, zog er sein Handy aus der Tasche, tippte einen Kurzwahlknopf und informierte Louis: »Wir sind fertig.«

»Geht es jetzt nach Hause?« fragte Harper, als die drei zum Ausgang strebten.

»Ich glaube schon«, entgegnete Anna. »Heute nacht läuft nichts mehr.«

»Werden Sie Ihr Haus noch einmal verlassen?« hakte Harper nach.

»Nein.«

»Dann würde ich gerne vorbeikommen und mich einmal umschauen«, bemerkte er.

»Keine gute Idee«, wandte Creek ein.

Harper blickte ihn an. »Hören Sie, ich mache das hier schon ein Leben lang. Ich möchte mich informieren, wo sie lebt – wie es dort aussieht. Kommen mir Bedenken, werde ich helfen, sie anderswo einzuquartieren. Ich will nur verhindern, daß man sie aufschlitzt, bevor ich den Kerl gefunden habe, der meinen Jungen auf dem Gewissen hat.«

»Ganz schön mitfühlend«, meinte Anna.

Harper zuckte mit den Schultern. »Ich habe eben meine Prioritäten.«

Creek nickte. »Sie bringen es auf den Punkt.« Anna schlug er vor: »Vielleicht sollte ich bei dir bleiben.«

»Gute Idee«, pflichtete ihm Harper bei.

Anna schüttelte jedoch den Kopf und sagte zu Creek:

»Du würdest mir ganz schön auf den Nerv gehen.« Dann erläuternd zu Harper: »Und wenn er zu Hause liegt, dann *liegt* er.« Niemand lächelte bei diesem Zitat aus einem alten Vaudeville.

»Wir führen hier keine Komödie auf«, grummelte Creek. Und fuhr nach einer Pause fort: »Vielleicht können ja die Cops jemanden zum Schutz hinschicken.«

»Keine Chance«, entgegnete Harper. »Wissen Sie, wie viele Serienkiller im Moment gerade in L.A. herumlaufen? Wahrscheinlich ein halbes Dutzend.«

Anna seufzte: »Meine Güte.« Sie sah Creek an: »Ein halbes Dutzend?«

»Nein«, lehnte Creek ab, der gleich wußte, worauf sie hinaus wollte. Er schüttelte den Kopf. »Darüber machen wir *keine* Story.«

Anna schickte Creek und Louis im Ü-Wagen nach Hause. Louis hatte die Gespräche mit den Cops, zweimal an einem Tag, zwei Aussagenprotokolle, fertiggemacht. Louis genoß die Anonymität – suchte und verteidigte sie. »Es ist doch alles gut abgegangen?« Dennoch machte sich Louis Sorgen und riß geistesabwesend ein Exemplar des *L.A. Reader* in kleine Fetzen.

»Was uns angeht, schon«, bejahte Anna. »Ihr beiden jedenfalls nehmt den Wagen, fahrt heim und schlaft eine Runde.«

»Ich möchte einfach nicht, daß uns..., dir etwas zustößt«, stammelte Louis mit großen Augen. »Ich meine, wenn dir etwas passiert, was wird dann mit mir?«

»Geht schon in Ordnung, Louis«, entgegnete sie, schenkte ihm ein schnelles Lächeln und gab ihm einen Klaps auf den Rücken. »Das verspreche ich.«

Als sie ihm sagte, sie werde mit Harper fahren, nahm Creek sie zur Seite und flüsterte ihr heftig ins Ohr: »Was soll der Scheiß? Du *kennst* ihn ja nicht einmal. Weißt du, er könnte es *selber* sein.«

»Ach was, wir wissen doch, was er vorhat – denk an seinen Jungen«, wandte Anna ein.

»Ach, Scheiß drauf«, fuhr Creek sie wütend an. »Als wir ihn draußen vor dem Haus trafen, wurdest du ziemlich keck, und jetzt bist du es wieder.«

»Keck?« Das machte nun wiederum sie wütend. Sie stemmte die Hände in die Hüften und legte los. »Und was du alles bist, will ich dir…«

»Nur raus damit«, forderte Creek sie auf und marschierte schnurstracks zum Wagen. Dort angekommen, drehte er sich um und fragte: »Was ist überhaupt mit Clark?«

Mit einem Knall war die Tür zu.

Bevor ihr noch eine passende Antwort einfiel, gab er schon Gas und brauste davon.

Harper fuhr einen schwarzen BMW 740IL. Das Armaturenbrett sah mit seinen vielen beleuchteten Instrumenten aus wie ein Jumbo-Cockpit. Ein halbes Dutzend Golfschläger lag auf dem Beifahrersitz. Harper hielt Anna die Beifahrertür auf und warf die Schläger auf den Rücksitz.

»Netter Wagen«, erklärte sie, als er hinter das Steuer kletterte. Autos standen auf ihrer Liste der wichtigen Dinge im Leben ganz hinten.

»Gut für Langstrecken«, entgegnete er beiläufig.

»Und ein bißchen Golf spielen Sie auch?«

Er musterte sie mit einem lässigen Blick. »Ich beschäftige mich mit zwei Dingen: Ich kümmere mich um das Gesetz, und ich spiele Golf.«

»Ich meine… richtig ernsthaft?«

»Beides betreibe ich ernsthaft«, sagte er. In ihren Ohren klang das ein bißchen grimmig. Er sah schon gut aus, aber er war auch ein harter Kerl.

»Hinter einem kleinen weißen Ball her über die Wiesen rennen.«

Er betrachtete sie von der Seite und lächelte noch immer nicht. »Wenn Golf lediglich bedeutete, hinter einem kleinen weißen Ball her über die Wiesen zu rennen, dann täte ich es nicht«, verkündete er.

Sie sah ihn direkt an, machte ein ernstes Gesicht und faßte ihn am Arm. »Versprechen Sie mir etwas?«

»Was?« Die plötzliche intime Geste überraschte ihn...

»Versuchen Sie nie, ich betone: *nie*, mir zu erklären, was Golf wirklich ist.«

Jetzt lächelte er, und sie dachte: *Hmm. Harrison Ford.*

Sie hielten vor ihrem Haus. Er holte eine Stablampe aus dem Kofferraum, ging einmal außen herum, untersuchte die Gebüsche im Vorgarten und stöhnte plötzlich auf: »Au, was, zum Teufel, hat mich denn da gestochen?« Ein paar Minuten später meinte er zufrieden: »Gut soweit.«

Drinnen prüfte er jedes einzelne Fenster, auch das mit dem Brett vernagelte nach hinten hinaus, und riet ihr: »Lassen Sie das Brett vorerst an Ort und Stelle. Außerdem nehmen Sie sich ein paar leere Bier- oder Konservendosen. Bevor Sie ins Bett gehen, stapeln Sie diese vor die Tür. Wenn dann jemand versucht einzudringen, wird es einen höllischen Krach geben.«

»Okay.«

»Ihre Büsche haben mich total zerkratzt.«

»Dafür sind sie gedacht.«

»Okay. Haben Sie eine Waffe?« fragte er.

»Ja.«

»Holen wir sie.«

Er folgte ihr über die Treppe ins Schlafzimmer, und sie nahm die Waffe von der Halterung hinter dem Kopfende des Betts.

»Smith & Wesson«, bemerkte sie und reichte ihm einen verchromten Revolver.

»Ein guter alter Sechs-Vierziger«, sagte er. Er checkte die Munition. »Drei-fünf-siebener Teilmantelgeschosse. Sie sind körperlich gut in Form. Wissen Sie, wie man mit ihm umgeht?«

»Ich habe mal einen Schießkurs gemacht, als das gerade in Mode war«, berichtete sie. »Und ungefähr jedes Jahr fahre ich drüben hinter Malibu ins Gelände und übe. Kurze Entfernungen, drei Meter.«

»Dann halten Sie ihn immer griffbereit«, befahl er, gab ihr den Revolver zurück, inspizierte die Überdecke auf ihrem Bett und fragte: »Spaß an alten Sachen, wie?«

Sie wollte gerade etwas erwidern, als es unten an der Tür klingelte. Beide schauten zur Treppe. »Und nun?«

»Wahrscheinlich nicht gerade Tante Polly mit der Obsttorte«, flachste Harper und sah auf die Uhr.

»Meinen Sie, ein Killer läutet erst vorn die Glocke?« Sie blickte jetzt ebenfalls zur Uhr. »Um fünf Uhr fünf am Morgen?«

»Kaum«, sagte er. »Schauen wir nach … Sie gehen vor.«

»Wieso ich?«

»Weil Sie die Waffe haben.«

Das klang vernünftig, wenn auch nicht gerade kavaliersmäßig. Sie ging vor ihm hinunter, kam sich mit der Waffe in der Hand ein wenig albern vor, blieb unten im Flur stehen und flüsterte nach hinten: »Und jetzt?«

»Bleiben Sie von der Tür weg und fragen Sie, wer da ist«, schlug Harper vor.

Während sie in die Küche gingen, klingelte es erneut, und Anna rief: »Wer da?«

»Ich bin's. Creek.« Creeks Stimme.

»Oh, Mann«, stöhnte Anna. Sie ging zur Tür, löste die Kette und zog die Tür auf. Creek lümmelte auf der Vorderveranda herum. Sein Blick blieb kurz an Anna hängen und schoß dann zu Harper hinüber.

»Dachte mir, sieh mal lieber nach«, sagte Creek. Und zu Harper gewandt: »Alles erledigt?«

»Ja, ich bin fertig... Ich muß mit Anna noch eine Minute unter vier Augen reden. Dann bin ich wieder weg.«

Creek nickte, trat auf die Veranda zurück und zog die Tür hinter sich zu.

»Tut mir leid, dieser Auftritt«, entschuldigte sich Anna. Creek tauchte schon immer zu reichlich ungewohnten Zeiten auf.

»Kein Problem.« Harper zog eine schmale Lederbrieftasche aus der Jacke, entnahm ihr einen dünnen goldenen Füllfederhalter sowie eine Visitenkarte und kritzelte etwas darauf. »Meine Telefonnummer daheim. Die Büronummer steht auf der Vorderseite. Rufen Sie mich an, wenn irgend etwas los ist.«

»Meine Karte haben Sie ja«, entgegnete Anna trocken. Er mußte sie ihr aus der Handtasche gezogen haben.

»Genau.« Nicht die Spur von Verlegenheit.

»Ich meine, wir sollten die Polizei...«, fing er an.

Sie sprachen gleichzeitig, und so bekam sie von ihm nur noch mit: »... Ihren Lover hier bei Ihnen bleiben lassen, er würde einen weiteren Prellbock abgeben.«

Sie brach ab. »Was, bitte?«

»Vielleicht sollte Ihr Lover jetzt bei Ihnen bleiben«, wiederholte er. »Er würde einen zusätzlichen Prellbock zwischen Ihnen und dem Killer spielen...«

»Er ist nicht mein Lover. Creek ist ein Freund.«
»So? Aber Sie können ihm trauen?«
»Absolut.«
Harper nickte. »Dann überlegen Sie es sich, auch wenn er Ihnen auf den Nerv geht. Denn ich verspreche Ihnen eines: Dieser Kerl wird nicht locker lassen. Dieser Verrückte. Er denkt die ganze Zeit an Sie. Früher oder später taucht er hier auf.«

9

Der Mann mit den zwei Gesichtern hockte auf dem Boden. Sein rechtes Ohr rieb sich an der Hecke. Dreißig Zentimeter weiter links befand sich der Kotflügel eines parkenden Wagens. Es war ein gutes Versteck, von keiner Seite einsehbar, und er fühlte sich geborgen wie in einer bequemen Höhle. Den Lauf seiner Pistole hielt er sich an die Nase und sog den Geruch von Schießpulver und Öl ein.
Er wartete. Und beim Warten gab er sich seinen Phantasien hin.

Er war unsichtbar, bewegte sich durch Annas Haus, schwebte wie eine Feder oder ein Geist wenige Zentimeter über dem Fußboden. Sie saß im Badezimmer, nackt und nach vorn gebeugt, sah in den Spiegel und schminkte sich das Gesicht.
Ob sie ihn so nah von hinten kommen spürte? Er streckte die Hand nach ihren sanften, runden Rückenwirbeln aus.
Hmm … nein. Nein, sie mußte ganz unbefangen bleiben. Durfte nicht bemerken, daß man sie in Momenten höchster Intimität beobachtete. Wunderbaren Momenten.
Und doch wäre es auch ganz schön, wenn er sich jetzt

quasi materialisieren könnte. Nicht nur einen entrückten Blick auf sie werfen, sondern die Macht haben, *in persona* direkt hinter ihr aufzutreten.

Er spann den Gedanken weiter – und materialisierte sich.

Da war sie, nackt, und beugte sich über den Rand des Waschbeckens, legte Lippenstift auf.

Nein. Noch einmal anders.

Sie trug jetzt Nylons, mit Strapsen, sonst nichts, nur Nylons und Strumpfgürtel, keine Unterwäsche, und malte sich die Lippen an. Und er kam von hinten, und was sie zuerst spürte, waren seine Fingerspitzen, die ihr kühl das Rückgrat hinabfuhren.

Ja, so gefiel es ihm. Wieder zurück zur ersten Einstellung. Er kam leise durch die Tür, ließ sich neben ihr nieder. Sie saß über das Waschbecken gebeugt, die Brüste unbedeckt, rosa schimmernde Brustwarzen, ein dunkler Schatten dort, wo die Schenkel sich trafen. Er streckte die Hand aus, berührte ihr Rückgrat.

Vor vielen Jahren, er war noch ein Kind, wollte ihm das Bild vom kleinen Humpty Dumpty einfach nicht aus dem Kopf gehen. Das lag keineswegs daran, daß es hingefallen, sondern daß es nun kaputt war und nicht mehr gekittet werden konnte. Genauso fühlte er sich jetzt.

Er hatte zwei Gesichter, nicht nur eines. Das äußere sah in die Welt hinaus – ein melancholisch blickendes Gesicht, selbst als er noch ein Kind war, aber hübsch und offen. Sein inneres Gesicht hatte einen anderen Charakter: finster, niedergedrückt, umwölkt, verschlossen. Nur dieses innere Gesicht spiegelte sein echtes Selbst. Vielleicht war er einmal ein Ganzes gewesen, früher. Dieses Ganze aber hatte man aus ihm herausgeprügelt und zerschlagen wie Humpty Dumpty.

Sein Vater hatte Autos verkauft. Tausende.

Jeden Abend war sein Vater im Fernsehen zu bewundern mit seiner falschen Nase und dem weiß geschminkten Gesicht, den übergroßen Schuhen und dem zerzausten Raggedy-Ann-Haar.

Er war der berühmteste Clown der Welt und sauste mit einem riesigen Krug unterm Arm, auf dem ›XXX‹ stand, durch die Verkaufsräume: »Hey, Sie glauben wohl, Big Bandy redet Quatsch, wenn er sagt, daß Sie diesen fast neuen Camaro für lächerliche 6240 Dollar kriegen? Was habe ich gesagt? Sagte ich eben etwa 5740 Dollar? Da ist Bandy aber über seine Zunge gestolpert, Old Bandy hat wohl zuviel Old Brandy getrunken, und schon verspricht er sich und sagt, dieser fast neue Camaro kostet nur 5240 Dollar. Wie bitte? Das stimmt. Kommen Sie schnell her und holen Sie sich diesen Camaro für ... Oho, so läuft das, oder? Old Bandy greift sich noch schnell einen Brandy, aber ich stehe zu meinem Wort. So lächerlich er auch klingt, der Preis. Ich habe ihn genannt, und Sie müssen wirklich keinen Dollar mehr zahlen ...«

Er hielt es zwar aus, wenn seine Mitschüler ihn mit seinem Vater Old Bandy aufzogen, denn alle wußten, daß er mit seiner Fernsehwerbung Millionen machte. Was er aber nicht ertragen konnte, war ein Old Bandy, der zu Hause den Brandy nur so in sich hineinkippte und ihm dann die Scheiße aus dem Leib prügelte.

Seine Mutter war noch schlimmer. Seine Mutter war eine kleine, dunkelhaarige Teufelin, die noch mehr Brandy soff als Old Bandy und ihn bei seinem Vater immer mit den Worten anschwärzte: »Weißt du, was dein Sohn heute wieder angestellt hat?« Als ob er nicht auch *ihr* Sohn gewesen wäre.

Und das, was er anstellte – was jedes Kind anstellte –, ließ seinen Vater ausrasten. Wenn er dann angstschlotternd heimkam und in sein Zimmer ging, stand der Alte schon mit einem Stock in der Hand und blutunterlaufenen Augen hinter der Tür.

Das »Liebesleben« seiner Eltern war genauso schrecklich wie die Prügel, die er bezog: Sie trieben es betrunken auf der Couch, auf dem Boden, auf der Treppe, und wenn gar nichts mehr ging, dann schlug sein Vater sie mit der offenen Hand, trieb sie vor sich her. Ihr schien das zu gefallen. Sie forderte seinen Vater sogar noch dazu auf. Sich vor dieser Raserei zurückzuziehen gelang ihm nicht: Ein greller Schrei, und er konnte einfach nicht anders, als aus dem Zimmer zu stürzen, und da waren sie dann draußen im Flur, bereits bei der Sache, schwitzend, blutend, betrunken, nackt.

Was auch immer daheim passierte, nach außen zeigte die Familie ein anderes Gesicht: Mom spendete Geld für das Symphonie-Orchester und das Kunstmuseum. Sie spielte eine wichtige Rolle in der Junior League, und jeder blöde Verein war verdammt noch mal bereit, für Geld über ihren miesen Charakter geflissentlich hinwegzusehen.

Der Junge entwickelte die beiden Gesichter als einen Ausweg, der ihn das Ganze überhaupt überleben ließ. Sein äußeres Gesicht war sanft, wach und zugleich melancholisch. Dieser Teil seiner Persönlichkeit widersprach niemals den Eltern, schwieg immer zu ihren Sex-Orgien oder den Prügelszenen. Seitdem er ein paarmal Bekanntschaft mit dem Stock gemacht hatte.

Aber sein inneres Gesicht wütete gegen sie.

Sein inneres Gesicht wollte sie umbringen.

Vater hatte eine große blaue 45er Colt-Automatic. Er hielt sie versteckt. Sie hing in einem Lederhalfter hinter dem Kopfende des Betts. Sein Vater zog sie hin und wieder hervor, betrachtete sie, wog sie in der Hand, zielte auf den Fernseher und tat so, als würde er schießen. Dann ging er ins Schlafzimmer zurück, schob das Magazin wieder ein und versteckte sie.

Er war in der sechsten Klasse, als er davon träumte, seine Eltern mit der 45er zu erschießen. Der Traum verfolgte ihn bald auch am Tage, und das innere Gesicht stritt darüber mit dem äußeren, das letztlich jedoch die Oberhand behielt, denn es war ja logisch: Würde er seine Eltern töten, käme er hinter Schloß und Riegel, und das wäre es dann gewesen. Selbst dem inneren Gesicht erschien so ein Ergebnis nicht zumutbar.

Doch sein Wunsch zu töten blieb so übermächtig, daß er die Patronen aus der Pistole nahm und sie in den Abfall warf. Das tat er allerdings nicht etwa, um seine Eltern zu verschonen, sondern weil keines der beiden Gesichter im Gefängnis landen wollte.

Doch er würde sie töten, früher oder später. Das war unvermeidlich. Er würde ein perfektes Alibi arrangieren – es bis ins kleinste Detail zu entwerfen beschäftigte seine Phantasie fortwährend –, und dann würde es geschehen. Seinen Vater würde er ohne viel Aufhebens erschießen. Er würde ein Schrotgewehr nehmen, es auf die Brust des Alten halten und abdrücken. Seine Mutter würde er dagegen mit dem Messer erledigen. Ganz langsam…

Bei dem Gedanken daran bekam er eine Erektion.

Das Leben bei seinen Eltern machte aus ihm einen anderen Menschen. Von Anfang an wußte er zuviel, und das spürten die Mädchen. Sie wichen vor ihm zurück. Als dann die Hormone in ihm rumorten, wurde alles noch schlimmer. In seinem Innern brannte ein Feuer, das jedoch nach außen nicht bemerkbar war.

Als er heranwuchs, wurde sein inneres Gesicht immer stärker und dominierte das äußere, wenngleich dieses seine wahre Natur weiterhin maskierte. Das innere Gesicht allerdings brauchte Nahrung.

Jahrelang genügten ihm Grausamkeiten gegen Tiere und schwächere Kinder. In der achten Klasse hatte er eine Katze getötet, die durch ihren Hinterhof gelaufen war. Er hatte sie einfach mit einem Holzprügel totgeprügelt. Der erste Schlag brach der Katze das Rückgrat, und weitere Hiebe brachten sie endgültig um. Er vergrub das Tier am Hinterzaun, schaufelte Erde über den Kadaver, strich die Stelle glatt und verpflanzte sogar ein Stück Grasnarbe, um die frisch ausgehobene Stelle zu kaschieren.

Niemand verdächtigte ihn. Statt dessen nagelten die Besitzer des Tieres ein halbes Dutzend Pappschilder an die Telefonmasten in der Nachbarschaft und baten, bei der Suche nach einem schwarz-rot-grau gestreiften Tigerkätzchen namens Jimbo zu helfen.

Ein Hauch von Prickeln. Das innere Gesicht ließ es sich wohlwollend gefallen und gab sich ihm hin.

Die nächste Katze tötete er erst nach einer langen Hetzjagd. Außerdem wollte er vorher wissen, woher sie stammte. Dann konnte er dem Nachbarn nämlich das tote Tier auf die Veranda legen, an der Tür läuten und mit feuchten Augen sagen: »Ein Auto hat sie überfahren.«

Die Nachbarin war in Tränen ausgebrochen, ihre Tochter halb wahnsinnig geworden, und sein äußeres Gesicht hatte mit ihnen geweint und tiefen Schmerz empfunden. So echt, daß die Nachbarin ihn heimgebracht und sich bei seinen Eltern für seine Anteilnahme bedankt hatte.

In der elften Klasse gelang ihm dann der nächste größere Coup. Sein inneres Gesicht registrierte, daß es Mrs. Garner nie ohne ihren Kaffee aushielt.

Mrs. Garner war dreißig, eine dunkelhaarige, ziemlich hübsch aussehende junge Lehrerin mit langen, schlanken Beinen. Er war gleich sehr angetan von ihr gewesen. Nachdem sie eine Woche bei ihnen unterrichtet hatte, war er einmal nach ihr ins Klassenzimmer geschlendert, vorn stehengeblieben, und sein äußeres Gesicht hatte einen etwas seltsamen, galant gemeinten Gruß gewagt.

Mrs. Garner hatte ihn daraufhin zur Rede gestellt und gesagt: »Geh bitte auf deinen Platz.« Woraufhin sich zwei oder drei Mädchen sofort wissende Blicke zugeworfen und die Zurechtweisung grinsend kommentiert hatten.

Und mit einem Schlag, zack, haßte er die Frau.

Und bemerkte, daß sie ihren Kaffeebecher gern mit in den Chemieraum nahm und ihn von Zeit zu Zeit hinten in der Arbeitsecke für die Lehrer wieder auffüllte.

Sein inneres Gesicht beobachtete das eine Zeitlang und stellte dabei fest: Mrs. Garner schien den Becher nie auszuwaschen, wenn sie ihn erst einmal in Gebrauch genommen hatte. Sie füllte ihn nur einfach wieder nach. Eines Tages ging er etwas früher in die Klasse zurück, während Mrs. Garner noch im Lehrerzimmer weilte und, stündlich einmal, ihre Rauchpause nahm. In dieser Zeit schüttete er eine kleine Dosis Chlordan in ihren Becher.

Mrs. Garner schmeckte das Insektenvergiftungsmittel nicht einmal, als sie davon trank. Doch eine halbe Stunde später erklärte sie plötzlich, daß sie sich nicht wohl fühle. Auf dem Weg zur Tür brach sie zusammen und verfiel in konvulsivische Zuckungen. ›Two-face‹ – der Junge mit den zwei Gesichtern – wurde zum Helden: Er kümmerte sich um die Zusammengebrochene, lief ins Direktorzimmer, sorgte dafür, daß ein Krankenwagen kam. Rannte zu Mrs. Garner zurück und kniete sich neben seine Lehrerin, die unter ihren Krämpfen fast das Bewußtsein verlor.

Sie lag auf dem Rücken. Das Kleid war an den Beinen hochgerutscht. So, wie er neben ihr kniete, konnte ›Two-face‹ an den Beinen entlang weit hinauf sehen, bis dorthin, wo es kritisch wurde und ein paar vereinzelte Haare unter ihrem weißen Baumwollslip hervorschauten.

Das hatte ihn in wilde Erregung versetzt, und noch Jahre später sah er sich immer wieder neben Mrs. Garner am Boden knien.

Erst Stunden danach fiel ihm auf, daß er das Fläschchen – ein Jodgefäß, das er zu dem Zweck ausgeleert und mit Chlordan aufgefüllt hatte – nach dem Giftanschlag die ganze Zeit noch in der Tasche gehabt hatte. Hätte jemand Verdacht geschöpft und wäre auf den Gedanken gekommen, daß da Gift im Spiel sei, hätte er sich praktisch selber ans Messer geliefert.

Und dann wurde ihm auch noch klar, daß er, nachdem die Flasche endlich in einer Mülltonne gelandet war, die Fingerabdrücke nicht abgewischt hatte.

Außerdem kam er fast einen Monat lang nicht auf den Gedanken, daß die große Flasche Chlordan, aus der er seine Giftprobe abgefüllt hatte, noch immer in der Garage seiner Eltern zwischen den Pestiziden stand.

Als er schließlich an alles gedacht hatte, war ›Two-face‹ überzeugt: Er hatte verteufeltes Glück gehabt, daß man ihn nicht erwischt hatte.

Mrs. Garner blieb schließlich am Leben, und sie kam auch wieder in seine Klasse, aber ihr Gedächtnis funktionierte nicht mehr so, wie es hätte sein sollen. Ihr Unterricht war deshalb auch nicht mehr so gut. Den anderen Lehrern hatte man gesagt, sie habe sich wohl aus Versehen selber mit einem der Präparate vergiftet, die im Chemieraum herumstanden, lauter merkwürdige Pülverchen in kleinen Gefäßen, auf denen nicht einmal überall Etiketten klebten. Und sie tat ihnen leid, wenn ihre Hände bei dem Versuch zitterten, Papiere zu sortieren oder etwas zu schreiben.

›Two-face‹ sah ihr bis zum Ende des Schuljahrs und auch sein letztes Highschool-Jahr lang dabei zu. Voller Stolz auf sein Kunststück. Und in Versuchung, es zu vollenden.

Doch dazu war er zu schlau.

Sein inneres Gesicht zog sich zurück, gab sich wieder mit den kleineren Grausamkeiten zufrieden. Das äußere wurde dagegen reifer und lernte um so besser, sein Inneres zu verbergen.

Als ›Two-face‹ älter wurde, hatte er auch Frauen, aber nie eine, die er sich wirklich wünschte. Er bekam immer die Übriggebliebenen ab, die sogenannten Mauerblümchen. Die, die er wollte, spürten dagegen seine Aura des Bösen und mieden ihn.

Dann kam Anna.

Sie war für ihn die ultimative Frau, war es immer gewesen. Er wußte gar nicht genau, warum, aber vom ersten Moment an gab es in dieser Hinsicht nicht die leisesten Zweifel. Sie war der Auslöser gewesen, und mit ihr war sein inneres Gesicht nach außen getreten. Hatte sich durchgesetzt.

Noch immer beflügelten Bilder seine Phantasie. Nicht nur Anna selbst, bereits der bloße Gedanke an sie erregten ihn, wühlten ihn auf, so wie die Erinnerung an Mrs. Garner. An O'Brien und McAllister, wie sie sich in ihrem Blut wälzten. Sein inneres Gesicht sättigte sich an dem Blut, blühte gleichsam dabei auf.

Und Anna mußte das spüren, irgendwo tief in ihrem Innern. Oder würde es spüren, wenn diese anderen nicht mehr in ihrer Nähe waren.

›Two-face‹ und Anna waren einfach füreinander geschaffen...

Er phantasierte: Anna beugte sich über das Waschbecken im Badezimmer, und ihre Pobacken streckten sich ihm entgegen, etwas höher die sehnige Wirbelsäule, wie sie die sanften Wölbungen ihrer Beckenmuskeln teilte...

Dann drehte sich Anna um und sprach mit ihm.

Hektisch blendete er ein anderes Bild ein. Sie konnte ihn doch gar nicht sehen, wieso sprach sie dann zu ihm? Aber auch in der anderen Einblendung vernahm er Annas Stimme, die sagte:

»... mit Les gesprochen, und er meinte, die Leute vom Kanal Seventeen wollen ihren Mann rausschmeißen, der nachts den Polizeifunk abhört. Jetzt sollen es die Teams im Ü-Wagen selber per Scanner machen.«

Eine andere Stimme: »So ein Scheiß.«

Das Bild brach zusammen, verschwamm, der Ton verzerrte. Plötzlich war der Mann mit den zwei Gesichtern wieder in der Realität. Er saß auf dem Boden, das Gesicht zwischen einem Kotflügel auf der einen und einer Hecke auf der anderen Seite. Er hatte eine 22er in der Hand.

Die Stimme war echt. Und Anna war es auch.

Er stemmte sich hoch und trat vor. »Anna?«

10

Harper blieb hartnäckig, und Anna gab nach. Was er sagte, hatte Hand und Fuß. Creek sollte bleiben, beschloß sie.

»Aber du mußt mir meinen Freiraum lassen«, stellte sie gegenüber Creek klar, als Harper gegangen war. »Du rennst mir nicht durch das ganze Haus nach. Und du kannst mich auch nicht festbinden.«

»Vielleicht könnte ich hier ja mal die Wände streichen«, schlug Creek vor und sah sich im Wohnzimmer um.

»Keine Malerarbeiten«, befahl Anna. »Kein Herumputzen und Aufräumen und auch kein Heckenschneiden. Du schläfst, guckst fern. Wir essen und gehen an die Arbeit.«

Er murrte, gab aber nach. »Ich muß den Ü-Wagen noch ordentlich einparken...«

»Du bist mit dem Wagen da? Ich dachte, Louis hätte dich abgesetzt.«

Er schüttelte den Kopf. »Ich habe ihn in ein Taxi gesetzt – unser Wagen steht einen Block weiter.« Die Sackgassen zwischen den Kanälen waren für den großen Wagen zum Wenden zu eng. Wenn sie nur kurz bei Anna anhalten wollten, mußten sie an der Kreuzung Linnie und Dell stehenbleiben. Louis blieb dann gewöhnlich sitzen.

»Wenn Linkhof ihn da stehen sieht, ruft er die Cops und läßt ihn abschleppen«, prophezeite Anna. Linkhof war der Nachbar, der so etwas und noch andere Dinge nicht duldete.

»Ja. Ich stelle ihn vor Jerry's ab. Der Koch hat ihn dann von seinem Fenster aus im Auge.«

Anna nickte. »In Ordnung. Ich fahre mit dir hin.«

Sie zog eine Jacke an, und Creek sagte: »Die Waffe.« Sie steckte den Revolver etwas befangen in die eine Tasche. In der anderen hatte sie, wie immer, ihr Handy. »Wenn die Cops uns zu dieser Nachtzeit über die Straße marschieren sehen, halten sie uns bestimmt an. Und wenn sie uns filzen, lande ich wieder auf dem Revier«, meinte Anna.

»Wir setzen uns bei Jerry's hinein. Die machen früh auf. Trinken einen Kaffee. In einer halben Stunde dämmert es, dann können wir zu Fuß zurück«, schlug Creek vor. »Außerdem«, fügte er hinzu, »sind wir Weiße.«

Weiße.

So lief das eben in L.A. Trotzdem lag ihr der Revolver wie

ein Ziegelstein in der Tasche, als sie durch die Dunkelheit zum Wagen wanderten.

Der Wagen hatte für sie einen großen Stellenwert. Vor fünf Jahren waren sie mit einem rostigen Dodge gestartet, den sie mit einer ausrangierten Video-Ausrüstung und Scannern vollgepackt hatten. Louis und Creek hatten außerdem Metallregale aus einem Haushaltswarenladen besorgt und im Boden festgeschraubt. Der Dodge war undicht, was am Rost lag, aber auch an den Bohrlöchern, und manchmal steckte Louis von hinten den Kopf in die Fahrerkabine und beschwerte sich über die giftigen Abgase, die hereinzogen.

Drei Jahre später waren sie ein bekanntes Team, hatten Kontakte geknüpft, waren bei den TV-Sendern ihre Filme losgeworden. Sie konnten den Dodge wieder verkaufen und übernahmen dafür den Ü-Wagen eines Kabelsenders, der beschlossen hatte, aus dem Nachrichtengeschäft wieder auszusteigen. Er war komplett eingerichtet inklusive ausfahrbarer Antennenschüssel. Seine elektronischen Geräte baute Louis dann noch zusätzlich ein. Die Schüssel allein ersparte ihnen jede Nacht einige Stunden Fahrzeit: Sobald sie oben auf den Bergen die Antenne einer Relaisstation sahen, konnten sie aus der L.A.-Mulde von fast jedem Punkt aus Bild und Ton überallhin senden.

Auch ihre sonstige Ausrüstung wurde immer besser. Creeks Kamera beispielsweise war fast neu …

Wenn Anna den Wagen sah, bekam sie immer wieder ein bißchen Herzklopfen. In ihm steckte eine Menge Arbeit. Arbeit, die sie nur zu genau konnte.

Den Mann neben dem Wagen sahen sie nicht, bis sie fast direkt vor ihm standen. Sie und Creek hatten sich gerade unterhalten, als Creek plötzlich »Hey« rief.

Der Mann drehte sich um – breite Schultern, große Hände, sie dachte erst an Harper, aber dieser Mann war schwarz. Er entgegnete: »Anna?«

Creek stockte, als er die Frage hörte. Er war in langen, schnellen Schritten, ein wenig seitwärts von ihr, auf ihn zugegangen. Doch nun zögerte er, und Anna fragte: »Wer sind Sie?« Der Mann hob einen Arm und richtete ihn auf Creek. Creek sagte: »Nein!« Er ging direkt auf ihn los.

Die Schüsse krachten kurz und laut. Man sah das Mündungsfeuer. Creek wurde drei-, vier-, fünfmal getroffen. Er wankte, bewegte sich aber immer noch auf ihn zu, während Anna in ihre Tasche griff. Creek erreichte den Mann, wollte ihn packen, doch der drehte sich herum, um zu fliehen.

Creeks Kopf fuhr zurück. Er stieß einen Schrei aus, und Anna ließ die Waffe stecken und stürzte zu Creek. Der Schütze schnellte mit einem Ruck vor und rannte los. Creek konnte ihn wohl nicht halten, dachte Anna… Der Mann verschwand, als Anna bei Creek war.

Der ging gerade zu Boden. Sackte zusammen, rollte herum, sah zu ihr auf. »Die Waffe«, stöhnte er. »Hol schon den Revolver raus.«

»Er ist weg…«

»Die Waffe raus, die Waffe raus«, drängte er. Anna wollte nicht glauben, was sie sah, ging neben ihm in die Knie und erkundigte sich: »Bist du okay?«

Im dämmrigen Straßenlicht bemerkte sie dunkel das Blut in seinem Gesicht. Es kam aus dem Mund, lief den Hals hinunter, quoll über sein Hemd.

In den Häusern sah sie Lichter angehen, und sie schrie: »Die Polizei, ruft die Polizei, eine Ambulanz… Auf den Mann wurde geschossen. Ich bin Anna, wählen Sie Neun-eins-eins.« Jemand brüllte zurück: »Ich rufe an…«

Creek krallte sich in ihrer Jacke fest und wollte etwas

sagen. Es war nicht zu verstehen. Seine Hand hielt etwas fest, ein Stück Stoff. Anna zog es ihm aus den Fingern. Ein Nylonstrumpf, etwas dunkler als hautfarben, ein Braunton. Creek hatte ihn dem Schützen vom Kopf gerissen. Daher auch der Ruck, den sie bemerkt hatte. Der Mann war gar nicht schwarz gewesen, nur schwarz maskiert.

Das alles schoß ihr blitzartig durch den Kopf. Dann warf sie den Strumpf auf den Boden und schrie: »Bist du okay? Gottverdammt, Creek...«

»Ahh...«

Ein Mann kam die Straße herauf. »Anna?«

»Ja, ich bin's«, antwortete sie und stand halb auf. »Jemand hat auf meinen Freund geschossen, er braucht dringend Hilfe.«

Der Mann stand jetzt neben ihnen, ein Nachbar namens Wilson. Er trug einen Pyjama mit Vogelmuster und wirkte ziemlich unsicher. »Henry hat die Cops gerufen«, berichtete er.

»Wir brauchen einen Krankenwagen, er ist schwer verletzt«, erklärte Anna und sah mit weit aufgerissenen Augen zu Wilson auf.

Ein anderer Nachbar, Logan, kam angelaufen, in der einen Hand eine Taschenlampe, in der anderen eine Pistole. »Jemand getroffen?«

»Die Ambulanz ist schon unterwegs«, meldete Wilson.

»Laßt mal sehen«, bat Logan. Er hockte sich neben Creek und leuchtete sein Gesicht und den Hals ab. »Drei Treffer«, diagnostizierte er. »Keine Arterien...« Er zog Creeks Hemd hoch. Man sah zwei kleine Einschußlöcher, ausgefranste Wundränder, eines direkt neben der linken Brustwarze, das andere fünf Zentimeter darüber.

»Schlimm?« murmelte Creek.

»Das Gesicht geht scheinbar, aber die Treffer in der Brust

kann ich nicht beurteilen. Die verdammten Kugeln können innerlich einiges anrichten.« Er zog das Hemd wieder herunter. »Man kann nichts tun, außer warten.« Zu Anna sagte er: »Was geht hier vor, Darling?«

Anna schüttelte den Kopf. »Die Cops glauben, es handelt sich um einen Irren, einen, der nicht mehr richtig tickt.«

»Und der gerade auf Tour ist, ja?«

»Genau, so was ähnliches.« Sie schrie über die Straße: »Wo bleibt denn nur die verdammte Ambulanz?« Dann beugte sie sich wieder zu Creek hinunter: »Halt durch, Creek, mein Gott, halt durch...«

Von weitem tauchten Scheinwerfer auf, und ein Mann rief zurück: »Ist unterwegs. Zwei Minuten.«

Creek lag flach auf dem Rücken. Er wirkte schläfrig, seine Augenlider waren halb zu. Sie faßte ihn am Hemd, ihre Hände und Jacke waren blutig. Logan hielt seinen Kopf. Anna schrie: »Komm, Creek, halt durch.«

11

Nachbarn strömten auf die Straße und bildeten einen Kreis um Creek und Anna. Dann waren die Cops da und zwei Wagenlängen hinter ihnen der Krankenwagen. Die Sanitäter drückten Creek gleich eine Sauerstoffmaske auf Mund und Nase und hoben ihn auf eine Bahre.

Anna hatten sie zur Seite geschoben. Sie trat ganz nah an ihren Ü-Wagen und spürte den Revolver an ihrem Bein. Die Cops waren direkt neben ihr, das Blaulicht von ihren Streifenwagen flackerte über die Hauswände. Die Nachbarn drängten sich zusammen und starrten Creek nach.

Wenn die Cops die Waffe in ihrer Tasche fänden, würden sie anfangen, Fragen zu stellen. Vielleicht würden sie sie sogar festnehmen, bis sie den Revolver untersucht und die Patronen mit den Kugeln aus Creeks Körper verglichen hätten. Die Zeit hatte sie nicht. Sie stand an der Wagentür, stieg hinein, griff nach hinten und öffnete das Fach, in dem sie den Recorder aufbewahrte, sah schuldbewußt zur offenen Tür, zog die Waffe heraus und legte sie in das Fach.

Als sie wieder ausstieg, schob man Creek gerade in den Krankenwagen. Er starrte in den nächtlichen Himmel. Logan kam zu ihr herüber: »Blutdruck ist nicht allzu schlecht, sagen sie.«

»Mein Gott, Logan.« Sie krallte sich erst an seinem Arm fest, ließ ihn dann aber wieder los.

»Wenn er nicht verblutet, wird er wieder«, meinte Logan. Er sah auf seine Hände, wollte ihr beruhigend auf den Arm oder die Schulter klopfen, wußte aber nicht genau, wie sie diese intime Geste aufnehmen würde. »Wenn er es bis zum OP schafft, kriegen sie ihn wieder hin.«

Die Ambulanz rollte langsam davon und bahnte sich vorsichtig einen Weg durch die zur Seite tretenden Nachbarn. Dann schaltete der Fahrer die Sirene ein, und der Wagen verschwand einen Block weiter um die Ecke. Ein Cop in Uniform trat zu ihnen, eine Hand lässig an der Pistole. »Sind Sie die Lady, die mit ihm hier draußen war?«

Anna nickte. »Hören Sie, hier ist einiges passiert. Sie sollten Santa Monica anrufen oder L.A. County.«

Der Cop schob sie in seinem Streifenwagen auf den Rücksitz, ließ aber die Tür offen und nahm draußen mit seinem Partner die Namen und Adressen der Zeugen auf. Ein zweiter Streifenwagen kam angefahren, und die beiden Beamten komplimentierten die Leute in ihre Häuser zurück.

Anna sackte auf ihrem Sitz zusammen und konnte nur noch an Creek denken. Er war ein kräftiger Mann, fast zu kräftig, und das Leben hatte ihn abgehärtet... Doch im Grunde war er ihr immer, wenn er sie anschaute, fast zerbrechlich vorgekommen, anhänglich, fast wie ein Baby. Hilflos.

Sie drehte den Kopf und sah aus dem Fenster. In der anderen Jackentasche spürte sie das Handy. Die beiden Cops waren jetzt unten am Ende des Blocks, und sie überlegte einen Augenblick. Dann suchte sie nach Harpers Karte, zog das Handy heraus und wählte seine Nummer. Niemand nahm ab. Sie hinterließ eine Nachricht auf dem Anrufbeantworter, schaltete das Handy ab und steckte es weg.

Sie dachte an den maskierten Schützen. Er hatte Harpers Körpermaße... Aber die Stimme? Nein, die Stimme hatte nicht zu Harper gepaßt, soweit sie das sagen konnte. Sicher, der Schütze hatte den Strumpf über dem Gesicht gehabt. Aber die Stimme hatte sie vorher schon mal gehört. Sie kam ihr irgendwie bekannt vor, löste etwas aus in einem Winkel in ihrem Hinterkopf.

Der nächste Streifenwagen traf ein. Die beiden Polizisten verständigten sich mit den anderen Kollegen und traten dann zu ihr an den Wagen. »Sie sagen, der Mann ist in die Richtung davongelaufen?« Sie zeigten die Dell hinunter.

»Ja, und hier ist ein Strumpf...«

Sie zeigte ihnen den Nylonstrumpf, und einer fragte: »Sie selber tragen keine solchen Nylons, oder? Nur, um sicherzugehen...«

»Nein. Ich trage zwar manchmal Nylons, aber nicht diese Farbe.«

»Okay.« Ein einfaches *Okay*. Kein skeptisches, er mußte es ihr einfach abnehmen. »Sie sagen also, er ist da hinunter...«

Die Cops ließen sie im Streifenwagen sitzen und folgten mit ihren Taschenlampen dem Fluchtweg des Schützen die

Dell hinunter. Sie schaute ihnen nach, bis ihr Handy klingelte. Sie klappte es auf und sagte: »Ja?«

Es war Harper. »Konnten es wohl einfach nicht erwarten, wieder mal meine Stimme zu hören, ja?« Es kam ganz locker.

»Auf Creek ist geschossen worden.« Schweigen. Sie fing noch einmal an. »Auf Creek ist…«

»Mein Gott, der Kerl, dieser Schütze, hat einen psychotischen Schub. Wie schlimm steht es um Creek?«

»Ziemlich schlimm, denke ich. Als sie ihn in die Ambulanz hoben, konnte er nicht sprechen.«

»Wo sind Sie?«

»Ich sitze in einem Streifenwagen, Linnie Avenue. Wir waren auf dem Weg zu unserem Ü-Wagen.«

»In fünfzehn Minuten bin ich da«, verkündete Harper und legte auf.

Er brauchte die doppelte Zeit, bis sein Wagen heranrollte. Der Morgen dämmerte. Er entdeckte Anna in dem Streifenwagen und ging ihr entgegen, aber die Cops schotteten sie ab. Er diskutierte eine Weile mit ihnen, und sie sah, wie er einem Beamten eine Visitenkarte zeigte. Doch der brauchte offensichtlich keinen Rechtsbeistand und schüttelte nur den Kopf.

»Sie müssen mit aufs Revier«, erklärte ihr kurz darauf ein uniformierter Cop. »Wie ich höre, waren Sie letzte Nacht schon mal da.«

»Ja.« Sie blickte an ihm vorbei zu Harper, der gerade mit einem anderen Cop stritt. Während er redete, fielen ihm die Haare in die Stirn. »Warum darf ich mit dem Mann nicht reden?«

»Wir wollen von Ihnen eine schriftliche Aussage, bevor Sie mit irgendwem reden. Sie haben natürlich das Recht, einen Anwalt heranzuziehen, wenn Sie wollen, aber das erfahren Sie dann auf dem Revier«, sagte der Cop. Er sah zu Harper hinüber. »Er war mal ein Cop.«

»Mordkommission«, ergänzte Anna.

»War er mal«, erwiderte der Cop.

Und so ging die gleiche Prozedur noch einmal von vorn los: Sie sprach mit den Cops, sie gehörten zu einer anderen Schicht, frischer, gerade aufgestanden, drei Mann diesmal. Sie gab ihre Aussage zu Protokoll, ungeduldig, alle Gedanken bei Creek. Wollte über seinen Zustand alles wissen. Er sei am Leben, teilten sie ihr mit, müsse es eigentlich geschafft haben. Die Detectives vom Revier kamen herein und stellten sich zu ihr.

»Dieser Kerl ist... dieser Kerl läuft Amok«, meinte ein Detective namens Samson.

»Erinnern Sie sich noch an den Fall unten in Anaheim?« fragte sie ein anderer. »Der Kerl hat sich über Wochen langsam an die Leute herangemacht, sie aufgeschlitzt und umgebracht. Wann war das noch gleich? Es war ganz ähnlich wie das jetzt.«

»Aber der Kerl ist doch inzwischen selber tot«, wandte Samson ein.

»Ja? Und wann ist er hops gegangen?«

»Keine Ahnung – ich habe bloß davon gehört. Er hat sich wohl in der Zelle erhängt.«

»Übrigens ähnelt die Geschichte eher dem Fall drüben in Downey, der Sache mit dem Jungen in dem Taurus-Kombi«, fiel ein anderer Cop ein. »Mann, ich konnte es nicht glauben, wie er sie direkt in dem Kombi fertig gemacht hat. Und erzählte seiner Mutter dann, daß das Blut irgendein Düngemittel für das Gewächshaus sei...«

»Ja, ich erinnere mich. Was ist denn mit dem eigentlich

passiert? Er hat doch beides verwendet, Messer und Pistole, oder nicht?«

»Kann ich jetzt gehen?« erkundigte sich Anna.

Harper wartete an derselben Stelle wie am Abend zuvor – in der Eingangshalle bei der Tür.

»Creek liegt im L. A. General auf dem Operationstisch«, berichtete er. »Er hat noch immer drei Kugeln im Leib, Zweiundzwanziger. Fast jedes andere Kaliber hätte ihn getötet.« Sie gingen schnell hinaus, stießen die Tür mit einem Schlag auf und waren gleichzeitig draußen.

»Das Gesicht hat nicht viel abbekommen, nur ein bißchen verletzte Haut beim Ein- und Austritt der Kugel. Keine Nerven kaputt, nichts«, fuhr Harper fort. »Das Problem ist die Brust. Eine Kugel ist in seine Lunge eingedrungen, Pneumothorax. Die andere ist zwischen zwei Rippen durchgeschlagen und steckte hinter dem Herzen.«

»Mein Gott.« Sie blieb auf der Straße stehen und fing an zu weinen, bedeckte ihr Gesicht mit einer Hand. Harper legte ihr einen Arm um die Schulter und zog ihren Kopf an seine Brust. »Hören Sie, die Docs in diesem Krankenhaus sind gut.«

»Ich hatte eine Waffe in der Tasche. Ich bekam sie nur nicht heraus.«

»Also, man kann nicht so einfach …«

»Da vorne stand er«, sagte sie und zeigte auf eine Parkuhr, damit er es sich vorstellen konnte. »Stand da und nannte meinen Namen. Ich hatte den Revolver, aber ich konnte ihn nicht ziehen …«

Sie begann wieder zu weinen und preßte ihren Kopf eng an seine Brust. Er roch nach frischem Schweiß und Deodorant. Seine Arme umschlossen sie fest. Anna ließ sich für einen Moment fallen und genoß seinen Trost. Dann stieß sie sich ab, wischte die Tränen mit dem Handrücken weg und erklärte: »Gehen wir und sehen nach ihm.«

»Sie sind seine Schwester«, murmelte ihr Harper zwischen den Zähnen zu, als sie durch den Eingang zur Notaufnahme traten. Es roch wie in allen Notaufnahmen nach einer Mischung aus Alkohol und frischem Blut.

Anna nickte, und gleich darauf meinte sie am Empfang zu einer Schwester: »Man hat auf meinen Bruder geschossen. Sie haben ihn hierher gebracht. Können Sie mir sagen, wo er ist?«

Der Trick klappte, die Schwester bohrte nicht nach. »Er ist noch im OP«, entgegnete sie und nickte mit dem Kopf in Richtung Flur. »Da vorne ist das Wartezimmer...«

»Kann uns jemand mitteilen, wie es ihm geht?«

Die Schwester schüttelte den Kopf. »Er dürfte durchkommen, wenn er körperlich gut in Form ist, und das scheint der Fall zu sein, sagen jedenfalls die Ärzte. Das ist das allerbeste.«

»Also... Operieren sie ihn gerade jetzt?«

Die Schwester warf einen Blick auf die Uhr an der Wand. »Das tun sie schon seit fast zwei Stunden.«

»Oh, mein Gott.« Ihr kamen wieder die Tränen, und Harper schob sie zum Warteraum.

Anna konnte nicht gut warten und Harper noch weniger.

Während sie dasaßen, ließ Anna noch einmal den Überfall und die Tage davor – auch Jacobs Sprung in den Tod und den Mord an Jason – Revue passieren. Harper blätterte derweil ein altes Heft von *Modern Maturity*, anschließend den Sportteil von *USA Today* und dann eine Ausgabe der *Time* durch, bei der das Titelblatt fehlte.

Ein Mann mit verbundener Hand kam herein, und Harper ging zu ihm, um mit ihm zu reden, bis die Schwester ihn wegscheuchte. Er schlenderte herum, klimperte mit seinem Kleingeld in der Tasche und besorgte Kaffee für sie beide. Drei- oder viermal ging er zum Counter und kam ohne Neuigkeiten zurück. Er legte die Füße hoch und versuchte zu schlafen. Allerdings ohne Erfolg.

Sie waren eine Stunde da, als Pam Glass mit abgespanntem Gesicht hereinkam. Sie steckte wieder ganz dynamisch in einem ihrer ›Power-suits‹, das Hermèstuch um den Hals geknotet, aber ihre Augenränder waren gerötet von Streß und Tränen.

»Warum hat mich niemand angerufen?« fragte sie Anna. »Wie geht es ihm?«

»Wieso?« entgegnete Anna. »Wir wußten ja nicht… Er ist noch im OP.«

»Er wollte sich heute morgen bei mir melden. Als er das nicht getan hat, dachte ich… Nein, ich weiß nicht, was ich eigentlich dachte.« Sie wollte scheinbar nicht geschwätzig wirken. »Ich hörte nichts von ihm, fuhr zum Dienst, und Jim teilte mir mit, man habe auf ihn geschossen. Ich trank gerade ein Glas Orangensaft, da kam Jim herein und eröffnete mir, daß auf Creek geschossen worden sei…«

»Sie setzen sich jetzt besser erst einmal«, schlug Harper vor. Er stellte sich ihr erst vor und sagte dann: »Ich habe Sie vor ein paar Tagen gesehen, als ich mich mit Jim unterhielt.«

»Ach, ja…« erwiderte sie abwesend. Sie sah in Richtung OP-Bereich. »Was haben Sie bisher erfahren?«

»Nicht viel. Er ist verletzt. Und er ist schon eine Weile da drinnen.«

»Oh, mein Gott…«

Anna blickte sie an, und während sie das tat, wurde ihr klar, daß Creek mit dieser Frau etwas hatte. In diesem Moment war nichts an ihr gekünstelt, wirkte nichts so, als wäre

Creek nur eine lockere Affäre für sie. Sie mochte ihn, und zwar sehr. Wofür Anna sie wiederum mochte.

Anna saß auf einem Stuhl mit weicher Schaumgummi-Unterlage, hatte die Beine unter ihren Körper gezogen und starrte in die Luft. Sie ließ ihre Zeit mit Creek wie einen Film vor sich ablaufen. Glass versuchte, eine Ausgabe der *Times* zu lesen. Harper wanderte auf und ab.

»Hören Sie mal«, sagte er schließlich zu Anna. »Wir tun Ihrem Kumpel gar keinen Gefallen, wenn wir hier nur herumsitzen.«

»Ich gehe nicht weg, bevor ich nicht weiß, wie es ihm geht«, entgegnete Anna.

»Und ich auch nicht«, bekräftigte Glass.

Harper zog einen Stuhl zu Anna und setzte sich ihr gegenüber. »Was haben Sie in den letzten Tagen zusammen gemacht?«

Die Frage hatte etwas Rhetorisches. Anna zuckte mit den Schultern und wollte etwas erwidern, doch Harper schnitt ihr das Wort ab. »Ich sage es Ihnen. Sie sind von einer Polizeimeute zur anderen gependelt. Santa Monica, L. A., Venice, diesenTypen drüben in Burbank und sonstwo …«

»North Hollywood …«

»Wo auch immer. Und wissen Sie was? All diese Cops hoffen, daß die anderen diesen Kerl erwischen, weil sie selbst nicht genug Zeit haben, ihn mit allen zur Verfügung stehenden Mitteln zu jagen.«

»Wir jagen ihn«, erklärte Glass grimmig.

»Ach, kommen Sie«, meinte Harper. »Wie viele Stunden verwenden Sie denn darauf? Der einzige Grund, warum mich die L. A.-Cops hier herumlaufen lassen, ist doch der, daß ich dort mal gearbeitet habe, und sie hoffen, daß ich irgendwas herausbekomme und sie dann rufe. Sie haben einfach nicht die Zeit.«

»Sie werden sie sich schon *nehmen*«, prophezeite Anna. »Der einzige Grund, warum dieser Kerl bei ihnen nicht ganz oben auf der Liste steht, besteht doch darin, daß die Öffentlichkeit bisher keine Notiz von ihm genommen hat. Aber wenn ich will, daß sie ihm endlich Beachtung schenken, dann tun sie's auch.«

»Ach, Scheiß drauf«, merkte Harper an. »Wie wollen Sie das denn schaffen? Sie können nicht einfach ...«

»Sie haben keine Ahnung vom Fernsehen«, unterbrach ihn Anna. »Sie können sich hier jeden anschauen« – sie umkreiste mit ihrem Arm die ganze Notaufnahme – »und ich sage Ihnen, ich mache aus jeder und jedem eine Story und verkaufe sie auch. Über jeden. Über Sie, mich, die Schwester da vorne, den Mann mit der kaputten Hand. Und über einen Serienmörder? Die reißen sie mir dabei förmlich aus den Händen, wenn sie gut gemacht ist. Und ich sage Ihnen noch eines: Wenn die Cops ihn wirklich nicht jagen wollen, dann sind sie morgen früh bei *CNN* zu sehen. Und *dann* jagen sie ihn.«

Harper schüttelte den Kopf. »Na ja, das könnten Sie vielleicht bewirken ...«

»Und heraus käme nur ein Affentheater«, fiel ihm nun Glass ins Wort. »Sie würden die neun Streifenpolizisten mit den plattesten Füßen aktivieren, sie in ordentliche Anzüge stecken und mit Notizblöcken unterm Arm losschicken. Die machen dann groß auf Ermittlung, und in Wirklichkeit passiert gar nichts. Das einzige, was Sie damit erreichen: Sie versetzen sie – vielmehr uns – in Panik und schwärzen die Polizei an.«

»Ich hatte mehr als einmal mit solchen Irren zu tun«, erzählte Harper mit Nachdruck. »Sie sind zwar verrückt, total plemplem, aber die meisten sind auch... irgendwie schlau. Voll abgedreht, aber nicht blöd. Diese Typen machen die Cops ordentlich scharf – bringen sie ins Fernsehen – und genießen das dann. Und anschließend bringt so einer wieder jemanden um, nur damit die Geschichte weiterläuft. Einen Ihrer Freunde, zum Beispiel. Und Ihnen steigt er auch nach. Taucht draußen bei Ihnen auf – und wenn die Cops ihn nicht kriegen, hat er am Ende Sie am Schlafittchen.«

»Wollen Sie mir jetzt angst machen?« erkundigte sich Anna kühl.

»Ja. Denn Angst sollten Sie haben. Was ich also vorschlagen möchte: Wir müssen selber ein bißchen produktiv vorgehen...«

»Produktiv? Sie hören sich ja an wie so ein Typ von der Handelskammer.«

»Ich meine damit, daß Sie mir alles erzählen. Über Ihre Freunde, über Creeks Freunde, über Rauschgiftsüchtige, die Sie kennen, über all den verdammten Mist, den Sie in den letzten Monaten gesehen haben... Creek muß ein paar Doper kennen, dort, wo er lebt, denn über den Jachthafen kommt die ganze Zeit Dope herein. Und bei Ihrem Job...«

»Sie haben sich bei Creek umgeschaut?« fragte Glass.

»Sicher. Habe mir sein Boot angesehen, sein Haus...« Er wandte sich wieder an Anna. »Aber kommen wir auf den Punkt zurück: Erzählen sie mir alles. Weihen Sie mich ein. Der Schütze – Sie kennen ihn. Wir können ein paar Theorien aufstellen, und ich überprüfe sie dann.«

»Hören Sie, Jake«, sagte Anna, »ich weiß nicht, was hier läuft, aber ich glaube wirklich, daß Sie Ihre Zeit verschwenden. Mit Ihrem Sohn kann es nichts zu tun haben. Überlegen Sie doch mal...«

Er breitete die Arme aus und tippte dann auf ihr Knie. »Mag schon sein. Aber ich will absolute Klarheit. Das ist das einzige, worauf ich aus bin – ich will wissen, was es mit dem Dope auf sich hatte.«

»Und wenn Sie den Dealer finden, was haben Sie dann vor?« fragte Glass.

»Ich weiß es nicht«, gab er zu.

»Ihn töten?« hakte Anna nach.

Er sah weg. »Ich weiß es nicht. Ich glaube, nicht. Aber ich weiß es nicht sicher, bis es soweit ist.«

Sie redeten noch, als ein Arzt den Gang herunterkam. Sein Chirurgenkittel zeigte ein halbes Dutzend Blutspritzer. Die Gesichtsmaske hatte er über das Kinn heruntergezogen. Er nahm die Kappe ab, als er zu ihnen trat, sah Anna an und fragte mit etwas zweifelndem Unterton: »Sind Sie Mr. Creeks Verwandte?«

Anna und Glass waren gleichzeitig auf den Füßen. »Wie geht es ihm?«

»Sie sehen nicht aus wie Schwestern.«

»Verschiedene Mütter«, erklärte Anna. »Sagen Sie ...«

Wieder war es ihr nachdrückliches Auftreten, das die Zweifel des Arztes zerstreute. Er lächelte und antwortete: »Falls wir nichts übersehen haben, dürfte er okay sein.«

»Gott sei Dank«, seufzte Anna, und Glass kamen wieder die Tränen.

»Aber seine Verletzungen sind sehr schwer«, fuhr der Arzt fort. »Die Lunge wird sich ziemlich schnell wieder erholen, aber an Brust und Rücken hat die Muskulatur einiges abbekommen, und das wird eine Weile dauern.«

»Wann können wir mit ihm sprechen?« fragte Harper.

»Wahrscheinlich morgen. Er wird zumindest die nächsten Tage viel Schlaf brauchen. Dann werden die Schmerzen beginnen – aber länger als eine Woche wird er es wohl bei uns nicht aushalten.«

»Hat die Polizei Ihnen etwas über die näheren Umstände der Schießerei gesagt? wollte Harper wissen.

Der Arzt nickte. »Ja. Deswegen führen wir ihn hier auch unter anderem Namen. Das tun wir nach Schießereien immer. Wenn jemand nicht ganz genau weiß, wo er ihn finden kann, dann schafft er es auch nicht.«

»Ach, das ist ja großartig«, lobte Anna.

Glass schniefte wieder dazu und meinte dann zu Anna: »Ich weine sonst nie. Niemals.«

Anna nickte. »Ich auch nicht«, sagte sie, und die nächste Träne rollte ihr über die Wange.

Sie blieben, bis man Creek ins Aufwachzimmer gerollt hatte. Dann hatte Glass es eilig. »Ich ziehe bei ihm ein«, erklärte sie. »Ich muß noch ein paar Sachen zusammensuchen und bin schon spät dran.«

»Einziehen?« fragte Anna.

»Der Kerl ist vielleicht hinter Ihnen her, aber er bringt die Leute um, die mit Ihnen näher zu tun haben«, erklärte Glass. »Also nehme ich mir einen Stuhl und setze mich mit einer Waffe in sein Zimmer.«

Sie ging, und Harper und Anna standen zusammen auf der Straße. Die Sonne brannte vom Himmel. »Was haben Sie jetzt vor?« erkundigte sich Harper.

»Versuchen, ein bißchen zu schlafen«, entgegnete Anna. »Und ich lasse mir ein paar Namen einfallen.«

»Namen?«

»Ja. Ich werde Ihnen erzählen, was ich weiß. Und auch sonst noch einiges unternehmen.«

»Und das wäre?«

»Wenn Sie sich auf die Suche nach diesem Kerl machen«, kündigte Anna in einem Ton an, der keinen Zweifel zuließ, »dann bin ich mit von der Partie.«

12

Anna schrieb Listen mit Namen.

Sie schlief erschöpft ein, doch ihr Hirn arbeitete emsig weiter an der Liste von Verrückten, Dopern und Männern, denen sie in den letzten sechs Monaten begegnet war und die sich auf sie fixiert haben könnten.

Sie träumte, wälzte sich im Bett, und in ihren Träumen tauchte der Unbekannte neben ihrem Ü-Wagen auf, der Pistolenschütze: ein großer Mann, an dem ihr irgend etwas bekannt vorgekommen war, zum Beispiel die Art, wie er die Schultern gehalten hatte. Oder seine Stimme. Er hatte nur ein Wort gesagt, ihren Namen, aber den hatte er doch irgendwann schon einmal ausgesprochen, sie hatte es im Ohr. Sie kannte diesen Mann.

Aber wer war er? Sie hatte bei Harper genau hingehört, als er ihren Namen aussprach. War es dieselbe Stimme? Sie meinte, nein – doch jetzt überlagerten andere Dinge ihre Erinnerung an die Schießerei, auch andere Stimmen, die ihren Namen riefen.

Sie träumte weiter von ihrer Liste.

Ein dumpfes Geräusch – von einem Menschen verursacht – aus dem Erdgeschoß. Sie fuhr aus dem Schlaf hoch wie ein Taucher aus dem Wasser, stieß durch die Oberfläche, rang nach Luft, sah sich um, dachte: *die Waffe*. Die jedoch hatte sie nicht. Sie lag im Wagen.

Dann wieder ein Geräusch und rauschendes Wasser... Und jetzt identifizierte sie es: Der dumpfe Schlag rührte vom Toilettensitz, der hoch- und wieder heruntergeklappt wurde, und dann rauschte die Spülung unten im Gästeklo.

Harper. Er hatte auf der Couch geschlafen und nicht gehen wollen. Sie setzte sich auf, sah zur Schlafzimmertür. Zu, aber nicht geschlossen.

Harper? Nein. Sie wußte schließlich, warum Harper hier war.

Als sie aus dem Schlafzimmer nach unten kam, die Haare noch naß vom Duschen, übte Harper auf dem Wohnzimmerteppich mit Hilfe eines Papierkreises das Putten. »Ihr Fußboden hat auf einem Vier-Meter-fünfzig-Putt eine Neigung von zwei Komma fünf Zentimetern zur Zimmerwand«, bemerkte er.

»Was gibt es Neues?« Sie ging an ihm vorbei und nahm den Telefonhörer in der Küche auf.

»Er war gegen Mittag eine Stunde lang wach, schläft jetzt aber wieder. Es geht ihm gut. Komplikationen sind nicht aufgetreten. Er könnte diese Woche noch entlassen werden«, berichtete Harper. Er hatte sich hingehockt und lugte über den Ball zum Papierkreis.

Sie legte den Hörer wieder auf. »Wie ist das möglich? Noch diese Woche?«

»Sie haben es eilig, ihn loszuwerden«, entgegnete Harper. Er stand auf, beugte sich über den Ball und sah dann Anna an. »Wollten Sie etwas sagen, bevor ich einputte?«

»Nein.«

»Ich rede nämlich gar nicht gerne, wenn ich gerade zum Schlag aushole.«

»Nein. Machen Sie nur.«

Er holte aus, gerade mal zwei Zentimeter weit, und Anna rief: »Aufpassen.« Er zog durch, und der Ball verfehlte den Papierkreis um fünf Zentimeter. »Verdammt lustig«, maulte er.

»Wollen wir uns jetzt unterhalten, oder haben Sie vor, den ganzen Nachmittag weiter den Golfschläger zu schwingen?«

Sie gingen durch die grelle Sonne zu Jerry's, Anna ruhig und mit gesenktem Kopf, Harper mit dem Schläger in der Hand. Er schwenkte und wirbelte ihn wie einen Spazierstock. Der Verkehr verdichtete sich schon zum Nachmittags-Rush, und sie mußten warten, bis sie die Pacific zum Restaurant überqueren konnten.

»Sie haben noch nicht genug Angst«, stellte Harper fest.

»Wieso?«

»Die meisten Menschen könnten sich nicht von der Stelle rühren, wenn ihnen ein Verrückter im Nacken säße.«

Sie dachte darüber nach, während sie über die Straße eilten, und sagte dann: »Vielleicht hat mich das, was ich bisher schon an Angst erlebt habe, unempfindlich gemacht. Wir sind jede Nacht unterwegs und erleben so viele Dinge. Menschen werden erschossen und erstochen, oder sie verbrennen bei lebendigem Leib in eingeklemmten Autos. Wenn man davon nur genug sieht, glaubt man am Ende, einen selbst kann es nicht treffen. Das muß Ihnen doch auch so gegangen sein, als Sie noch Cop waren.«

»Nein. Ist es nie. Ich hatte dauernd die Hosen voll.«

Logan hatte den Ü-Wagen nach der Schießerei auf dem Restaurant-Parkplatz abgestellt. Anna schloß jetzt auf, kniete sich auf den Sitz und fischte im Fach nach dem 357er, holte ihn heraus, drehte sich um und ertappte Harper dabei, wie er ihren Hintern bewunderte. Sie sprang vom Trittbrett und schob die Pistole in die Jackentasche.

»Ich habe gedacht, Sie bewahren die Waffe zu Hause auf«, meinte Harper grinsend. Er wußte, daß sie ihn ertappt hatte, und es machte ihm nicht das Geringste aus. Er wirbelte den Golfschläger wie einen Schlagstock.

»Das tue ich auch, aber gestern nacht hatte ich ihn bei mir, als auf Creek geschossen wurde, und ich wollte nicht, daß die Cops ihn bei mir finden.«

Jerry's war Annas Stammlokal. Es hatte bequeme Sitznischen und servierte einen guten Kaffee. Am späten Nachmittag war es meistens ziemlich leer, und die Bedienungen hasteten durch den Raum und bereiteten die Tische für den Dinner-Ansturm vor. Donan Tow, Jerrys Ex-Frau und jetzt die Besitzerin, servierte ihnen Kaffee und sagte: »Habe das mit Creek gehört und im Krankenhaus angerufen. Sie sagen, er wird wieder.«

»Sieht so aus«, entgegnete Anna. Sie unterhielten sich noch eine Weile, und Anna schilderte ihr kurz den Ablauf der Schießerei.

»Zu viele verdammte Waffen im Umlauf«, bemerkte Tow und machte sich wieder auf den Weg in die Küche.

Anna und Harper rutschten in eine Nische, und eine Kellnerin kam mit einer Kanne Kaffee und schenkte nach. »Und was nun?« erkundigte sich Anna bei Harper.

»Wenn Sie dabei sind, macht es die Sache nicht gerade leichter«, antwortete er.

»Möglich. Aber vielleicht bin ich schlauer als Sie«, konterte Anna.

»*Das* wäre die Lösung«, parierte er und grinste wieder. Der Mann ließ sich einfach nicht reizen.

»Was nun ...« Sein Gesicht wurde wieder ernst. Er holte tief Luft und sagte: »Wir brauchen Namen. Die ganze Geschichte hängt mit O'Brien und Jacob zusammen. Sie haben Jacobs ... Sturz aufgenommen, und seitdem ist dieser Kerl hinter Ihnen her und bringt O'Brien und McAllister um, die zufälligerweise auch mit Drogen zu tun haben. Irgendwo in diesem Zusammenhang müssen wir auf seine Spur stoßen.«

»Aber ich habe gar nicht so viel gewußt über Jason«, wandte Anna ein. »Creek, Louis und ich haben hin und wieder drüben in der Universität gedreht. Er hatte dort Kamera-Kurse belegt und hörte von uns. Jason bot uns eine Story an – das ist ungefähr ein Jahr her –, wir haben sie gedreht und ans Fernsehen verkauft. Danach hat er weiter nach Storys gesucht, und immer wenn er eine gute Idee hatte, filmte er sie und erhielt seinen Anteil, zehn Prozent.«

»Aber privat hattet ihr miteinander nichts zu tun.«

»Nein. Er hielt mit mir telefonisch Kontakt, und wenn ich mal einen zusätzlichen Kameramann brauchte, habe ich ihn angerufen. Er war gut und behielt einen kühlen Kopf, wenn es brenzlig wurde. Er filmte weiter, auch wenn ...«

»Ich weiß.« Ein Anflug von Trauer zog über sein Gesicht. Anna streckte die Hand aus und berührte seine, die den Kaffeebecher hielt. »Es tut mir wirklich leid um Ihren Sohn. Ich meine das ernst.«

»Ja.« Er blickte aus dem Fenster und hinter einer Frau her, die mit einem Walkman um den Hals und Kopfhörern über den Ohren vorbeiskatete. »Mein Gott, ich habe ihn kaum gekannt. Ich meine, ich habe ihn dauernd gesehen – aber ich kannte ihn nicht. Er war ... ja, ich dachte, ich würde ihn später mal besser kennenlernen. Meine Ex-Frau hat ihn, glaube ich, ziemlich gut erzogen, und dann das jetzt ...«

Ihm graute, dann riß er sich wieder zusammen und fragte: »Haben Sie denn irgendeine Idee, wo wir in Sachen O'Brien beginnen können?«

»Ich kenne einen Namen und ein Gesicht – Bob heißt er –, und von ein paar anderen Leuten habe ich gehört. Aber wenn wir Bob fänden, hätten wir vielleicht etwas in der Hand.«

Bob, erläuterte sie, sei auch in der Film-Klasse an der UCLA. Vor ein paar Monaten habe Jason bei ihr wegen einer möglichen Story angerufen. Sie hätten sich daraufhin in Santa Monica getroffen, und da sei auch Bob mit dabei gewesen. Beide wären ihr ziemlich high vorgekommen.

»Sie hatten sich entweder das Dope geteilt, oder waren bei demselben Dealer«, meinte sie. »So oder so…«

»Dann unterhalten wir uns doch mal mit Bob«, schlug Harper vor und schob den Kaffeebecher weg.

»Aber erst ins Krankenhaus«, verlangte Anna.

Creek lag im zweiten Stock auf der Intensivstation und hing am Infusionsschlauch. Pamela Glass saß zusammengekauert in einem Sessel gleich neben seinem Bett und las in einem Magazin. Sie hatte noch die gleichen Sachen wie am Morgen an. Als Anna und Harper hereinkamen, sah sie die beiden mit einem schwachen Lächeln an und stand auf. »Er sollte mal ein, zwei Stunden schlafen«, flüsterte sie.

»Waren Sie zwischendurch zu Hause?« fragte Anna.

»Nein. Ich bin nur runter zur Ecke und habe mir ein Sandwich geholt. Ich bin okay.«

»Mein Gott, Pam…« Sie schauten jetzt beide Creek an. Er lag da mit glatt zurückgebürsteten Haaren. Unter der Seglerbräune war sein Gesicht blaß. Die Backenknochen traten stärker hervor, als Anna in Erinnerung hatte. Und er sah, dachte sie, fast… alt aus.

»Ein, zwei Stunden?« fragte Anna.

Pam nickte. »Was habt ihr beiden vor?«

»Uns umsehen«, antwortete Harper.

Glass wurde förmlich. »Hören Sie, ich weiß, Sie waren eine harte Nummer damals im Sheriffbüro, aber ich glaube nicht, daß wir Sie wirklich brauchen, um…«

Harper lächelte sie an und machte: »Schscht…«

»Was soll das?«

»Noch vor wenigen Augenblicken waren Sie wirklich besorgt um Creek. Das ist ein Zug an Ihnen, der mir wirklich gefällt.« Er sah Anna an und wies mit einer Kopfbewegung in Richtung Tür. »Gehn wir. In zwei Stunden können wir wieder zurück sein.«

Auf dem Weg zur UCLA sagte Harper: »Ich habe eine Frage, weiß nur nicht genau, wie ich mich ausdrücken soll.«

»Dann überlegen Sie mal scharf«, forderte ihn Anna auf. »Tun Sie einfach so, als wäre die Frage ein Putt.«

»Okay. Die Sache ist die, daß Sie eine interessante Frau sind. Wir lernen uns gerade erst kennen, und es gibt zwei Möglichkeiten, wie wir es nun halten wollen – wir können eine reine Geschäftsbeziehung eingehen, oder wir können irgendwie versuchen, etwas zusammen zu machen. Ich meine, nicht gleich hier und jetzt, nur daß wir uns die Möglichkeit offenlassen, nachdem Sie anscheinend nicht gebunden sind. Sie wissen, was ich meine?«

»Nein. Ich glaube nicht, daß ich den letzten Satz überhaupt verstanden habe, er war mir zu kompliziert«, erwiderte Anna. Dabei verstand sie ihn sehr wohl. Dieses Spielchen machte ihr Spaß.

»Ich will damit sagen, daß ich in Versuchung bin, mich Ihnen ein wenig zu nähern, nur ein kleines bißchen«, erläuterte Harper.

»Ein bißchen in Versuchung oder ein bißchen Annäherung?«

Er wechselte mit einem Ruck die Fahrbahn und schnitt dabei einen von hinten kommenden Mercedes. »Ziemlich in Versuchung, mich ein bißchen zu nähern.«

»Okay. Verstanden. Weiter.« Sie legte die Füße auf das Armaturenbrett.

»Aber wenn da nichts läuft, vergesse ich es eben wieder«, sagte er. »Gebe auf. Andererseits werde ich, wenn etwas läuft, weiterhin großzügig zu Ihnen sein, charmant, offen und all diese Dinge. Ganz auf die gute Cowboy-Art.«

»Gott im Himmel«, stöhnte Anna und kniff sich in die Nase. »Cowboy. Am Ende sind Sie noch in Reseda geboren.«

»Also, läuft da etwas oder nicht?«

»Na ja«, entgegnete sie und ließ die Augenlider fallen, »ich würde an Ihrer Stelle jedenfalls nicht gleich *voll und ganz* aufgeben.«

»Voll und ganz«, wiederholte er zufrieden.

Sie brauchten einige Zeit, bis sie Bob fanden. Die Verwaltungsbüros waren geschlossen, aber in der Bibliothek fanden sie ein Vorlesungsverzeichnis. Anna meinte sich zu erinnern, daß Bob und Jason zusammen einen Kurs für Filmschnitt belegt hatten. Sie entdeckten ein Seminar, auf das die Beschreibung paßte, und fanden dazu auf einem Lageplan auch den Seminarraum. Sie betraten das Gebäude, marschierten durch die Gänge und hofften, daß sie jemanden träfen, der wie ein Lehrer aussah. Doch sie fanden keinen, quatschten ein paar Studenten an und trafen so endlich auf zwei blasse Jungen in einem Schneideraum.

»Rote Haare, dünn, schmales Gesicht«, Harper wiederholte die Beschreibung Annas.

»So einer aus Arkansas? Aus dem Süden? Einer vom Land, mit Hillbilly-Akzent?« fragte einer der Jungen.

Anna schnippte mit den Fingern. »Das ist er. An den Akzent hatte ich gar nicht gedacht.«

»Ja, der heißt Bob. Stimmt. Ich kenne seinen Nachnamen nicht, aber er arbeitet abends bei Kinko's.«

Bob war da und erkannte Anna schon beim Eintreten. Er hob grüßend eine Hand und ging auf sie zu. »Wie geht's?«

»Wir müssen mit Ihnen reden«, drängte Anna. »Über Jason.«

»Jason? Den habe ich seit Wochen nicht mehr gesehen.«

»Wir müssen wirklich miteinander reden«, bekräftigte sie. »Wo ist Ihr Chef?«

Sie gingen mit ihm nach draußen auf den Parkplatz hinter dem Kinko's, wo er sich eine Zigarette anzündete und sagte: »Mein Gott, er ist tot? Das kann ich gar nicht glauben.«

»Wir schicken seine Asche zurück nach Indiana«, berichtete Anna.

Bob – sein Nachname war Catwell – schauderte. »Wenn ich mal sterbe, schicken sie mich hoffentlich nicht zurück nach Fort Smith. Scheußlicher Ort.«

»Er ist ermordet worden«, bemerkte Harper. »Der Mörder hat sich Zeit genommen. Hat ihn totgeprügelt, seinen Kopf zu Brei geschlagen.«

»O Mann«, stöhnte Bob auf. »Aber was wollen Sie von mir? Warum reden Sie mit mir darüber?«

»Wer ihn auch umgebracht hat, er ist vielleicht hinter mir her. Ich weiß zwar nicht, warum, aber es ist so«, sagte Anna. »Es ist denkbar, daß der Täter Drogen an Jason verkauft hat. Sie wissen, Jason nahm ein bißchen viel von dem Zeug – und letztesmal, als ich Sie sah, waren Sie beide high.«

»Oh, nein«, bestritt Catwell. Er schnippte die Zigarette in ein Gebüsch und machte einen Schritt zurück zu dem Lokal.

Harper war mit einer schnellen blitzartigen Bewegung zwischen Catwell und der Hintertür, die ins Kinko's führte. Anna erinnerte sich an die Mühelosigkeit, mit der er sie in dem Apartment gepackt hatte. »Wir müssen wirklich dringend wissen«, insistierte er, »wo Sie den Stoff her hatten und so weiter.«

»Scheiß drauf«, entgegnete Catwell. »Über so was zu reden kann einem das Leben kosten.«

»Reden Sie mit uns oder mit den Cops«, forderte ihn Anna auf. »Die Cops sind ganz scharf darauf, den Kerl zu kriegen. Er hat schon zwei Leute umgebracht und einen angeschossen.«

»Das hört sich eher wie ein Grund an, *nicht* zu reden.«

»Wenn Sie uns einen Namen nennen, vergessen wir Sie«, drängte Harper. »Wenn nicht, reichen wir Sie an die Cops weiter. Die nehmen Sie dann schon in die Mangel. Und wenn Sie den Namen schließlich ausspucken, werden die nicht verheimlichen, woher sie ihn haben. Sie müssen den Kerl dann nämlich ordentlich identifizieren.«

»Ich muß überhaupt niemandem ein verdammtes Wort sagen.« Er machte einen Bogen um Harper und ging zur Tür.

»Sie sollten das besser wissen«, meinte Anna. »Manchmal *muß* man einfach reden. Sie können einen zwingen. Wenn Sie uns nichts sagen wollen, sind in zehn Minuten die Cops da. Also, bitte, helfen Sie uns.«

»Wenn Sie es nicht tun, können Sie hier nicht mehr bleiben«, drohte Harper. »Dann sitzen Sie mit Ihrem Arsch bald wieder in Fort Smith.«

»Bitte«, wiederholte Anna.

Catwell ging bis zur Tür und blieb dann stehen. Er starrte auf die Tür, stand volle zehn Sekunden bewegungslos da, drehte sich schließlich um und erkundigte sich bei Anna: »Dann hatten Sie also mit Jason und Sean etwas zu tun?«

Anna fragte, vom Ton in seiner Stimme irritiert, zurück: »Wie bitte?«

Und Harper fiel ein: »Sean? McAllister?«

Catwell sah zu ihm hinüber. »Sie kennen ihn?«

»Ja, ich habe ihn gestern abend noch gesehen«, entgegnete Harper, und dann zu Anna gewandt: »Den verstorbenen Sean McAllister, meine ich.«

Anna trat näher an Catwell heran. »Was meinten Sie damit, als Sie sagten, ich hätte mit ihnen zu tun gehabt?«

Catwells Blick wich ihr aus. Er machte eine Kopfbewegung, die signalisieren sollte: ›Na, ist doch klar!‹ Dann sagte er: »Sie wissen schon, was ich…«

»Nein, das tue ich eben nicht. Ich habe nur eine böse Ahnung, was Sie meinen könnten.«

»Na ja, vielleicht ist es ja auch gar nicht wahr«, schränkte Catwell ein.

»Daß ich mit ihnen geschlafen habe?«

»Ja, das nehme ich an.«

»Wo haben Sie denn das gehört?«

»Also, wenn es nicht stimmt…«

»Darum geht es jetzt doch nicht, denn sie sind beide tot.«

»Sean?« Nun bekam Catwell es mit der Angst. »Sie haben Sean auch umgebracht?«

»Ja«, nickte Anna. »Derselbe Mann, nur diesmal mit dem Messer. Also, von wem haben Sie gehört, daß ich mit ihnen geschlafen hätte?«

»Ähm, Sie sind doch mal eines Abends zu einer Party am Sunset gekommen, nicht? Um Jason abzuholen. Aber er war völlig hinüber. Da sind Sie ohne ihn wieder gegangen.«

Anna erinnerte sich. »Im BJ's. Oben.«

»Ja.«

»Was ist das BJ's?« fragte Harper.

»Ein Club«, antwortete Anna und fragte Catwell: »Was haben Sean und Jason Ihnen dann erzählt?«

»Daß, ähm, Sie wissen schon…«

»Was?«

»Daß Sie mit ihnen geschlafen haben. Zur, ähm, gleichen Zeit… alle übereinander.«

»Meine Güte«, stöhnte Anna. »Das haben sie allen erzählt?«

»Ja, sicher. Ich meine, ein großes Geheimnis war es irgendwie nicht.«

»Ich habe McAllister nicht einmal *gekannt*«, stellte Anna klar.

»Er und Jason hatten zusammen ein Apartment drüben in der Nähe vom BJ's, ein Stück die Straße runter«, sagte Catwell.

Anna sah Harper an, ging einmal im Kreis um den Wagen und fuhr sich mit der Hand durch das Haar. »Meine Güte.«

»Wie?«

Sie sah ihn wieder an. »Er will mich gar nicht umbringen. Ich bin völlig in Sicherheit«, meinte sie.

»Sagen Sie das noch einmal.«

»Ich bin gar nicht in Gefahr – *Sie* sind es«, erklärte Anna.

»Was sagen Sie da?«

»Er will mich gar nicht umbringen. Er wird Sie umbringen, Jake. Das hat schon einmal jemand gesagt. Pam? Ich glaube, sie war es – er bringt die Männer um, die in meiner Nähe sind. Mein Gott, er hat Creek nur niedergeschossen, weil er mit mir unterwegs war. Wenn wir das gewußt hätten...«

»Als würde...« Harper überlegte. »Als würde er Rivalen ausschalten.«

»Genau. Und darum trifft es mich selbst nicht.«

Jetzt schüttelte Harper den Kopf. »Glauben Sie das bloß nicht. Wenn er an Sie herankommt... Ich kann mir nicht vorstellen, daß Ihnen das Rendezvous Spaß machen würde.« Catwell fragte er: »Wer war denn alles auf der Party? Highschool-Schüler?«

»Ich weiß nicht. Die Leute kamen und gingen. Auf jeden Fall auch junge Leute von der Straße. Ich glaube, die gingen nicht mehr auf die Highschool. Aber ich war zugeknallt, Mann, ich kann mich kaum erinnern... Nur an die Geschichte über Anna erinnere ich mich.«

»Gutes Gedächtnis«, bemerkte Anna.

»Bestimmt nicht«, entgegnete Catwell. »Ich meine, es war einfach eine *heiße* Story – was ihr da so getrieben habt. Sie haben gesagt, daß sie es an *Penthouse* verkaufen wollten.«

»Au, Mann, dieser verfluchte Jason«, schimpfte Anna. »Und Sie? Sie haben niemandem gegenüber behauptet, daß Sie mit mir geschlafen hätten?«

»Jesus, nein.«

»Dann nennen Sie uns jetzt einen Namen, Bob«, forderte Anna.

Er schwankte. »Gottverflucht, wenn ich es tue, dürfen Sie es keinem weitersagen.«

»Wir sind an Ihnen nicht weiter interessiert«, erklärte Harper. »Wir brauchen nur einen Namen. Von dem, der den Stoff an Jason verkauft hat.«

»Tarpatkin«, flüsterte Catwell. »Er arbeitet im Philadelphia Grill am Westwood. Er ist Russe und müßte jetzt eigentlich da sein. Bestimmt aber später.«

»Handelt er mit Wizards?«

»Womit? Wizards?«

Harper klärte ihn auf, und Catwell schüttelte den Kopf. »Tarpatkin treibt sich hier schon länger rum. Er verkauft nur an Leute, die er kennt, und er dealt lediglich mit Koks, Heroin und teurem Hasch. Von allem anderen Zeug läßt er die Finger.«

Er beschrieb ihnen Tarpatkin: groß, blaß, hager, lange krause Haare, Spitzbart. »Er sieht aus wie der Teufel höchstpersönlich«, sagte Catwell. »Und lassen Sie ihn um Himmels willen nicht herausbekommen, von wem Sie seinen Namen haben.«

»Zeit, wieder mal im Krankenhaus vorbeizuschauen«, meinte Anna und sah auf ihre Uhr. »Er sagt, der Typ hat den ganzen Abend in dem Grill zu tun.«

»In Ordnung.« Harper hatte einen Autoschlüssel mit Fernbedienung und öffnete die Tür aus mehr als fünf Metern Entfernung. Er hielt ihr den Wagenschlag auf und berührte beim Einsteigen ihr Hinterteil. Beinahe richtig altmodisch, dachte Anna, Kavalier der alten Schule. Beinahe. Aber sie fand es nicht unpassend. »Blöd, diese Geschichte mit der Herumpennerei«, sagte er. »Einfach dummes Zeug, das sich diese Typen zusammenphantasiert haben. Kein Mensch nimmt das ernst.«

»Jemand hat es getan«, erwiderte Anna. »Und ich bin noch immer ein bißchen geschockt.«

»Dann müssen wir uns einmal näher im BJ's umsehen. Unser Täter muß sich, wenn er die Geschichte gehört hat, da auch herumtreiben.«

»Ja, aber das geht erst später.«

»Dann sehen wir uns erst mal diesen Tarpatkin an«, sagte Harper. »Bin richtig neugierig.«

Im Wagen fragte sie, den Kopf an die Kopfstütze gelehnt, ganz beiläufig: »Mit welcher Art Frauen gehen Sie denn eigentlich aus? Anwältinnen? Golferinnen?«

Er dachte lange nach, bahnte sich den Weg durch eine Reihe von Parkplatzsuchern und antwortete schließlich: »Ich gehe nicht mehr oft aus.«

Sie sah ihn neugierig an. »Sie kommen mir nicht gerade schüchtern vor.«

»Bin ich auch nicht. Ich bin es nur ... leid. Am liebsten arbeite ich, spiele Golf und mache mich in meinem Haus nützlich. Früher bin ich ein paarmal pro Woche hinübergefahren und habe mich mit Jacob getroffen. Dann sind wir essen gegangen oder so.«

»Sie werden ihn vermissen.«

»Ich kann noch gar nicht glauben, daß er nicht mehr da ist«, bekannte Harper über das Lenkrad gebeugt.

»Ich bin wohl etwas neugierig.«

Er lächelte. »Vielleicht.«

»Ja, das bin ich«, gestand sie.

Dann hielt sie den Mund. Denn früher oder später, dachte sie, würde er ihr ein bißchen mehr von sich erzählen. Harper trug sein Herz nicht gerade auf der Zunge. Er war zwar auch nicht besonders schweigsam, aber ehe er dummes Zeug redete, schwieg er lieber.

Nach einer Weile sagte er: »Mit Frauen ausgehen… das macht nur eine Menge Ärger. Bei den meisten, die du kennenlernst, weißt du, daß da nichts läuft – aber du verbringst ein paar Stunden mit ihnen und bist nett. Ich glaube, ich bin einfach zu beschäftigt für so etwas. Wenn es offensichtlich ist, daß nichts läuft, dann sage ich gerne: ›Also, das war's. Ich rufe Ihnen ein Taxi, und dann können wir jeder wieder nach Hause.‹«

Anna tat erschüttert. »Haben Sie das tatsächlich gemacht?«

»Natürlich nicht. Dazu bin ich zu höflich.«

»Ich könnte mir vorstellen, daß Sie eine ganze Menge Frauen hatten. Sie sehen gut aus, haben noch jede Menge Haare auf dem Kopf, und Leute wie Sie machen eine Menge Geld.«

»Sie würden staunen, wie viele Frauen sich nichts aus Geld machen«, bemerkte er. Doch dann zuckte er mit den Schultern und fügte hinzu: »Aber es stimmt. Es gab schon ein paar Frauen, mit denen ich eine Weile zusammen war. Inzwischen gerate ich allerdings in den Ruf eines tückischen alten Brummbären. Es ist also nicht mehr so viel mit mir los wie zu der Zeit, als ich… im Geschäft war.«

»Überhaupt keine Freundinnen?«

»Im Moment nicht – schon seit einiger Zeit. Ich würde gerne…«

Er brach ab. »Was?« wollte sie wissen. »Würden gerne was?«

»Wir kennen uns noch nicht gut genug«, entgegnete er, »daß ich Ihnen sagen könnte, was ich gerne täte.«

Einen halben Block vom Eingang zur Notaufnahme fanden sie einen Parkplatz. Harper parkte ein und fütterte die Parkuhr. Sie waren vor dem Krankenhaus, als ihnen im Eingangsbereich ein Mann entgegenkam. Er hielt sich gerade zwischen Innen- und Außentür auf. Weil hinter der Glasverkleidung das Licht nicht mehr so hell wie draußen war, konnten sie ihn nicht richtig erkennen. Er trug einen Anzug, drehte sich plötzlich um und verschwand wieder im Innern des Krankenhauses.

»Haben Sie das gesehen?« fragte Anna.

»Ja.« Harper trabte los, und Anna lief neben ihm her. »Jemand, der nicht mit uns reden will. Kennen Sie ihn?«

»Ich habe sein Gesicht nicht gesehen«, antwortete sie.

»Weißes Haar«, erwiderte Harper. Sie liefen schneller, stießen die Tür auf und platzten in den Empfangsbereich. Keine Männer mit weißen Haaren. Ein Wachmann sah sie fragend an. Harper eilte zu ihm, Anna einen halben Schritt dahinter.

»Hier muß gerade ein weißhaariger Mann hereingekommen sein«, legte Harper los. »Haben Sie gesehen, wohin er gelaufen ist?«

»Ja, er…« begann der Wachmann erst, und fragte dann: »Hey. Wer sind Sie eigentlich?«

Aber er hatte schon den Gang hinuntergezeigt. Die Aufzüge befanden sich gleich um die Ecke.

»Los, zu den Aufzügen«, forderte Anna Harper auf und instruierte danach den Wachmann: »Rufen Sie oben die Intensivstation an. Und wenn hier ein weißhaariger Mann auftaucht, passen Sie auf. Er könnte eine Waffe dabei haben.«

Harper war schon auf dem Weg zu den Aufzügen, und Anna stürzte ihm nach, während der Wachmann »Ja, Ma'am« sagte und nach dem Telefonhörer griff.

Sie bogen um die Ecke. Drei Aufzüge. Einer wartete mit offener Tür auf Fahrgäste. Der zweite war gerade auf dem Weg vom siebten Stock nach unten, der letzte passierte gerade aufwärts die erste Etage und hielt in der zweiten.

»Verdammt«, schimpfte Harper. Er sah sich um. Anna bemerkte: »Über die Treppe geht es schneller.« Sie rannten die Stufen hinauf. Zwischenpodest, erster Stock. Zweiter Stock. Unten schlug eine Tür zu. Das Treppenhaus hallte von dem metallenen Knall wider. Sie hielt an und blickte hinunter: »Haben Sie das gehört?«

»Ja«, grummelte Harper, öffnete aber dennoch die Tür und trat in den Flur des zweiten Stockwerks. Zwei Schwestern redeten miteinander im Stationszimmer. Die eine hatte ein Telefon in der Hand und sah Anna und Harper an.

»Hat hier ein weißhaariger Mann...«

»Nein. Hier war niemand. Gerade hat der Wachmann angerufen...«

»Ist Pam Glass, die Polizistin, noch drinnen in der Intensivstation?«

»Ich glaube, ja...«

Sie eilten los, und Anna rief zurück: »Kann sein, daß er nach unten gelaufen ist. Wir haben die Tür zufallen gehört, er kann nicht weit vor uns im Treppenhaus gewesen sein.«

»Ja.« In die Intensivstation ging es um die Ecke. Pam

Glass stand direkt neben Creeks Bett. Seine Augen waren geschlossen. Kein weißhaariger Mann in der Nähe.

»Ist hier gerade jemand durchgekommen?« erkundigte sich Anna.

Glass schüttelte den Kopf. »Nein. Was ist denn…?«

»Erklären Sie es ihr«, meinte Harper und rannte wieder zur Treppe.

»Haben Sie Ihre Waffe?« fragte Anna die Polizistin.

»Ja.«

»Nehmen Sie sie zur Hand. Hier ist jemand im Haus.« Sie wandte ihr den Rücken zu und stürzte hinter Harper her, holte ihn auf der Treppe ein. Harper sah sich nach ihr um, grummelte etwas und schüttelte den Kopf. Er lief weiter die Treppe hinunter. Im Keller schauten sie nach beiden Seiten und entschieden sich schließlich für links. Ein kurzer Gang mit einem Schild ›Ausgang‹.

Die Tür führte in eine Tiefgarage. Sie rannten die Rampe hinauf, und Harper befahl: »Holen Sie Ihren Revolver heraus.«

Anna zog ihn aus der Jackentasche. Sie kam sich ein bißchen albern vor – aber gleichzeitig auch ein bißchen angsteinflößend –, hielt ihn nah am Hosenbein und sprintete mit Harper von der Rampe zu einem Kassenhäuschen. Drinnen hockte ein Latino und tippte gerade Zahlen in die Addiermaschine. Harper fragte ihn: »Ist hier gerade ein Mann vorbeigelaufen?«

»Ja, si, da entlang, vor einer Minute.« Er zeigte von der Rampe in Richtung Straße. Sie rannten weiter und standen plötzlich im Verkehrsgetümmel.

Harper sah die Straße hinauf und hinunter, dann sagte er zu Anna. »Er ist weg.«

Sie schob den Revolver wieder in die Jacke und entgegnete: »Ja.«

Creek war ungefähr fünf Minuten wach gewesen. Vielleicht hatte er Glass erkannt, vielleicht auch nicht.»Er driftete«, meinte Glass. »Er glaubte auf seinem Boot zu sein.«

Anna berichtete Glass von dem weißhaarigen Mann und schloß: »Möglicherweise hatte es ja gar nichts zu bedeuten.«

»Nein«, widersprach Harper. »So, wie er abdrehte – das habe ich als Cop hundertmal gesehen. Vor allem bei der Drogenfahndung. Jemand sieht dich, hält dich für einen Cop, dreht sich um und rennt. Rein durch die Tür, hinten wieder raus. Genau so, wie er das getan hat.«

»Das erlebe ich auch immer wieder«, bestätigte Glass.

»Ihr habt wahrscheinlich recht«, gab Anna zu. Sie konnte zuerst den Blick nicht von Creek wenden. Doch dann schaute sie weg: Sein Anblick gefiel ihr nicht. Er wirkte ausgemergelt und müde. Alt, mit Falten im Gesicht, die sie vorher nie bemerkt hatte. Er war für sie immer das Gegenteil davon gewesen: ein Kerl, der ewig leben würde.

Jetzt lag er da, und man sah nicht viel mehr von ihm als sein Haar und seine merkwürdig blassen Augenlider. Er bekam Luft per Sauerstoff, atmete flach, und seine Lebenszeichen flackerten über ihm auf den Monitoren – wie an einem schlappen Tag an der Wall Street.

13

Sie verließen Glass und Creek – falls der weißhaarige Mann sich wirklich als eine Bedrohung herausstellen würde, werde man Creek noch einmal verlegen, erklärte Glass – und fuhren zum Philadelphia Grill. Inzwischen war es schon Nacht geworden.

»Wahrscheinlich ist der Kerl ein Doper«, vermutete Harper. »Er hatte es so eilig wie einer, der Stoff bei sich trug. Er blieb gar nicht erst stehen, um uns genauer zu mustern und hat auch zwischendurch nicht angehalten oder sich umgesehen, ob wir ihm folgten – er haute einfach ab. Und so, wie er das tat, mußte er vorher schon mal in dem Krankenhaus gewesen sein. Er kannte den Ausgang über die Parkrampe und wie man schnell hinfindet.«

»Das macht mich gerade nachdenklich. Er hat alles ausgekundschaftet«, stellte Anna fest. »Was mich allerdings überrascht, ist die Tatsache, daß er so alt aussah.«

»Vielleicht eine Täsuchung – er kann genausogut blond gewesen sein, mit ganz hellem Haar.«

»Nein. Er war älter, jedenfalls in den Fünfzigern. An der Art, wie er sich bewegte, sah man meiner Meinung nach ...« Sie schloß die Augen und ließ die Szene noch einmal an sich vorbeiziehen. »Er sah uns, kehrte um, eilte zur Tür zurück, riß sie auf, stieß fast mit ihr zusammen. Das wirkte alles ein bißchen fahrig, vielleicht auch ein wenig schwerfällig. Er war kein junger Mann. Er bewegte sich jedenfalls wie ein Alter.«

»Das paßt überhaupt nicht zum Profil von irgendeinem Spinner aus der Drogenszene, den ich kenne«, stellte Harper nachdenklich fest. »Vielleicht zu dem Typen in Chicago – Gacey. Der fiel schon damals etwas aus dem Rahmen, weil er dicker und ein bißchen älter war als die meisten Doper, glaube ich.«

»Jedenfalls habe ich mit so einem Typ nicht gerechnet«, meinte Anna. »Mein Einbrecher war fix auf den Füßen, und der Kerl, der auf Creek geschossen hat, war wirklich schnell. In beiden Fällen muß es ein Jüngerer gewesen sein.«

»Und damit hätten wir jetzt *zwei,* die uns zu schaffen machen, ja?« Er sah sie amüsiert an. »Und finden tun wir keinen?«

Der Philadelphia Grill war ein Steak-and-Baked-Potato-Laden an der unteren Ecke eines bunt angestrichenen Betonbaus am Westwood Boulevard. Er hatte eine Vollsichtscheibe, die über die ganze Front lief. Die Jalousien waren fast völlig zugezogen.

Drinnen hockten die Gäste über ihrem Kaffee, die Arme um die Becher gelegt, so als fürchteten sie, jemand könnte sie ihnen wegnehmen. Außerdem gehörte es wohl dazu, daß alle jedesmal aufblickten, wenn die Tür aufging. Die Jalousien, die den Blick von draußen in das Lokal versperrten, waren gerade so weit hochgeklappt, daß man noch sehen konnte, was auf der Straße vorging.

»Da sitzt er«, murmelte Anna.

Tarpatkin sah genau so aus, wie sie sich einen verrückten Killer vorstellte: Pechschwarzes Haar stand ihm fünfzehn Zentimeter lang vom Kopf mit dem schmalen Gesicht ab. Sie hätte sich nicht gewundert, wenn es elektrisch geladen gewesen wäre. Er hatte eine lange knochige Nase und dünne schwarze Augenbrauen. Seine Lippen waren schmal zusammengepreßt und wirkten – als einziger Farbfleck im Gesicht – unnatürlich rot. Er war ganz in Schwarz gekleidet und las gerade in einem großformatigen Blatt mit Immobilienanzeigen. Die eine Hand hielt eine Teetasse. Man sah den Beutel und die Schnur mit dem daran baumelnden Etikett. Er trug einen dicken goldenen Ehering, allerdings am Mittelfinger. Auf der anderen Seite des Tischs stand eine leere Tasse. »Was machen wir, wenn er wirklich der Verrückte ist?«

»Kennen Sie ihn? Haben Sie ihn jemals getroffen?« fragte Harper.

»Nein. An das Gesicht würde ich mich erinnern.«

»Dann ist er jedenfalls nicht der Mörder, denn den kennen Sie ja. Das ist zumindest etwas«, sagte Harper. »Rutschen Sie da in die Nische ihm gegenüber. Ich hole mir einen Stuhl.«

Tarpatkin sah sie hereinkommen. Seine Augen schauten direkt über den Zeitungsrand hinweg. Anna setzte sich in die Nische, aber er verzog nicht das Gesicht. »Hi«, begrüßte sie ihn und lächelte. Harper griff sich einen Stuhl vom leeren Nebentisch, drehte ihn herum und setzte sich so, daß er Tarpatkin den Weg abschnitt.

»Mr. Tarpatkin – mein Name ist Harper, und das ist meine Freundin Anna.«

»Hallo, Anna«, entgegnete Tarpatkin. »Ist das da eine Kanone in Ihrer Tasche, oder sind Sie einfach nur glücklich, mich zu sehen?«

»Nein, nein, es ist eine Kanone«, meinte Anna freundlich.

»Wir würden sie Ihnen gern zeigen, aber hier drinnen« – Harper sah sich um – »könnten wir jemanden erschrecken, und schon wäre eine Schießerei im Gange.«

»Was wollen Sie?« fragte Tarpatkin.

»Nur mit Ihnen reden«, antwortete Harper.

»Das wollt ihr Typen doch immer«, entgegnete Tarpatkin. »Reden. Und dann sitzt man mit dem Arsch im Knast.«

»Wie bitte?« Anna zog die Augenbrauen hoch und sah Harper unsicher an.

Tarpatkin bemerkte es und sagte finster: »Wenn ihr Ärsche keine Cops seid, dann verzieht euch gefälligst aus meinem Laden.«

»Wir sind keine Cops, aber ich war mal einer, und ich kenne noch immer eine Menge Kollegen«, erklärte Harper. »Die Sache ist die: Sie stecken mitten drin in einem Mordfall, und die Cops spielen verrückt. Sie können mit uns reden, inoffiziell, oder mit ihnen, offiziell.«

»Sie reden Quatsch mit Soße, Mann, ich weiß nichts von

irgendwelchen Mordgeschichten.« Er sprach mal normales, fast schülerhaftes Englisch, verfiel dann wieder in einen Straßenjargon und wieder zurück. Als wäre er nicht eine Person, sondern zwei. Tarpatkin schüttelte seine Zeitung zurecht, so als wolle er wieder weiterlesen.

»Einer unserer Klienten, Jason O'Brien, ist vor ein paar Tagen auf ganz üble Weise ums Leben gekommen. Totgeschlagen und mit dem Messer aufgeschlitzt.« Anna sah Tarpatkin in die Augen, während Harper das erzählte. Beim Erwähnen von Jasons Namen flackerten sie. »Und vielleicht kennen Sie auch einen Kerl namens Sean McAllister?«

Noch einmal ein Flackern. »Er kennt sie beide«, sagte Anna zu Harper und ließ Tarpatkin dabei nicht aus den Augen.

Tarpatkin leugnete es nicht: Die Nachricht war ihm nur nützlich. »Aufgeschlitzt?«

»Kennen Sie jemanden, der Messer liebt?« erkundigte sich Harper.

Tarpatkin dachte einen Augenblick nach und antwortete: »Ich kenne einige, aber die kennen die beiden nicht. Wann ist das passiert? Ich habe nichts davon in der Zeitung gelesen.«

Anna erzählte es ihm in knappen Worten und kam dann auf ihr Anliegen: »Wir suchen einen Kerl, der Wizards verkauft. Wie wir wissen, tun Sie das normalerweise zwar nicht, aber wir hofften, Sie könnten vielleicht doch mal... Hier in der Gegend – nicht weit von der Uni.«

Tarpatkin schaute sie für einen Moment an und erwiderte: »Ich weiß nicht, in wessen Auftrag Sie hier sind, Süße, aber Sie wollen sich doch nicht wirklich mit diesen Leuten einlassen. Das sind Amateure – Verrückte, die Sie für einen Nickel töten.«

»Vielleicht hat einer vor, mich sogar umsonst zu killen«, konterte Anna. »Und wir wollen ihn davon abbringen.«

»Hmm.« Er zog an seinem Ziegenbart und entgegnete: »Ich verklickere Ihnen mal in Kurzfassung, wie dieses Geschäft funktioniert – und mit Blick auf das Tonband, falls Sie eines dabei haben, sage ich gleich: Das ist alles rein hypothetisch, was ich hier von mir gebe.«

Er zog eine Serviette aus dem verchromten Serviettenspender und strich sie auf der Tischplatte glatt. Anna nahm an, er wolle etwas aufschreiben, aber er begann, sie zusammenzufalten, während er redete. Schön, warum nicht: L. A. Diner-Origami. »Nehme an, Sie haben es da mit einem Teilzeit-Dealer zu tun«, vermutete Tarpatkin. »Vielleicht hat er fünfundsiebzig oder hundert regelmäßige Kunden. Neue kriegt er nur auf Empfehlung und nachdem er sie sich einmal flüchtig angesehen hat.«

Er zählte mit den Fingern vor. »So einer macht, sagen wir mal, zehn Riesen nach Abzug der Unkosten. Steuern zahlt er ohnehin nicht. Ein paarmal pro Jahr fliegt er auf die Bahamas, schmeißt das Geld auf sein Konto und macht ein bißchen Urlaub. In zehn Jahren hat er, wenn er das Geld gut investiert, seine acht oder zehn Millionen auf der Bank und verzieht sich ganz auf die Bahamas. Oder nach Mexiko. Costa Rica. Irgendwohin…«

Er zwinkerte mit den Augen. »Wenn er schlau ist, muß er sich wegen der Cops keine besonderen Sorgen machen, weil er das ja nur nebenberuflich macht. Und wenn sie ihm auf den Pelz rücken, kooperiert er. Die Cops wollen immer nur an die ganz Großen ran – mein Gott, wenn sie alle vom Kaliber dieses Teilzeitlers einbuchten wollten, müßten sie zwanzig neue Knäste bauen. Und das tun sie eben nicht. Ich meine damit, daß er nur ein kleines Licht im Geschäftsleben ist. Ein bißchen besser dran als ein Versicherungsvertreter, aber nicht so gut wie ein Börsenmakler.«

Anna unterbrach ihn. »Und die Börsenmakler machen andere Geschäfte.«

Tarpatkin drohte ihr daraufhin wie ein Schulmeister mit dem Zeigefinger. »Darauf komme ich noch, Süße – sie machen es ganz anders. Sie steigen in den Drogenhandel ein und denken sich: ›Wenn ich ein Pfund Stoff verkaufe, bringt mir das zehntausend Dollar. Verkaufe ich eine Tonne, mache ich zwanzig Millionen. Also verkaufe ich doch lieber eine Tonne.‹ Pro Jahr.«

Er genoß es. »Und weil sie schon mal im Kino waren, wissen sie, wie gefährlich dieses Geschäft ist. Also besorgen sie sich jede Menge Kanonen und Messer, Dynamit und Kettensägen und was ihnen sonst noch so einfällt. Und um nun ja nichts zu verpassen, steigen sie auch voll selber ein. Und plötzlich bist du unter all diesen Dealern und Junkies mit ihren Kanonen, dem Dynamit und den Kettensägen, und überall auf der Straße gibt es den Stoff, und jeder ist ganz wild drauf – die Konkurrenz, die Cops, das Kartell. Und sie erwischen sie immer. Ab in den Knast, keine zwanzig Millionen. Oder du landest irgendwo im Busch und läßt dir den Kopf abschneiden.« Er schüttelte traurig den Kopf und verfiel in seinen Straßenjargon: »Ist das etwa eine verdammte Tour, seine Scheiß-Geschäfte zu machen?« Und wieder in gepflegtem Englisch: »Ich glaube, nicht. Aber das sind genau die Leute, die Ihr Wizard verkaufen.«

»Können Sie uns mit denen in Verbindung bringen?«

Tarpatkin schüttelte wieder den Kopf. »Nein, das kann ich nicht. Mit den Leuten will ich nichts zu tun haben. Aber wenn einer von Ihnen ein Handy hat – oder in dem Fall auch ein normales Telefon –, könnte ich mich erkundigen und Sie dann anrufen.«

»Mit den Cops wollen Sie also nicht reden«, sagte Harper.

»Nein. Ich weiß auch gar nichts – nichts von dem, was Sie wissen wollen. Wie sollte ich auch? Ich treibe mich nicht mit diesen Leuten herum. Ich bleibe so weit auf Distanz, wie ich kann.«

»Ach, Quatsch«, erwiderte Harper. »Ihr Typen hört doch überall und jederzeit das Gras wachsen…«

Tarpatkin zuckte mit den Schultern. »Na gut, dann schleppen Sie mich eben raus auf die Straße und prügeln Sie mir die Scheiße aus demLeib, und ich sage Ihnen alles, was Sie wissen wollen… Allerdings kommt nur eines dabei heraus: Ich weiß nichts.«

Anna und Harper wechselten einen Blick. Anna grub in ihrer Handtasche nach einem Stift und schrieb ihre Handy-Nummer auf Tarpatkins gefaltete Serviette. »Sie können mich jederzeit anrufen«, bemerkte sie.

»Mach' ich. Sie sind ja eine ganz Süße.«

»Was Ihren hypothetischen Dealer angeht, der sein hypothetisches Geld auf den Bahamas deponiert«, begann Anna und fuhr fort: »Wie lange macht er das eigentlich schon, natürlich rein hypothetisch gefragt?«

»Könnten jetzt acht Jahre sein«, entgegnete Tarpatkin. Er legte den Kopf zur Seite und lächelte. Wobei man einen seiner Kaninchenzähne golden blinken sah.

Wieder draußen angelangt, meinte Harper: »Das war nicht gerade viel. Alles, was wir von ihm haben, sind Drohungen, ihm bloß nicht die Polizei auf den Hals zu hetzen.«

»Wir könnten ihn ja auf die Straße zerren und ihm ›die Scheiße aus dem Leib‹ prügeln«, schlug Anna sarkastisch vor.

»In diesem Falle würden wir drei Stufen überspringen«,

sagte Harper. »Ich habe das Gefühl, die haben sich gegenseitig ständig im Auge ... Tatsächlich ... einen Moment.« Er ging zurück zur Eingangstür, zog sie auf, sah hinein und kam kopfschüttelnd zurück. »Er ist weg. Bei Einbruch des Abends ist er wahrscheinlich schon auf den Bahamas.«

Sie stiegen gerade in Harpers BMW, als das Telefon in Annas Handtasche klingelte. Sie sah Harper an, holte das Handy heraus und meldete sich: »Hallo?«

Eine merkwürdig dünne Kleine-Mädchen-Stimme piepste in Erwachsenenworten und -ton: »Die Männer, nach denen Sie suchen, sind Brüder. Sie heißen Ronnie und Tony und wohnen ...«

»Einen Augenblick, bitte«, unterbrach Anna. Zu Harper sagte sie: »Ein Stück Papier.«

Einen Stift hatte sie in der Handtasche. Harper wühlte in der Türablage und zog schließlich eine Straßenkarte hervor. »Notieren Sie es darauf«, forderte er Anna auf. Die dünne Kinderstimme nannte eine Adresse in Malibu und schloß mit: »... sehr modern, graues verwittertes Holz, viel schwarzes Glas, direkt am Berg überm Highway. Man kann es gar nicht verfehlen.«

Dann war sie – es? Tarpatkin? – wieder weg.

»Gespräch mit verstellter Stimme«, bemerkte Harper, als Anna ihm den Dialog schilderte. »Das machen viele Dealer so. Da kommt man leicht auf zwanzig Varianten.«

»Und warum das Ganze?«

»Für den Fall, daß wir es mitschneiden, kann man ihm nichts nachweisen.«

»Ein seltsames Leben.«

»Will halt noch seinen Ruhestand erleben«, meinte Harper. »Sagen wir, in zwei Jahren.«

Anna sah auf die Uhr. »Wir haben noch Zeit für eine Fahrt nach Malibu. Oder wir könnten das BJ's besuchen.«

Harper sah sie an. »Was das BJ's betrifft. Da werden Sie Leuten begegnen, die Sie ohnehin schon kennen. Und dann? Wie fischen wir den heraus, den wir suchen?«

»Wenn er mich anspricht oder auf mich zukommt…«

»*Irgendwer* kommt immer auf Sie zu, wenn Sie auf eine Party gehen. Was denn sonst?«

Anna dachte einen Augenblick nach. Harper hatte nicht nur recht, er war auch hinter den Leuten her, die seinen Sohn mit Dope versorgt hatten. Das mußte sie berücksichtigen. »Gut, erst nach Malibu«, sagte sie.

Harper nickte. »Wir sehen uns das Haus an, unternehmen aber nichts. Ich werde mich mit ein paar Jungs im Sheriffbüro kurzschließen und diese Namen checken lassen. Ronnie und Tony…«

In Harpers Rückenlehnentasche steckte ein Thomas Brothers Guide. Sie nahmen den Pacific Highway. Anna knipste die Leselampe an, während sie in Richtung Malibu fuhren. Sie blätterte in den Karten.

»Wenn die Adresse stimmt, ist es direkt vor der Abzweigung in den Corral Canyon«, stellte sie nach einer Weile fest.

»Eigentlich wirklich nicht schwer zu finden«, erwiderte Harper.

Sie saßen schweigend nebeneinander. Viel Verkehr herrschte nicht. Schließlich fragte Harper: »Wieso gehen Sie mit niemandem aus?«

»Ich weiß nicht«, antwortete Anna. Sie blickte zur anderen Seite aus dem Fenster. Man sah nichts als den Staub, den die Räder in der Dämmerung aufwirbelten. »Ich hatte einfach anderes zu tun.«

»Und haben Sie sich nicht ein bißchen einsam gefühlt?«

»Ich war beschäftigt«, sagte sie. Nach kurzer Pause:

»Okay, manchmal habe ich mich schon ein bißchen einsam gefühlt. Und dann…«

»Dann?«

»Ach, es gibt da einen Mann. Vor ein paar Jahren bin ich mal mit ihm zusammen gewesen, ziemlich intensiv. Ich dachte schon, wir würden heiraten, aber dann wurde es nichts. Kürzlich habe ich ihn wieder gesehen, an einer Tankstelle. Er ist hier mit einem Stipendium, nehme ich an. Ich habe eine gemeinsame Freundin angerufen. Na ja, jedenfalls ist das alles wieder auf mich eingestürzt…«

»Was macht er?«

»Er komponiert. Modernes Zeug – die New Yorker Philharmoniker haben eines seiner Poeme uraufgeführt, ›Sketch of Malagá‹.«

»Eines seiner *Poeme*?«

»Das sind Kompositionen. Er nennt sie Poeme. Er ist eigentlich gar nicht so der Künstlertyp. Aber er weiß eben… wie man die klassische Musikmaschine in Schwung setzt.«

Harper sah sie von der Seite an. »Das klingt ein bißchen despektierlich.«

»Oh, nein. Ich glaube, das muß so sein. Ich selbst war darin leider nicht so gut.«

»Sie sind Musikerin?«

»Ja, genau das bin ich«, entgegnete sie. Harper hatte eine Methode des Zuhörens – vielleicht zu seiner Zeit als Cop entwickelt –, die einem die Wörter aus der Nase zu ziehen schien. Er war aufmerksam und hörte *wirklich* zu.

Sie erzählte ihm von ihrer Jugend in Wisconsin und dem Tod ihrer Mutter. Wie sie die beste Pianistin in ihrer Highschool wurde, die beste, die sie je gehabt hatten. Und daß sie dann auch die beste des Abschlußjahrgangs an der University of Wisconsin/Milwaukee war.

Anschließend sei sie an die UCLA gegangen und habe den Master of Fine Arts als eine der zwei oder drei Besten ihres Jahrgangs erworben.

»Nicht gut genug«, stellte sie fest und starrte aus dem Fenster in die Nacht. Um eine Karriere als Konzertpianistin zu machen, hätte sie die Beste in der Welt sein müssen, und zwar für mehrere Jahrgänge vor und nach ihrem Abschluß. Auch Clark sei Pianist gewesen, nicht ganz so gut wie sie. Er allerdings habe das alles viel früher als sie erkannt, die Richtung gewechselt und sei Komponist geworden, um die Musikmaschinerie zu füttern.

»Hätten Sie das nicht auch gekonnt?«

»Niemals. Spielen ist eine, Komponieren eine ganz andere Sache. Dazu braucht man völlig verschiedene Veranlagungen.«

»Haben Sie es denn je versucht?«

»Ich habe mich nie wirklich dafür interessiert«, gab sie zu.

»Und wie ging es dann weiter?«

»Wir haben zusammengelebt. Er war der intellektuelle Kopf, und ich hatte meine Gelegenheitsauftritte. Filmmusik. Ich weiß nicht, irgendwie trieb es uns auseinander. Ich dachte immer noch, wenn du nur gut genug spielst und hart genug übst, dann schaffst du es. Aber so lief es nicht... Darum ging ich nach Burbank und er nach Yale.«

»Na, da haben wir es doch«, provozierte sie Harper.

»Was?« fragte sie mit einem schwachen Lächeln.

»Sie sind auf diesen blassen kleinen Selbstdarsteller tatsächlich böse.«

»Nein, das stimmt nicht«, protestierte sie. Und fuhr fort: »Sie würden ihn mögen. Er spielt sogar Golf.«

»Selbst *Rockbands* spielen Golf«, Harper blieb unbeeindruckt. »Dann... sehnen Sie sich also nach ihm?«

»Ich weiß nicht«, entgegnete sie. »Vielleicht.«

»Mist.«

»Ja, irgendwie ist das ein Problem. Wissen Sie, wenn Sie es sich überlegen… Es ist vielleicht dumm von mir, Sie auf die Folter zu spannen.«

»Ich kann schon warten«, sagte er. »Ich mag nicht nachts dastehen und an Ihrer Tür rütteln. Warten müssen gehört zum täglichen Brot.«

»Okay.« War sie etwa ein ganz winziges bißchen enttäuscht? Vielleicht.

»Spielen Sie mal etwas für mich auf dem Klavier?« fragte er.

»Wenn Sie wollen.« Der Wagen schien die beiden von der Außenwelt abzuschotten. »Welche Musik mögen Sie denn?«

»Vor allem harten Rock und harte Klassik. Ein bißchen den alten wunderbaren Blues und Jazz, aber alles nicht länger als eine Stunde.«

»Dann mögen wir die gleichen Sachen«, meinte sie, »nur bin ich nicht so gut beim Rock, Jazz gelingt mir schon besser… Also, was soll ich nun für Sie spielen?«

»Vielleicht etwas von, ich weiß nicht… Sousa zum Beispiel.«

Er sah sich mit einem Ruck zu ihr um. Sie war verlegen. »O je, das war natürlich ein Scherz«, lachte er. »Nun mal wieder ganz locker, Batory.«

»Also, wen mögen Sie?«

»Sie könnten mir etwas von Satie vorspielen.«

»Satie? Wirklich?«

»Wirklich«, bekräftigte er. »Ich habe schon viele Sachen von ihm gehört, er ist ganz köstlich und manchmal auch komisch.« Er sah sie wieder an und hielt ihr Schweigen für Skepsis. »Ich bin Rechtsanwalt, kein verdammter Idiot«, meinte er.

Sie zog den Kopf ein und zeigte schräg nach vorn. »Malibu«, stellte sie fest.

Das Haus stand einen halben Block rechts vom Corral Highway an einer kurzen, gekrümmten Abfahrt mit einem Kreisel am Ende. An dem Kreisel lagen noch zwei weitere Häuser, alle mit erleuchteten Fenstern und schwarz gestrichenen Zäunen aus Schmiedeeisen. Die Zufahrten versperrten dekorative, zwei Meter fünfzig hohe elektrische Tore, rechts und links von steinernen Pfosten begrenzt.

»Wir rollen einfach mal vorbei«, sagte Harper und sah in den Lichtkegel seiner Scheinwerfer. »Schauen, ob es Hunde gibt oder ähnliches ...«

»Ich sehe gar nichts«, klagte Anna.

Dann waren sie wieder draußen auf dem Corral. Harper hielt an, blickte nach rechts und links und sagte: »Wir wären verrückt, wenn wir versuchten, von vorn reinzukommen.«

»Reinzukommen?« Sie schaute zum Haus zurück, dem Zaun mit der Hecke dahinter und der Sicherheitsschranke zwischen den Steinpfosten. »Das ist eine Festung.«

»Gehen wir ein Eis essen«, schlug Harper vor. »Da drüben in dem Einkaufscenter wird man doch sicher ein Eis bekommen.«

Sie nahm Dutch Chocolate und er Himbeere. Beide setzten sich draußen auf eine Bank vor Ben & Jerry's und schleckten an ihrer Eistüte. Sie unterhielten sich über nichts Wichtiges. Am Ende wischte Harper sich Gesicht und Hände mit der winzigen Serviette ab, die sie am Eisstand bekommen hatten, warf sie in einen Müllbehälter und befahl: »Sie fahren«.

»Warum?«

»Ich möchte noch einmal zurück und mich umsehen ... Vielleicht auch aussteigen.«

»Jake … das ist nun wirklich eine schlechte Idee.«

Er nickte. »Ich weiß. Aber ich habe keine Ahnung, was ich sonst tun soll. Ich möchte mich nur auf einen dieser Pfosten stellen, wenn das geht, und hineinsehen, was es dort gibt.«

»Jake …«

»Was ist, Sie Küken?« fragte er.

Das war sie nun gerade nicht. Ein ängstliches Küken.

Eines der Häuser lag nun im Dunkeln. Aber in dem, auf das sie es abgesehen hatten, war überall Licht, im Erdgeschoß und in den beiden Stockwerken darüber. »Wir fahren direkt darauf zu, ich springe raus und schnell hinauf, schaue hinein und bin gleich wieder im Wagen, und weg sind wir wieder«, erklärte er.

»Ach, Mann …« Doch gleichzeitig spürte sie ein Kribbeln, dieses Gefühl, das einen überkommt, wenn man so durch die Nacht streift. Sie fuhr den Wagen in die Auffahrt und hörte, wie Harpers Tür aufging.

Sie wurde langsamer, und er sagte: »Rollen Sie langsam weiter, ich lasse die Tür angelehnt. Keiner soll an den Scheinwerfern sehen, daß wir anhalten …« Er sprang hinaus, während der Wagen weiterrollte, schob die Tür vorsichtig zu, bis sie halb einschnappte, sah sich einmal um und war am Zaun. Dort stieg er auf eine Querstrebe, zog sich hoch und lugte in den Hof vor dem Haus. Anna rollte derweil weiter um den Kreisel herum und schlug das Lenkrad in Richtung Straße ein. Sie ließ die Seitenscheibe herunter, sah seinen Rücken und forderte: »Fahren wir.«

»Nur einen Moment noch …«

Und plötzlich war er über den Zaun verschwunden und nicht mehr zu sehen.

»Oh, nein …« Sie fuhr weiter, aber in ihrem Kopf

schwirrte es. Besser, wenn der Wagen in Bewegung blieb, statt zu stoppen, dachte sie. Am besten wäre es wohl, auf die Straße zu fahren, außer Sichtweite zu wenden und zurückzukommen. Was dachte er sich bloß dabei, einfach über den Zaun zu springen? Er *war* ein Idiot. Sie kam jetzt an die Straße, tippte einmal auf die Bremse, als würde sie abbiegen wollen, wendete aber auf dem Corral und fuhr wieder in die Auffahrt. Im Fahren ließ sie die Scheibe auf seiner Seite herunter und versuchte, draußen etwas zu erkennen.

Da rief jemand hinter dem Zaun: »Packt ihn… packt ihn, da drüben.«

Und Harper schrie: »Anna, zum Highway.«

Sie konnte ihn nicht sehen, aber seine Stimme war deutlich genug zu hören gewesen. Sie zog noch einmal um den Kreisel und beschleunigte, daß die Reifen auf dem neuen Asphaltbelag quietschten. Schoß die kurze Auffahrt hinunter, einen Angstkloß im Hals. Der BMW zog ab wie auf Schienen.

Peng!

War das ein Schuß gewesen? Sie riß den Kopf herum, sah allerdings nur den Berghang. Sie hatte etwas gehört, aber was?

Peng!

Es war ein Schuß. Sie trat den Gashebel durch, beschleunigte in Null Komma nichts auf Hundert, raste bergab, stieg unten auf die Bremse, schaltete auf Fernlicht, wartete eine Sekunde, riß den Wagen herum…

Sie sah die Steigung hinauf, erkannte aber nichts als Büsche und hohes Unkraut. Da vorn lag das Haus, keine zwanzig Meter entfernt…

Und da war Harper. Er rannte bergab, stieß alle paar Meter mit der Fußspitze in den Boden, Staub wirbelte auf. Bekam seine Füße unter Kontrolle, verlor sie wieder. Ein

Wagen kam von hinten und überholte sie. Kaum war er vorbei, brach sie nach links auf das schmale Bankett aus, schleuderte dabei Dreck und Steine hoch und stoppte direkt vor ihm. Er kam in einer Staubwolke auf sie zu, stolperte, fing sich, humpelte zur Beifahrertür. Sie stieß sie von innen auf, er ließ sich hineinfallen und japste: »Schnell... weg.«

»Ich kann nicht...« Sie stand mit dem Heck schräg auf die Fahrbahn hinaus, und von hinten kam eine Schlange Autos...

Peng!

»Los, das ist ein verdammtes Gewehr.«

Sie trat aufs Gas, blendete ein paarmal auf, um einen von hinten herankommenden weißen Wagen auf sich aufmerksam zu machen, und zog den BMW in einem Bogen auf die Fahrbahn.

»Sind Sie in Ordnung?«

»Ja.« Er war völlig außer Atem, sein Hemd zerrissen. »Junge, Junge, so was Blödes.« Er sah durch das Rückfenster.

»Jetzt bloß keine Scherze«, schimpfte sie wütend. »Was sollte das denn...«

»Schreien Sie mich später an.« Er starrte weiter nach hinten. »Ich glaube, sie verfolgen uns. Gerade kam ein Cadillac von unten rauf, ich habe sie nach einem Wagen rufen hören.«

»Oh, Mann.« Auf dem Highway war nicht besonders viel Verkehr. Was in nördlicher Richtung fuhr, kam in Schüben. Dazwischen waren offene Lücken. Im Rückspiegel sah sie Scheinwerfer von der Gegenspur einscheren, um einen langsam entgegenkommenden Wagen passieren zu lassen. Dann würde er wieder in die nächste Lücke springen.

»Sie sollten ein bißchen schneller fahren«, riet Harper.

»Dann halten Sie sich fest.« Anna trat bis zum Boden durch. Geschwindigkeit hatte sie immer schon geliebt, und der große BMW jagte davon wie eine Feder, die man losspringen ließ, hundert, hundertzwanzig, hundertvierzig, hundertsechzig, als wäre es nichts. Sie raste an zwei Wagen vorbei, scherte für fünf Sekunden wieder nach rechts ein und quetschte sich an einem dahinbummelnden Jaguar vorbei. Von vorn näherte sich ein Pick-up.

Harper zuckte zusammen und suchte den Haltegriff. »Vielleicht doch nicht ganz so schnell«, stöhnte er.

»Sie sind noch immer hinter uns«, bemerkte sie. Der Cadillac schoß durch den Verkehr wie ein Hai durch einen Thunfisch-Schwarm – aber seine Scheinwerfer schienen kleiner zu werden.

Sie rasten durch Malibu, zuerst an einem Einkaufszentrum vorbei, dann an den offenen Garagentoren der Strandhäuser entlang, die zu einer langgezogenen grauen Linie verschwammen. »Anna, um Himmels willen, Sie haben hundertachtzig drauf. Fahren Sie langsamer ...«

Sie schüttelte den Kopf. Sie war stinksauer, und sie wußte, daß sie Autofahren konnte. Er verdiente es, Angst eingejagt zu bekommen. Sie überholte den nächsten Wagen, gab noch ein bißchen mehr Gas und blickte auf den Tacho: hundertneunzig. »Die Kiste fährt wie eine Eins.«

»Herrgott«, ächzte Harper. Er schaute sich nach hinten um. »Anna, sie sind nicht mehr in Sicht. Hören Sie, sie sind nicht mehr in Sicht.«

»Halten Sie weiter Ausschau«, befahl Anna. Sie ließ den Wagen noch einige Augenblicke lang weiterschießen, genoß die Geschwindigkeit und ging dann langsam vom Gas, bis der Tacho keine hundertsechzig mehr anzeigte. Fünfzehn Minuten später waren sie an der Kreuzung zum Sunset, noch einmal zwei Minuten danach bog sie in die Temescal ab, schaltete auf eine langsamere Fahrweise um und sah Harper an.

»Sie sind gehumpelt.«

»Vielleicht habe ich mir das Knie verdreht... Bin beim Runterrennen irgendwo angeschlagen.«

»Und geschossen wurde auch auf Sie.«

»Aber nicht getroffen.«

»Jake...«, entgegnete sie aufgebracht.

»Ich habe ein paar Leute hinter einem Fenster gesehen. Im Vorhang war eine Lücke. Ich dachte, das sollte ich mir mal genauer ansehen... Also kletterte ich rüber, und da war seitlich noch ein Fenster. Dann fing auch schon das Geschrei an«, schilderte er ein wenig atemlos. »Ein Alarm muß losgegangen sein. Ich war hinter dem Haus. Vorn kamen Leute aus der Tür. Ich bin am Pool entlang noch weiter nach hinten gelaufen, wo ich auf eine Frau traf, die gleich anfing zu schreien. Ich also wieder zurück über den Zaun, und irgendein Arsch begann, hinter mir herzuballern.«

»Was erwarten Sie denn, wenn Sie in ein Haus einbrechen? Ich habe gegen einen Kerl, der das versuchte, den Knüppel geschwungen.«

»Ja, also...« Er überlegte kurz und meinte dann: »In dem Augenblick schien mir das Ganze eine gute Idee.«

Anna lachte laut auf – zum erstenmal, seit sie erfahren hatte, daß Jason tot war. Das schnelle Fahren hatte sie lockerer gemacht.

Harper ließ sie an einer Tankstelle vor einer Telefonzelle halten, suchte die Nummer der Malibu-Cops heraus, wählte und erklärte: »Ich möchte eine Schießerei melden...« Er gab ihnen die Adresse und hängte ein. »Die sollen mal ein bißchen im Wespennest stochern«, sagte er.

»Wozu?«

»Um zu sehen, was passiert.«

Ins BJ's zu fahren kam nicht mehr in Frage. Harper hatte der Sturz bei seiner Flucht sichtlich mitgenommen. Er komme sich vor, stöhnte er, als sei er dreimal die Treppe hinuntergefallen.

Auf dem Weg in Annas Haus humpelte er stark. »Es ist nichts Ernsthaftes kaputt. Tut zwar weh, aber das Gelenk ist in Ordnung.«

»Ich habe diese blauen Kühlbeutel, die man darauflegen kann«, fiel Anna ein.

»Das tut sicher gut.«

Sie bewahrte die Beutel im Gefrierfach auf und nahm einen heraus, während Harper im Bad verschwand. Sie wartete mit dem Beutel in der Hand vor der Tür und fragte: »Okay?«

Harper öffnete. Er hatte sein Polohemd über den Kopf gezogen und zeigte ihr den Rücken. Er sah aus, als hätte man ihn ausgepeitscht. Lange rote Striemen zogen sich über die Haut. »Sieht nicht gut aus, oder?« bemerkte er.

»Sie müssen da oben durch ein Dornengebüsch gestürmt sein.« Anna machte den Medizinschrank auf und suchte nach einer antiseptischen Salbe. »Hier, ich schmiere Sie damit ein.«

Er setzte sich mit nacktem Oberkörper auf einen Küchenstuhl. Sie holte eine Schreibtischlampe und leuchtete seinen Rücken aus. Ein paar Kratzer waren sehr tief, aber keiner blutete mehr. Auch auf Schulter und Unterarm waren ein Kratzer und ein blauroter Bluterguß zu erkennen.

Sie trug die Salbe auf. Er zuckte zusammen. »Au, sind da Stacheln hängengeblieben?«

Sie tupfte die entsprechenden Stellen noch einmal ab und sagte: »Möglich. Die Stelle muß ich mal auswaschen.«

»Na ja, wird schon gehen.«

»Hey, ich tue mein Bestes.«

Sie wischte die Salbe mit einem Kleenex weg und entdeckte einen abgebrochenen Dorn – und weiter unten noch drei. »Ruhig sitzen«, befahl sie. »Ich brauche eine Pinzette.«

Es dauerte eine Weile, bis sie alle Dornen herausoperiert und die Salbe erneut aufgetragen hatte. »Das Hemd wird wohl dabei draufgehen«, mutmaßte sie.

»Ich habe noch ein paar alte T-Shirts«, erwiderte er, drehte sich einmal um die eigene Achse, streckte und beugte sich, bewegte seinen Rücken und sagte: »Morgens brauche ich immer ein bißchen Zeit zum Warmwerden.«

Auf einmal nahm Anna seinen etwas salzigen Körpergeruch wahr: eine Mischung aus Schweiß, einem Moschus-Deo und Blut. Und sie merkte, wie nah sie da in ihrer Küche neben einem großen, halbnackten Mann stand und daß das Einschmieren seines Rückens die Wand, die noch zwischen ihnen stand, vielleicht ein bißchen früher als erwartet niedergerissen hatte.

Harper spürte, wie sich die Atmosphäre zwischen ihnen veränderte und probierte es mit einem zwanglosen Lachen: »Plötzlich etwas eng geworden hier drinnen.«

»Ja.« Sie errötete leicht.

Sie wollte nach der Tube greifen, aber er faßte ihren Arm und bat: »Nun gut... Könnten Sie mich mal küssen, damit ich mich besser fühle?«

»Hören Sie...« Er küßte sie sehr sanft, und sie erwiderte seinen Kuß, noch ein wenig unsicher, weil er die Initiative ergriffen hatte. Sie trat einen Schritt zurück und druckste: »Na so was.« Woraufhin Harper entgegnete: »Ich hole mir jetzt wohl besser ein T-Shirt.«

Das T-Shirt sorgte zwar wieder für ein bißchen Distanz zwischen ihnen, veränderte aber an der Situation nichts Grundlegendes. Nur daß jetzt nicht mehr so viel Haut zu sehen war. Er schleppte einen Küchenstuhl in den Vorraum, stellte ihn neben das Klavier und meinte: »Du wolltest mir doch ewas von Satie vorspielen.«

»Es ist schon spät ...«

»Ich kann mich nicht hinlegen, bevor mein Rücken nicht etwas trockener ist«, wandte er ein.

Und sie spielte für ihn die zarte, vertraute, diese kleine und einfache Nr. 1 aus den ›Trois Gymnopédies‹. Der Schlußakkord schwebte noch im Raum, und in sein Verklingen hinein bemerkte sie: »Das war's. Gefallen?«

Er neigte den Kopf zur Seite. »Ja.«

Gespanntes Schweigen.

»Könntest du dich vielleicht mit dem Gedanken anfreunden, dich da auf der Couch eine Weile auf meinen Schoß zu setzen?« erkundigte er sich.

»Eine Minute vielleicht«, antwortete sie.

Und so umarmten sie sich und knutschten eine Weile. Harper war vorsichtig mit seinen Händen, hielt Anna umschlungen, wagte jedoch nicht zuviel.

»Du nimmst dir nichts heraus«, stellte sie fest und bekräftigte dann nach einer Weile: »Nicht zuviel.«

»Ich bin eben ein raffinierter Typ. Ich habe dich vorher genau studiert, und nicht zuviel zu wagen ist nun mal meine Art, mich in dein Vertrauen zu schleichen. Und dann, wenn du gerade in die andere Richtung guckst – peng!«

»Da hättest du dir aber wirklich einen anderen Ausdruck ausdenken können«, tadelte sie ihn.

»Hmm ...«

Sein Vater sei vierzig Jahre Bankangestellter gewesen, erzählte Harper ihr, und beruflich gerade weit genug gekommen, daß man ihn am Ende in einen Golfclub aufgenommen habe. Seine Mutter sei Hausfrau und eine bessere Golferin als ihr Mann gewesen. Harper selbst war früh zum grünen Sport gekommen, über ein Golfclub-Stipendium ans College gelangt, dort aber die »letzte Wahl der UCLA« gewesen.

»Ich kam mit dem Trainer nicht klar«, begründete er. »Dafür mit seiner Frau um so besser.«

»Aha.«

»Der Trainer und sein Anhang überzeugten mich, daß ich die Tour nie schaffen würde«, berichtete er. »Ich kam übrigens auf Jura, weil sich das Studium am leichtesten mit dem Golfspielen verbinden ließ. Als nächstes landete ich dann im L. A.-Sheriffbüro. Da war ich ungefähr neun Jahre lang, aber gemocht habe ich es nie. Ich ging also zurück an die Universität und studierte Jura zu Ende, weil mich die Polizeiarbeit langsam verrückt gemacht hat.«

»Und was war mit dir und deiner Frau?«

»Ach, weißt du ... wir hielten es einfach nicht zusammen aus. Erst war ich die ganze Zeit draußen auf der Straße, dann kam ich zur Drogenfahndung, hatte ständig mit Junkies und Nutten zu tun ...«

»... und bist selbst vom Weg der Tugend abgekommen?«

»Nie. Aber du fängst einfach an, das auch irgendwie widerzuspiegeln, was du den ganzen Tag erlebst. Manchmal habe ich ihr, glaube ich, Angst eingejagt. Oder sie abgestoßen«, erzählte er. »Danach ging ich erst einmal zur Fortbildung und stieg anschließend in die Mordkommission auf. Mein Gott, da hatte ich so viel am Hals, daß ich sie und die Kinder kaum gesehen habe ...«

Und vorsichtig brachte er Anna dazu, sich ihm wieder zu öffnen, wie es ihm schon vorher im Wagen gelungen war. Ließ sie von ihrer Mutter erzählen, ihrem Bruder, ihrem Vater.

»Wir waren eine ganz normale Familie, bis mein Vater starb«, begann Anna. »Aber danach – ich weiß nicht so recht. Mir kam es vor, als fingen auf einmal alle an, sich zu Tode zu schuften... Es gab gewiß auch gute Zeiten, aber im großen und ganzen herrschte immer eine ziemlich angespannte Atmosphäre, wenn ich mich so zurückerinnere... Nein, bleiben wollte ich dort nicht.«

»Hat dein Bruder dir diesen Fahrstil von vorhin beigebracht?«

Anna lachte. »Mein Vater reparierte gern nebenbei Saabs, baute sie sich neu zusammen – es standen immer sechs oder sieben von diesen Kisten gleichzeitig um unser Haus herum. Ich bin schon als Kind mit ihnen herumgegurkt, ich meine, wirklich als Kind, mit sieben oder acht Jahren. Mein Vater und mein Bruder traten mit ihnen immer zu den Motocross-Rennen bei den County-Festen an, und ich gehörte zur Boxen-Crew...«

»Wahrscheinlich der reine Sexismus«, vermutete Harper.

»Voll und ganz«, bestätigte sie. »Mein Vater fuhr mich immer nach Madison zur Klavierstunde. Aber einmal im Sommer schnitt er Heu, weil für die ganze Woche trockenes Wetter angesagt war. Prompt kündigte sich natürlich so eine große Gewitterfront in Minnesota an. Man konnte sie förmlich über den Fernseher heranziehen sehen, und mein Vater rannte los, schichtete das Heu und verpackte es zu Ballen. Er hatte einfach keine Zeit, mich hinzufahren. Als er also draußen mit dem Heu zugange war, kam mir der verrückte Einfall. Ich sprang in diesen alten Saab und fuhr selber zum Unterricht. Ich war damals gerade mal zehn und mußte durch die Speichen des Lenkrads gucken, um überhaupt etwas zu sehen. Meine Klavierlehrerin hatte mich nicht kommen gesehen, und ich absolvierte ganz normal meine Stunde. Aber als sie mich dann wegfahren sah, kriegte sich die Dame nicht mehr ein, rief die Cops und meinen Dad an…« Sie lachte bei der Erinnerung an diese Episode. »Er hat mich seitdem immer zum Unterricht gebracht.«

»Zehn?« fragte er.

»Glatte. Ich kann auch Traktor fahren. Und einen Gabelstapler.«

»Wenn du auch noch Rohre legen und schweißen kannst, sollte ich mir wirklich überlegen, ob ich dich nicht heirate«, erklärte er.

Sie schmusten noch ein bißchen, bis es ihm mit ihr auf dem Schoß etwas unbequem wurde und er vorschlug: »Wir sollten jetzt damit aufhören… oder rübergehen.«

»Besser aufhören«, fand Anna, sprang von seinem Schoß, und Harper blieb ein bißchen zerzaust und unglücklich sitzen. Sie lachte und stellte fest: »Du machst einen etwas gequälten Eindruck.«

»Ein wenig«, sagte er, und wieder schienen seine Augen einen Anflug von Belustigung zu verraten.

Sie ging zur Treppe. »Und kein Rütteln an der Tür, hörst du?«

»Okay«, versprach er und blickte ihr nach. Sie war schon auf der Treppe, als er hinter ihr her rief: »Du hast nicht etwa an diesen anderen Burschen gedacht, oder? Diesen Clark mit dem Hintertürchen, das er sich offenläßt?«

»Nein… nein, das habe ich nicht. Er ist auch nicht so einer«, sagte sie. Wirklich war ihr der Name ›Clark‹ die ganze Zeit gar nicht in den Sinn gekommen.

Doch in der Nacht tat er es.

Auf Harpers Schoß war sie aufgeblüht – nein, nicht zu einer läufigen Hündin, aber es hatte ihr doch sehr gefallen –, und im Schlaf erlebte sie jetzt noch einmal eine Nacht mit Clark bei Pizza, Wein und ein bißchen Gras. Und Clark sprach mit ihr, berührte sie, erweckte ihre Lust…

Sie rollte und wälzte sich im Bett, wurde ein halbes dutzendmal wach und lauschte: Doch niemand drehte an ihrem Türknopf.

14

Am nächsten Morgen standen sie sich in der Küche im Weg, redeten nicht viel miteinander, stießen aber hier und da zusammen, aßen Toast, sahen hinaus in den blauen Morgenhimmel und bereiteten sich auf den Tag vor.

Dann rief Wyatt an und verlangte Harper. Anna gab ihm den Hörer, Harper hörte eine Weile zu und sagte dann ruhig: »Danke, Mann…, halten Sie mich auf dem laufenden.«

»Was ist?« fragte Anna.

»Die Malibu-Cops sind nach der Schießerei zum Haus von Tony und Ronnie gefahren, und die Frau dort – hast du sie eigentlich gehört, als sie bei meinem Auftauchen losschrie? – ist nach hinten gelaufen und hat einen Beutel Dope den Abhang hinuntergeworfen.« Er nahm seinen Golfschläger und wirbelte ihn wie einen Schlagstock.

»Den Hang hinunter? In die Richtung, wo du abgehauen bist?«

»Genau. Sie wollte das Zeug scheinbar loswerden, weil sie dachte, sie würden gefilzt werden. Aber ein Cop, der von nebenan herüberkam, beobachtete sie dabei und hat den Beutel gefunden. Sie haben von da oben fünf Pfund Methredin mitgenommen, sich einen Durchsuchungsbefehl besorgt und ein halbes Pfund Kokain in einem Schlafzimmer entdeckt, außerdem Belege von Lagerhäusern, wo man Ware zwischenlagern kann.«

»Das reicht ja dann wohl für die große Schlagzeile«, sagte Anna.

»Noch nicht ganz... Heute morgen haben sie die Lager durchgestöbert und eine Menge interessanter Chemikalien gefunden. Es gibt da irgendwo eine Fabrik – sie suchen in den Unterlagen noch die Adresse.«

»Und sie haben alle festgenommen?«

»Alle bis auf Tony. Es stellte sich nämlich heraus, daß der dort gar nicht wohnt – er haust weiter den Berg hinauf –, und deswegen mußten sie ihn laufen lassen.« Besonders zufrieden schien Harper nicht.

»Was bedeutet das für uns? Fragen sie sie auch nach deinem Jungen?«

»Das gehört mit dazu«, entgegnete Harper mit grimmigem Gesicht. »Sie müssen mir einen Gefallen tun, denn sie schulden mir jetzt etwas.«

Creeks Zustand schien sich nicht besonders verändert zu haben, obwohl sein Arzt sagte, er sei auf dem Weg der Besserung. »Er ist wach gewesen und hat nach Ihnen gefragt«, berichtete er. »Er hat sich mehr Sorgen um Sie gemacht als um sich selbst.«

»Es geht ihm also gut«, vergewisserte sich Anna.

»Nein. Es steht immer noch auf der Kippe. Die Gefahr einer Thrombose ist noch nicht auszuschließen bei den Lungen-Verletzungen... Aber es geht aufwärts. Und seine Freundin hier ist ihm eine gewaltige moralische Stütze.« Glass saß an Creeks Bett und las einen Kriminalroman.

Alle paar Minuten schaute sie nach, ob er wach geworden war.

»Ich hätte hier bleiben müssen«, warf sich Anna vor. Ein bißchen zwickte sie schon der Neid. Pam Glass und nicht sie war bei ihm gewesen. Dabei war eigentlich Anna immer diejenige, auf die man sich verlassen konnte. Aber diesmal war das nicht der Fall gewesen: Sie war statt dessen in Malibu herumgesaust und hatte sich zur Zielscheibe gemacht, und sie hatte mit einem Kerl geknutscht, den Creek nicht leiden konnte...

»... und die Blutwerte sehen gut aus«, fuhr der Arzt fort. »In einer Woche könnte er wieder auf den Beinen sein, und niemand käme darauf, daß mal auf ihn geschossen wurde.«

Momentan jedoch sah Creeks Gesicht immer noch aus wie aus Pergament. Anna graute es, und sie wandte sich ab.

Sie verließen gerade das Krankenhaus, als Annas Handy läutete. Sie zog es aus der Jackentasche und meldete sich. »Ja?«

»Ich möchte Harper sprechen.« Eine männliche Stimme, die sie nicht kannte.

Sie sah Harper an und sagte: »Für dich, Jake.«

Harper nahm das Handy und fragte: »Ja?«

Er lauschte einen Augenblick und gab Anna dann das Handy zurück. »Ich weiß nicht, wie man abschaltet.«

»Was ist los?«

»Ich setze dich am besten ab.«

Anna schaute Harper an und begegnete seinem Blick. Langsam fing sie an, ihn zu verstehen, wie das auch bei Creek der Fall gewesen war. »Etwas ist passiert«, bemerkte sie. »Ich komme mit.«

»Anna...«

»Kein Wort. Ich habe dir gestern abend deinen Hintern

gerettet, als du ganz schön in der Klemme saßt. Du kannst dich jetzt revanchieren.«

»Das hier ist etwas anderes.«

»Ich komme mit«, entschied sie.

Harper raste in Richtung Innenstadt, drängelte sich durch den Verkehr, ließ sich von Gelb nicht stoppen, ignorierte die drohenden Zeigefinger wütender Fahrer, wollte nur weiter. »Gib mir das Telefon«, bat er und blieb vor dem Parker Center im Halteverbot stehen. Sie reichte es ihm, er tippte eine Nummer ein, lauschte eine Weile und sagte: »Wir sind da.« Dann: »Okay.«

Er gab Anna das Telefon zurück und befahl: »Warte hier. Wenn ein Cop kommt und sagt, du sollst weiterfahren, erzählst du ihm, daß dein Freund ein Cop sei und gerade drinnen mit Lieutenant Austen reden würde.«

Sie nickte und entgegnete: »Okay.« Er sprang aus dem Wagen und eilte davon. Nach fünf Minuten war er wieder da, sprang ans Steuer, wendete und fuhr nun in nördlicher Richtung.

»Wohin geht's jetzt?«

»Nach Malibu«, antwortete er.

»Warum?«

»Jemanden treffen.«

»Jake, verdammt und zugenäht...«

»Hör mal, ich weiß selber nicht, was läuft.«

Ronnies Haus – oder Tonys und Ronnies, wie auch immer – sah hinter seinem Gittertor verlassen aus. Die steinernen Pfeiler waren mit gelben Absperrbändern geschmückt, an denen ein Schild ›Unbefugten Zutritt verboten‹ hing.

Harper bog in die Auffahrt ein, stieg aus und schob einen Schlüssel in ein Schloß seitlich am Gitter, das daraufhin leise aufrollte. Harper stieg in den Wagen zurück, fuhr vor bis zur Garage und hielt an. Er ging zum Wagenheck, drückte auf einen Knopf am Funkgeber seines Schlüssels, und der Kofferraum öffnete sich. Er holte eine kleine braune Einkaufstüte heraus, die oben zusammengerollt war und aussah wie ein Lunchpaket für Kinder.

»Los geht's«, meinte er. Anna wollte auf das Haus zu, doch er sagte: »Da entlang – wir parken hier nur.«

Er schritt am Haus vorbei und stieg bergauf.

»Wohin gehen wir?«

»Das nächst höhergelegene Haus gehört Tony. Es existiert hier irgendwo zwischen den Bäumen und Büschen ein Fußweg.«

»Wissen deine Freunde denn, was du hier vorhast?« fragte Anna.

»Sie glauben es wenigstens«, erwiderte Harper. Er drehte sich um und sah auf sie hinab. »Weißt du, irgendwie wäre es mir lieber, wenn du nicht dabei sein würdest, aber... Ich brauche deine Hilfe nicht. Meine Freunde helfen mir aus der Ferne, weil sie wissen, daß ich nie darüber reden werde. Sollte mir dann allerdings hier die Scheiße um die Ohren fliegen und ich einen von ihnen brauchen, wird dafür keiner da sein.«

Sie zuckte mit den Schultern. »Aber ich bin es. Wenn der hier der Typ ist, der auf Creek geschossen hat und mir auf den Fersen war...«

»Wahrscheinlich ist er das ja gar nicht«, meinte Harper und ging weiter. Er zeigte nach vorn. »Da ist eine Öffnung im Gebüsch, das ist der Weg... Er ist nicht unser Mann, aber ich glaube, er kennt ihn.«

Er marschierte ein paar Schritte weiter und blieb wieder stehen. »Was immer hier passiert, halt dich an zweierlei: erstens nicht durchdrehen, sondern mit der Kanone in der

Hand stehenbleiben, und zweitens alles im Auge behalten und keinen Laut von dir geben, egal, was passiert. Hörst du? Egal, was passiert. Wenn wir jemanden antreffen, spielst du ganz die harte Methedrin-Schluckerin und hältst den Mund.«

Sie zwängten sich durch eine Hecke und kletterten aufwärts. Harper hielt noch die Tüte in der Hand. Schließlich standen sie am Fuß eines Grashangs mit einem Patio mit Pool am oberen Ende. Das Haus, ein moderner weißer Betonbau im mediterranen Stil, thronte über dem Patio. Ohne zu zögern, kletterte Harper direkt den Hang hinauf. Anna bemühte sich, Anschluß zu halten. Er durchquerte den Patio, zog einen neuen Schlüssel aus der Tasche und schob ihn ins Schloß der Hintertür.

»Alarmanlage ist ausgeschaltet«, meldete er, während er den Schlüssel herumdrehte. »Keine Hunde.«

»Weißt du das von deinen Freunden?«

»Ja. Nichts anrühren.« Er steckte den Kopf durch die Tür und rief laut: »Hallo? Jemand daheim? Jemand im Haus?« Keine Antwort. Er stiefelte ein paar Stufen hoch in einen rot gekachelten Naßraum. »Hallo? Jemand da?«

Man spürte förmlich die Leere im Haus. »Alles in Ordnung«, sagte er. Er rollte die Tüte auf, zog ein Paar gelbe Haushaltshandschuhe heraus und reichte sie ihr. »Zieh die an.« Sie nahm sie, und er fingerte für sich selbst ein zweites Paar heraus, schob die Tüte unter den Arm und zog die Handschuhe an. Dann bewegte er die Finger. »Paßt«, murmelte er, öffnete die Tüte noch einmal, holte ein braunes Stoffbündel heraus, schüttelte es, bis man die beiden dunklen Nylonstrümpfe erkannte, und erläuterte: »Für den Kopf.« Seinen Strumpf stülpte er wie eine Mütze auf, um sie mit einem Griff über das Gesicht ziehen zu können.

Dann langte er ein letztesmal in die Tüte, kramte eine Waffe hervor, einen schwarzen Revolver.

»Jake?«

»Ja. Jetzt haben wir beide einen.« Sie spürte das Gewicht ihrer Waffe in der Tasche. »Wir haben es hier nun mal mit üblen Zeitgenossen zu tun... Komm.«

»Was machen wir jetzt?«

»Uns im Haus umsehen. Wahrscheinlich kommt nicht viel heraus dabei, aber man weiß ja nie.«

Das Haus hätte durchaus Eleganz ausstrahlen können in seinem neu-kalifornischen Stil, aber es tat es nicht. Die Möbel wirkten, als wären sie geliehen, und dazu paßten auch die pseudo-modernen Grafiken an den Wänden. Die blaßgrünen Spannteppiche hatten Flecken, und die Holzfensterrahmen auf einer Seite wirkten roh und verwittert, so als hätten die Fenster wochenlang aufgestanden und es hereingeregnet. Die Vorhänge stanken nach Tabak – Zigarrentabak, vermutete Anna. Der Keller stand leer. Nur oben an der Kellertreppe waren Kartons für Haushaltsgeräte aufgestapelt – für Fernsehapparate, Stereoanlagen, Computer, Kopiermaschinen, Satellitenschüsseln, Videorecorder und ein Keybord. »Zieh den Kram bis zur ersten Stufe und schmeiß ihn dann runter«, forderte Harper sie auf, als er das Durcheinander sah.

Im großen Schlafzimmer stand ein Rundbett mit einem ebenso abgerundeten Kopfende und mit den üblichen Kunstseidebezügen. Gegenüber befand sich ein TV-Projektionsschirm. Daneben war ein Regal mit Porno-Videos, einigen Western und Musik-Videos aufgebaut. In den Wäscheschubladen waren wohl zweihundert Jockey-Garnituren untergebracht, sonst fast nichts. In einem Schrank hing ein Dutzend Anzüge, und neben ihnen lag ein Stapel blauer Schachteln mit Hemden aus der Reinigung und noch mehr

Unterwäsche. Die vier weiteren Schlafzimmer schienen auch benutzt worden zu sein – die Betten waren ungemacht –, doch weder die Zimmer noch die dazugehörigen Bäder wiesen irgendwelche persönlichen Sachen auf, schon gar keine weiblichen. Es gab nur die Grundausstattung: Rasierzeug, Seife und Handtücher.

Sie stießen auf nichts, was besonders interessant gewesen wäre. Nichts Schriftliches. Das Haus war auf geradezu unheimliche Weise bar jeder Art von Registrierbarem. »Er macht seine Geschäfte nicht von hier aus«, stellte Harper fest.

»Ich glaube nicht einmal, daß er hier richtig wohnt«, pflichtete Anna ihm bei. »Er muß noch anderswo residieren – das hier wirkt wie ein Motelzimmer. Hast du bemerkt, daß sein Rasierzeug im Bad noch gar nicht ausgepackt ist?«

»Ja…« Er sah auf die Uhr. »Laß uns abhauen.«

»Sind wir durch?«

»Noch nicht ganz.«

Er ging die Treppe voraus nach unten, sah sich noch einmal um und zog Anna dann in ein Büro mit Bücherwänden. Alle Bände waren noch eingeschweißt oder im Schuber. Soweit man sehen konnte, war noch keines jemals aufgeschlagen worden. Harper zog ein Buch nach dem anderen aus den Regalen und ließ sie dann zu Boden fallen. Er tat es in aller Ruhe, fast wie in Zeitlupe.

»Jake?« wollte Anna wissen. »Was machen wir denn hier?«

»Warten«, antwortete er. »Tony muß jede Minute hier eintreffen.«

»Wie bitte?« Sie drehte sich um und schaute aus dem Bibliothekszimmer. Die Haustür war nicht zu sehen, aber sie befand sich gleich hinter der Ecke.

»Wir hören das Auto kommen«, sagte Harper. »Er fährt

es entweder in die Garage und geht durch die Küche, oder er stellt es in der Auffahrt ab und kommt vorn durch die Haustür.«

Anna war irritiert. »Und weiter? Stürzen wir uns dann auf ihn?«

»Mehr oder weniger«, entgegnete Harper. Er ließ noch ein paar Bücher auf den Boden fallen. Das eine war ein Imitat, und als der Deckel aufklappte, sah man den mit Geld vollgepackten Hohlraum. Harper blickte Anna einen Augenblick prüfend an und bemerkte dann: »Deswegen sind wir hier.«

Sie dachte zunächst, sie könnte es ihm ausreden. »Jake, das geht nicht – zuviel kann dabei schiefgehen. Jemand könnte verletzt werden, sogar schwer.«

Aber er ließ sich nicht umstimmen. »So etwas wie das hier habe ich schon hunderte Male gemacht. Tony dürfte sich jetzt genug in die Enge getrieben fühlen, daß er...« Und dann spürten sie, noch bevor sie es hörten, daß draußen jemand ankam. »Ruhig jetzt... Bleib du hier.«

Er ließ sich auf Hände und Knie nieder und robbte in den Vorraum. Sie lugte um die Ecke und verfolgte, wie er aufstand und durch einen Spalt in der Gardine spähte.

Nach fünf Sekunden war er wieder bei ihr. »Mist. Er kommt in Begleitung mit einem anderen Kerl. Bleib neben mir, Anna.«

»Ach, Gott...« Sie steckte mit in der Falle. Eine dumme Idee, daß sie so weit gegangen war, und nun war es zu spät, noch auszusteigen. Also duckte und spannte sie sich. Harper zog den Strumpf über das Gesicht und gestikulierte mit der Hand. Daraufhin zog sie ihren Strumpf auch herunter, Harper holte den Revolver aus der Tasche. Und dann warteten sie.

Tony kam durch die Haustür herein und schimpfte laut: »Erzähl mir bloß nicht so einen Scheiß, bloß nicht, du kannst es verdammt besser...« Er war klein und hatte einen Bauch, Ende dreißig, grauer Anzug, blaues Seidenhemd, gestreifte Krawatte. Der Mann in seiner Begleitung war dünn und groß, braungebrannt, mit Schnurrbart, und einer schwarzen Lederaktentasche in der Hand. Er wirkte durchtrainiert wie ein aktiver Tennisspieler. Als Harper mit der Maske vor dem Gesicht und dem Revolver in der Hand aus dem Büro trat, brach Tony mitten im Satz ab und fuhr mit etwas verspäteter Reaktion herum.

»Wenn einer von euch auch nur die kleinste Bewegung macht, ballere ich ihm ein verdammtes Loch in den Bauch«, knurrte Harper. Er hielt den Revolver in beiden Händen und zielte auf Tonys Brust. »Legt euch auf den Boden, Rücken nach unten, Köpfe zueinander. Schädeldecke gegen Schädeldecke, Arme ausgestreckt, so daß sie sich kreuzen.«

»Was zum Teufel...«

»RUNTER AUF DEN VERDAMMTEN BODEN«, schrie Harper und fuchtelte jetzt mit dem Revolver. Anna bemerkte den Strumpf zwischen seinen Zähnen. Wenn er richtig loslegte, konnte er schrecklich sein. Und er wirkte nicht nur schrecklich, sondern auch irgendwie verrückt. »LEGT EUCH HIN, IHR MOTHERFUCKER, ODER ICH WERDE EUCH...« Der Speichel im Mund und die Wut brachten ihn zum Kochen, er verbiß sich in dem Nylon, und plözzlich kamen seine Zähne zum Vorschein. Er sprang drei Schritte auf Tony zu, stieß ihm den Lauf gegen die Stirn, so daß dieser kreischte: »Nein, nein...« Beide Männer gingen mit weichen Knien zu Boden, legten sich auf den Rücken und streckten die Arme nach vorn über die Köpfe.

Harpers Revolver klebte immer noch an Tonys Kopf.

Mit der anderen Hand zog er ein Paar Handschellen aus der Tasche und ließ sie auf Tonys Gesicht fallen. »Leg sie an. Ich will sie einschnappen hören.« Tony legte sie an. Der große Mann war der nächste. »Zieh sie durch Tonys Handschellen und laß sie dann zuschnappen.«

»Ich bin nur sein Anwalt...«

»Ja, ja, ja... du verdammter Abschaum... Scheiß-Anwälte... Du bleibst da schön liegen, Bürschchen...« Den Wortschatz hatte er offenbar von Tarpatkin übernommen, nur daß er die Worte so erregt und scharf hervorstieß, als befände er sich in einem Drogenrausch. Harper ging zur Tür und schob, nein, schlug sie zu. Dann beugte er sich über die Männer, tastete sie ab, entdeckte ein Handy in Tonys Tasche und warf es zur Seite. »Ein Dealer bearbeitet für dich das Westwood-Gebiet«, hielt er Tony vor. »Letzte Woche hat er im Shamrock Hotel Wizards verkauft...«

Er machte es perfekt, mußte Anna zugeben, wie ein gelernter Straßenschläger. Vielleicht sogar zu perfekt. Er trat auf die Seite und setzte dem Anwalt einen Fuß auf die Brust.

»... Damit du klarsiehst: Ich erschieße deinen Anwalt hier, einfach so. Nur um dir zu demonstrieren, daß ich es wirklich ernst meine. Ich puste ihm sein verdammtes Gehirn heraus, und dann hängst du an einem toten Mann fest. Erklär das dann später den Cops, wie immer du magst, DU GOTTVERDAMMTE KRÖTE...« Er brüllte es heraus, und der Anwalt flehte: »Nein, nein, nein.« Er wollte hoch, schaffte es aber nicht, weil er mit den Händen an Tonys Handschellen hing und sein ganzes Gewicht mit hochziehen mußte.

Dann trat Harper, den Anwalt im Auge, weit genug zurück, so daß Tony ihn nicht sehen konnte, blickte den Anwalt bedeutsam an, legte einen Finger auf die Lippen, richtete die Waffe auf einen Punkt am Boden neben dem Kopf des Anwalts und schoß einmal.

Den Anwalt riß es herum, er zuckte unter dem Knall zusammen und verstand sofort: Er brach zusammen und gab keinen Ton mehr von sich.

»GLAUBST DU MIR JETZT?« schrie Harper.

»Du bringst mich so oder so um«, brüllte Tony zurück. »Du kannst mich also mal.«

»Aber erst ziehe ich dir deine verdammte Haut mit einem Kartoffelschäler ab, den ich in deiner Küche gesehen habe«, drohte Harper. Tony wand sich, und Harper trat ihm gegen die Brust. »Stan«, brüllte Tony, »gottverdammt, Stan, bist du tot?« Harper trat ihn wieder. Anna, die nicht in Tonys Blickfeld war, wedelte mit der Hand, um Harper zurückzuhalten. Aber der ignorierte es einfach. Er richtete die Waffe wieder auf Tonys Kopf und donnerte los: »IN ORDNUNG, MOTHERFUCKER, ICH HABE NICHT DIE GEDULD, DICH BEI LEBENDIGEM LEIB ZU ENTHÄUTEN, ALSO BRINGE ICH DICH JETZT GLEICH UM. GOOD BYE, DU MIESES SCHWEIN…«

Tony riß und zappelte, aber Stan war zu schwer, und Harper zielte: »John Maran«, schrie Tony, »im Marshall Hotel am Pico, verdammt noch mal…«

Mit einem Schlag wurde Harpers Stimme sanft und um so bedrohlicher. »Du sagst mir besser die Wahrheit«, erklärte er. »Wenn nicht, komme ich nämlich nicht wieder.«

»Was heißt das?« Tony war sichtlich verwirrt.

»Steh auf, Anwalt.« Harper trat den Anwalt einmal in die Seite, der große Mann rollte herum und fing an zu schluchzen. »Du Arschloch«, wetterte Tony, »warum hast du nichts gesagt?«

Der Anwalt stand über ihn gebeugt. Die kurzen Ketten

der Handschellen zogen ihn herunter. Er brüllte zurück: »Du verdammter Scheißkerl: Sie wollten uns umbringen. Ich habe uns das Leben gerettet.«

»Red nicht so einen Mist...« Tony vesuchte aufzustehen, doch Harper stieß ihn zurück. »Bleib unten.« Und dem Anwalt befahl er: »Zieh ihn rüber zur Kellertreppe.«

Als der Anwalt das tat, fiel Anna das Handy am Boden auf. Sie nahm es und steckte es in die Tasche. Harper fesselte die beiden im Keller an eine eiserne Deckenstütze und zog die eine Handschelle wieder durch die andere. »Wie gesagt, wenn es im Marshall Hotel am Pico keinen John Maran gibt, komme ich nicht wieder.«

Der Anwalt verstand, Tony aber nicht. »Dann leck mich«, fluchte er.

»Tony...« begann der Anwalt.

»Und du mich auch, du verdammte Yale-Ratte...«

Der Anwalt holte tief Luft und sagte: »Schau mal, ich versuche doch nur, dir deinen kleinen fetten Hals zu retten, Tony.«

Tony starrte ihn verständnislos an. »Was meinst du damit?«

»Ich sagte, ich versuche doch nur, dir deinen kleinen fetten Hals zu retten, du blöder Hund. Was er damit nämlich sagen will, ist folgendes: Was geschieht hier wohl mit uns, wenn er nicht zurückkommt? Sollen wir uns gegenseitig die Arme abbeißen, wie die Ratten? Wir kriegen diese Handschellen nie geknackt, und auch das Rohr hier ist um einiges zu stark.«

Jetzt kapierte Tony endlich, blickte sich um, sah die kahlen Kellerwände und sagte dann zu Harper: »Hey, Mann...«

»Stimmt Maran?«

Er dachte einen Augenblick nach. »Nein. Frag nach Rik

Maran. Erkundigst du dich nach John Maran, dann... kommst du nicht an ihn ran.«

»Besser, es stimmt jetzt.«

Sie gingen, Anna voraus, die Treppe hinauf und zogen sich oben die Strümpfe von den Gesichtern. Als Harper an ihr vorbei zur Tür schritt, suchte sie festen Stand mit den Füßen, holte aus und hieb ihm die Faust so fest in den Solarplexus, wie sie nur konnte. Der Bauch gehörte nicht gerade zu Harpers Parade-Körperteilen. Er knickte nach vorn ein und trat unwillkürlich einen Schritt zurück. Mit aufgerissenen Augen japste er: »Mein Gott, Anna...«

»Du Schuft hast mir eine Höllenangst eingejagt«, zischte Anna und merkte gar nicht, daß sie nur flüsterte. »Ich wußte ja nicht, was du vorhattest. Du hättest es mir vorher sagen sollen.«

»Ich fürchtete, daß du dann nicht mit von der Partie gewesen wärst.«

»So ein Blödsinn – wann und wo habe ich denn mal nicht mitgemacht?«

»Wie dem auch sei, wir haben jedenfalls den Namen«, sagte er und versuchte, sich zu strecken. Er ging wieder los und mit ihr denselben Weg zurück durch den Patio und dann den Hang hinunter. Als sie in den Wagen stiegen, wich er ihrem Blick aus, wiederholte aber noch einmal: »Wir haben den Namen.«

»Ja, wir hatten sogar vier Namen. Wir sind ihnen die ganze Woche lang nachgegangen und haben nicht mehr in der Hand als einen Kettenbrief«, fauchte sie über das Wagendach zu ihm hinüber. »Herausbekommen haben wir gar nichts.«

Sie stiegen beide ein. Anna war noch immer wütend. Sie legte den Sicherheitsgurt an, ließ ihn einschnappen und preßte die Hände flach auf die Schenkel.

»Du hast ja einen ganz schön gemeinen Schlag drauf.«

»Nun mal nicht so gönnerhaft«, giftete sie zurück. »Und versuch jetzt bloß nicht das Ganze ins Witzige zu wenden. Sei einfach nur still.«

Sie fuhren los und den Berg hinab. Von unten schimmerte das Meer so grün und träge wie immer zu ihnen herauf, als wisse es nicht, dachte Anna, daß Creek dalag und Lungengewebe spuckte.

Sie hatten den halben Rückweg bereits hinter sich, als Harper das unangenehme Schweigen brach. »Wir sollten irgendwo in einem Telefonbuch nachsehen, wo dieses Hotel ist.«

Anna zog ihr Handy aus der Tasche und tippte auf die Kurzwahltaste für Louis. Der saß offensichtlich direkt neben dem Telefon und hatte den Hörer schon beim ersten Läuten in der Hand. Louis hatte Creek besucht. Er wolle nicht daran erinnert werden.

»Verständlich«, erwiderte Anna. »Hast du das Notebook griffbereit?«

»Ja. Wieso?«

»Ruf das Marshall Hotel auf und gib uns die Route durch. Wir sind auf dem PCH und kommen von Malibu. Und gib mir die Telefonnummer.«

»Eine Sekunde.« Es dauerte zwar länger als eine Sekunde, aber nach knapp einer Minute konnte Anna die Fahrtroute an Harper weitergeben. Dann grub sie noch einmal in ihrer Tasche und zog Tonys Handy heraus. »Wenn du mit diesem Rik Maran redest«, meinte sie zu Harper, »sag ihm, jemand bringe ihm etwas vorbei… Und daß du gerade am Gericht wärst und auf Tony wartest. Deswegen seist du überhaupt am Telefon, weil er noch drinnen ist. Quatsch genauso mit ihm wie mit Tony und dem Anwalt.«

»Was soll das?«

Sie wiederholte es noch einmal, während sie das Marshall Hotel mit ihrem eigenen Handy anwählte. Die Rezeption meldete sich, und Anna sagte: »Bei Ihnen gibt es einen Gast namens Mr. Rik Maran. Ich würde ihn gern sprechen.«

»Einen Augenblick…«

Zehn Sekunden später hatte sie Maran in der Leitung, ein trockener harter Akzent, als habe er seine Kindheit in Oklahoma verbracht, allerdings vor längerer Zeit schon. »Hier ist Rik…«

»Rufen Sie mal gleich Tony an, auf seinem Handy«, sagte Anna und schaltete ab.

Kurz darauf läutete Tonys Handy, und Harper ging ran. »Er ist im Moment nicht zu sprechen… Wer sind Sie? Okay. Wir sind am Gericht und haben ein ziemliches Problem, aber das kann ich Ihnen aus Zeitgründen jetzt nicht schildern. Es kommt jemand bei Ihnen vorbei und bringt Ihnen etwas… Nein, kann ich Ihnen nicht sagen, das verdammte Ding hier ist ein Funkgerät, das man abhören kann, Mann.« Harper drückte ›Off‹ und wartete die Antwort nicht mehr ab.

»Ich weiß nicht, was ich jetzt tun soll«, gestand Anna. »Wenn ich meinen Verstand beisammen hätte, würde ich sofort aus der ganzen Sache aussteigen. Sie läuft verkehrt und in die falsche Richtung.«

»Eine andere Richtung haben wir aber nicht«, entgegnete Harper. »Nur die hier.« Einen Moment später lobte er: »Übrigens ziemlich schlau, diese Geschichte mit dem Telefon. Darauf muß einer erst mal kommen.«

Das Marshall Hotel gehörte zu den älteren Gebäuden am Pico. Es war ein dreistöckiger Kasten mit Backsteinfront und verputzten Seitenwänden und hatte Fenster, die wie Löcher in einer IBM-Stempelkarte aussahen. Im Erdgeschoß befanden sich ein kleines Restaurant, die Rezeption und nach hinten hinaus ein offener Hof mit Patio und Pool, in den man hochklettern mußte, und ein paar verstreuten Tischen und Stühlen.

Anna ging als Erste hinein. Sie hatte eine Sonnenbrille auf, sich einen Schal als Kopftuch umgebunden, ging durch den Hof und wählte einen freien Tisch, von dem aus sie die Rezeption beobachten konnte. Zu dem Kellner, der zu ihr trat, sagte sie: »Die Karte bitte. Und ein Glas Weißwein … einen guten.«

Eine Minute später kam Harper nach, mit einem Aktenkoffer in der Hand. Er blieb an der Rezeption stehen, wechselte ein paar Worte mit dem Angestellten hinter dem Counter, schüttelte den Kopf und kam heraus in den Patio. Er setzte sich auf einen Stuhl zwischen dem Pool und ein paar Palmen.

Wenige Augenblicke später kam Maran heraus, schaute sich um, entdeckte Harper und den Aktenkoffer und ging auf ihn zu. Anna musterte ihn und kramte in ihrem Gedächtnis. Maran hatte sandfarbenes oder blondes Haar. Genau konnte man das nicht sagen, weil er es viel zu kurz geschnitten trug. Er hatte ein knochiges Gesicht, den Körper eines Gespensts und bewegte sich müde, fast schleppend. Er sah aus wie eines dieser späten, harten Selbstporträts van Goghs, und es schoß ihr durch den Kopf: AIDS. Vielleicht. Aber in seinen Bewegungen steckte noch eine Gewandtheit, und er zitterte keineswegs, was wohl der Fall gewesen wäre, wenn der Tod nicht mehr weit war.

Eines war allerdings sicher. Der Typ war ihr noch nie über den Weg gelaufen. Sie nahm ihr Handy und wählte Tonys Nummer. Zehn Meter weiter läutete es. Harper meldete sich. »Ich kenne ihn nicht«, erklärte sie. »Ich habe ihn noch nie gesehen.«

»Okay. Bleib wo du bist. Wir sind gleich zurück.«

»Wo geht ihr hin?« wollte sie wissen. Es beunruhigte sie.

Aber er hatte bereits abgeschaltet. Wenige Augenblicke später gingen Maran und Harper von der anderen Seite des Patio zurück zum Hotel.

Sie hatte nur ein paar Sekunden Zeit, darüber nachzudenken, doch etwas an Harpers Bewegungen ließ sie aufspringen. Ohne sich weiter aufzuhalten, legte sie einen Zwanziger auf den Tisch, damit ihr der Kellner nicht nachrannte, und ging hinter den beiden her. Sie betraten einen Fahrstuhl und Anna blieb, nachdem die Tür zugegangen war, davor stehen und sah auf die Anzeige. Auf Zwei blieb sie stehen...

Sie ging um die Ecke und auf einen Geschenkladen zu, schwenkte ins Treppenhaus ein und sprintete los. Nach zehn Sekunden war sie an der Tür zum zweiten Stock, schob sich behutsam durch, lauschte... und hörte weiter hinten im Flur eine Tür zufallen.

Aber wo genau? Die Türen im Flur sahen alle gleich aus, die Fußbodenläufer waren unerwartet dick und schallschluckend. Langsam schritt sie durch den Gang und lauschte, zog ein Notizbuch und einen Stift aus der Handtasche. Falls jemand käme, könnte sie stehenbleiben und so tun, als müsse sie sich etwas notieren. Doch im Flur war niemand, und es gab nichts als Stille.

Und dann ein Schlag.

Eigentlich nichts Lautes, eher so ein Gefühl. Dann ein gedämpfter Ton, gequält, und wieder ein Schlag. Irgendwo weiter vorn... Jetzt lief sie eilig weiter, aber so leise wie möglich, lauschte. Von woher kam das...

Sie schlich an einer Tür vorbei. Vielleicht dahinter? Lauschte. Wieder ein Schlag. Ein Stöhnen. Nein. Weiter vorn, das nächste Zimmer.

Noch ein Schlag, ein Keuchen wie von einem verwundeten Tier. Auf der anderen Seite. Noch einmal. Sie preßte das Ohr an die Tür. Und den nächsten Schlag spürte sie jetzt förmlich. Da drinnen war es.

Sie drehte am Türknopf. Zu. Schlug mit der Faust gegen die Tür. »Jake! Jake! Jaaake!« Ihre Stimme wurde immer lauter. Wenn nötig, hätte sie geschrien.

Unter ihrer Hand drehte sich der Knopf, und vor ihr stand Jake und sah sie mit wildem und gleichzeitig verschwommenem Blick an. In der Hand hielt er so etwas wie ein Stuhlbein. An der anderen hatte er Blut, und auch sein Polohemd war voller Blutflecken.

»Ah...« entfuhr es ihr unwillkürlich. Sie legte ihm eine Hand auf die Brust, schob ihn ins Zimmer zurück und kam hinterher.

Maran lag am Boden mit dem Gesicht nach oben und blutete aus der Nase. Er war kaum noch bei Bewußtsein. Am Oberkörper hatte er nirgends Blut, aber seine Beine sahen schlimm aus. Verdreht wie bei einem spastisch Gelähmten...

Anna schloß die Tür hinter sich und fragte: »Was hast du getan?«

»Ihn zusammengeschlagen«, berichtete Harper. Er schien verwirrt, so als wüßte er nicht genau, wo er war.

»Wird er sterben?« Sie schaute zum Telefon.

»Nein. Ich habe ihm nur...« Er drehte sich weg, und sie faßte seinen Arm und kniff hinein.

»Was, Jake?«

»... die Beine gebrochen«, fuhr er fort. Er sah auf das Stuhlbein in seiner Hand. »Ziemlich heftig.«

»Dann laß uns jetzt gehen«, forderte ihn Anna auf. Maran versuchte herumzurollen, aber er hatte keine Kraft mehr in Hüfte und Beinen. Es war nur noch ein schwaches, vergebliches Zucken. Also versuchte er, sich auf die Arme zu stemmen, und stöhnte dabei auf.

»Ruf einen Krankenwagen«, befahl Harper.

»Das können wir auch von draußen«, wandte sie ein und schob Harper zur Tür, der das Stuhlbein fallen ließ. »Mein Gott, warte einen Augenblick«, sagte Anna, ging mit dem Stuhlbein ins Badezimmer und wischte es sorgfältig mit einem Handtuch ab. Danach legte sie es in die Badewanne und ließ heißes Wasser darüberlaufen.

»So«, erklärte sie.

Harper folgte ihr benommen auf den Flur und über die Treppe nach unten, am Geschenkladen vorbei und zu den Telefonzellen. Dort hielt sie an, wählte die 911 und berichtete: »Im Marshall Hotel am Pico, Zimmer 333, liegt ein schwerverletzter Mann. Wirklich schwer verletzt. Schicken Sie schnell eine Ambulanz.«

Wieder auf der Straße fragte sie ihn mit einem galligen Geschmack im Mund: »Ist das der Kerl?« Sie sah zu ihm hoch. Sein Blick wurde etwas klarer. Dann sah sie die Blutflecken auf seinem Hemd.

»Er hat den Stoff an Jacob und seine Freunde verkauft. Er kannte Jacob nicht, hat aber den ganzen Verein genau beschrieben.«

»Und Jason?«

»Von ihm hatte er keine Ahnung.«

»Vielleicht hat er gelogen«, meinte Anna.

»Himmel, nein. Er hat damit geprahlt. Ich fragte ihn, ob er den Jungen gesehen habe, der vom Shamrock heruntergesegelt sei, und er lachte nur darüber, als wir im Fahrstuhl waren. Weißt du, was er sagte? Er verkauft an die jungen Leute, ›weil das mein Markt ist‹. Genauso hat er sich ausgedrückt, wie der Manager einer Spielwarenfabrik.«

»Mein Gott.«

»›Das ist mein Markt.‹ Herrgott noch mal. Das sagte er in seinem Zimmer – und da habe ich ihm ins Gesicht geschlagen. Er lächelte noch, als er zu Boden ging.«

»Jake…«

»Ich glaube, ich hätte diese miserable kleine Ratte erwürgen sollen«, sagte Harper bitter, während sie zum Auto gingen. Er sah noch einmal über die Straße zurück.

»Ich wünschte, ich hätte ihn getötet.«

»Warum wolltest du dann den Krankenwagen?«

Er blickte sie an und schüttelte den Kopf. »Weil ich eine totale Niete bin.«

15

Harper stand da und zitterte immer noch am ganzen Leib. »Fahr du«, meinte er und warf ihr die Schlüssel zu. »Ich fühle mich nicht besonders gut.«

»In Ordnung.« Sie schloß auf, stieg ein und rückte den Sitz zurecht. Als sie losfuhr, hörte sie die Sirene. In L. A. hört man in der Ferne immer eine Sirene heulen, aber diese kam eindeutig näher. Anna fädelte in den Verkehr ein und sah ein paar Blocks weiter hinten auf dem Pico das Blaulicht in Richtung Hotel flackern.

»Die Ambulanz«, bemerkte Anna und sah Harper an. »Falls dich das glücklicher macht.«

»Das tut es nicht.« Die nächsten fünf Minuten saßen sie im Wagen und schwiegen sich wütend an. Harper sah in die andere Richtung aus dem Seitenfenster. Sie nutzte die Zeit zum Nachdenken. Wie paßte das bloß zusammen, hier Harpers Sohn, ein Highschool-Absolvent aus den südöstlichen Vororten, und dort Jason, ein in den Straßen Hollywoods aufgewachsener Junge, der die UCLA besuchte?

Wo war da der Zusammenhang? Es mußte Zufall sein, so oder so, wenn auch ein unglaublicher…

Da ging ihr plötzlich ein Licht auf.

»Ich habe es dir wirklich nicht leicht gemacht, was diese Verbindung zwischen deinem Sohn und Jason angeht«, sagte sie. Harper schaute sie an. Er war mit seinen Gedanken noch woanders und zeigte nur wenig Interesse. »Ich konnte mir einfach nicht vorstellen, daß es da überhaupt einen Zusammenhang gab. Deshalb habe ich das Nachdenken darüber am Ende dir überlassen. Ich mußte über zu viele andere Dinge grübeln.«

»Es muß eine Verbindung geben«, beharrte er. »Der Papierstreifen war abgerissen und paßte – ich habe die beiden Streifen mit eigenen Augen gesehen und aneinandergehalten.«

»Es *gibt* auch eine Verbindung«, eröffnete sie ihm. »Wir hatten sie sogar direkt vor der Nase.«

»So?« Jetzt sah er sie direkt an.

»Als dein Sohn heruntersprang, war Jason ganz in der Nähe, fast direkt unter ihm. Ich habe es nicht beobachten können, weil ich mich in dem Hotel aufhielt. Aber Jason war ganz nah dran. Nur ein paar Meter weg. Er war mit uns unterwegs, schon vor der Sache mit deinem Sohn, und er wollte eigentlich die ganze Nacht mit uns die Runde machen. Doch gleich nachdem Jacob hinuntergesprungen war, konnte sich Jason gar nicht schnell genug von uns trennen. Als wäre in den wenigen Minuten etwas Besonderes mit ihm passiert. Als wäre er an Drogen gekommen.«

Harper überlegte mit geschlossenen Augen und erklärte dann: »Verdammt. Wir müssen uns das Band ansehen.«

»Du hast es doch schon gesehen.«

»Ein halbes Dutzend Mal, bevor Ellen dann anrief und meinte, es sei Jacob. Sie haben den Film überall im Fernsehen gebracht, aber ich wußte nicht, wen sie da zeigten, sah nur igendeinen Typ aus einem Gebäude springen.«

»Es tut mir leid«, bekundete Anna und war sich bewußt, wie hohl diese Gefühlsbeteuerung klang. *Es war schließlich ihr Werk gewesen.* »Hör mal, ich werde Louis anrufen. Ich habe mir das ungeschnittene Band noch gar nicht richtig angeschaut, weil ich ganz mit dem Verkaufen des Films beschäftigt war, während Louis ihn zusammengeschnitten hat. Die Endfassung habe ich dann zwar gesehen, aber da ist mir nichts Ungewöhnliches aufgefallen.«

»Gut. Und wo wohnt Louis?«

Sie fuhr langsamer und sah ihn scharf an. »Du bist sicher, daß du dieses ganze Zeug noch einmal sehen willst?«

»Ich muß.«

»Wenn da etwas von Bedeutung auf dem Videoband ist... Ich meine, es wird kein *wirklicher* Zusammenhang herauskommen. Mein Problem wird in keiner Verbindung zu deiner Sache stehen. Oder zu dir.«

Er lächelte, wenn auch nur schwach, beugte sich ein wenig hinüber und tätschelte einmal kurz ihr Bein: »*Wir* haben jetzt eine Verbindung. Was immer wir auch auf dem Band finden. So leicht entkommst du mir nicht.«

Louis' Apartment war ein einziger Alptraum – oder vielleicht auch nur der Inbegriff von einem chaotischen Single: ein Gewirr von Pizza-Schachteln, leeren Frito-Tüten, ein dicker blauer Plastik-Abfalleimer mit der Aufschrift ›Nur Aluminium‹ und dahinter ein Regalbrett, halbvoll mit Diet-Cola-Dosen. Im Wohnzimmer stand ein TV-Projektionsschirm, unter dem ein abgetrenntes Stromkabel wie ein Rattenschwanz hervorschaute. Die Längswand dominierte ein graues Industrieregal mit Stereo-, Computer- und Telefonausrüstung, anscheinend alles miteinander verkabelt.

Louis machte ihnen verblüfft mit ketchupverschmiertem T-Shirt und Turnhosen auf. Er sei die ganze Nacht aufgewesen, habe gearbeitet und sich gerade hingelegt, als Anna angerufen habe.

»Ich habe die Kassette herausgesucht«, sagte er und kickte sich durch das Gerümpel im Wohnzimmer. »Wollt ihr ein paar Fritos? Irgendwo sind welche. Außerdem habe ich Kaffee aufgesetzt.«

»Kaffee«, entschied Anna. »Ich wasche die Tassen ab.«

»Habe ich schon gemacht«, meldete er nicht sehr überzeugend. Einen Moment später war er mit dem Kaffee da, sah das vom Projektionsschirm abgeschnittene Kabel und schimpfte: »Mist, das habe ich ja ganz vergessen. Ich muß das Band über einen normalen Monitor abspielen.«

»Was ist denn mit dem Kabel passiert?« fragte Harper.

»Ich brauchte gestern abend einen Stecker«, meinte Louis. »Das ist kein großes Problem, man kann ihn leicht wieder anmontieren. Also, wenn ihr es lieber auf dem großen Schirm sehen wollt...«

»Der Monitor reicht völlig, ist vielleicht sogar besser«, unterbrach ihn Anna. Sie wandte sich an Harper. »Und du willst es dir auch ganz sicher ansehen?«

»Ganz sicher.«

Louis zog die Vorhänge zu, damit sie ein schärferes Bild bekamen, und spielte das Band ab. Zuerst kamen die letzten Minuten von dem Gerangel mit den Tierschützern und dem Mann, der von dem Schwein umgerissen wurde, dann ein paar Zwischenschnitte aus dem Wagen und plötzlich schwankende Bilder vom Lauf durch den Hotel-Patio. Anna sah sich kurz selbst zum Eingang rennen, dann wurde die Kamera justiert, schwenkte, ging hoch und erfaßte Jacob. Man konnte sein Gesicht und sein verwirrtes Lächeln sehen. Der Kopf des Jungen wackelte hin und her, während die Kamera ihn heranzoomte.

»Oh, mein Gott«, stöhnte Harper, drehte sich unwillkürlich weg und schloß die Augen.

»Geh doch raus«, empfahl ihm Anna.

»Auf keinen Fall.« Er drehte den Kopf wieder zum Bildschirm und starrte versteinert in Jacobs Gesicht, das von Jason immer näher herangezoomt wurde. Die Kamera blieb auf sein Gesicht fixiert, fuhr ein wenig zurück, um etwas Perspektive ins Bild zu bringen, ging dann wieder ganz nah heran und fing den Gesichtsausdruck ein. Professionell, dachte Anna. Sehr gut, perfekt.

In einem Moment sah Jacob aus, als würde er träumen. Im nächsten schien er verwirrt oder auch glücklich. Plötzlich streckte er die Arme aus, und Anna glaubte: »Jetzt geht es los.« Doch er lehnte sich wieder zurück, schien überrascht, eine Wand hinter sich zu spüren, und Anna platzte unwillkürlich heraus: »Nein, nein...«

Harper starrte auf den Schirm. Der Junge sagte etwas, vielleicht nach hinten ins Fenster, aus dem er geklettert war. Die Kamera zoomte zurück. Ja, er sagte etwas in Richtung Fenster, blickte zum Pool hinunter und dann wieder zum Fenster. Ein blasses Schuljungen-Gesicht erschien im Fensterrahmen, dann das von einem Mädchen, dann erneut der Junge, und Jacob tarierte wieder den Pool.

»Er glaubt, daß er den Sprung in den Pool schafft«, meinte Harper.

Die Kamera fuhr wieder auf sein Gesicht, und plötzlich schüttelte Jacob den Kopf, sagte etwas, und der erste Schatten von Angst huschte über sein Gesicht. Er drehte sich zum Fenster um, eine Hand faßte nach hinten und berührte die Wand. Er machte einen Schritt zurück in Richtung Fenster, mußte mit dem rechten Fuß an seinem linken vorbei. Doch da war kein Platz mehr, und auf einmal beugte er sich nach vorn ins Leere: Er fiel und versuchte im letzten Moment, sich abzustoßen und in den Pool zu springen…

Jason blieb nah dran, hatte das Gesicht und den Körper im Bild, ganz nah, die Füße fast direkt hinter dem Kopf…

»Stop!« rief Anna.

Louis hielt das Band an und sah sie an.

»Diese Sequenz noch einmal in Zeitlupe. Achtet auf seine rechte Hand.«

In der Zeitlupe sah es fast so aus, als würde Jacob in der Luft schwimmen. Und an einem Punkt schien sich aus seiner rechten Hand so etwas wie ein weißer, fast konturenloser Schatten zu lösen. Er blieb nur kurz im Bild, flog auf Jason zu und wohl über seinen Kopf hinweg.

»Das ist ein Stück Papier«, war sich Anna sicher.

»Man kann doch kaum etwas sehen«, wandte Harper mit bebender Stimme ein.

»Aber da war etwas«, beharrte Anna und sagte dann zu Louis: »Sehen wir uns mal Creeks Aufnahmen an.«

Creek hatte aus größerer Entfernung gefilmt und eine weitere Perspektive gewählt – aber das Papier war bei ihm deutlicher zu sehen. Es war nicht länger als eine Dollarnote und nur halb so breit, es flatterte und drehte sich in der Luft, bis es hinter Jasons Bein landete.

Man sah Jason, wie er mit seiner Kamera weitere fünf Sekunden den Körper einfing und noch näher an sich heranzoomte. Creek hatte darüber hinaus die ganze Szene mit Jason im Bild, wie er sich umdrehte, dabei fast ins Stolpern geriet, nach unten blickte, dann nach oben, sich schließlich bückte und etwas aufhob.

»Das wär's dann wohl«, meinte Harper. Er stand auf, drehte dem Monitor den Rücken zu und stellte fest: »Es gibt keine Verbindung – nichts. Wir haben ein Phantom gejagt. Gottverdammt, bin ich blöd. Gottverdammt.«

»Meine Güte«, stöhnte Louis. »Wir hätten es uns früher ansehen sollen…«

»Kein Zusammenhang. Ich wollte einfach nicht wahrhaben, daß es da gar keinen Zusammenhang geben konnte. Ich war überzeugt, daß Jacob in einer dickeren Sache drinsteckte und nicht einfach nur wegen schlechtem Dope vom Sims gesprungen ist…« Harper klang verbittert. »Er war *mein* Sohn. Wenn er schon sterben mußte, dann hatte es doch wenigstens ein *bedeutsamer* Tod zu sein. Und statt dessen ist es nur so ein… verdammtes beschissenes Leben wie das von allen anderen gewesen. Sinnlos, unwichtig, ohne Aussage. Er ist einfach nur tot.«

»Ach Gott, Jake.«

»Was kann ich denn jetzt noch tun? Ich wollte die Kerle umbringen, die damit zu tun hatten, und jetzt stellt sich heraus, daß keiner von ihnen wirklich wußte, was sie da taten. Und ich breche so einem Typ die Beine… Scheiß drauf«, befand er. »Fahren wir ins Krankenhaus und besuchen Creek.«

Creek wirkte benommen, war aber wach. Er lächelte schief und murmelte etwas.

»Es geht ihm bereits viel besser«, erzählte Glass, die nun schon fast bei ihm wohnte. Auf Anna wirkte er allerdings noch immer wie zusammengefallen. Anna und Pam saßen eine Weile zusammen an seinem Bett und sprachen zu Creek wie zu einem Kind. Harper saß dabei, die Ellbogen auf die Knie gestützt, und starrte vor sich auf den Boden. Anna war nicht sicher, wieviel Creek von dem verstand, was sie sagten. Sie machte sich um Harper und um Creek zugleich Gedanken. Als Letzterer wieder in Schlaf gefallen war, gingen sie.

Auf dem Weg hinaus bemerkte Harper: »Pam beeindruckt mich schon sehr. Sie sorgt sich wirklich um ihn. Wie lange kannte sie ihn denn schon? Ein paar Tage?«

»Creek wirkt nun einmal auf Frauen«, entgegnete Anna widerwillig. Eigentlich widerstrebte es ihr, aber sie fing an, Glass zu mögen, so spröde sie auch war.

»Und nun?« fragte Harper.

Anna zuckte mit den Schultern. »Nun ja… Ich weiß nicht.«

Er imitierte ihren Tonfall und sagte: »Hör mal, wir stecken jetzt zusammen unter einer Decke. Und so schnell wirst du mich nicht los.«

»Du hast wirklich keinerlei Verpflichtung…«

»Doch, genau die habe ich.«

»Nein, hast du nicht.«

»Hör mal, wenn du nicht weißt, warum ich in deiner Nähe bin, dann tickst du wohl nicht mehr richtig«, schnaubte er.

Sie dachte eine Weile darüber nach und erwiderte dann: »Gehen wir ins BJ's und dieser Sex-Geschichte nach. Aber das geht erst etwas später. Die machen jetzt noch nicht auf. Was wir bis dahin tun sollen, weiß ich nicht. Ich fühle mich irgendwie wie betäubt.«

»Geht mir auch so.«

»Das Videoband… Mein Gott, Jake, es tut mir so leid.«

»Ja… Sag mal, macht es dir wohl etwas aus…, mich mal irgendwohin zu fahren?«

»Wohin du willst«, antwortete sie.

»Ich möchte ein wenig den Golfschläger schwingen.«

»Wie bitte?«

Er blickte sie nicht an, nickte nur mit dem Kopf. »Ja. Genau das möchte ich jetzt.«

16

Anna fuhr ihn zu einem Driving Range östlich von Pasadena, einem Streifen Gras und Sand an einem Berghang. »Da kann man von echtem Rasen schlagen«, sagte Harper.

»Ist das wichtig?«

»Grundlegend«, entgegnete er.

Der Parkplatz lag oberhalb des Geländes. Von dort ging es ein paar Stufen hinunter zu dem kleinen Clubhaus. Der Besitzer war ein Freund Harpers aus der Highschool-Zeit. Er freute sich, ihn zu sehen.

»Das ist Larry«, stellte Harper vor. »Larry, das ist Anna.«

»Schön, Sie kennenzulernen«, meinte Larry. Sein Blick wanderte wohlwollend von Anna zu Jake. Geld wollte er von Harper nicht sehen. Er bot ihm so viele Bälle an, wie er wollte.

»Möchtest du auch mal ein paar schlagen?« erkundigte sich Harper bei Anna.

»Nein. Ich setze mich lieber hin, trinke einen Kaffee und schaue zu …«

Auf dem Platz tummelten sich etwa ein Dutzend Golfspieler. Sie schlugen ihre leuchtend-gelben Bälle über die dreihundert Meter kümmerlichen Rasen und sandigen Boden. Ein fünfzehn Meter breiter Streifen mit längerer und etwas gesünderer Grasnarbe bildete den Abschlagbereich. Larry brachte Anna einen Plastikstuhl und eine Tasse Kaffee, und sie machte es sich bequem. Harper schlug fünfzehn Minuten lang ein Sechser-Eisen, einen Ball nach dem anderen, wie ein Automat. Die Schwünge, die er ansetzte, wurden ganz langsam, fast träge ausgeführt. Es sah überaus leicht aus, wie die Bälle in langgezogenen Bögen und mit einem leichten Linkseffet durch die Luft flogen.

Und während sie ihm so zuschaute, ging ihr auf, daß er auf diese Weise seinen Kopf freispielte oder es zumindest versuchte. Mißlang ihm ein Schlag, folgten den Bällen, auch wenn sie für ihr ungeübtes Auge perfekt aussahen, leise gemurmelte Verwünschungen.

Einmal stand Anna auf und holte frischen Kaffee. Larry lehnte an der Theke und sah Harper zu. Er sagte »Ma'am« zu ihr und meinte: »Irgendwie wirkte er traurig auf mich. Habt ihr beiden Probleme miteinander?«

»Sein Sohn ist letzte Woche gestorben«, berichtete Anna.

Larry schien zusammenzuschrumpfen. »Um Gottes willen.«

»Er ist ziemlich durcheinander.«

»Ich wußte, irgendwas stimmte nicht.« Er blickte zu Harper hinaus und sagte: »Er hat den besten Schlag, den ich je erlebt habe, abgesehen mal von den Profis. Aber heute wirkt er irgendwie verkrampft.«

Zehn Minuten nach Harpers ersten Schlägen hatte Larry die Beleuchtung eingeschaltet. Harper blieb noch eine Weile beim Sechser-Eisen und ersetzte ihn dann durch ein Fairway-Holz. Als er damit fertig war, legte er es weg, lächelte Anna kurz zu und bat: »Könntest du mir etwas besorgen?«

»Ja, sicher.«

»Im Kofferraum – drück den Knopf da an dem kleinen Sender, der am Schlüssel hängt – liegt eine Schachtel mit einem Paar brauner Golfschuhe.«

»Bin gleich wieder zurück«, sagte Anna.

Sie stieg die Stufen zum Parkplatz hoch und pfiff dazu tonlos durch die Zähne. Harper schlug wieder Bälle, jetzt mit lauter hörbaren Schlägen. Sie drehte sich um und sah die Bälle am Ende des Range in einem Netz landen. Er schlug jetzt mit großer Kraft, ging voll in die Schläge hinein.

Sie ging zum Wagen, drückte im Nähergehen den Auslöseknopf und sah die Klappe hochschnellen und das Standlicht angehen.

Anna hatte keine Vorahnung, kein sechster Sinn warnte sie, sie spürte nichts. Sie sah den Mann einfach nicht und hätte auch niemals vermutet, daß er in ihrer Nähe war. Sie blickte gerade in den Kofferraum, als er »Anna« sagte. Ihr sträubten sich die Haare.

Er war drei Meter von ihr entfernt und kam schnell auf sie zu, geräuschlos, ganz in Schwarz: Sein Gesicht konnte sie nicht erkennen. Wieder hielt sie es einen Augenblick lang für schwarz.

Bis sie die Nylonmaske wahrnahm.

Doch trotz allem hatte der mitfühlende, weiche Klang seiner Stimme etwas Beruhigendes, wenn auch nur flüchtig. Sie *kannte* sie, aber sie wollte es nicht *glauben*.

»Hau ab«, befahl sie und trat zur Seite.

»Anna, wir müssen ...«

»Hau ab, verdammt nochmal«, unterbrach sie ihn, und plötzliche Angst schnürte ihr die Kehle zu. Sie hob abwehrend eine Hand vor ihr Gesicht und spreizte die Finger. Mit der anderen tastete sie nach hinten und schob sich rückwärts am Wagen entlang.

»Ist schon gut, Anna.«

Sie drehte sich um und wollte wegrennen, aber er packte ihren Arm und riß sie mit Gewalt zurück. Sie versuchte zu schreien. Aber er zog und riß sie mit aller Kraft an sich. Sie bekam fast keine Luft mehr. Der Schrei blieb ihr im Hals stecken.

»Anna, wir brauchen etwas Zeit füreinander.« Seine Stimme klang jetzt rauher als vorher – eine Heiserkeit mit ausgeprägt sexuellem Unterton. »Ich bin mit dem Wagen da ...«

Anna hörte seine Worte, aber sie konnte ihnen nicht folgen. Sie kratzte ihm mit den Fingernägeln über die rechte Hand, über das Gesicht, versuchte, nach ihm zu treten…

Und er schlug sie.

Schlug mit der offenen Hand seitlich gegen ihren Kopf. Der Hieb riß sie von den Füßen. Anna stürzte in den engen Raum zwischen den beiden Wagen. Sie versuchte zwar noch einmal zu schreien, aber es gelang ihr nicht. Der Mann stand über ihr. »Anna«, forderte er, »Anna, Anna, komm schon, Anna…«

Sie kroch weg, aber er drückte sie in den Kies. Sie trat nach ihm, traf einen Knöchel. Er strauchelte und fiel auf sie, fluchte, stützte sich auf einer Hand ab. Sie wollte hoch und sich befreien, aber er hielt sie am Hemd fest.

Der Mann ›überwältigte‹ sie in jeder Hinsicht: Er war stark, hatte aber scheinbar einen schwachen Magen. Vor nicht allzu langer Zeit hatte er Zwiebeln gegessen und sich mit irgend etwas parfümiert. Er schwitzte.

Und er hatte eine Erektion. Als sie zwischen den Autos fortzukriechen versuchte, preßte er seine Hüften gegen ihren Po, und sie spürte es deutlich. Mit einem Ruck drehte sie sich um und schlug ihm die Faust ins Gesicht. Sie sah zwar die feuchte Stelle im Strumpf, wo sich sein Mund befand, und auch seine Augen blitzten durch das Nylongewebe, doch sonst erkannte sie nichts. Ein Psychotiker, ein schwarzer Schneemann.

Noch immer rang sie nach Luft. Gleichzeitig zog sie sich mit den Händen an den beiden Vorderreifen der Wagen rechts und links neben ihr hoch, konnte die Füße unter ihren Leib bringen. »Anna, Anna.« Er beschwor sie in einer Art Singsang und versuchte, sie gegen eine Motorhaube zu drücken und festzuhalten. Er hätte auch einfach auf sie einprügeln können, und sie fürchtete sich davor – doch aus irgendeinem Grund tat er das nicht. Er hatte sie nur einmal geschlagen und schien bemüht, sie nicht ernstlich zu verletzen. Das gab ihr die Möglichkeit, sich zu wehren, wenn es auch nicht zur Flucht reichte.

Sie rangelten in dem Spalt zwischen den beiden Wagen weiter – ihr erschien es eine Ewigkeit, dabei konnten es tatsächlich nicht mehr als ein paar Sekunden gewesen sein. Sie kam wieder zu Atem und versuchte erneut zu schreien. Aber heraus kamen nur ein Krächzen und Schluchzen. Nicht laut genug, daß man es unten hätte hören können.

»O nein, Anna, tu das nicht, nein...«

Er war genau über ihr, sein Gesicht oberhalb ihrer rechten Schulter. Sie drehte sich ihm direkt zu, fast so, als wolle sie ihn küssen, doch statt dessen biß sie zu: Ihre Zähne bekamen ein fünfzig Cent großes Stück Fleisch unterhalb des Backenknochens zu fassen, und sie schnappte kräftig zu.

Er schrie auf und fuhr zurück, doch sie hing an ihm fest wie ein Blutsauger. Mit seinem Kopf hob sich auch ihrer, und sie biß noch kräftiger zu. Ihre Zähne durchtrennten das Nylon.

Und plötzlich sackte sie zusammen, benommen, ein wenig schwindlig, und merkte, daß sie am Boden lag. Sie roch den Kies und den trockenen Boden, spürte die spitzen Steine an ihrer Wange... Doch sie wußte nicht, wie sie dahin gekommen war.

Seine Stimme schien aus weiter Ferne zu kommen, und sie schwenkte die Beine herum, um unter ein Auto zu rutschen. Doch da saß er bereits wieder auf ihr. Mit einer Hand nestelte er am Reißverschluß ihrer Hose, und sie spürte wieder seine stramme Erektion.

»Du Miststück...« Er versetzte ihr einen Schlag gegen den Kopf. »Du Miststück hast mich gebissen...«

»Nicht«, keuchte sie. »Tu das nicht...« Er drosch jetzt

mit brutalen, harten Schlägen auf sie ein, und sie spürte seinen hechelnden Atem im Nacken, während er wieder nach ihrem Reißverschluß langte. Sie legte sich mit ganzem Gewicht auf seine andere Hand und bemühte sich, diese in den Kies zu drücken. Er wiederum versuchte, sie herumzudrehen. Als ihm das gelang, schnappte sie noch einmal mit den Zähnen nach ihm. Er wich aus, und gab dabei den Druck auf ihre Brust so weit frei, daß sie tief Luft holen konnte. Und endlich ... schrie sie.

Hoch, schrill und laut.

Er erstarrte und schlug dann wieder zu, noch einmal und noch einmal. Er stand jetzt halb über ihr.

Anna war schwindlig, und sie hatte Schmerzen, während sie fortzukriechen versuchte. Sie glaubte, von unten jemanden »Hey ...« rufen zu hören, und dann kamen sie auch schon gelaufen.

Sie kroch ein Stück weiter, probierte aufzustehen und schrie noch einmal. Er sagte: »Bis später«, trat Anna von hinten in den Rücken, woraufhin sie nach vorn auf Gesicht und Hände fiel. Der Kies bohrte sich in ihre Haut.

Nach dem Tritt wirbelte er herum und rannte los. Doch jetzt hatte sie die Wut gepackt. Sie rappelte sich auf und lief ihm nach, verfolgte ihn über den Parkplatz und den Abhang hinauf. Er sah sie kommen, brüllte: »Hau ab!« Blieb stehen, um nach ihr zu schlagen. Doch Anna tauchte unter seinem Arm durch und nahm sein Bein wie bei einem Tackling in die Zange. Er allerdings ging nicht zu Boden wie die Football-Spieler im Fernsehen, sondern fing ihren Angriff ab, haute noch einmal zu, strampelte sich frei und rannte davon.

Mehrere Männer kamen jetzt zu Anna heraufgerannt. Ihr Angreifer flüchtete nach oben in die Büsche. Sie hockte auf Händen und Knien, kam wieder auf die Füße und hetzte ihm nach, blind vor Wut. Angst hatte sie nun nicht mehr. Sie holte ihn erneut ein, so sehr er sich auch bemühte und kletterte. »Herrgott nochmal«, ächzte er und langte wieder unbeholfen nach ihr. Sie war zwar flinker auf den Beinen als er, aber beim Schlagen besaß er die größere Reichweite und Kraft. Doch wenn sie es schaffte, ihm auf den Fersen zu bleiben, bis Harper sie eingeholt hatte …

Sie stach nach seinen Augen, und er traf sie ein letztesmal, diesmal von der Seite an der Nase. Sie stürzte ein Stück den Hang hinab und war zu benommen, um aufzustehen. Doch sie bemühte sich weiter, auf das Geräusch seiner Schritte über ihr zu hören, und kämpfte sich dann wieder auf die Füße …

Sie stand noch nicht ganz, als Harper mit drei oder vier Männern endlich bei ihr war. Zwei hatten sich mit Golfschlägern bewaffnet. »Mein Gott, Anna.« Sie hörte ihn, die Besorgnis in seiner Stimme. Sie selbst spürte keine Furcht mehr. Harper zog Anna hoch und sagte: »Mein Gott, sie blutet stark. Larry, wir müssen sie ins Krankenhaus bringen.«

Aber sie winkte ab. Sie war nicht schwer verletzt, wenn sie auch einen seltsam stechenden oder brennenden Schmerz direkt über dem Haaransatz spürte. Auch ihr Gesicht und Teile ihres Rückens hatten etwas abbekommen. »Nein, nein …, laßt mich nur.«

Sie wollte sagen: Schnappt ihn euch, lauft den Hang hinauf.

Aber Harper insistierte. »Wir bringen dich jetzt ins Krankenhaus … Wohin ist er? War es der Kerl? Hast du seine Nummer?«

Für einen Moment verstand sie nicht, doch dann wurde ihr klar: Sie glaubten, er sei mit dem Wagen davon. Sie schüttelte den Kopf und zeigte den Berg hinauf. »Da... da ist er raufgerannt.«

»Larry, ruf sofort die Cops an und sag ihnen, daß er zu Fuß flüchtet.«

Larry ging zur Treppe, meinte dabei aber: »Weit wird er nicht laufen. Da oben liegt der Basket Drive mit einem Aussichtsplatz. Ich wette, dort hat er geparkt.«

»Nun verständige schon die verdammten Cops, Larry!« brüllte Harper. »Teile *ihnen* das mit...« Dann schob er sie in den Wagen, legte ihr den Sicherheitsgurt um und fragte: »Weiß jemand, wo das nächste Krankenhaus ist?«

Einer der Golfer, ein älterer Mann mit kurzem grauem Bürstenhaarschnitt und Fliegerbrille, meldete sich zu Wort: »Ich fahre mit und zeige Ihnen den Weg.«

»Steigen Sie ein.«

»Mir geht es gut«, protestierte Anna schwach.

»Unsinn.« Harper saß am Steuer, der Grauhaarige hinten, und sie merkte, daß Harper vor Wut raste. »Festhalten.«

Das Krankenhaus war ganze zwei Minuten entfernt. Harper bestand darauf, sie auch hineinzubegleiten, und als sie die Notaufnahme betraten, warf die Schwester hinter dem Counter nur einen Blick auf sie, und schon schob sie ihnen eine Rollbahre hin. Harper half Anna auf die frisch gestärkte Unterlage, die Schwester fragte nach Adresse und Umständen, und dann... sackte Anna weg.

Sie hörte die beiden reden, aber die Worte wirbelten an ihr vorbei. Eine Frau im weißen Kittel beugte sich über sie und sah sich ihr Gesicht an. Anna schloß die Augen – war wohl nicht mehr ganz Herrin ihrer selbst – und wurde durch einen Korridor geschoben, dann links herum. Neue, lauter weibliche Stimmen. Etwas Kühles, Nasses berührte ihr Gesicht.

»Anna?« Die Stimme einer Frau.

Sie machte die Augen auf und blinzelte in eine Deckenlampe. Sie versuchte, wieder zu sich zu kommen.

»Ja. Das bin ich«, antwortete sie.

»Wie fühlen Sie sich?«

»Nicht so schlecht.« Sie brachte tatsächlich ein Lächeln zustande. »Ich glaube, ich könnte jetzt einfach aufstehen und rausgehen. Aber ich bin ein bißchen müde.«

»Darauf möchte ich wetten.«

Anna drehte den Kopf und schaute die Frau an. Sie hatte eine blutgetränkte Mullbinde in der Hand. »Ist das mein Blut?«

Die Frau sah auf den Mull. »Ja – Sie haben eine Platzwunde am Schädel. Nicht schlimm, aber diese Wunden bluten fürchterlich. Wir müssen sie nähen. Am Arm dort haben Sie außerdem noch Schnitte.«

Die Ärztin leuchtete ihr ins Auge, bewegte vorsichtig Kopf und Nacken, drückte ihre Rippen. Sorgte dafür, daß ihr Bluse und Jeans ausgezogen wurden, und entdeckte noch ein paar kleine Wunden, Schrammen und Blutergüsse an den Armen, an einem Bein und im Rippenbereich.

»Ich denke, Sie sind okay«, sagte sie im Plauderton. »Aber oben an der Kopfhaut mache ich jetzt erst mal ein paar Stiche.«

»Dann mal los.«

Die Ärztin sorgte zwar für eine örtliche Betäubung, die Stiche schmerzten trotzdem. »Gut, daß Sie dunkles Haar haben – man wird nichts sehen«, bemerkte die Ärztin. »Ihr Gesicht war ganz voll Blut, als man Sie brachte, wie eine Maske. Ihr Freund befürchtete schon, daß sie sterben.«

»Er war ziemlich außer sich«, entgegnete Anna. Trotz der Stiche, die sie piekten, gähnte sie. Anna entschuldigte sich mit den Worten: »Ich weiß nicht, was mit mir los ist.«

»Ihr vegetatives Nervensystem ist angegriffen. Sie brauchen Schlaf. Bedenkt man den Adrenalinausstoß, das ganze Gerangel und die Schläge, dann haben Sie in zwei Minuten soviel Höhen und Tiefen erlebt, wie sonst in zwei Wochen. Sie werden jetzt eine Weile schlafen.«

Dann wollte die Ärztin noch wissen: »Der Mann, der Sie hergebracht hat… er war doch nicht irgendwie an der Geschichte beteiligt, oder?«

Anna stutzte. »Nein, nein, er schlug gerade Golfbälle, und ich ging währenddessen zum Parkplatz hinauf, um etwas zu holen. Genau gesagt, ein Paar Schuhe. Und da war dann plötzlich dieser andere Kerl und wartete auf mich.«

»Wirklich? Sie können mir ruhig die Wahrheit sagen.«

»Ich weiß schon, worauf Sie hinauswollen«, erwiderte Anna. »Dieser Mann hier… er ist okay.«

»In Ordnung.« Die Ärztin legte die Hände in den Schoß. »Alles erledigt – bis auf den Teil, den Sie noch zu machen haben.«

Zwei Stunden waren sie jetzt im Krankenhaus. Als sich herausstellte, daß Anna keine weiteren Komplikationen zu befürchten hatte, schickte Harper den anderen Golfer im Taxi zum Range zurück und setzte sich zu Anna ans Bett.

Zwei Cops in Uniform kamen herein und stellten ihr ein paar Fragen. Nach ihnen erschien ein Detective vom L. A. County. Er ließ sich den Überfall schildern und fragte dann: »Also, ähm, könnten Sie wohl mal aufstehen…?«

Sie erhob sich, und er faßte sie an der Schulter, drehte sie herum und druckste: »Ja, also…«

»Was, ja also?« Sie versuchte, über ihre Schulter zurückzuschauen.

»Wir brauchen Ihre Jeans«, erklärte er, und auf ihren erstaunten Blick hin fuhr er fort: »Der Kerl, ähm… hat… ejakuliert.«

»Oh, je«, stöhnte Anna.

»Ich hole etwas anderes zum Anziehen aus dem OP-Schrank«, bot die Ärztin an.

»Tut mir leid«, entschuldigte sich der Detective. »Wir können seine Spur nämlich per DNA-Analyse verfolgen – vielleicht haben wir sogar Glück und finden ihn schon in unserer Kartei.«

»Groß ist die Chance nicht«, sagte Harper.

Der Detective zuckte mit den Schultern. »Dennoch muß es gemacht werden, so oder so.«

Die Ärztin kam mit einer grünen OP-Hose zurück, und Anna gab dem Detective ihre Jeans, die er in einen Plastiksack steckte. »Ein paar Kollegen aus Pasadena suchen den Parkplatz ab«, berichtete er. »Wir würden es sehr begrüßen, wenn wir Sie nur für ein paar Minuten dorthin zurückbringen könnten.«

»Darf ich?« fragte Anna die Ärztin.

»Ja – aber morgen werden Sie dann nicht mehr so gut drauf sein«, warnte die Ärztin. »Am besten nehmen Sie heute abend etwas Ibuprofen und morgen früh noch einmal gleich nach dem Aufstehen.«

Der Besitzer des Driving-Range erwartete sie auf dem Parkplatz. Er hatte dort schon mit einem halben Dutzend Cops geredet. So ging das also, dachte Anna. Die Geschichte wurde aufgebauscht. Der Range-Besitzer fürchtete sogar, daß jetzt eine *Klage* auf ihn zukäme. Er machte sich ernste Sorgen. Anna schenkte ihm ein schwaches Lächeln. »Machen Sie sich keine Gedanken«, munterte sie ihn auf. »Wir waren es doch, die Ihnen denÄrger ins Haus gebracht haben.«

»Es tut mir leid, wirklich leid«, beteuerte er.

»Ja, ja.« Anna führte die Cops über den Platz und zeigte

ihnen die Stelle, an der der Kampf stattgefunden hatte und wohin der Kerl dann verschwunden war. Die OP-Hosen schlugen ihr im Gehen um die Beine. Die Cops folgten dem Fluchtweg bei einbrechender Dunkelheit durch die Büsche und Sträucher. Am Aussichtspunkt fanden sie ein paar Fußabdrücke.

»Wir fragen in den Häusern der Umgebung, ob jemand einen Wagen gesehen hat«, verkündete ein Cop. »Aber allzuviel Hoffnungen würde ich mir nicht machen.«

»Sie haben Glück gehabt«, meinte ein anderer zu Anna. »Hätte er Sie einfach zu sich nach Hause schleppen wollen, hätte er Sie mit einem Knüppel niedergeschlagen und in den Kofferraum gepackt. Niemand hätte dann gewußt, was passiert ist. Statt dessen wollte er mit Ihnen reden.«

»Das ist Liebe«, meldete sich wieder der erste Cop zu Wort. »Die Liebe hat Sie davor bewahrt.«

Auf dem Weg nach Hause schlief Anna ein, wachte auf, nickte erneut ein. Vor ihrem Haus stieg Harper aus, die Waffe in der Hand. Er sah sich im Hof um, kam zurück, öffnete die Wagentür, begleitete sie ins Haus, wartete, bis sie aufgeschlossen hatte, und ging vor ihr hinein. Er schaute sich überall um, untersuchte Zimmer, Türen und Fenster, und ging dann nach oben.

»Ist wohl alles okay«, berichtete er. »Aber der Kerl spioniert uns hinterher. Er hat sich unterwegs an uns gehängt und bis zum Range verfolgt. Wenn wir jetzt hier bleiben, servieren wir uns sozusagen auf dem Präsentierteller.«

»Es sei denn, es war der Frauenschreck von Pasadena und Umgebung.«

»Das glaubst du wohl selbst nicht«, erklärte er.

»Nein. Er wußte ja, wie ich heiße.«

Sie ließ Harper unten Möbel rücken, um Eindringlingen das Leben schwer zu machen, ging hinauf und begutachtete sich vor dem großen Badezimmerspiegel. Reichlich mitgenommen, fand sie. Ein Zittern überkam sie, als sie wieder an die Geschehnisse dachte – an den Schweiß des Mannes und das Sperma an ihrer Hose.

Sie zog Bluse und BH aus, schlüpfte aus der OP-Hose, rollte sie zusammen und warf sie in Richtung Wäschekorb. Dazu knurrte sie zwischen den Zähnen, was sie selbst überraschte: ein harter, gutturaler Knurrton, den sie da hervorstieß. Seit einer Woche bestimmte dieser Kerl jetzt ihr Leben. War über Menschen hergefallen, die ihr nahestanden, und sie selbst hatte er auch nicht verschont.

Sie musterte sich noch einmal im Spiegel, eine schlanke, dunkelhaarige Gestalt, reichlich mitgenommen, in blauem Jockey-Schlüpfer...

Der Kerl wollte sie einfach in die Enge treiben, ihr Leben kontrollieren, sie besitzen...

Sie dehnte sich und streckte einen Arm aus. Es tat ein bißchen weh. Sie betrachtete sich noch einmal im Spiegel, und mit einem Mal stieg wieder die Wut in ihr hoch. Sie schwankte, stützte die Hände auf und schloß die Augen, versuchte, das Gleichgewicht zu behalten. Und knurrte wieder: Sie brauchte jetzt irgendein Opfer...

Der Wutanfall ebbte ab... Sie putzte sich die Zähne, stand zehn Minuten unter der heißen Dusche, zog dann den Bademantel an und ging die Treppe hinunter.

Harper lag ausgestreckt auf der Couch und sah auf die tote TV-Mattscheibe. Er hatte sich nicht die Mühe gemacht, den Apparat einzuschalten. Er war barfuß und müde.

»Hey, Jake«, sagte sie.

»Ja?«

»Heute abend gehen wir ins BJ's.«

»Auf gar keinen Fall«, protestierte er und schüttelte den Kopf. »Auf uns lastet heute ein Fluch.«

»Dann aber morgen«, sagte sie.

Er nickte. »Wie fühlst du dich?«

»Ich werde jetzt etwas schlafen. Ich bin ein Wrack.«

»Dann leg dich hin. Ich passe hier unten auf.«

»Eines wollte ich dir noch sagen... Als du heute nachmittag zu mir meintest, daß ich wohl nicht mehr richtig ticken würde, wenn ich nicht wüßte, warum du in meiner Nähe wärst...«

»Ja?«

»Kann sein, daß ich das manchmal wirklich nicht mehr tue«, gab sie zu. »Beziehungsgeschichten machen mich immer nervös. Aber vor dieser Sache eben am Driving-Range..., da hatte ich irgendwie schon vor, dich heute nacht mit mir nach oben zu nehmen.«

Er dachte einen Moment nach, und man sah, daß ihn diese Mitteilung *freute.* »Das wäre schön gewesen.«

»Es wird auch noch geschehen, wenn du bei mir bleibst«, versprach sie. »Aber heute – heute wäre es ein bißchen zuviel.«

»Ich weiß. Und ich *werde* dableiben.«

Oben kroch sie unter die Steppdecke, die sie von ihrer Mutter bekommen hatte, und dachte im Einschlafen an Jake: Sie mochte ihn sehr. Sie sah ihm sogar gern dabei zu, wenn er Golfbälle schlug.

Nicht so schön war dagegen der Gedanke an das, was sie in Louis' Wohnzimmer auf dem Video gesehen hatten.

Womit verdiente sie eigentlich ihren Lebensunterhalt? Wohin führte das alles noch? Und warum hatte sie eigentlich nicht mehr Angst in ihrem Job? Ihre Furcht wurde durch die Wut zugedeckt, und dann war sie auf eine unerfindliche Weise auch neugierig. *Mein Gott,* dachte sie häufig, *was für eine Story. Bleib dran.*

Im Grunde war sie Musikerin, klassische Pianistin – doch was auch immer jemand denken mochte über ihre ›Night Crew‹, die Jacob-Videos bewiesen einfach, daß sie in dem, was sie machten, wirklich sehr gut waren. Einen Mann voll im Bild zu haben, der in den Tod sprang. Ohne einen Aussetzer.

Und sie leitete die Crew. Da draußen auf der Straße war sie einfach besser als auf dem Klavier.

Dann schlief sie ein, und tief in ihren dunklen Träumen wurde jemand ihr Opfer: Sie tötete es. Voller Wut und dabei hart wie ein Stein.

Sie würde ihn kriegen.

17

Der Mann mit den zwei Gesichtern blutete. Das eigene Blut rann ihm Gesicht und Arme hinab. Er leckte daran, es schmeckte süß und salzig zugleich auf der Zunge. Sein Gesicht brannte.

Die Verletzung jedoch tat nicht wirklich weh. Was viel mehr schmerzte, war die Niederlage. Alle seine Träume waren auf einmal geplatzt.

Anna wollte ihn nicht.

Und er war weggerannt wie ein aufgeschrecktes Huhn.

Er hatte regelrecht Angst gehabt: Anna war hinter ihm hergehetzt wie eine Verrückte, und einmal hatte er für einen Moment sogar gefürchtet, sie könnte ihn zu Boden reißen. Wenn die anderen ihn erwischt hätten, wäre er wohl gelyncht worden.

Die Demütigung tat mehr weh als der Biß – wenn der

auch schon genug schmerzte. Er zuckte und preßte die Hand auf seine Wange.

Doch das würde heilen. Dagegen die Erinnerung an die Flucht den Hang hinauf, gejagt von dieser zarten Frau ... das würde er nicht vergessen. Daran würde er sich immer erinnern.

Er war zu ihr gegangen, um anerkannt zu werden. Die anderen hatte er beseitigt. Hatte das nichts bewirkt? Gab ihm das nicht einige Rechte? Mit Widerstand hatte er schon gerechnet. Aber dann, so hatte er gehofft, würde sie sehen, wie es in ihm loderte, und sie würde mit ihm gehen.

Sie schlief mit anderen Männern. Es gefiel ihm nicht, aber er akzeptierte es. Er wußte auch, daß die anderen sie nicht liebten. Sie benutzten sie nur. Jason O'Brien, Sean McAllister, ihr Fahrer, dieser Creek. Sie nahmen und benutzten sie.

Er dagegen war *zu ihr* gegangen. Er hatte sie wirklich gebeten ...

Seine sexuelle Erregung kam ihm wieder in den Sinn. Gegen die Motorhaube hatte er sie gedrückt, an ihrer Hose gezerrt, und plötzlich hatten ihn die Berührung und die Aufregung soweit gebracht: Er hatte ejakuliert.

Er dachte ohne Vergnügen daran. Denn er erinnerte sich auch, daß er wie ein Rasender über den Parkplatz gerannt war, der Penis hatte ihm aus der Hose gestanden und war vor ihm hin und her gependelt wie ein irrer Kompaß, der ihm den Weg in die Büsche wies.

Gott sei Dank war er, bis er dort ankam, wieder so geschrumpft und in der Hose verschwunden, daß die Dornensträucher ihn nicht verletzten.

Hatte sie das mitgekriegt? Saßen sie und ihr Leibwächter jetzt irgendwo und lachten ihn aus?

Er schloß die Augen. Natürlich taten sie das. Er spürte es.

Und so schlug auf einmal seine Liebe in Haß um. Wie es ihm auch schon mit seiner Lehrerin, dieser Mrs. Garner, ergangen war. Und mit der Katze, die ihn gekratzt hatte…

Er mußte sie haben, mußte sie jetzt auslöschen.

Beide Gesichter, das innere und das äußere, waren da der gleichen Meinung.

Sie wollte ihn nicht? Okay.

Zuerst würde er ihr zeigen, was richtige Angst ist. Er würde ihr mehr angst machen als sie ihm.

Er leckte ein wenig Blut von seinem Arm.

Dann würde er sie zerstückeln.

Anna Batory war schon so gut wie tot.

18

Ein schlimmer Traum weckte sie. Es war die Wut, die sie drückte und einengte wie ein Stein. Doch der Druck gefiel ihr auf der anderen Seite auch wieder. Sie genoß ihn, wollte ihn noch stärker spüren…

Vom Nachttisch leuchteten die Ziffern des Weckers: sechs Uhr früh. Sie rollte herum, versuchte, wieder einzuschlafen. Doch es gelang ihr nicht. Sie gab schließlich auf, schwenkte die Beine aus dem Bett und wollte sich auf die Füße stellen – als der Schmerz ihr wie Nadelstiche durch Schultern und Rippen fuhr. »Au«, stöhnte sie leise, rollte die Arme im Schultergelenk und stand schließlich vorsichtig auf. Die Beine taten ihr weh, vor allem an den Innenseiten der Oberschenkel. Außerdem spürte sie ein Ziehen im Rücken, dort, wo die Muskulatur in die Hüften, Schultern und Rippen überging. Im Kopf spürte sie ebenfalls ein Stechen – aber das kam nicht von innen, sondern von einem Kratzer, den sie mit dem Finger spüren konnte.

Du liebe Zeit. Der Kerl hatte ihr ja einige Andenken hinterlassen.

Sie ging ins Badezimmer, las den Beipackzettel zum Ibuprofen, in dem vor der Einnahme von mehr als zwei Pillen gewarnt wurde, nahm vier, ging noch einmal unter die brühheiße Dusche und rasierte sich unbewußt – dachte sie etwa an Harper? – die Beine. Das heiße Wasser tat ihr gut, als es so den Nacken und Rücken herunterströmte. Sie ließ innerlich Revue passieren, was bisher alles geschehen war.

Jacob und Jason waren rein zufällig in Verbindung geraten. Jasons Dealer hatte nicht nur Jacob Harper keinen Stoff verkauft, sondern lehnte ganz offensichtlich auch die Dealer ab, die das getan hatten. Was hatten sie also in der Hand?

Der weißhaarige Mann? Dieser Weißhaarige, der im Krankenhaus vor ihnen weggelaufen war, kam für den Überfall von gestern abend genausowenig in Frage wie für den auf Creek. Also mußte sie ihn kaum ins Kalkül ziehen. Sie hatte keinen blassen Schimmer, was hinter alldem steckte. Der weißhaarige Mann jedenfalls paßte einfach nicht hinein.

Der Angreifer von gestern abend war jung und kräftig gewesen. Jünger als sie, vermutete Anna. Er benutzte Eau de Cologne. Obwohl er kräftiger war als sie, so stark wie Jake war er kaum. Was noch? War er gekommen, um um sie zu werben? Konnte das sein? Er hatte jedenfalls versucht, mit ihr zu reden …

Anna drehte die Dusche ab, ging auf Zehenspitzen durch das Schlafzimmer und zog sich an. Sie nahm Laufschuhe und Socken in die Hand und trug sie nach unten. Nicht um zu joggen, sondern weil die Schuhe leise sein würden. Sie schlich zur Haustür. Harper hatte gleich daneben einen Turm aus Cola-Dosen aufgetürmt. Sie trug den Stapel ab, schloß die Tür auf, sah hinaus, entdeckte die Zeitung und holte sie herein. Dann verschloß sie die Tür wieder und war in Hochstimmung.

Anna genehmigte sich Milch und Cornflakes, las die Comics, zog die Socken an, nahm Stift und Notizblock zur Hand und versuchte, Ordnung in das Durcheinander zu bringen…

Der weißhaarige Mann. Sackgasse.

Ihr Verehrer. Er mußte sie kennen, hatte auch erwartet, daß sie ihn kennt – wenn auch nicht seinen Namen oder sein Gesicht. Vielleicht hatte er auch nur auf so etwas wie eine übersinnliche Gefühlsübertragung gehofft. Einiges von dem, was er gesagt hatte, wies jedenfalls in diese Richtung. Daß das Schicksal sie irgendwie unauflöslich miteinander verknüpft habe.

Und das paßte wiederum zu den Mordanschlägen und den Schüssen auf Creek: Wenn Anna der Mittelpunkt seines sexuellen Beziehungsdreiecks oder gar -vierecks war, dann konnte es schon sein, daß er darauf aus war, seine Rivalen auszuschalten.

Ihm mußte diese Lügenstory zu Ohren gekommen sein – und das bedeutete, daß nur jemand, der sie alle kannte, Jason, Sean, Creek und sie selbst, in Frage kam. Das waren beileibe nicht viele. Außerdem war keiner darunter, dem nicht klar war, daß sie weder mit Jason noch mit Sean ins Bett ging. Es war einfach eine zu groteske Vorstellung. Bei Creek hätte man ja noch auf die Idee kommen können, weil sie so eng zusammenarbeiteten… Aber Creek war der letzte, den er überfallen hatte. Wieso? Etwa, weil er der gefährlichste war? Der, dem man am wenigsten beikommen konnte?

Ja, sie mußten jetzt wirklich ins BJ's, um weiterzukommen.

Sie brütete noch über ihrer Liste, als Harper aus dem Gästezimmer gewankt kam, unrasiert, in den Hosen von gestern und einem T-Shirt.

»Wie geht es dir?« fragte er.

»Es rumort in den Gelenken«, antwortete sie.

»Ich wasche mich schnell, und dann sollten wir zu mir fahren, damit ich mir neue Sachen zum Anziehen holen kann.«

»In Ordnung. Und ich möchte einen Abstecher in die Berge und ein paar Schießübungen machen. Ist schon eine Weile her.«

Er sah sie einen Augenblick an und meinte dann: »Am besten solltest du mal verreisen und zum Beispiel deinen Vater einen Besuch abstatten. Dieser Kerl ist kurz davor durchzudrehen. In zwei Wochen ist er ein toter Mann, ob du nun hier bist oder nicht.«

»Wenn ich davon wirklich überzeugt wäre, würde ich gehen. Aber wenn ich mir die Cops so ansehe, weiß ich, daß nicht gerade viel passiert. Und darum... bleibe ich hier.«

Er seufzte und kratzte sich die Bartstoppeln. »In Ordnung. Hinter meinem Haus kannst du schießen üben.«

»Tatsächlich?« Er lebte doch gar nicht draußen im Valley.

Das tat er auch nicht. Er wohnte an einer Schotterstraße, die vom Mulholland Highway abzweigte, westlich von Topanga Beach und eine halbe Meile bergab. Anna mußte lachen, als sie die Siedlung sah, eine verschachtelte Ansammlung weiß verputzter Blocks mit dunkelgrünen Dachtraufen und roten Ziegeldächern. So etwas hätte sich ein Hippie mit einschlägigen 60er-Jahre-Erfahrungen ausdenken können.

»Was ist?« fragte Harper, als er sie lachen hörte. Es freute ihn, und seine Lachfalten zogen sich auch zusammen.

»Toll«, sagte sie. »Wieviel Grund?«

»Zwanzig Acres.«

Sie staunte. »Wie kannst du dir das leisten?«

»Ich habe das Grundstück vor fünfzehn Jahren gekauft«, berichtete er, »und das Haus in Schüben aufgebaut.«

»Du hast es selbst gebaut?« staunte sie noch einmal.

»Genau. Ich habe ein paar Kurse in Bautechnik absolviert, den Umgang mit Ytong-Steinen gelernt und einen Freund gekannt, der ein paar schwere Baumaschinen besaß und dem ich bei seinem Hausbau geholfen hatte.«

Er blieb auf einer Kieszufahrt vor der Garage stehen. Als sie ausstiegen, fuhr unten am Fuß des Berges ein Wagen vorbei, hupte zweimal, und Harper winkte. »Nachbarswitwe«, stellte er vor.

»Hmm«, spöttelte Anna. »Attraktiv, wohlhabend…«

»Blond, und hat große… Du weißt schon.«

»Titten…«

»Genau die meinte ich.«

»Na bitte«, entgegnete sie.

Im Haus war es, im Kontrast zur gleißenden Sonne und der Halbwüste draußen, kühl und ein wenig düster. Es herrschte typische Junggesellen-Ordnung, die Ordnung eines Mannes, der lange allein gelebt und gelernt hatte, sich selbst um sein Haus zu kümmern. Nicht zu sauber und aufgeräumt, aber die meisten Dinge waren an ihrem Platz. Nur neben dem Sofa lagen ein paar Socken am Boden, und auf dem Couchtisch vor dem Fernseher standen ein paar leere Bierdosen.

»Ich hole mir nur eben ein paar Sachen.« Er fischte ein halbes Dutzend Polohemden aus dem Wäschetrockner und steckte das Bügeleisen ein. »Hinten ist ein trockenes Flußbett. Sieh dich mal um«, schlug er vor. »Und nimm ein paar Bierdosen mit raus... Aber achte bloß auf Schlangen.«

Anna hatte eine Schachtel Munition eingesteckt. Mit dem Revolver in der Jackentasche und einem halben Dutzend leerer Bierdosen in einer Plastiktüte zog sie durch das kurze trockene Unkraut hinter dem Haus. Nach fünfzig Metern stand sie vor dem trockenen Flußbett. Sie stellte die Dosen an der gegenüberliegenden Uferböschung auf und ging acht Schritte zurück.

»Fertig«, kommandierte sie, zog den Revolver mit dem Lauf nach unten aus der Tasche und zählte: »Eins.« Die Waffe schnellte hoch, die linke Hand umschloß die rechte, und sie schoß.

Der Revolver schlug zurück, ein betäubender Knall, und in den Ohren klingelte es wie von einem fernen Telefon. Verdammt, sie hatte die Ohrstöpsel vergessen. Die Kugel war nicht weiter als zehn Zentimeter neben der Dose eingeschlagen. Gar nicht so schlecht.

Sie sah sich suchend um und ging schließlich zum Haus zurück, zerriß ein Kleenextuch, rollte zwei Kügelchen zusammen, steckte sie in die Ohren und ging wieder hinaus.

Das half, und sie spulte das ganze Programm ab, das sie bei ihrer Schießausbildung gelernt hatte. Waffe anschlagen. Double-Action. Eins, zwei. Waffe absetzen. Dann drei Schuß, eins, zwei, drei. Auf sechs Meter Entfernung jeder vierte oder fünfte Schuß ein Volltreffer. Nicht schlecht. Die Dosen waren ihrer Größe nach perfekte Ziele: immer genau das Herz. Und wenn sie nicht voll traf, war sie doch immer nah genug daran – allemal im Brustbereich. Sie ging näher ans Ziel, und die Trefferquote wurde besser. Zum Schluß schoß sie aus zwei Metern Entfernung und traf fast jede Dose.

Sie sah Harper nicht, doch sie spürte ihn kommen, drehte sich um, nahm ein Kügelchen aus dem Ohr und erklärte: »Gefecht beendet.«

»Du bist ja gar nicht schlecht«, lobte er. Harper trug ein frisches blaues Polohemd und ausgewaschene Jeans.

»Ich hatte immer schon mit Waffen zu tun«, erwiderte sie. »Draußen auf dem Land. Willst du mal probieren?«

»Nein. Aber zeig mir mal eine schnelle Double-Action.«

Sie nickte, lud drei Patronen nach, schob den Stöpsel ins Ohr zurück und schoß zweimal schnell hintereinander. Eine Bierdose kugelte durch das Flußbett.

»Wenn du auf so ein Ziel schießt, ist es viel leichter als in Wirklichkeit. Nichts bewegt sich, du hast keine Angst, niemand ist dir im Weg...«

»Ja, ja, das weiß ich auch. Sie haben uns gesagt, man soll eben tun, was man kann.«

»Dann jetzt noch einmal eine Double-Action«, forderte er Anna auf, stellte sich hinter sie und legte ihr die Hand flach auf das Schulterblatt.

»Stoß mich bloß nicht, sonst schieße ich mir noch in den Fuß«, sagte sie. »Außerdem habe ich nur noch einen Schuß in der Trommel.«

»Dann gib den ab und mach dir keine Gedanken – ich bin ein voll ausgebildeter Polizei-Veteran«, erklärte er. »Ich weiß, was ich tue.«

»In Ordnung«, entgegnete sie zweifelnd. »Sag mir, wann ich schießen soll.«

»Ganz langsam, ein gezielter Schuß... sobald du fertig bist.«

»Okay.« Sie stellte sich vor dem Ziel auf. »Fertig?«

»Fertig.«

Den Blick auf die Dosen gerichtet, hob sie die Waffe. Dabei spannte sie die Beinmuskeln, weil sie von hinten ein Ziehen oder Stoßen erwartete. Doch er legte ihr nur beide Hände um den Leib, knapp unter ihren Brüsten, hob sie leicht hoch und küßte ihr gleichzeitig den Nacken.

Anna spürte, wie sie den Boden unter den Füßen verlor – es gefiel ihr –, und im selben Augenblick zielte sie und drückte ab.

»Mein Gott«, stöhnte Harper, zuckte zurück und hielt sich die Ohren zu. »Ich fürchte, mein Trommelfell ist geplatzt.«

»Das hättest du auch verdient«, erwiderte sie spitz. Sie drückte die Hülsen aus der Trommel und ließ sie zu den anderen fallen.

»Wie lange machst du noch?«

»Ich bin fertig«, meinte sie. »Und könnte jetzt gut ein Bier vertragen.«

Auf dem Weg ins Haus sagte er: »Weißt du, ich möchte ja nicht unhöflich erscheinen, aber nachdem ich die letzten Tage immer nur in deiner Nähe war…«

»Ja?«

»Anna… Ich halte es bald nicht mehr aus.« Es klang sehr nachdrücklich.

»Ich glaube, dagegen können wir etwas unternehmen«, erklärte sie. Anna sah sich um, hinaus in die Landschaft, zum Haus, zum strahlend blauen Himmel hinauf. »Und noch dazu an so einem schönen Tag.«

Und sie unternahmen etwas dagegen, mehr als einmal. Doch als sie sich zum zweitenmal liebten und Harper dabei war, sich in ihr zu verlieren… da blickte Anna zur Decke und sah wieder die Löcher vor sich, die die Kugeln in die Uferböschung geschlagen hatten, und sie dachte nicht mehr an den Mann, mit dem sie gerade zusammen war, sondern an den vom vorigen Abend.

Und wieder dachte sie: *Ich kriege dich.*

19

Sie fuhren auf der schmalen Straße durch den Canyon. Harper saß am Steuer. Ab und zu sahen sie in der Ferne die Lichter von L.A. Ihm gefiel diese Fahrt nicht. Er hätte den Abend lieber zu Hause verbracht. Aber Anna wollte den Mann weiter jagen, mit oder ohne seine Unterstützung.

»Das BJ's war die einzige Gelegenheit, wo Jason und McAllister mit mir zusammen waren, und deswegen muß mich der Kerl auch dort gesehen haben.«

»Nein«, widersprach Harper und schüttelte den Kopf. »Du weißt doch nicht, wo überall und wie oft sie die Geschichte herumerzählt haben.«

»Was bringt es denn schon, die Story zu erzählen, wenn niemand die betreffende Frau auch sieht? Ein flotter Dreier ist doch nichts Besonderes mehr, für fünfzig Dollar kriegst du den an jeder Ecke auf dem Strip geboten.«

»Ach, tatsächlich?« spöttelte er.

Sie ignorierte das. »Also, ich denke mir die ganze Sache so: Ich komme auf die Party, frage nach Jason, der ein bißchen unglücklich ist, als ich ihm eine Abfuhr erteile – er war wirklich hinüber, meinte aber, noch arbeiten zu können, weil er dringend Kohle brauchte –, und fängt deshalb an, die Geschichte von ihm, seinem Kumpel und mir zu verbreiten. Und wer immer der andere Kerl auch war, er hat mitgehört und mich gesehen.«

»Das muß nicht so gewesen sein.«

Sie seufzte. »Okay. Nicht unbedingt. Aber es ist alles, was ich habe, und deshalb ist es jetzt mein Ausgangspunkt.«

Im Lokal herrschte mächtig Betrieb, so daß die Luft dick verqualmt war. Anna ging die enge Treppe voraus nach oben. Der von zuviel Schnaps aufgedunsene Koloß von Türsteher starrte an ihr und Harper vorbei in die Ferne. Als Harper ihn direkt fixierte, verzog er sich ins Innere, war aber schon einen Augenblick später wieder an der Tür. Anna wußte, daß drinnen jetzt ein Wort die Runde machte – man hielt Harper für einen Cop.

Der Türsteher-Koloß war ein echter Redneck, ein Hinterwäldler aus den Südstaaten mit fettem Gesicht und einer mächtigen Bauchrolle unter dem *Iß-mehr-Dosenfleisch*-T-Shirt. Für Anna hatte er ein angedeutetes Nicken übrig, aber Harper informierte er in einem scharfen, sarkastisch gemeinten Tonfall: »Wir checken hier die Ausweise, Officer.«

Harper sah ihn mit einem Cop-Lächeln an und entgegnete: »Ich bin stolz auf Sie.«

»Haben Sie einen Durchsuchungsbefehl?«

Harper wollte etwas sagen, aber Anna fiel ihm ins Wort. »Er ist kein Cop. Nicht mehr.«

Der Koloß schaute sie mißtrauisch an. »Was will er dann hier? Er paßt nicht in diesen Laden.«

»Er paßt auf mich auf«, erklärte Anna. »Kennst du Jason O'Brien und Sean McAllister?«

Ein Schuß Neugier flackerte in seinem Blick. »Wie ich hörte, sind beide tot.«

»Stimmt. Und jetzt ist der Kerl, der sie umgebracht hat, hinter mir her. Wir wollen herauskriegen, wer er ist.«

Der Koloß runzelte die Stirn und dachte nach. Dann fiel ihm ein: »Wissen Sie, wer das wissen könnte? Trip… Wie heißt der noch gleich? Er kannte die beiden. Er ist … Moment mal.«

Er ging erneut hinein und war gleich darauf wieder zurück. »Kommen Sie«, forderte er die beiden auf.

Harper sah Anna an und lächelte verstohlen: Er hatte die Warnaktion genauso mitbekommen wie die jetzige Entwarnung.

Das Lokal bestand eigentlich aus vier Räumen: dem Bar-Bereich, dem großen, gefliesten Tanzsaal und zwei kleineren Zimmern seitlich davon mit wackeligen Plastiktischen und -stühlen. Alle vier Räume stanken nach Tabak und etwas Schärferem. Crack, vermutete Anna. Kein Marihuana. Dieser Club war schon ein bißchen härter, nichts für normale Kiffer.

Die Gäste waren alle in Schwarz gekleidet, Männlein wie Weiblein. Harper sah in seinem blauen Hemd und der Sportjacke so aus, als wäre er gerade direkt aus Iowa eingetroffen. Der Koloß führte sie in das zweite kleinere Zimmer, wies auf einen dünnen Mann in schwarzem Rollkragenpullover mit goldgefaßter Brille aus ovalen Gläsern und hob dann eine Hand. Der Mann nickte, und der Koloß geleitete sie zu seinem Tisch.

»Das hier ist eine Fernsehlady, die mit Jason O'Brien zusammengearbeitet hat.«

»Anna«, begrüßte sie der Mann. Ein kurzes Lächeln, einmal an- und wieder ausgeknipst. Spitze Kaninchenzähne. Er blickte Harper an. »Wer ist Ihr attraktiver Freund?«

»Jake Harper«, stellte sich Harper vor und streckte ihm seine Rechte entgegen. Der Mann schlug vorsichtig ein, aber Jake schüttelte fröhlich die Hand und fragte: »Sie sind Trip?«

»Ja, Trip.« Er hatte diesen leicht schleppenden, aber etwas verfeinerten New-Orleans-Tonfall. »Ich habe das von Jason und Sean gehört. Aber nicht die Einzelheiten.«

»Überrascht scheinen Sie ja nicht zu sein«, bemerkte Anna. »Passiert Ihnen das denn oft, daß Ihre Freunde gekillt werden?«

»Ab und an«, entgegnete Trip leicht amüsiert.

Anna nickte. »Okay. Ich war mal einen Abend hier, vor etwa drei Wochen, um Jason abzuholen, aber der war so hinüber, daß er nicht mehr arbeiten konnte«, erzählte sie. »Er hat an dem Abend noch ein Gerücht in die Welt gesetzt, nämlich, daß er, McAllister und ich einen flotten Dreier abgezogen hätten. Wir glauben, daß sein Mörder das mitbekommen hat, und fragen uns deshalb, wer an dem Abend hier war, den ich oder der mich kennen könnte.«

Trip schürzte die Lippen. »Also, ich nehme mal an, neunzig Prozent der Leute hier haben mit Film zu tun, auf die eine oder andere Weise. Drehbuchautoren, Schauspieler, Regisseure oder welche, die es werden wollen. Und sie haben natürlich auch Kontakt mit den Medien, also... ich weiß nicht – vielleicht kannten mehrere Leute Sie oder wußten von Ihnen.«

Anna schüttelte den Kopf. »Ich habe niemanden gesehen, den ich kannte.«

»Lassen Sie mich mal nachdenken...« Trip drehte den Kopf ein wenig zur Seite und schloß die Augen. Sie warteten. Nach ein paar Sekunden öffnete er sie wieder und fragte: »Und, stimmte das? Mit dem flotten Dreier?«

Trips Blick wanderte zu Harper. »Der macht nämlich ganz schön Spaß.«

»Sage ich ihr doch auch dauernd«, flachste Harper. »Die andere Frau habe ich auch schon.«

»Hör auf«, fuhr ihn Anna an und wandte sich dann wieder an Trip: »Jemand, der beide gut gekannt haben muß, McAllister *und* Jason.«

»McAllister war in der Pornobranche, als Schauspieler.

Vielleicht hat Jason die Aufnahmen gemacht, was weiß ich? Jedenfalls waren beide mit dem Typ befreundet, der die Filme produziert. Dick Harnett von Bunny Films, drüben in Burbank.«

»Ist das alles?«

»Noch nicht ganz. Wissen Sie, wer sich sonst noch mit ihnen herumtrieb? China Lake.«

»Wer?«

»China Lake, die Schauspielerin. Sie hat eine Woche für die Serie ›90210‹ gedreht – spielte ein Junkie-Girl. Ein paarmal war sie mit den beiden hier.«

»Bunny Films in Burbank und China Lake – Sie wissen, wo wir sie finden können?«

»Wahrscheinlich beim Üben für eine neue Rolle als Junkie-Girl«, mutmaßte er und ließ wieder seinen New-Orleans-Slang freien Lauf. »Sehen Sie mal unten auf dem Damenklo nach. Dunkle Haare, um die Ohren freirasiert.«

Die Damentoilette war eine einzige Kloake, vier Abtritte mit Blechtüren, der nackte unebene Betonfußboden voller kleiner Lachen. Es stank nach Urin und Erbrochenem. China war allein und starrte sich in einem gesprungenen Spiegel an. Ihre Augen hatten schwarze Ringe, die Schultern waren nur noch Haut und Knochen. Anna schätzte sie auf neunzehn.

»China?«

Sie drehte den Kopf und sah erst Anna, dann Harper an, zeigte aber kaum Interesse: Daß Harper sich in eine Damentoilette gewagt hatte, schien ihr keinen besonderen Kommentar wert, sie nahm es nicht einmal zur Kenntnis. »Ja?«

»Ich heiße Anna Batory und habe mit Jason O'Brien zusammengearbeitet, bevor man ihn umgebracht hat.«

»Ich habe von seinem und auch von Seans Tod gehört«, sagte sie. Sie wandte sich wieder ihrem Spiegelbild zu. »Und, was springt für mich dabei heraus?« Ohne auf eine Antwort zu warten, fragte sie Harper: »Sind Sie ein Cop?«

»Nein.« Er schüttelte den Kopf. »Wir suchen nach dem Mörder von Jason. Der ist nämlich jetzt auch hinter Anna her.«

»Tatsächlich? Springt für mich dabei etwas heraus?«

Anna schüttelte den Kopf. »Wir suchen nach einem Typ, der sich vielleicht mit Jason und McAllister herumgetrieben hat. Ziemlich großer Kerl, so wie Jake.« Sie nickte in Jakes Richtung. »Und ein bißchen aus den Nähten gegangen. Nicht richtig fett, aber etwas rundlicher. Könnte ein bißchen unheimlich wirken.«

»Das tun alle, die ich kenne«, erwiderte China. »Allerdings…«

»Ja?«

»Die meisten sind eher dünn. Sie haben sicher gar nichts für mich? Dabei sehen Sie so aus, als hätten Sie Geld.«

Sie redeten noch eine Weile miteinander. Dann kam eine Frau herein, blickte Harper an, sagte aber nichts, ging nur in ein Toilettenabteil und schloß hinter sich ab. Harper sah Anna etwas verlegen an, dann China, die wieder in den Spiegel glotzte, und schüttelte den Kopf. Nichts zu holen hier.

»In Ordnung«, sagte Anna. Sie hielt China eine Visitenkarte hin, und als die nicht reagierte, schob sie sie in ein Seitenfach von Chinas kleiner Lederhandtasche. »Wenn Sie irgend etwas hören oder Ihnen jemand einfällt, rufen Sie mich an. Vielleicht… springt dann für Sie etwas heraus.«

China strahlte. »Sie haben was für mich?«

»Tolle Spur«, sagte Harper, als sie den Club verließen. »Und jetzt?«

»Bunny Films.«

»Anna, es ist zehn Uhr abends.«

»Dann trommeln wir halt gegen die Tür – vielleicht ist noch jemand da. Was sollen wir denn sonst tun?«

»Mir fällt da bestimmt noch etwas ein.«

Hinter ihnen im Club lehnte ein Mann in der Tür zur Damentoilette und erkundigte sich: »Bist du nicht China Lake?«

China drehte sich um und fragte: »Hey. Hast du was für mich?«

Der Mann zuckte mit den Schultern und griff sich unbewußt an die Wange. »Vielleicht«, sagte er. »Ich habe von allem was.«

»Ja?« Chinas Gesicht hellte sich auf. Die Ringe um ihre Augen schienen blasser zu werden. Sie sah jetzt etwas jünger aus, als sie wirklich war. »Auf dich habe ich gewartet.«

20

Vom Sunset brachen sie in Richtung Burbank auf. Unterwegs fiel Annas Blick auf eine rothaarige Frau in Motorradjacke und hautengen Jeans, die, die Hände in den Taschen vergraben, an einem Schaufenster lehnte und eine Zigarette rauchte. »Halt, fahr mal rechts ran«, befahl Anna. »Da, auf Höhe der Frau.«

Harper tat es. »Was ist los?«

»Wie fährt man die Scheibe runter?« Er drückte den Knopf, die Scheibe senkte sich, und Anna rief: »Hey, Jenny ... Ich bin's, Anna.«

Die Frau hatte das Auto stoppen gesehen, jetzt lächelte

sie, schnippte die Zigarette auf die Straße und sagte: »Anna. Wo hast du denn die ganze Zeit gesteckt?«

»Gearbeitet. Komm, steig ein.« Anna drehte sich nach hinten um und entriegelte die Hintertür. »Essen wir einen Happen zusammen?«

Die Frau nickte und lobte: »Flotter Schlitten.« Sie schlüpfte auf den Rücksitz, und Anna machte bekannt: »Jenny Norden, Jake Harper. Jake ist Anwalt, Jenny arbeitet für den Sozialdienst der Lutherischen Kirche.«

Harper zog die Augenbrauen hoch. »Du nimmst mich auf den Arm.«

Norden lächelte breit und sagte: »Kein Witz. Ich bin eine Wiedergeborene.«

»Anna und ihre Freunde«, bemerkte Harper und fuhr wieder los.

»Ich kann gar nicht glauben, daß du mit einem Anwalt ins Bett gehst«, neckte Norden augenzwinkernd.

»Wer sagt denn, daß ich das tue?« konterte Anna.

»Ich«, erklärte Norden. »Du hast diesen verträumten Blick.«

»Was stimmt denn nicht mit uns Anwälten?« fragte Harper.

»Gar nichts. Ich bin schließlich selber eine«, sagte Norden.

»Tatsächlich? Dann kennen Sie ja den Unterschied zwischen einem Rechtsanwalt und einem Trampolin.«

»Wenn man auf ein Trampolin springt, zieht man zuerst die Schuhe aus«, antwortete Norden. »Und Sie wissen sicher, was ein Anwalt sagt, wenn er in einen Kuhfladen tritt?«

»Mein Gott, ich schmelze«, entgegnete Harper. »Aber ist Ihnen auch der Unterschied zwischen einem Anwalt und einem Gockel bekannt?«

»Ein Gockel kann nicht gackern«, parierte Norden, und Harper stellte fest: »In Ordnung, sie ist tatsächlich eine Anwältin.«

»Das sage ich ja«, meinte Anna und lachte. Womit sie Harper ansteckte, der fragte: »Was ist denn so komisch?« Anna klärte auf: »Ich habe gerade den Witz mit dem Gakkern kapiert.«

»Wenn du mich wirklich liebtest, würdest du darüber nicht lachen«, sagte Harper.

Darauf drehte sich Anna wieder in ihrem Sitz um und erkundigte sich bei Norden: »Hey, Jenny! Kennst du einen Mann namens Dick Harnett? Soll im Porno-Geschäft tätig sein.«

»Klar – und ich hoffe, du hast eine Story in der Mache, die ihn von vorne bis hinten ruiniert«, erwiderte Norden.

»Wir kennen ihn noch nicht einmal – aber wir müssen mit ihm reden. Ich habe da nämlich ein Problem.« Sie erklärte es ihr.

Norden hörte aufmerksam zu, sagte dann: »Anna...«, brach ab, wandte sich an Harper und bemerkte: »Sie sollten sie von hier fortschaffen.«

»Das habe ich ihr auch vorgeschlagen. Sie besteht allerdings darauf hierzubleiben. Also bleibe ich auch.«

»Das ist doch absoluter Blödsinn«, erklärte Norden. Sie beugte sich nach vorn und zeigte durch die Windschutzscheibe. »Seht ihr das Restaurant mit dem Mond im Fenster? Laßt uns da einkehren.«

Das Gibbous Moon wurde von zwei netten, in die Jahre gekommenen Hippies betrieben, die Norden kannte. Es roch nach gedämpftem Gemüse, Olivenöl und Kaffee. Der Barmann hinter der Theke begrüßte Norden mit Namen. Sie fanden eine freie Nische und bestellten Kaffee.

»Dick Harnett hat in den Sechzigern einwandfreie TV-Shows produziert. Davon abgesehen, war er allerdings auch ein Sex-Freak und hat ein paar Pornos gedreht, als das gerade hip war, so um die Zeiten von *Deep Throat* herum«, sagte Norden. »Dann kam der Feminismus auf, Porno war nicht mehr ›in‹, und kein ordentlicher Mensch wollte mehr etwas mit ihm zu tun haben. Er schlug sich eine Weile mehr schlecht als recht durch, dann kam jedoch der Video-Boom, und er wußte sofort, wie man das nutzen konnte. Er hatte den richtigen Riecher und wurde einer der ersten ganz großen Porno-Vertreiber auf dem Videomarkt.«

»Dann ist er also reich.«

»Nein, nein, nach einer Weile hat so gut wie jeder Collegeboy mit seiner Freundin einen Pornofilm gedreht... Amateurbänder. Damit war der Markt so gut wie weggebrochen. Ich habe den Eindruck, die meisten Produzenten von seiner Sorte erleben gerade ziemlich harte Zeiten.«

»Er besitzt diese Firma Bunny Films...«

»Genau, und tut so, als habe er etwas mit dem *Playboy* zu tun. Er hat wohl ein ganzes Dutzend Filmgesellschaften betrieben. Aber jetzt wird er langsam alt – wenn er auch, wie man sagt, noch immer ein Freak ist.«

»Er ist ein Schweinehund«, korrigierte Anna.

Norden nippte vorsichtig an ihrem Kaffee und nickte: »Ja. Und dazu gehört noch, daß seine Filme auch immer etwas mit Gewalt zu tun haben. Für ihn ist Sex ohne Brutalität nicht denkbar. Vielleicht... Ich weiß nicht.«

»Vielleicht was?« hakte Harper nach. »Glauben Sie, er könnte der Kerl sein?«

»Er ist zu alt«, wandte Anna ein.

»Weißhaarig?« fragte Harper.

Norden nickte. »Dichter weißer Haarschopf. Schon lange – seine erste Filmgesellschaft hieß Silver Fox Films.«

»Woher wissen Sie das alles? Aus Ihrer Sozialarbeit für die Lutherische Kirche?« fragte Harper.

»Ich arbeite mit Nutten – jungen Mädchen«, erläuterte Norden. »Hole sie von der Straße, versuche, sie aus diesem Leben herauszuholen.«

»Und geht dabei auch tätlichen Auseinandersetzungen in Biker-Bars nicht aus dem Weg«, ergänzte Anna.

»Hey, das gehört nun mal dazu«, bemerkte Norden, sah Anna an und zog die Augenbrauen hoch.

»Aha«, meinte Harper und kratzte sich am Kinn. »Und Sie kennen Harnett.«

»Ich weiß, wer er ist – ich habe mich mit ihm unterhalten. Er braucht die Mädchen von der Straße hin und wieder für seine Filme, und wie ich gehört habe, hat er eine Reihe Videos mit wirklich sehr jungen Mädchen gemacht. Von daher steht er auf meiner Liste.«

»Glaubst du, er könnte einen wie Jason dafür angeheuert haben?« fragte Anna.

»So, wie du ihn schilderst, ist er genau der Typ, den Harnett braucht – einer, der ihn nicht zuviel Geld kostet und gute Arbeit macht. Viele Jungs von der UCLA haben für ihn gearbeitet«, sagte Norden.

Anna sah Harper an. »Wir müssen ihn uns schnappen.«

Harper schüttelte den Kopf. »Erst müssen wir ihn uns mal ansehen. Ich meine, wenn er wirklich der Kerl ist… dann müßtest du ihn doch kennen.«

»Den Namen habe ich aber noch nie gehört«, war sich Anna sicher und schüttelte nun ihrerseits den Kopf.

»Du hast doch diesen Streifen über die Straßen-Kids gedreht, vielleicht bist du ihm ja dabei über den Weg gelaufen und hast es nur nicht gemerkt«, sagte Norden.

»Das ist jetzt sechs Monate her«, erwiderte Anna. »Diese Geschichte hier ist letzte Woche passiert.«

Wieder im Wagen rief Anna Louis an und bat ihn, die Wohnadresse von Harnett herauszusuchen. Während die beiden miteinander redeten, erkundigte sich Harper bei Norden: »Wie sind Sie eigentlich an diese Arbeit gekommen? Ich meine…, waren Sie jemals selber beteiligt an dieser…?« Er wollte sie nicht direkt fragen, ob sie auch mal Nutte gewesen sei.

Ihr machte sein Herumdrucksen sichtlich Spaß. »Nein. Ich bin auf ein Lutheranisches College in Iowa gegangen und habe dann in Guatemala in einer Missionsstation gearbeitet. Als ich wieder zurückkam, fing ich an, Jura zu studieren, hier in Kalifornien, in Berkeley. Danach war ich als Anwältin im kirchlichen Sozialdienst tätig. Dabei traf ich auf ein paar Straßenkinder, junge Mädchen, und mir wurde klar, daß mir Missionsarbeit besser liegt als die Juristerei. Und irgendwie bin ich so ja immer noch Anwältin…«

»Und den religiösen Ansatz haben Sie immer beibehalten? Selbst nachdem Sie das ganze Elend auf der Straße erlebt haben?«

»O ja, absolut«, bekräftigte Norden. Sie nickte und machte ein ernstes Gesicht. »Ich betrachte Jesus Christus als meinen Erlöser, und ich glaube, daß er bald wiederkommt, um uns zu richten und die von uns in die Ewigkeit zu holen, die es verdient haben.«

Harper sah noch einmal in den Rückspiegel und war sicher, daß sie es ernst meinte.

Anna schaltete gerade ihr Handy aus und berichtete: »Louis findet keine Privatadresse. In den beiden Counties gibt es fünf Richard Harnetts ohne eingetragene Telefonnummern, und sie wohnen alle über die ganze Gegend verstreut.«

»Wir haben doch noch seine Firmenadresse«, sagte Harper. »Sehen wir uns da mal um.« Norden fragte er: »Können wir Sie irgendwo absetzen?«

»Zum Teufel, nein. Für nichts in der Welt möchte ich das hier verpassen.«

Auf dem Weg nach Burbank bog Harper plötzlich in eine schmale Straße ab und beschleunigte wieder. »Was ist?« fragte Anna. Sie fuhren an der Rückseite einer Reihe von kleinen Lagerhäusern vorbei.

»Mal die Lage checken«, antwortete Harper und behielt den Rückspiegel im Auge. »Schließlich wissen wir, daß er uns folgt.«

Die kleine Straße stieß auf eine größere. Sie überquerten diese und blieben auf der kleinen Straße. An ihrem Ende bog Harper nach links in ein ruhiges Wohngebiet und dann wieder schnell nach rechts ab. »In Ordnung«, meldete er.

Bunny Films befand sich im ersten Stock eines schäbigen, billigen Bürogebäudes aus den Fünfzigern in Beton- und Ziegelbauweise. Kein Wagen stand auf dem Parkplatz. Irgendwie strahlte das Gebäude Verlassenheit aus. Nirgends war Licht zu sehen.

»Wir sollten morgen wieder kommen«, meinte Harper.

»Laß uns nicht gleich wegfahren«, bat Anna. »Fahr hinten herum. Ich möchte mir zumindest den dortigen Eingang ansehen.«

»Man wird so leicht zum Verbrecher«, warnte Harper sie. »Da stimmt mir die Kollegin Norden doch sicher zu.«

»Ich möchte mir doch bloß die Tür ansehen«, stellte Anna klar. »Vielleicht ist da jemand, der uns hereinläßt.«

»Ach, Mensch«, Harper zögerte, woraufhin Anna fragte: »Wer ist da über diesen Zaun gestiegen, auf wen wurde geschossen, und wer ist in das Haus eingebrochen, und …?«

»Okay, okay«, Harper gab nach und fuhr nach hinten auf einen Parkplatz mit Schild ›Reserviert für Mieter‹. Norden und Anna stiegen aus. Dabei fragte Norden: »Geschossen?« Harper blieb bei laufendem Motor im Auto sitzen.

»Es gab da ein paar Schwierigkeiten«, entgegnete Anna knapp. Die Tür war verschlossen. Man sah den Riegel zwischen Türblatt und Rahmen. »Besonders tief steckt er nicht drinnen«, stellte Norden fest und bückte sich zum Schloß hinunter. »Er sitzt ein bißchen schief. Bestimmt kriegt man die Tür mit einem Schraubenzieher oder Keil aufgestemmt.«

»Bin gleich wieder da«, meinte Anna, lief zum Wagen und bat: »Hey, Jake, sperrst du mal den Kofferraum auf?«

»Warum?«

»Ich möchte mir deine Golfschuhe anschauen. Sperr ihn schon auf.«

»Anna, was, verdammt...?« Aber er gehorchte. Der Werkzeugkasten klemmte unter dem Deckel. Das hatte sie gesehen, als sie auf dem Parkplatz am Range den Kopf in den Kofferraum gesteckt hatte, bevor sie dann angegriffen worden war. Sie löste die Halteschraube an der Kiste, und der Deckel ging auf. Sie suchte einen Schraubenzieher heraus, klappte den Kofferraum wieder zu und marschierte zurück zur Tür.

»Was meinst du, geht es damit?« fragte sie Norden.

Die sah sich einmal schnell um. Draußen strömte der Verkehr, und dreißig Meter die Straße hinunter saß ein halbes Dutzend Jugendlicher an einem Tisch auf dem Gehsteig vor Foster's Freeze. »Mach keine auffälligen Bewegungen und beeil dich«, sagte Norden.

Anna steckte den Schraubenzieher in die Lücke zwischen Türblatt und Rahmen, lehnte ihr ganzes Gewicht dagegen, und als der Riegel aus dem Anschlag sprang, stieß Norden die Tür auf.

»Unverantwortlich«, sagte Norden und sah sich die Tür an. »Mich wundert, daß die Junkies nicht schon die ganzen Möbel rausgeschafft haben.«

»Wahrscheinlich hatten sie zuviel Angst«, vermutete Harper. Er hatte den Motor abgestellt und war hinter sie getreten. »Man kann uns hier nämlich von überall sehen, und wahrscheinlich rufen jetzt schon neun Leute bei der Polizei an.«

»Die Tür war offen«, log Norden.

»Ja, klar. Überall Kratzer vom Schraubenzieher, den wir praktischerweise sogar noch in der Hand haben.« Harper zog die Tür zu, nahm Anna den Schraubenzieher ab, stemmte ihn wieder zwischen Blatt und Rahmen und ließ den Riegel in den Anschlag springen. »Als ich noch eine Uniform trug, haben wir an den Türen gerüttelt, aber wir haben nie versucht einzudringen, wenn sie verschlossen waren«, sagte er.

Auf der Übersichtstafel am Vordereingang gab es keinen Hinweis auf Bunny Films, doch in der Reihe der bunt bemalten Briefkästen gleich neben der Tür befand sich einer für die Harnett Enterprises mit entsprechender Nummer. Die Firma war im ersten Stock. Also ignorierten sie den kleinen Aufzug und stiegen eine dunkle, nach kaltem Tabakqualm riechende Treppe hinauf, fanden oben einen Lichtschalter und gingen bis ans Ende des Flurs. An der Tür zum Büro war nur eine Nummer angebracht, kein Name. Das Namensschild neben der Tür war leer.

»So ein Mist«, schimpfte Harper. »Wahrscheinlich ist er ausgezogen.«

»Vielleicht ist das auch nur ein Trick, damit die Leute nicht gleich wissen, wo er sitzt«, hielt Anna dagegen. »Wenn das hier sein Büro ist, dann muß drinnen etwas zu finden sein, was uns seine Privatadresse verrät.«

Harper sah den Gang hinauf, schüttelte den Kopf, lehnte sich mit dem Rücken an die Wand gegenüber, hob den Fuß in Höhe des Türknopfs und trat dagegen. Das Schloß brach aus der Tür, und sie waren drinnen.

»Wenn die Cops kommen, sind wir dran«, sagte er und schaltete das Licht ein. »Beeilen wir uns. Und berührt um Gottes willen möglichst nichts mit den Fingern.«

Harnetts Büro bestand aus einem großen Raum mit einem Schreibtisch in der Mitte, Aktenschränken auf der Schmalseite, einer Couchgarnitur mit Sofa und Sesseln sowie einem verblaßten Perserteppich am Boden. Dahinter war das einzige Fenster. Es gewährte Blick auf den Parkplatz und den eingezäunten Hinterhof eines sich anschließenden Wohnhauses. In dem Hinterhof mußte etwas Harnetts Interesse geweckt haben, denn auf der Fensterbank hatte er ein 10x50-Fernrohr befestigt, das auf den Hof ausgerichtet war.

Rechts befand sich eine Tür, die nicht verschlossen war. Anna öffnete sie und stand vor einem Wandschrank mit Regenmantel, einem Anzug im Plastiküberzug, einer Lade mit Hemden, ein paar Rollen Weihnachtspapier, Schuhputzzeug in einem Pappkarton und zwei leeren Koffern.

Auf dem L-förmigen Schreibtisch lagen Stapel von Geschäftspapieren. Aus zwei Ablagekörben für Ein- und Ausgänge quollen Faxe, Umschläge, Zeitungsausschnitte, Fachzeitschriften. Auf dem kürzeren Schenkel des Schreibtischs stand ein Gateway-P5-90-Rechner plus Vivitron-Monitor, verkabelt mit einem Hewlett-Packard-Laserdrucker. Auf einem schmalen Beisatztisch thronten ein Panasonic-Faxgerät und ein Canon-Kopierer. In der Ecke war in einer Holzvitrine ein Fernseher mit Großbildschirm aufgestellt, darunter leuchteten die Displays von zwei Videorecordern. Das Telefon auf dem Schreibtisch hatte fünf Anschlußknöpfe.

»Ziemlich beschäftigter Mann«, bemerkte Anna. In einem Becher stand ein halbes Dutzend gelber Dixon-Kugelschreiber aufgefächert wie ein Blumenstrauß. Anna nahm drei heraus und reichte zwei an Harper und Norden weiter: »Schiebt die Papiere damit auseinander.«

Anna und Harper gingen die Stapel auf dem Schreibtisch durch und auch die Rollkartei mit Adressen und Telefonnummern. Norden nahm sich die Aktenschränke vor. Einmal machte sie »Hmm«, schnappte sich einen Karton mit Papier für den Laserdrucker, schüttete das Papier auf den Boden und trug den Karton zu den Aktenordnern.

»Was haben Sie vor?« wollte Harper wissen.

»Hier ist jede Menge Korrespondenz«, entgegnete Norden, zog Blätter aus den Ordnern und legte sie in die Schachtel. »Interessante Sachen. Vielleicht kann ich damit …«

»Seht euch das an«, unterbrach sie Anna. Sie war noch einmal zu dem Wandschrank gegangen, während Harper weiter auf dem Schreibtisch herumwühlte. Anna hatte die beiden Koffer in der Hand. Sie waren leer, aber an den Griffen hingen noch die Reiseetiketten. »Privatadressen«, sagte sie. »Sogar mit Telefonnummern.«

Anna schrieb sie ab. Harper widmete sich unterdessen einem Aktenschrank voller Videokassetten. Ein anderer war mit Nacktmagazinen und ein paar alten 16-mm-Filmrollen vollgestopft. »Seht euch nur diesen ganzen Dreck an«, erklärte Norden. »Stellt euch mal vor, wie viele Frauen da drauf sind.«

»Gehen wir«, schlug Anna vor. »Wir haben, was wir wollten.«

»Wir sind ohnehin schon viel zu lange hier«, pflichtete ihr Harper bei.

»Ich nehme die Rollkartei mit«, erklärte Norden. »Dieser Armleuchter.« Sie warf die Kartei in den Karton zu den Papieren und folgte Harper zur Tür. Anna blieb stehen und drehte sich noch einmal um.

»Nun komm schon«, befahl Harper.

»Einen Moment noch.«

Anna ging zum Laserdrucker zurück, zog ein Blatt Papier aus dem Einzugsschacht und riß mit seiner Hilfe die Videokassetten stapelweise aus dem Aktenschrank auf den Boden. Dann suchte sie sich eine Kassette mit eher professionell wirkendem Etikett heraus, schob sie in den Recorder und schaltete mit der Fernbedienung Fernseher und Recorder ein.

»Was machst du da?«

»Psst...«

Das Band lief an, und eine Frau erschien – so, wie sich ein Porno-Konsument eine tolle Frau im Geschäftsleben vorstellt: Kostüm, schulterlanges Haar, Minirock, der schon kurz unterhalb der Hüfte wieder aufhörte. Sie ging auf ein Haus im typischen New Yorker Brownstone-Stil zu. Alles sah ganz nach einem dünnen Plot aus. Anna fuhr im Schnellauf etwa zehn Sekunden weiter, und schon sah man die Frau auf den Knien, wie sie sich an einem Mann zu schaffen machte. Er hatte dichtes Brusthaar, das nach einem Transplantat aussah.

»Alles klar«, meinte sie. »Wollte nur mal nachsehen.« Sie ließ das Band zurücklaufen und startete es wieder. »Gehen wir – und laßt das Licht an und die Tür offen. Auch die Tür unten.«

»Was sollte das denn?« erkundigte sich Harper, als sie wieder im Auto saßen.

»Wir wollten uns bei Harnett mal umsehen«, entgegnete Anna. »Und jetzt sehen wir ihn uns an.«

Sie tippte eine Nummer in ihr Handy und sagte: »Ich möchte einen Einbruch melden, der gerade im Gange ist, in Burbank, ja, in diesem Moment…«

Sie schaltete wieder ab und meinte: »Okay, die Cops sind unterwegs. Sie werden den Einbruch feststellen und das laufende Videoband sehen, und das wird sie einige Zeit aufhalten.«

»Dafür rufen wir jetzt Harnett an«, sagte Harper.

»Genau.«

»Laß mich das machen«, bat Harper: »Wenn er der Kerl ist, kennt er deine Stimme.«

Beim dritten Läuten meldete sich Harnett. Er klang ein wenig verschlafen. Harper meldete sich mit den Worten: »Mr. Harnett, hier ist James T. Peterson vom Reinigungsdienst. Mr. Harnett, in Ihr Büro ist eingebrochen worden. Wir haben die Polizei angerufen, aber ich glaube, Sie kommen besser selber her.«

Harnett kam in einem alten Buick angefahren. Das Heck war ziemlich verbeult, und die Räder humpelten über die Schwelle zum Parkplatz. »Aha, da ist er«, sagte Norden.

Die Polizei war schon da. Ein Cop stand neben seinem Streifenwagen und gab einen Funkspruch durch. Harnett stieg aus dem Buick, und der Cop gab ihm ein Zeichen stehenzubleiben.

Anna, Harper und Norden saßen ein Stück entfernt an einem Tisch vor Foster's Freeze und aßen Vanilleeis mit Schokoladensauce. Anna hob den Kopf, sah Harnett und verschluckte sich fast. »Den kenne ich, den habe ich schon mal gesehen«, erklärte sie aufgeregt. Harnetts Haarschopf war eine wilde Mähne. Offenbar war er nur einmal schnell mit den Fingern hindurchgefahren. Er brachte einiges Gewicht auf die Waage. Sein Kinn, früher vielleicht einmal kantiger, war inzwischen zum Doppelkinn mutiert. Er trug weite zerknitterte Khakihosen und eine Nylon-Windbluse. »In diesem Topless-Club am Sunset, den ein Polynesier betrieb und wo dieser Harfenspieler von seiner Freundin erschossen wurde...«

»Ja, das LoBall«, fiel Norden ein. »Es ist inzwischen geschlossen.«

»Richtig. Wir waren nach der Schießerei da und haben uns umgesehen. Er gab gerade einem anderen Team ein Interview, und ich schnappte ihn mir und habe ihn ein paar Minuten ausgefragt. Er war ganz gut vor der Kamera. Seinen Namen hat er nicht genannt, darum hat es bei mir auch nicht gleich geklingelt. Genau, ich erinnere mich, daß er sagte, er wolle seinen Namen lieber für sich behalten. Mir kam es so vor, als kenne er sich aus mit TV-Kameras...«

»Der Weißhaarige«, stellte Harper fest.

»Ja, aber er ist irgendwie zu fett. Der Kerl auf dem Parkplatz – er war nun nicht gerade hager, aber genaugenommen auch nicht fett...«

Der Cop warf seine Autotür zu und begleitete Harnett ins Haus. Sie verschwanden.

»Wie lange ist das her?«

Anna sah Norden an. »Muß, meine ich, vor etwa einem Jahr gewesen sein.«

Norden nickte. »Möglich. Die Leute, die den Club betrieben, hatten ständig Ärger mit den Cops, und die Schießerei hat dann das Maß vollgemacht. Ich glaube, ein paar Monate haben sie noch weitergemacht, aber dann war der Laden zu. Jetzt ist da ein anderer.«

»Gut«, entschied Anna. »Wenn er wieder herauskommt, zeige ich mich ihm. Mal sehen, wie er reagiert.«

Harper runzelte die Stirn. »Wenn er es ist, dreht er durch.«

»Aber rundherum sind Cops. Was kann er da schon machen?« In ihrer Tasche klingelte das Handy. Sie kramte es heraus. »Und wenn er es ist und nervös wird, verrät er sich.«

Sie nahm den Anruf an. Eine weibliche Stimme jammerte: »Anna Batory?«

»Ja?«

»Ich sterbe.«

»Wie bitte?« Sie starrte das Telefon an. »Wer sind Sie?«

»China Lake.« Ihre Stimme klang schwach und wie aus weiter Ferne. »Ich sterbe.«

»Was ist denn los?« Anna geriet ins Stottern. Harper und Norden sahen sie neugierig an.

Dann eine männliche Stimme, rauh. »Sie stirbt, Anna. Und das ist deine Schuld.«

Anna schloß die Augen und umklammerte das Handy. »Nein, nein.«

»Was ist denn?« Harper sah sie erschrocken an.

»Er...«

21

»Hör ihr schön zu.« Die Stimme des Mannes zischte jetzt förmlich. Eine Schlange, die das Quälen auskostete.

Jake war aufgesprungen und rannte zum Streifenwagen auf dem Parkplatz.

Anna vernahm wieder das Stimmchen der Frau. »Anna, er hat mich verletzt, mit dem Messer. Es tut nicht sehr weh, aber ich kann mich nicht bewegen...«

»Wo bist du?«

»Irgendwo«, antwortete der Mann. »Ich habe dich heute abend beobachtet. Was hast du vor? Suchst du mich etwa?

Wenn du das tust, kann ich dir nur sagen, daß das gar keine gute Idee ist. Ich werde dir den verdammten Kopf abschneiden und dein Gehirn verspeisen.«

Die Stimme paßte: Es war die Stimme des Mannes auf dem Parkplatz. Es war der Mann, der auf Creek geschossen hatte. Anna hörte so angestrengt hin, daß es beinahe schmerzte. Sie lauschte auf jedes Geräusch im Hintergrund, das ihr möglicherweise weiterhalf, andere Stimmen vielleicht. Aber sie hörte nichts als sein Zischen.

»Bist du noch dran, Anna?«

»Ja«, entgegnete sie.

»Sehr gesprächig bist du ja nicht.«

»Ich *suche* dich, du Tier. Was du gerade veranstaltest, ist hoffentlich nur ein mißglückter Scherz...«

»Sonst?« Er lachte. »Was tust du sonst?«

»Ich bringe dich um«, drohte Anna.

»Ach, du bringst mich um? Hast du das gehört, China? Sie will mich umbringen. Hier, willst du mit ihr sprechen?«

China flüsterte nur noch: »Ich sehe nichts. Mir wird kalt.«

»Laß sie in Frieden«, schrie Anna. »Laß sie gefälligst in Frieden.«

»Nein, sie wird sterben«, teilte der Mann beiläufig mit. »Weißt du auch, warum? Weil ich eine Frau brauchte, vor allem nach dem, was du mir neulich angetan hast. Du hast mich total fertig gemacht, Anna. Ich bin stinksauer.« Und zu seinem Opfer gewandt sagte er jetzt: »Du stirbst doch, China, nicht wahr? Sieh dir nur das ganze Blut an.« Dann sprach er wieder ins Telefon: »Sie stirbt. Es strömt nur so aus ihr heraus. Ich habe ihr nämlich in die Beine gestochen. Es ist wirklich purpurfarben, das Blut. Ich hätte eigentlich gedacht, daß es röter wäre.«

»Du gemeiner Hund«, schrie Anna und schmetterte das

Handy unbewußt wie einen Baseball auf die Straße. Es rutschte und polterte über das Pflaster, und der Akku sprang heraus. »Anna«, fragte Norden, »Anna, was hat er denn gesagt...?«

Doch Anna hastete schon hinter dem Handy her, hob es zusammen mit dem Akku auf, schob diesen wieder zurück und rief in den Hörer: »Hallo?« Sie drückte die Rückruftaste. »Hallo? hallo? O mein Gott...«

Keine Antwort. Sie stand da mit dem Handy am Ohr, sah Norden an, drehte sich um und sah zu Harnetts Bürohaus hinüber. Ein Cop kam herausgerannt, hinter ihm Harper. Sie kletterten in den Streifenwagen. Harper sah zu ihr herüber. Aber Anna hob nur die Arme. *Wieder weg*, sollte das heißen.

»Das darf doch alles nicht wahr sein«, stöhnte Anna. Sie kniete auf dem Vordersitz des BMW. Harper raste zurück zum Sunset. Wyatt war auch auf dem Weg dorthin. Es war zwar nicht sein Zuständigkeitsbereich, aber er würde ein paar Mann von der. L. A.-Mordkommission dabei haben. Das BJ's war noch offen. Gäste in Schwarz stiegen die Stufen zu den Tanz- und Partyräumen hinauf. Anna schoß unten durch das Lokal und kontrollierte jeden Tisch. Alle Blicke folgten ihr, als sie einen Gast nach dem anderen musterte, und der Barkeeper sagte: »Hey...« Schließlich hielt sie eine Kellnerin am Arm fest und fragte: »Haben Sie China Lake gesehen?«

»Wenn sie da ist, ist sie wahrscheinlich irgendwo auf dem Klo. Da hockt sie für gewöhnlich«, grinste die Frau abschätzig.

Anna rannte zur Damentoilette. Zwei Frauen standen vor dem Spiegel und fuhren erschreckt herum. Eine hatte noch einen Rest Kokainpulver an der Nase. »Gott im Himmel...« Eine Toilettentür war verschlossen, und Anna trommelte dagegen: »China, bist du da drin?«

»Nein, verschwinden Sie gefälligst«, schrillte eine Stimme, die nicht China gehörte.

Anna lief wieder zurück und bemerkte Harper auf sie zulaufen, gefolgt von Norden. Sie rannte zur Herrentoilette und stieß die Tür auf. Ein Mann stand am Pissoir und Anna fragte ihn: »Haben Sie vielleicht China Lake gesehen?«

Der Mann deutete ein Achselzucken an und entgegnete: »Worum geht's?«

»Ach, verdammt...« Sie ging wieder zurück in den Flur. Harper hielt sie fest und fragte: »Nichts?«

»Nein.«

»Hier oben ist sie auch nicht«, erzählte Harper. Er blieb stehen, faßte sich mit beiden Händen an den Kopf und dachte nach. Hinter ihm tauchte ein Rausschmeißer auf und fragte: »Probleme?«

»Ja«, meinte Anna. »Haben Sie China Lake gesehen? Oder sie mit jemand anderem gesehen?«

»Was ist denn passiert?«

»Wir glauben, daß irgendein Verrückter sie sich geschnappt hat. Sie könnte ernsthaft in Schwierigkeiten stecken«, sagte Harper in seinem Cop-Tonfall. Der Rausschmeißer entgegnete: »Vor einer Stunde war sie noch hier. Ich glaube, dann habe ich sie gehen sehen, allein. Fragen wir doch mal Larry.«

Er ging mit ihnen wieder nach vorn und zu den Partyräumen. Der Aufpasser an der Tür sah von oben auf sie herab, und der Rausschmeißer rief ihm zu: »Hey, Larry, hast du China gesehen?«

»Sie ist weg.«

»In Begleitung? Hast du jemanden gesehen?«

»Soweit ich weiß, war sie allein.«

Anna mischte sich ein. »Ist Ihnen hier drinnen jemand mit einem Pflaster im Gesicht aufgefallen? Direkt unter dem Auge? Oder vielleicht mit Schorf auf der Backe?«

Er schüttelte den Kopf. »So einer war nicht hier.«

»Kann es sein, daß Sie ihn übersehen haben?«

»Unmöglich. In so einem Fall denkt man doch gleich, der Kerl könnte Schwierigkeiten machen. Und auf solche Typen achten wir.«

Die Eingangstür unten ging auf, und Wyatt kam, gefolgt von zwei Männern in Zivil, herein. Der Rausschmeißer sah sie und fluchte: »Scheiße!« Er sah zu Larry hinauf und gab ihm ein schnelles Zeichen, fuhr sich mit der Hand über die Kehle. Larry ward nicht mehr gesehen.

»Sie ist nicht da?« fragte Wyatt im Hinaufsteigen.

Anna schüttelte den Kopf. »Nein. Sie ist weg.«

»Könnte auch ein Scherz gewesen sein«, sagte Harper. »Louis würde doch nicht...«

Anna starrte ihn an, als habe er den Verstand verloren, und fuhr dazwischen: »Nein, Louis würde nicht... Mein Gott, Jake, es war der Kerl.«

»Ganz sicher?« fragte Wyatt.

»Ganz sicher. Ich habe seine Stimme erkannt«, erklärte Anna.

»Haben Sie sie denn überhaupt vorher schon gehört – ich meine, abgesehen von dem Parkplatz, wo er Sie überfallen hat?« hakte Wyatt nach.

Anna drückte, wie vorher Harper, die Hände an die Schläfen: schwer, sich zu konzentrieren bei so wenig Zeit. Eigentlich hatten sie überhaupt keine Zeit. »Ich glaube..., ich weiß nicht, ich bin ganz durcheinander. Aber als er mich auf dem Parkplatz anquatschte, klang sie, mein Gott, so bekannt. Nicht so vertraut wie aus täglichem Umgang, aber ich kannte die Stimme.«

»Vom direkten Hören oder aus dem Telefon?« erkundigte sich einer der L. A.-Cops. Dem Telefon? Daran hatte sie ja noch gar nicht gedacht.

»Gott, ich weiß nicht. Ich rede jeden Abend, jede Nacht mit Hunderten von Leuten, die mir über den Weg laufen... Ich weiß nicht.«

Harper schaltete sich ein. »Der Türsteher hat niemanden mit einer Bißwunde im Gesicht gesehen. Er beteuert, daß ihm so ein Typ aufgefallen wäre.«

»In Ordnung«, entgegnete Wyatt. Er wirkte erschöpft, fast zu müde, um sich damit zu beschäftigen. »Fragen wir mal herum, ob irgendwer China mit jemand anderem hat weggehen sehen.«

»Ist das alles?« fragte Anna. »Mehr können wir nicht tun?«

»Fällt Ihnen noch was anderes ein?« erwiderte Wyatt.

»Ich verschwinde jedenfalls von hier.« Sie ging zur Tür, aber Wyatt hielt sie am Arm fest.

»Hören Sie, immerhin haben wir jetzt endlich einen Ansatzpunkt – wir stellen gerade eine Sonderkommission aus verschiedenen Abteilungen zusammen, um die Spur dieses Typen zu verfolgen«, berichtete er. »Wir brauchen Sie. Sie sind unsere einzige Verbindung zu dem Killer, wir müssen Sie ständig überwachen können.«

»Ich glaube, dafür ist es zu spät«, stellte Anna fest. »Mit dem Anruf vorhin hat er eine Grenze überschritten. Er weiß jetzt, daß alle hinter ihm her sind.«

»Wir müssen außerdem noch mit Ihnen reden.«

»Ich rufe Sie an. Ich wäre Ihnen wirklich sehr verbunden, wenn Sie mich darüber auf dem laufenden hielten, was Sie aus den Leuten hier herausbekommen haben«, sagte sie und zeigte dabei nach oben. »Und natürlich, wenn Sie etwas von China hören...«

Wyatt sah Harper an. »Jake, können Sie ein bißchen auf sie aufpassen? Sonst ist sie am Ende auch noch tot.«

»Ich will es versuchen«, versprach Harper.

»Und Sie enthalten uns wirklich nichts vor?«

Harper schüttelte den Kopf. »Nein. Wir spielen keine Spielchen. Wir wollen nur, daß er geschnappt wird, egal, von wem. Ich glaube nicht, daß wir etwas Konkretes in der Hand haben. Na ja, eine Weile haben wir gedacht, er könnte ein bißchen älter sein und weißhaarig, aber das war eher eine Theorie. Anna hält ihn für jung.«

Wyatt wandte sich an Anna, die ins Leere zu starren schien, auf einen Punkt irgendwo hinter Wyatts Kopf. »Anna?« sprach sie Wyatt an. »Anna?«

Sie sammelte sich wieder, und ein kleines, unsicheres Lächeln huschte über ihr Gesicht. »Ja. Ich höre. Er ist jung, da bin ich sicher. Vergessen Sie den Weißhaarigen. Da sind wir einem Phantom nachgejagt.« Dann meinte sie zu Harper. »Laß uns gehen.«

Harper zog die Augenbrauen hoch, nickte aber und sagte zu Wyatt: »Wir reden dann morgen weiter.«

Norden wartete draußen auf dem Gehsteig. Sie mochte keine Cops, lehnte an einem Hydranten, rauchte eine Zigarette und fixierte die Warnlichter auf den Dächern der Streifenwagen.

»Fertig?« fragte sie.

»Ja, für heute abend jedenfalls«, seufzte Anna.

»Setzt mich bei mir zu Hause ab. Und ich möchte Harnetts Unterlagen aus dem Kofferraum mitnehmen«, bat Norden.

Sie ließen sie vor ihrem Apartment an der anderen Seite der La Brea Ave aussteigen und warteten, bis sie im Haus war. Dann wollte Jake von Anna wissen: »Was sollte das eigentlich mit dem weißhaarigen Mann und der Jagd nach einem Phantom? Harnett war schließlich noch vor einer Stunde ein ziemlich heißer Ansatzpunkt. Vielleicht ist er nicht der Killer, aber irgendwie hat er mit der Sache zu tun.«

Anna schüttelte den Kopf. »Ach, vielleicht hat er Jason irgendwie gekannt oder so, rein zufällig, aber der weißhaarige Mann, den wir gesehen haben, ist er nicht. Ich weiß jetzt, wer der Weißhaarige wirklich ist.«

Jake sah sie verdutzt an. »So? Dann mal raus mit der Sprache.«

»Wyatt.«

»Wie bitte?« Er grinste und wartete ganz offensichtlich auf den Knalleffekt.

»Ja, ein älterer Mann mit weißem Haar. Als du es erwähntest, sah ich ihn mir an, und auf einmal war mir klar, daß *er* es war. Wir dachten, der Weißhaarige wäre hinter Creek oder mir her, aber in Wirklichkeit war es Wyatt, der hinter Pam Glass herspionierte und wissen wollte, was zwischen ihr und Creek lief. Und er wollte nicht, daß wir das mitbekamen. Darum hat er sich so schnell verdrückt. Er war ganz einfach wegen Pam da und wollte nicht, daß sie davon erfuhr.«

Harper überlegte einen Moment und seufzte: »Bist du davon überzeugt?«

»Zu neunundneunzig Prozent. Wenn wir Wyatt das nächstemal treffen, sieh ihn dir genau an. Er ist es.«

Harper nickte. »In Ordnung. Meine Güte, wir begehen ein Verbrechen, brechen in ein Büro ein, bringen alles durcheinander, und sein Besitzer ist ein unschuldiger Zuschauer.«

»Nicht gerade unschuldig«, stellte Anna richtig. »Aber verbrochen haben wir tatsächlich schon so einiges.«

»Ja«, bestätigte Harper. »Das haben wir. Und wenn wir

nicht sehr aufpassen, haben sie uns bald am Schlaffitchen.« Er wendete und fuhr zurück auf seinen Berg.

Anna setzte sich für die Nacht ins Wohnzimmer und wollte wach bleiben. Sie holte den Revolver aus der Jacke, drehte die Trommel, entlud, spannte den Hahn, zielte auf den laufenden Fernseher, drückte ab. Klick. Schob das Magazin zurück, starrte auf den Bildschirm. Wartete, wußte aber nicht, worauf.

Jake saß eine oder zwei Stunden neben ihr, ging dann aber ins Bett. »Du brauchst Schlaf«, sagte er.

»So?«

Er sah sie an und zuckte mit den Schultern. »Wenn du vorhast, vor die Tür zu gehen, weck mich. Ich gehe mit. Wenn er weiß, wer ich bin, weiß er wohl auch, daß wir hier sind. Wir müssen uns damit abfinden.«

»Okay.«

Er drohte mit dem Finger. »Und ich schwöre dir bei Gott, wenn du gehst, ohne mich zu wecken, versohle ich dir den Hintern.«

Es dämmerte langsam. Erst ein Lichtschimmer, dann wieder die Dunkelheit, schließlich das echte Morgengrauen, ein ungemütliches Licht, das sich wie ein Stück graues Zeitungspapier über die Berge im Osten schob.

Anna hockte in einem Sessel, die Waffe im Schoß. Schlief sie, als Jake hereinkam und sie ansprach?

»Anna?«

Waren ihre Augen schon auf gewesen, oder öffnete sie sie gerade? Sie wußte es nicht. Ihr kam es jedenfalls vor, als hätte ihr Verstand ununterbrochen weitergearbeitet. »Ja?«

»Mein Gott, hast du überhaupt eine Minute geschlafen?«

»Ich weiß nicht«, antwortete sie. Mit einem dumpfen Gefühl im Kopf stand sie auf und ging in die Küche. Harper kam hinter ihr her. »Kaffee?«

»Ich versuche, noch ein paar Stunden zu schlafen«, verkündete Harper. »Komm und leg dich auch hin.«

»Na, na, Jake.«

»In zehn Minuten habe ich dich so weit, daß du schläfst wie ein Murmeltier. Komm einfach mit...«

Sie folgte ihm ins Schlafzimmer, zog Hemd, Jeans und BH aus, schlüpfte in eines seiner T-Shirts und legte sich hin. Er kuschelte sich an sie und befahl: »Jetzt mach die Augen zu.«

»Jake...«

»Mach sie einfach zu, ja? Zehn Minuten.«

Sie spüre seinen Arm um ihre Taille, seine Schenkel an ihrem Po. Sie öffnete kurz die Augen, bemühte sich, einen Blick auf die Uhr zu werfen, sah die Waffe auf dem Nachttisch glänzen – und schloß die Augen wieder.

Das Telefon weckte sie.

Sie schreckte hoch, spürte, wie Jakes Arm an ihr herabglitt, und sah auf die Uhr: Vier Stunden hatte sie geschlafen. Ihr Mund hatte einen pelzigen Geschmack.

»Ja... Oh, mein Gott«, sagte Jake. »Was ist?... In Ordnung.« Er hängte wieder ein.

Sie rollte sich auf den Rücken und stellte seinen Blick, der vor ihr ausweichen wollte. »China?«

»Ja. Sie ist tot. Sie haben ihre Leiche drüben in Glendale gefunden. Wyatt hat es mir gesagt, und...«

»Und was?«

»Er hat sie regelrecht zerstückelt.«

Anna sprang aus dem Bett. »Laß uns hinfahren.«

»Anna.«

»Ich muß mir das ansehen«, beharrte sie.

»Warum?« fragte er aufgebracht.

»Darum. Also zieh dich an.« Darum, weil ihr Gedächtnis es in sich hineinfressen mußte. Weil sie nicht locker lassen durfte bei all diesen Verbrechen, diesen Überfällen auf andere und sie. Sie mußte sich dem stellen, sich alles fest einprägen.

Sie setzte sich ans Steuer, denn Jake zögerte so lange, bis sie schließlich die Schlüssel nahm und auf den Fahrersitz kletterte. Er hockte sich neben sie. Sie lenkte den Wagen über die Berge in östlicher Richtung nach Glendale. Von unterwegs rief sie Wyatt an und wurde von einem zum nächsten weiterverbunden. Man versprach, er werde zurückrufen. Das tat er fünf Minuten später.

»Wo sind Sie?«

»Unterwegs nach Glendale.«

»Das sollten Sie nicht tun.«

»Ich kann sie identifizieren«, erwiderte Anna. »Ich habe sie noch zwölf Stunden vorher gesehen. Sind Sie schon da?«

»Auch auf dem Weg.«

»Dann treffen wir uns da.« Und sie schaltete ab, bevor er widersprechen konnte.

›Da‹ waren eine Ansammlung von Wagen mit Signalleuchten und ein halbes Dutzend Männer, die auf das Highwaybankett schauten: So etwas sah sie jede Nacht. Im Tageslicht wirkte es allerdings noch härter.

Wyatt war noch nicht eingetroffen – und von den Cops rundherum kannte sie keinen. Sie winkten sie weiter, doch sie hielt an. Ein Cop trat an ihr Fenster. »Wir sollen hier Detective Wyatt aus Santa Monica treffen«, teilte sie ihm mit. »Er gehört zur Sonderkommission. Ich habe gestern abend noch mit China geredet, der Frau, von der Sie glauben, daß sie die Tote ist. Er hat mich gebeten, sie zu identifizieren.«

»Okay … Fahren Sie einfach ganz nach vorn.«

Sie stellte den BMW hinter dem letzten Wagen ab und fragte Harper: »Kommst du mit?«

»Klar. Aber laß die Waffe lieber im Wagen. Sie werden sie bemerken und nehmen sie dir dann ab.«

»Gute Idee.« Sie zog den Revolver aus der Jackentasche und schob ihn unter den Vordersitz. »Alsdann.«

China lag halb im Straßengraben. Ihr Körper war in das Kleid eingewickelt, das sie am Abend zuvor getragen hatte. Sie lag auf dem Gesicht, doch der Schotter des Straßenrands hatte sie offensichtlich nicht ernstlich verletzt. Man sah zwar Schnitte in ihrer Haut, aber Blut war hier keines geflossen. Die Kerben sahen aus wie Kratzer in Bienenwachs.

Anna und Harper kletterten vorsichtig hinunter, begleitet von einem jungen uniformierten Cop, der ihre Gesichter beobachtete, während sie hinabstiegen – an einem Fuß vorbei, der noch in einer Socke steckte, genauer: in einem dieser kurzen Söckchen, wie die Mädchen sie derzeit trugen. Daneben ein nackter Fuß, dann die unnatürlich weggespreizten Schenkel, die keine Unterwäsche mehr verdeckte – man sah das dunkle Schamhaar. Dann das Gesicht. Es war vom Schotter zerschunden …

»Ja«, bestätigte Anna, »das ist sie.« Und Harper stöhnte: »Gottverflucht.« Anna wandte sich an den jungen Cop: »Das ist China Lake. Sie ist, nein, war Schauspielerin.«

»Kennen Sie nähere Verwandte von ihr?« fragte der junge Cop.

»Nein, aber … ich kann es herausbekommen.«

»Wenn Sie das tun würden, wären wir Ihnen sehr dankbar.«

»Ja.« Sie sah sich die Leiche noch einmal an, doch Chinas

Gesicht blieb ihr tief im Gedächtnis. Sie prägte es sich ein. Nährte ihre Erinnerungen mit dem Haß.

»Willst du auf Wyatt warten?« erkundigte sich Harper, als sie wieder hinaufkletterten.

»Wozu«, entgegnete Anna bitter. »Der Kerl kann ja nicht einmal den eigenen Hintern mit beiden Händen und einer Taschenlampe finden.«

»Das ist nicht fair«, wandte Harper ein und folgte Anna zum Wagen.

»Scheiß auf Fairness«, blaffte sie.

»In Ordnung, Prinzessin. Und was jetzt?«

»Wir sollten wieder heim zu mir fahren, dann kann ich meinen Wagen nehmen. Ich möchte nicht, daß du mich überall herumkutschierst.«

»Anna, ich bin froh, daß ich …«

»Ich weiß, ich weiß, aber ich will meinen Wagen«, betonte sie. Dann fügte sie hinzu: »Tut mir leid, Jake. Aber das mit China …«

Der mittägliche Verkehr war nicht allzu dicht, und so schafften sie es in einer halben Stunde bis zu Annas Haus. Sie fuhr ihren Toyota aus der Garage, während Harper auf der Straße wartete. Dann folgte sie ihm über den San Diego Freeway durch die Hügel zurück zu seinem Haus. »Weißt du was?« erklärte sie, als sie angekommen waren. »Ich habe etwas vergessen … Ich muß noch mal schnell weg.«

»Ich komme besser mit.«

»Kommt gar nicht in Frage. Das hier mache ich ganz für mich allein – keine Sorge, es passiert schon nichts.« Sie zog sein Gesicht zu sich heran und sagte besänftigend: »Hör zu, ich möchte einfach nur eine Weile herumfahren, ganz allein, um wieder einen klaren Kopf zu kriegen. Und dann will ich noch Creek im Krankenhaus besuchen. Ich nehme mich schon in acht. Und den hier habe ich ja auch noch bei mir.« Sie klopfte gegen den Revolver in ihrer Tasche.

»Verdammt nochmal, Anna, besser, du nimmst dich wirklich in acht.«

Er faßte sie an den Schultern und küßte sie stürmisch. Anna gab sich seinem Kuß hin, hielt ihn einen Moment lang umschlungen, schob ihn dann von sich und sagte: »So soll es bleiben. Bis später.«

Er ging mit ihr zu ihrem Wagen, um ihr nachzuschauen. Bevor sie losfuhr, kurbelte sie noch einmal die Scheibe herunter und bemerkte: »Vielleicht hat er uns bis hierher verfolgt – paß also auch auf dich selbst auf.«

»Das alles ist hier Gelände im Privatbesitz, und die Leute legen ziemlichen Wert darauf, daß die Ruhe nicht gestört wird. Es wäre gar nicht so leicht für ihn, sich hereinzuschleichen, tagsüber schon gar nicht«, erläuterte Harper. »Aber ich sehe mich um.«

Anna fuhr den Weg zurück, den sie gekommen war, und behielt dabei den Rückspiegel im Auge. Hin und wieder fuhr hinter ihr ein Wagen, aber keiner blieb ständig an ihr hängen. Sie fuhr durch bis nach Hause, ging hinein, packte ein paar Kleidungsstücke zusammen, stopfte sie in eine Ledertasche und trug sie zum Auto.

»Anna. Was ist los?« Eine Stimme von oben. Anna sah hinauf.

»Hobie?«

»Komm rauf, laß uns eine Margarita trinken.«

»O je, ich will gerade Creek besuchen.«

»Wie geht es ihm denn?« Sie konnte gerade die Hälfte von Hobies Mondgesicht über den Schindeln vor seinem Dachfenster sehen. »Ich glaube, besser. Die Ärzte sagen, daß er noch ein paar Tage Bettruhe brauche, doch dann sei er wieder auf den Beinen.«

»Großartig…«

»Hör mal, die Cops meinen, dieser Killer, dieser Irre, könnte mir auf den Fersen sein. Wenn du oder Jim hier jemanden herumschleichen seht, ruft mich an, ja? Ihr habt doch meine Nummer, programmiert sie auf Kurzwahl. Ich habe mein Handy immer bei mir…«

»Sag mir die Nummer noch einmal.«

Sie tat es und fuhr wieder los, die Einbahnstraße hinunter, die aus dem Canal-Distrikt führte, und weiter zum Krankenhaus. Sie behielt den Rückspiegel im Auge. Nichts, was nach einem heimlichen Verfolger aussah. Aber Anna las gern Kriminalromane und glaubte von sich selbst, daß sie jemanden quer durch L. A. beschatten könnte, ohne aufzufallen. Man blieb einfach zehn Autos zurück, und bei dem herrschenden Verkehr würde einen niemand mehr entdecken.

Natürlich konnte er sich, wenn er sah, welche Richtung sie fuhr, ausrechnen, daß sie auf dem Weg zum Krankenhaus war. Nachdem dort draußen auf der Straße wenig Parkplätze waren, würde er sich denken, daß sie das Parkhaus nahm. Also gut, dachte sie. Als sie am Krankenhaus ankam, fuhr sie die Rampe zum Parkhaus hinauf und parkte im zweiten Stock.

Anna spannte den Hahn und steckte den Revolver außen in die Jackentasche, legte den Zeigefinger an den Abzugsbügel, um nicht versehentlich einen Schuß auszulösen, schaute noch einmal in die Rückspiegel, stieg aus und marschierte selbstsicher zum Eingang.

Sie sah niemanden, der nicht hierhin gehörte, sie zu beobachten oder auch nur ein Interesse an ihr zu haben schien.

Bis auf Creek. Als sie sein Zimmer betrat, war er auf den Beinen und sah aus wie ein Bär im Trainingsanzug, der an Plastikschläuchen hing, verbunden mit einer Flasche, die neben ihm an einem dreibeinigen Rollgestell hing. Pam saß auf einem Stuhl am Fenster und strickte.

Creek sah Anna und lächelte. »Mein Gott«, sagte sie, »was machst du denn schon außerhalb des Betts?« Dabei sah sie Glass an und erwartete eine Antwort.

»Mir geht's besser«, entgegnete Creek. Doch seine Stimme war nur ein Krächzen, und sein Gesicht wirkte immer noch grau.

»Rat vom Arzt«, klärte Glass Anna auf.

»Und er ist wirklich sicher, daß das gut ist?« fragte Anna.

»Sie finden es toll«, versicherte Glass. »Solange er es nicht übertreibt.«

»Dabei überteibt er doch alles, was er tut«, scherzte Anna.

Anna und Glass diskutierten den Fall noch ein wenig hin und her, so als wäre Creek ein kaputtes Auto, bis sich dieser endlich beschwerte: »Hey, bin ich hier der Dorftrottel oder was?«

»Jedenfalls bist du nicht ganz verantwortlich für das, was du tust«, stellte Anna klar. Dann begab sie sich auf ihre Zehenspitzen und küßte ihn auf die Wange. »Meine Güte, wie ich mich freue, dich auf den Beinen zu sehen.«

»Wo ist eigentlich Harper?« erkundigte sich Creek. »Er soll doch auf dich aufpassen.«

»Ich mußte mal für eine kleine Weile weg – ich nehme mich schon in acht«, versprach Anna, und erkundigte sich bei Glass: »Weißt du schon das Neueste?«

Glass nickte. »Die Schauspielerin. Brutal. Sie haben die Sonderkommission um ein halbes Dutzend Leute aufgestockt, und es gibt ein paar neue Erkenntnisse.«

Anna schreckte hoch. »Die sind wohl für mich nicht zugänglich, oder?«

Glass lächelte schief. »Nicht auszuhalten, was? Aber du weißt doch, wie das ist... Ein Tag oder zwei, und schon ist irgendwas durchgesickert.«

»Ja... Meine Güte.« Anna zog an ihrer Unterlippe und starrte Creek an. »Du gehst jetzt ins Bett.«

»Warum? Ich bin okay.«

»Weil ich Pam für ein paar Minuten mit raus nehme und nicht möchte, daß du tot umfällst, wenn wir gerade weg sind.«

»Möchtest du vielleicht lieber, daß ich tot im Bett liege?«

»Genau das. Dann wäre ich nämlich nicht schuld, weil ich dir nicht gesagt hätte, daß du dich hinlegen sollst.«

Creek schüttelte den Kopf. Dieser Logik konnte er nicht folgen. Aber er setzte sich auf das Bett und zog schließlich die Beine herauf.

»Bleib, wo du bist«, befahl Glass.

»Wau wau«, bellte Creek. »Wie das treue Haushündchen. Platz, Fido.«

Im Flur meinte Glass lächelnd, aber angespannt: »Ich muß dich dringend sprechen.«

»Wegen Creek?«

»Ja. Du brauchtest auch jetzt nur den Finger zu krümmen, und er käme gelaufen. Ich möchte einfach nur wissen, ob du genau das mit ihm vorhast.«

Anna schüttelte den Kopf. »Ich weiß auch nicht, ob du das richtig einschätzt – aber wie dem auch sei, Creek und ich... Ich weiß nicht. Diesen Punkt haben wir einfach hinter uns. Jedenfalls ich. Und ich glaube, er auch. Doch vielleicht hat er es noch gar nicht gemerkt.«

»Warum habt ihr nicht... du weißt schon.«

»Er kam damit zum falschen Zeitpunkt: Und als ich, weißt du, soweit war, um es passieren zu lassen… da war es zu spät. Wir waren irgendwie zu lange wie Schwester und Bruder.«

»Und er hat nie versucht, etwas daraus…« Sie suchten beide nach Worten, als müßten sie ein spezielles Creek-Vokabular entwickeln. »… zu machen?«

»Nicht direkt. Creek sieht zwar aus wie ein Bär, war im Knast, und bei den Marines und all das – aber er ist sensibel. Er weiß immer schon, was ich denke, bevor ich es tue, und wenn ihr beide zusammenbleibt, wird ihm das auch bei dir gelingen.«

»Ein bißchen ist das schon so.«

Anna nickte, lächelte und stupste sie mit dem Finger in den Arm. »Er ist wirklich ein guter Fang.«

Glass strich sich die Haare aus der Stirn, und ihre Schultern fielen nach vorn, so als sei ihr Blutdruck gerade um fünfzig Punkte gefallen. »Du wolltest etwas von mir?« fragte sie schließlich.

»Ich wollte nur mit dir über deinen Partner reden.«

»Und?«

»Ich bin überzeugt, daß er der Mann war, den wir hier oben gesehen haben und dem wir nachgerannt sind. Ich glaube, er wollte dich auskundschaften.«

Glass' Blick irrte für wenige Sekunden durch die Gegend. Dann nickte sie munter und sagte: »Ja, verdammt.«

»Was also…?«

»Ich werde mit ihm reden«, versprach Glass. Dann grinste sie reumütig und bemerkte: »Weißt du, Männer kommen wirklich von einem anderen Stern.«

Anna war auf der Hut, als sie wieder ins Parkhaus zurückging. Aber nichts passierte. Nichts. Im Parkhaus war es so still, daß kein Filmregisseur diese Chance ausgelassen hätte:

da drüben der Killer und hier Anna, beide Auge in Auge, und dann würde Anna ihn erschießen.

Oder so ähnlich.

Auf alles konnte sie schließlich nicht vorbereitet sein.

Sie fuhr nach Hause, stellte den Wagen in der Garage ab, die Schnauze nach vorn, ließ den Motor aber laufen. Von oben rief Hobie: »Das Angebot steht noch.« Und sie brüllte zurück: »Danke, Hobie, aber ich muß gleich wieder weg.«

Drinnen setzte sie sich einen Moment, ging dann durch die Küche zur Hintertür, prüfte das Schloß, ging wieder zur Eingangstür, zog sie hinter sich zu, schloß ab und fuhr den Wagen aus der Garage.

Dabei ging ihr folgendes durch den Kopf: Wenn der Killer sie beobachtete, konnte er das nicht innerhalb des Canal-Bezirks tun. Die Einbahnstraße, die hier durchführte, war zu eng. Niemand konnte darin anhalten und warten, ohne gesehen zu werden. Er mußte also an der Kreuzung oder am Ende der Straße warten und sie sich schnappen, wenn sie kam oder wieder wegfuhr.

In Ordnung. Sollte er nur kommen und sie zu schnappen versuchen.

Sie tastete nach der Waffe in der Tasche.

Als sie ihm am Telefon prophezeit hatte, sie werde ihn töten, war das kein leeres Gerede gewesen. Wenn sie ihn am richtigen Ort erwischte, würde sie es tun.

Aber sie mußte es mit Sorgfalt machen.

Sie mochte Jake sehr, mochte alles an ihm – oder glaubte zumindest, sie könnte in und an ihm schon alles zurechtrücken, was nicht ganz so ideal war. Hier mal ein bißchen zupfen, dort ein bißchen glätten. Man konnte ihn auf jeden Fall vorzeigen: Ihr gefiel, wie er aussah, wie er sich gab, wie er lebte.

Eines begriff sie indes, ganz tief in ihrem Innern, nicht ganz: Warum hatte er in dem Hotel diesen Dealer nicht getötet? Sie hätte es getan.

Wenn sie also diesen Killer nun mit der Mistgabel aus dem Dreck stöberte… durfte Jake nichts davon mitbekommen.

22

Harper saß vor seinem Haus in einem Liegestuhl. Neben seinen Füßen lag ein Buch. *Ich warte auf dich,* signalisierte seine Haltung. Als Anna vorfuhr, drückte er sich an der Lehne hoch und schlenderte um ihren Wagen.

»Lange gedauert«, meinte er. »Ist der Kopf jetzt klar?«

»In einigen Punkten«, entgegnete sie. Sie stellte sich auf die Zehenspitzen und hauchte ihm einen kurzen Kuß auf die Lippen. Sie hatte Schuldgefühle, weil sie für den Killer den Köder spielte und die sich verstärkten, als sie Harper gegenüberstand. »Creek läuft schon wieder herum«, berichtete sie.

»Hervorragend.« Harper, der nette Kerl, schien sich echt zu freuen. »Hör mal, ich habe mir einige Gedanken gemacht.«

»Laß uns nach hinten gehen. Ich möchte unbedingt noch ein paar Schießübungen machen.«

Er zog die Augenbrauen hoch. »Dein Gewaltpotential fordert wohl sein Recht.«

Sie lächelte ihn an. »Überall schleppe ich den Revolver mit mir herum, und… Ich weiß nicht, ich habe einfach nur das Bedürfnis, mal abzudrücken.«

Harper holte die Ohrschützer, schnappte sich ein paar Cola-Dosen und ging mit ihr zum Bachbett. »Wir haben uns nicht lange genug mit Catwell befaßt, diesem Freund von Jason im Kinko's«, sagte er. »Eines ist mir klar geworden: Entweder war es ein Zufall, daß der Killer einen Tag nach Jasons Tod bei dir auftauchte, oder...«

Er wartete, daß sie den Satz ergänzte, aber sie konnte momentan an gar nichts denken. »Oder was?«

»Oder«, fuhr er fort, »es war keiner. Kein Zufall.«

»Alle Achtung. Einstein ist ja gar nichts gegen dich.«

Er hob den Zeigefinger und sah sie ernst an. »Hör mir zu. Ich glaube nicht an einen Zufall. Vielleicht war es einer – auch dazu fällt mir etwas ein –, aber ich bezweifle das. Gehen wir mal Schritt für Schritt vor.«

»Bitte sehr.«

»Wenn es kein Zufall war, dann war der Killer praktisch von dem Augenblick an, als Jason zu euch stieß, und dem Zeitpunkt, als er euch plötzlich wieder verließ, mit dir auf Tuchfühlung.«

»Okay.« Wie er das nach Anwaltsmethode auseinanderpflückte, amüsierte sie.

»In dieser Zeit hast du nur zwei Dinge getan«, stellte er fest. »Du warst bei der Tierschützeraktion und vor bzw. in dem Hotel, in dem sich Jacob aufhielt. Wahrscheinlich hat sich der Kerl also an einem der beiden Orte an dich gehängt. Wir haben zunächst angenommen, es hätte mit Jacob zu tun, wegen der Drogen. Aber da haben wir uns wahrscheinlich geirrt.«

Anna runzelte die Stirn, zog den Revolver aus der Jackentasche, schwenkte die Trommel aus dem Rahmen, ließ den Blick über die glatten Bodenkappen gleiten. »Wir haben bei dieser Tierschützeraktion tatsächlich mit zwei Typen geredet«, sagte sie und drückte die Trommel wieder in den Rahmen zurück. »Einer hatte eine Maske auf... und genau diese Stimme. Mir schoß dabei noch durch den Kopf:

Der landet bestimmt mal beim Fernsehen. Mein Gott, dieser Typ – er könnte es sein! Ich meine, er benahm sich schon ein bißchen seltsam. Ich habe nicht weiter darauf geachtet, weil wir da schließlich zwischen lauter seltsamen Leuten herumliefen …«

»In Ordnung«, entgegnete Harper. »Wo finden wir ihn?«

»Ich weiß nicht – den Kontakt hat Jason hergestellt. Aber ich könnte es herausbekommen.«

Harper jonglierte abwesend mit den leeren Cola-Dosen. »Okay. Aber bevor wir allzu begeistert sind … Du sagtest doch gerade, daß es zwei Männer wären, mit denen du bei der Aktion zu tun hattest.«

»Stimmt«, nickte sie und dachte nach. »Der andere war nur ein Junge, irgend so ein Schwächling.«

Harper fand in der Uferböschung einen Absatz und stellte die Dosen dort ab. »Den habe ich im Fernsehen gesehen – du meinst den Jungen, der sich gegen sie gewehrt hat.«

»Ein total frommes Lamm«, urteilte Anna. »Er heulte schon los, weil er sich eine blutige Nase geholt hatte.«

»Hört sich nicht gerade nach unserem Killer an«, stimmte Harper ihr zu. Er zeigte auf ihre Plastikohrschützer. »Zieh sie dir über die Ohren, du bist zu jung, um dein Gehör zu verlieren.«

Harper steckte die Finger in die Ohren, und Anna stülpte die Ohrschützer über und zielte auf eine Dose. Dann fiel ihr etwas ein, und sie schob den Ohrschutz wieder hoch. »Gerade kommt mir noch ein anderer Gedanke.«

»Ja?« Er zog die Finger wieder aus den Ohren.

»Creek fiel auf, daß unter den Tierschützern nur ein Mann war, alle anderen waren Frauen. Und sie benahmen sich, ich weiß nicht, irgendwie *übereifrig.* Creek meinte noch, daß es für ihn wie in einem Harem ausgesehen hätte.«

»Also, wäre es möglich, daß der Kerl nicht ganz dicht ist.«

»Gott...« Sie zog die Schützer wieder über die Ohren, Harper steckte die Finger in seine Gehörgänge, Anna zielte auf die erste Dose und drückte ab. Sie verfehlte das Ziel um einen halben Meter.

»Ganz ruhig und durchatmen«, sagte sie laut zu sich selbst. Sie entspannte sich, hob die Waffe und feuerte noch einmal. Die Dose flog hoch, und fiel scheppernd ins Bachbett. Mitten im weißen ›C‹ von ›Coke‹ prangte ein sauberes Loch. Anna schob die Ohrschützer hoch und erklärte: »Noch etwas: Da war dieses Schwein und riß ihn von den Füßen...«

»Das habe ich auch gesehen«, erinnerte sich Harper. »Es muß ihn total gedemütigt haben.«

»Bestimmt.« Sie zog die Schützer wieder herunter, leerte die Trommel, lud nach, traf noch zweimal voll und sonst nur knapp daneben.

»Für Olympia reicht es nicht«, meinte Harper, während sie die Hülsen aus der Trommel holte, »aber zwischen die Brustwarzen hättest du jedesmal getroffen.«

»Mehr will ich ja auch gar nicht«, entgegnete sie und lud wieder nach. Eine Patrone lag noch in ihrer Hand, als sie innehielt und sagte: »Du meintest doch vorhin, daß, wenn alles per Zufall angefangen haben sollte, dir auch etwas dazu einfallen würde.«

»Eins nach dem anderen«, erwiderte Harper.

Sie schob die letzte Patrone in die Trommel. »Wir müssen diesen Burschen finden.«

Louis entdeckte ihn in ihrer Adressendatei für die Pressemitteilungen.

»Er heißt Steven Judge und wohnt mit zwei oder drei

seiner Mitstreiter oder Mitstreiterinnen auf einer von ihnen so genannten Full Heart Sanctuary Ranch, nicht weit weg von euch da drüben«, berichtete Louis. »Oben in Ventura, direkt auf der anderen Seite der Santa Susannas.«

»Eine halbe Stunde von hier«, meinte Harper, als Anna es ihm erzählte. Er sah auf die Uhr. »Zeit genug.«

In den ländlichen Bezirken von Südkalifornien finden sich kaum einmal unbesiedelte Stellen, schon gar nicht in der Region zwischen L. A. und der Küste. Doch die Full Heart Ranch lag an einer Schotterstraße in einem ausgewaschenen, staubigen Canyon und so einsam, wie man sich nur vorstellen konnte. Auf dem sauberen, ganz geschäftsmäßig wirkenden Metallschild an der Canyon-Einfahrt stand ›Full Heart Ranch‹ und darunter in kleinerer Schrift ›Animal Sanctuary‹. Dreißig Meter weiter stand erneut ein Schild, diesmal eines, wie man sie aus den Nationalparks kennt – aus Holz und mit eingebrannten, gelb ausgemalten Buchstaben: ›Willkommen. Bitte im Ranchhaus anmelden. Verlassen Sie Ihren Wagen nicht, bevor Sie sich nicht eingetragen haben – einige unserer Tiere reagieren empfindlich auf Menschengeruch.‹

»Ob sie hier Tiger frei herumstreifen lassen?« fragte sich Harper. »Dann müßte es statt Menschen- wohl besser Fleischgeruch heißen.«

»Wahrscheinlich«, stimmte Anna zu.

Der Canyon war mit Gesträuch überwuchert. Hier und da führte die Andeutung eines Pfades hindurch. Sie fuhren über einen flachen Sattel, und dann lag das Ranchhaus unten in einer Bodenwanne direkt vor ihnen. Ein halbes Dutzend Nebengebäude waren um das Haupthaus gruppiert. Drei Wagen parkten davor.

»Richtig netter Besitz«, stellte Harper fest.

»So wie der junge Mann aussah und sich benahm, könnte er ein bißchen Geld haben«, urteilte Anna.

»Du meinst, ihm gehört das alles hier?«

Anna zuckte mit den Schultern. »An dem betreffenden Abend war er jedenfalls eindeutig der Boss.«

Sie stellten den Wagen ab, stiegen aus und sahen sich um. Von der Rückseite des Hauses hörten sie ein Meckern wie von einer Ziege. Sie gingen rechts herum und sahen nach. Ein großes Tier mit zotteligem Fell schob den Kopf über einen hohen Bretterzaun, schürzte die Lippen und ließ das Meckern noch einmal hören.

»Ein Kamel?«

»Ein Lama«, korrigierte Anna.

Eine Tür schlug, und eine Frau in Jeans, Westernhemd und Cowboystiefeln trat auf die Veranda. Sie sah aus wie eine Rancherin, Anfang vierzig, breite Schultern, rundes Mondgesicht, tiefbraun mit ein paar Sommersprossen. Das sandfarbene Haar hatte sie zu einem Pferdeschwanz zusammengebunden. »Kann ich Ihnen helfen?«

»Ja. Hi«, begrüßte Anna sie. »Wir haben uns gerade ihr Lama angeschaut. Woher haben Sie das?«

»Wir ... haben es gefunden«, antwortete die Frau freundlich. »Es war ziemlich übel behandelt oder, sagen wir besser, vernachlässigt worden. Der frühere Besitzer wollte Lamas züchten. Als es nicht klappte, hat er das Tier einfach in der Wüste ausgesetzt. Es wäre eingegangen, wenn eines unserer Mitglieder es nicht aufgelesen hätte.«

»Schrecklich«, befand Anna in munterem Tonfall. Harper folgte ihr auf die Veranda. »Ich heiße Anna Batory, und das hier ist mein Freund Jake Harper. Wir haben die Aktion im UCLA Medical Center gefilmt, und Steve hat angedeutet, daß vielleicht noch eine andere Aktion im Busch ist. Ist er da?«

Die Frau schüttelte den Kopf. »Steven? Nein, tut mir leid, den treffen Sie hier nicht an. Aber er müßte Ihnen eigentlich gesagt haben, daß er nicht hier sein würde. Die nächsten zwei Wochen noch.«

»Wo steckt er denn?« erkundigte sich Anna. »Kann ich ihn anrufen?«

»Sicher – also, ich glaube, ja, das geht. Er ist oben in Oregon auf der Cut Canyon Ranch. Einen Tag nach der Aktion ist er hinaufgefahren und hilft dort bei der Einrichtung. Und macht vielleicht etwas River-Rafting.«

»Cut Canyon?«

»Ja, cinc ncuc Ranch. Sic wird von cin paar Lcutcn dort aufgebaut. Sie haben gerade erst Telefon bekommen … Moment, ich hole Ihnen die Nummer. Ich bin übrigens Nancy Daly und leite die Ranch hier.«

»Freut mich«, erwiderte Harper. »Schöne Stiefel.«

»Echt Vinyl«, meinte die Frau und lächelte ihn an.

Sie führte sie hinein, wo eine andere Frau an einem Computer saß. Sie drehte ihnen das Gesicht zu, lächelte kurz und widmete sich wieder ihrer Arbeit. »Steve ist dieser Typ Mann mit kantigem Kinn und strahlenden Zähnen«, sagte Daly. »Irgendwie wirkt er dadurch ein bißchen kompletter, als er tatsächlich ist.« Sie wühlte in den Papieren auf ihrem Schreibtisch. »Ich weiß nicht, anscheinend habe ich sie doch nicht. Mein Gott, mit diesem Schreibtisch muß endlich mal was passieren.«

»Könnte sie nicht über die Auskunft zu kriegen sein?« fragte Anna.

»Möglich«, sagte Daly.

»Kein Problem.« Anna zog ihr Handy aus der Tasche, aber die Frau schüttelte den Kopf. »Wir sind hier zu weit draußen. Nehmen Sie lieber unseren Apparat. Die Vorwahl steht wahrscheinlich im Telefonbuch.«

»Die lautet Fünf-Null-Drei«, wußte Anna. »Ich habe Freunde da oben in Oregon, die betreiben eine Töpferei.«

Sie wählte die Auskunft in Oregon, fragte nach einer Neueintragung für die Cut Canyon Ranch, bekam die Nummer und tippte sie ein.

»Cut Canyon«, meldete sich eine Stimme. Wieder eine Frau.

»Ist Steve Judge da?«

»Ja, irgendwo hier. Kann ich ihm sagen, wer ihn sprechen will?«

»Mein Name ist Anna Batory.«

»Bleiben Sie dran, bis ich ihn gefunden habe.«

»Okay«, sagte Anna.

»Gehört das alles hier… Steve? Oder wem sonst?« wollte Harper von Daly wissen.

»Oh, nein«, erwiderte Daly. »Seine Eltern haben ihm etwas Gründungskapital zur Verfügung gestellt. Steve arbeitet aktiv in der Gruppe, aber meidet jede Art von Bürokratie, wenn man es mal so ausdrücken will. Er ist ein bißchen…« Sie sah die andere Frau an. »Ja, was ist er eigentlich, Laurie?«

Laurie wandte den Blick nicht von ihrem Monitor und erwiderte: »Ein Hippie.«

»Aha…«

In dem Augenblick kam Judge ans Telefon. »Ja? Steve Judge.«

Das war nicht die Stimme des Killers – sie klang höher, als Anna sie in Erinnerung hatte, nicht so gequetscht, eher nasal als voll. Anna sah Harper an, schüttelte den Kopf und sagte: »Hier ist Anna Batory. Ich bin in Ihrer Ranch und wollte mit Ihnen besprechen, ob wir uns noch einmal eine andere Tierschutzaktion vornehmen sollen.«

»Ach, Sie!« bemerkte Judge. »Wissen Sie, ich war nicht

gerade besonders glücklich über den Ausgang dieser ganzen Aktion. Ich habe wahrscheinlch ziemlich blöd ausgesehen – mit diesem Schwein und so weiter.«

»Na ja – sowas kann eben mal passieren. Und die Fernsehsender schneiden sich das Material dann zusammen, wie sie wollen. Dagegen können wir gar nichts machen«, entschuldigte sich Anna.

»Okay... Ich hätte nichts dagegen, noch einmal nachzulegen«, meinte Judge. »Wir sind hier gerade fertig, und ich wollte heute abend zurückfahren. Wann wollen wir uns treffen?«

»In ein paar Tagen, am besten nächste Woche.« Anna hatte es jetzt nicht mehr eilig.

Doch Judge hakte nach. Er war ganz erpicht auf einen neuen Film. »Das Schärfste, was wir demnächst angehen wollen, ist ein Tierarzt, der sich darauf spezialisiert hat, Vögeln die Flügel zu stutzen«, berichtete er. »Wir haben angefangen, die betroffenen Raubvögel wieder aufzupäppeln, Adler, Falken und so weiter. Man kann sie nicht einfach verarzten und dann wieder freilassen. Die Federn müssen erst nachwachsen, sonst schießen die Leute die armen Vögel einfach ab...«

Sie ließ ihn weiter erklären und warf hin und wieder eine Frage über die neue Aktion ein, bis sie meinte, sicher zu sein, daß wirklich er es war, der die Aktion angeführt hatte. Dann sah sie erneut Harper an und schüttelte den Kopf.

»Mist, ich dachte, er könnte es gewesen sein«, schimpfte Anna, als sie die Ranch wieder verließen. Der Nachmittag ging in den Abend über.

»Er könnte es noch immer sein – vielleicht trickst er uns ja nur aus.«

»Möglich«, gab Anna zu. Aber sie gähnte und schüttelte

den Kopf. Der Morgen – als sie da drüben am Highway zu China Lakes Leiche hinabgerutscht war – schien ihr Ewigkeiten her zu sein. Sie gähnte noch einmal und schlug vor: »Schauen wir noch bei Creek vorbei.«

»Diese beschissenen Vinyl-Cowboystiefel«, wetterte Harper los. »Zeig mir eine Frau, die Cowboystiefel aus Kunstleder trägt, und ich zeige dir eine Frau, deren...« Er brach ab, sah Anna an und konzentrierte sich dann auf die Straße vor ihnen.

»Deren was?« wollte Anna wissen.

»Laß gut sein«, sagte Harper.

Anna zog das Telefon aus der Tasche und sah nach, ob es ein Netz hatte. Noch nicht. »Warte, bis wir auf der anderen Seite sind«, empfahl Harper. »Noch zwei Minuten.«

Nach zwei Minuten hatte sie tatsächlich wieder ein Netz. Sie hatte einen Anruf in der Mailbox, rief aber zuerst Louis an und bat ihn, den anderen Jungen von der Tierschützeraktion für sie zu finden. Dann klinkte sie sich in ihre Mailbox ein und hörte Wyatts Stimme.

»Ich möchte Ihnen einen Vorschlag machen«, sagte er. »Rufen Sie mich bitte an.«

»Wyatt«, informierte sie Harper. »Er hat einen Vorschlag.«

Wyatt war im Büro. »Die Dinge geraten uns langsam außer Kontrolle«, klagte er. Seine Stimme klang blechern in dem kleinen Handy. »Ist ja kein Fall der Marke O. J. Simpson, wo die Medien-Ärsche von Anfang an ihr Futter hatten.«

»Wie bitte?« fragte Anna.

»... Ach, tut mir leid. So oder so, in zwei, maximal drei Tagen haben sie aber Wind davon«, prophezeite er. »Darum kam einer von den Jungs aus der Sonderkommission mit dem Vorschlag: Es gibt bei uns ein paar Leute, die undercover arbeiten und ziemlich gut mit Videokameras umgehen können. Sie kennen sich aus mit Überwachungen. Also sollten Sie sich ohne Sorge einen von diesen Jungs anvertrauen und ab sofort mit ihm rumkurven. Er könnte die Rolle von Ihrem Freund Creek übernehmen. Und wir spinnen dann ein Netz um euch beide.«

»Na ja. Hört sich nicht schlecht an. Ich werde mit Jake darüber reden.«

»Jedenfalls hätten wir so vielleicht eine Chance, den Kerl zu schnappen«, sagte Wyatt. »Wir würden euch die ganze Zeit mit einem getarnten Van und per Video überwachen, und selbst wenn nichts Konkretes dabei herauskommt, könnten wir uns jedes Gesicht genau ansehen, wo immer ihr seid. Sollte er euch folgen, dann kriegen wir ihn vielleicht.«

»Ich rede mit Jake darüber.«

»Okay, aber wir wollen heute abend noch damit anfangen – in vier Stunden also.«

Harper war unnachgiebig. »Nein. Auf gar keinen Fall. Die hängen doch total durch und machen dich so glatt zur Zielscheibe.«

»Als du noch bei der Mordkommission warst, habt ihr da jemals Zivilpersonen als Köder benutzt?«

»Nur ein-, zweimal, und es kam nichts dabei heraus«, berichtete Harper. »Und es war eine überschaubare Situation. Da sind wir nicht groß ausgeschwärmt, um einen Psycho zu fangen.«

»Hast du mit einer dieser Frauen etwas angefangen? Es waren doch Frauen, oder?«

»Ja, es waren Frauen, und natürlich habe ich mich da zurückgehalten. Ich habe bei Ermittlungen nie privat mit den Leuten zu tun gehabt.«

»Dann hast du sie also benutzt«, folgerte Anna. »Glaubst du, deine gewandelte Einstellung hat damit zu tun, daß wir zusammenarbeiten und auch eine Beziehung miteinander haben?«

Sie fragte ihn das so sanft, daß Harper sie nur ansah und entgegnete: »Sei doch still.« Und kurz darauf: »Das ist doch albern.«

Anna lachte. »Hoffentlich ist Creek wach, wenn wir kommen.«

Creek war wach, löffelte einen Becher Himbeerjoghurt und stritt sich mit Pam Glass, die müder aussah als Creek. Als Anna und Harper hereinkamen, klagte sie: »Mein Gott, bin ich froh, euch zu sehen. Dieser Schwachkopf hat vor, morgen früh nach Hause zu gehen.«

Creek saß im Bett. Er hing noch immer am Tropf und bemühte sich, gut auszusehen. »Ich fühle mich schon viel besser«, flötete er mit unnatürlich zwitschernder Stimme.

»Und was sagen die Ärzte dazu?« fragte Harper.

»Wenn es weiter so aufwärts geht, ist es vielleicht in drei Tagen soweit«, meinte Glass. »Das ist aber auch das Minimum. Er meint dagegen, seine Versicherung läuft aus. Ich habe ihm meine Hilfe angeboten, aber die will er nicht.«

Creek schaute verlegen drein. Anna stemmte eine Hand in die Hüfte und sagte: »Die Versicherung habe ich für dich abgeschlossen, Creek. Die läuft nicht aus.«

»So? Ich dachte, das würde sie vielleicht.«

Glass' Augen zogen sich zu Schlitzen zusammen. »Du hast mich also belogen?«

»Ich habe es wirklich gedacht«, murmelte Creek.

Glass ließ sich auf einen Stuhl fallen. »Ich weiß wirklich nicht mehr, warum ich die ganze Zeit hier herumhänge«, seufzte sie erschöpft.

»Meine Güte, Pam, ist ja gut...« Jetzt mimte Creek den Besorgten.

Glass sah Anna an und fragte: »Ist was?«

»Ihr Kollege Wyatt möchte, daß sie bei irgendeinem blödsinnigen Einsatz den Köder spielt«, schaltete sich Harper ein.

»Köder?« Das interessierte sie. »Wie soll das ablaufen?«

Anna erklärte es ihr. Glass nickte. »Könnte klappen.«

»Absoluter Blödsinn«, widersprach Creek und blickte Harper an. »Dem können Sie doch nicht zustimmen.«

»Natürlich nicht. Ich habe ihr schon gesagt, wie dumm ich das finde...«

Anna sah Glass an. »Du glaubst, es könnte klappen?«

Glass nickte. »Die Kollegen sind wirklich gut. Dafür lege ich meine Hand ins Feuer.«

Jetzt war Creek an der Reihe, ärgerlich zu werden. »Pam, verdammt nochmal, du weißt nicht, was du da sagst. Der Kerl ist ein Psychopath.«

»Wenn wir befürchten müßten, daß er sie mit einem Gewehr aus dem Hinterhalt abknallen will, wäre ich dagegen«, erklärte Glass. »Aber er scheint an sie herankommen zu wollen. Die Kollegen, die sie überwachen, sind knallharte Burschen. Es wird ihm nicht gelingen, Anna vor ihren Augen zu entführen.«

Anna berichtete Creek von ihrer erfolglosen Fahrt zur Full Heart Ranch und dem Gespräch mit Steve Judge.

»An den hätte ich gar nicht mehr gedacht, aber jetzt, da du ihn erwähnst – irgend etwas ist mit dem Typen. Ich glaube, wir sollten ihn uns mal näher ansehen«, sagte Creek.

»Er ist in Oregon«, informierte ihn Anna.

»Das könnte von denen auch inszeniert worden sein«, wandte Creek ein.

»Das glaube ich nicht«, hielt Anna dagegen. Sie sah Harper an und dachte an ihr Gespräch bei der Schießübung.

»Du hast vorhin gesagt, daß du noch andere Ideen hättest. Zum Beispiel denkst du an diesen anderen Jungen… Aber über welchen Verdacht wolltest du vorhin nicht reden? Stichwort: Zufall.«

Harper schüttelte den Kopf. »Nichts von Bedeutung. Wirklich.« Er holte tief Luft. »Kann ich mal kurz etwas mit Creek besprechen? Allein?«

Anna sah von Creek zu Harper und fragte: »Und worum geht es?«

Creek zuckte mit den Schultern und sah Harper neugierig an. Der ergriff daraufhin das Wort: »Wenn ich wollte, daß du es weißt, würde ich ihn jetzt hier und direkt fragen. Sei also so gut und unterhalte dich mit Pam. Draußen auf dem Flur.«

Anna und Glass ließen sich von Harper zur Tür hinauskomplimentieren. Er machte hinter ihnen zu. Draußen sagte Anna: »Sie kennen sich nicht einmal.«

Zwei Minuten später ging die Tür wieder auf. Harper steckte den Kopf heraus und bat: »Kommt wieder rein.«

Anna und Glass marschierten zögernd eine nach der anderen wieder ins Zimmer und deuteten nur noch ein Lächeln an.

»Und?« wollte Anna wissen.

»Also, es ist so: Jake ist da noch auf etwas gekommen. Er wollte mit dir erst darüber reden, wenn ich der Meinung wäre, daß darüber geredet werden müsse«, erklärte Creek

»Ja?«

»Ich bin der Meinung, daß das notwendig ist.«

»Ja? Und worum handelt es sich?«

Creek schaute Harper an, zuckte mit den Schultern, sah erneut zu Anna und sagte: »Clark.«

»Nein, nein, niemals, auf gar keinen Fall«, ereiferte sich Anna. Sie wedelte mit den Armen wie ein Schiedsrichter, der einen Läufer abwinkt. »Das würde er nicht, nein, Clark würde so etwas nicht...«

»Wahrscheinlich nicht«, gab Creek zu. »Aber Clark ist nun mal ein besonderer Fall. Du weißt es selbst. Ich bin noch nie jemandem begegnet, der derart unter Strom stand. Ihr beide hattet doch ständig Probleme, weil er sich wegen der Arbeit verrückt machte. Wer weiß, was mit ihm passiert ist, seit du ihn zuletzt gesehen hast. Vielleicht ist er durchgedreht.«

»Nicht Clark«, verneinte Anna halsstarrig.

»Tatsächlich? Du hast doch die Stimme von dem Kerl gehört«, hakte Creek nach. »Bist du sicher, daß es nicht Clarks war? Du sagst doch, sie sei dir bekannt vorgekommen...«

Sie machte den Mund auf und wollte erwidern, daß es nicht Clarks Stimme war – aber dann ging ihr durch den Kopf, daß sie es *vielleicht tatsächlich war.* Mittlere Baritonlage, die hatte Clark ja auch. Und seit Jahren hatte sie seine Stimme nicht mehr gehört. Sie schloß die Augen und hörte ihn wieder sprechen. Dieselbe Stimme?

Sie öffnete die Augen wieder. »Nein«, erklärte sie. »Es ist nicht seine Stimme.«

»Quatsch«, widersprach Creek, denn er konnte ihre Gedanken lesen. »Du weißt es nicht.«

Anna schäumte vor Wut, daß Creek Clark mit hereingezogen hatte. Er wußte ja nicht, wie Clark gelitten hatte, als das Theater anfing: der Streß, die Zustände im Musikgeschäft und die Art, wie sie einen ehrgeizigen Menschen herumstoßen konnten, vor allem, wenn der noch jung, voll gefordert und dabei unerfahren war.

Aber stimmt das tatsächlich? Ist das wirklich das, was du über Clark denkst?, fuhr ihr plötzlich durch den Kopf. Sie war nie wirklich über ihre Beziehung hinweggekommen, hatte sich das selbst nicht eingestanden. Nicht, daß sie es nicht gekonnt hätte, sondern weil ihre Beziehung so unbestimmt und vage geendet hatte. *»Ich liebe dich, aber…«*

Jake brachte einen Teller mit Toast und Gelee aus der Küche. Sie waren bei Anna. Die wollte sich gerade in ihr Arbeits-Outfit werfen. »Du gehst aber nicht raus und mischst dich unter die Leute – Creek erzählte mir, daß du bei Jacobs Tod in dem Hotel allein nach oben und wieder runtergerannt bist. Ich möchte nicht, daß du dich von deiner Eskorte entfernst.«

»Schon klar«, sagte sie zerstreut. Er stellte den Teller ab und faßte sie um die Taille. »Hey. Hör mir zu. Diese Clark-Geschichte nehmen wir uns später vor – aber jetzt müssen wir sehen, daß wir deinen Hintern vor Schaden bewahren.« Er drückte ihre Pobacken, aber sie wand sich aus seinem Griff.

»Bist du immer noch sauer?« fragte Harper.

»Ach, ich bin nicht sauer. Oder warte mal. Doch, ich bin sauer, und zwar auf Creek.«

»Creek macht sich Gedanken um dich«, betonte Harper. Er schob ihr den Teller zu, und sie nahm ein Geleebrot.

»Ich habe gedacht – gehofft –, daß ich mit dieser ganzen Clark-Angelegenheit nie mehr zu tun bekäme«, gestand Anna. »Sie sollte einfach verblassen. Und irgendwie tat sie das auch… Ich weiß nicht. Vielleicht auch nicht.«

»Liebst du ihn noch immer?«

»Nein. Ich glaube nicht. Aber ich *habe* ihn geliebt. Und es hat nie einen Schlußpunkt gegeben. Ich habe nie sagen können: ›Gut, es ist aus. Jetzt fange ich etwas anderes an.‹ Ich hätte einen Schlußpunkt gebraucht.«

»Wir kennen uns ja nicht sehr lange, aber so habe ich dich noch nie erlebt«, sagte Harper mit tiefernstem Gesicht. »Ich hätte erwartet, daß es, wenn du mit jemandem Schluß machst, endgültig ist und du nie mehr an ihn denkst.«

»Oh, nein«, erklärte sie genauso ernst wie er. »Eine wirkliche Beziehung – an die denke ich permanent. Auch an dich werde ich immer denken, egal, was passiert.«

»Wirklich?«

»Wirklich«, beteuerte sie. »Immer.«

Eine halbe Stunde später stand Louis vor der Tür. In seiner Begleitung war ein zerlumpt aussehender Mann. Er war unrasiert, ein Wust schwarzer Haare fiel ihm über das ovale Gesicht, und er trug einen grünen Army-Parka aus den Sechzigern mit einem ausgewaschenen Namensschild, auf dem ›Ward‹ stand.

»Jimmy Coughlin«, stellte er sich vor und schüttelte Anna die Hand. Dann sah er Harper an. »Sie sind Jake Harper?«

Harper bejahte. Er streckte die Hand aus, tippte auf das Namensschild an Coughlins Jacke und fragte: »Wer ist Ward?«

»Ich will verdammt sein, wenn ich das weiß«, antwortete Coughlin munter. Er sah sich im Wohnzimmer um. »Sind wir soweit?«

»Sie wissen, was Sie zu tun haben?« fragte Anna.

»Klar, kein Problem«, entgegnete er. »Ich habe immer schon so getan, als wäre ich Reporter und schösse Bilder von Aufläufen, Überfällen und dem ganzen Zeug.«

»Ich hole mir nur noch meine Jacke«, sagte Anna.

Coughlin fuhr. Nicht schnell, aber geschickt. Er arbeitete mit allen drei Rückspiegeln. Drei Wagen würden sie begleiten, berichtete er, einer vorneweg, zwei folgten ihnen. Louis saß hinten auf seinem angestammten Sitz und drehte an den Knöpfen am Funkgerät. Anna sah aus dem Seitenfenster und hatte fast den Eindruck, daß diese letzte Woche gar nicht real war.

»Wohin?« erkundigte sich Coughlin.

»Erst eine kleine Bummelfahrt über den Pacific Coast Highway, dann biegen Sie in den Sunset und fahren weiter Richtung Osten«, befahl Anna. »Geben Sie es per Funk weiter.«

Coughlin nickte, zog ein Walkie-talkie aus der Tasche und gab die Route an die Eskorte durch.

»Machen Sie das öfter?« fragte Anna.

»Nicht genau dasselbe, aber, na ja – so etwas in der Art«, sagte er.

»Sie haben meistens mit Dopern zu tun, oder?«

»Mal dies, mal das«, bemerkte er. »Dope ist natürlich auch dabei. Kürzlich war ein bißchen mehr die Sitte dran, haben uns an ein paar aus der Zuhälterszene gehängt.«

»Gefällt Ihnen der Job?« wollte Anna wissen.

»Klar, macht Spaß«, erklärte er, und sie mußte lächeln. Er war tatsächlich ein munterer Knabe, trotz seiner abgerissenen Erscheinung. »Übrigens«, fuhr er fort, »ich konnte nicht übersehen, daß Sie eine Waffe bei sich haben.«

»Stimmt.« Sie nickte.

»Haben Sie denn auch einen Waffenschein?« fragte er.

»Machen Sie Witze?«

»Vielleicht sollten Sie die Knarre dann besser mir geben«, schlug er vor.

»Lieber nicht«, weigerte sich Anna.

»Ich könnte sie Ihnen auch abnehmen«, wandte er ein.

»›Cop nimmt einer von Serienkiller verfolgten Frau die Waffe weg. Der Killer ermordete vorher brutal eine Filmschauspielerin.‹« Anna sah Louis an. »Kommen wir mit so etwas auf Sendung?«

»Machst du Witze?« entgegnete Louis. »Das bringe ich überall unter. Aber noch besser klänge: ›Cop nimmt einer von Serienkiller verfolgten Frau die Waffe weg. Der Killer ermordete vorher eine Filmschauspielerin, während in South-Central wildgewordene Gangs mit Sturmgewehren unterwegs sind.‹«

»Das hört sich natürlich noch schärfer an«, pflichtete ihm Anna bei.

»Auf jeden Fall«, meinte Louis. »Wenn du ihn dann auch noch dazu bringst, dein Äußeres ein bißchen zu ramponieren, sehen wir am Ende mehr Kohle als für den Springer.«

»Wie wär's?« Anna drehte sich zu Coughlin und zwinkerte. »Haben Sie einen Polizeiknüppel bei sich, einen Totschläger oder sowas? Wollen Sie mich ein bißchen damit aufmischen? Ich meine, irgendwie... mag ich das.«

»›Cop nimmt einer schönen Frau, die von einem Serienkiller verfolgt wird, der brutal eine bezaubernde, drogenabhängige Pornodarstellerin ermordete, die Waffe weg«, textete Louis, »und mißhandelt sie mit Schlagstock, während wildgewordene Gangs in South-Central mit Sturmgewehren ihr Unwesen treiben – und sie genießt es.‹«

Coughlin beugte sich über das Lenkrad und schüttelte trübselig den Kopf. »Mein Gott, und wir haben die ganze Nacht noch vor uns«, stöhnte er.

23

Sie fuhren den Pacific Coast Highway bis zum Sunset hinauf, dann weiter auf dem Sunset östlich in Richtung Downtown. Fast wären sie mit einem Mercedes Benz 500E zusammengestoßen, der in Beverly Hills aus einer Seitenstraße geschossen kam und den Sunset Boulevard überquerte, ohne daß der Fahrer vom Gas ging. »Junkies mit Geld«, knurrte Coughlin. »Werfen Speed ein und können dann nicht damit umgehen.«

»In Bell Air brennt es«, meldete Louis. Er hatte den Kopfhörer auf.

»Lohnt es?« fragte Anna und drehte sich zu ihm um. Er hatte sich an seinen ›Büro-Stuhl‹ angeschnallt.

»Klingt nicht nach was Besonderem«, meinte Louis und tippte Zahlen in einen Scanner. »Ich glaube, ich kenne den Namen. Jimmy James Jones?«

»Ich weiß nicht recht«, überlegte Anna. »Irgendwas klingelt bei mir.«

»Der Prediger«, schaltete sich Coughlin ein. »Er hat eine TV-Show.«

Anna nickte. »Stimmt. Sehr gut.« Dann fragte sie Louis: »Sind Frauen betroffen? Irgendwer verletzt?«

»Nein. Vor allem Rauch. Jimmy James Jones hat den Brand selber gemeldet und ist noch im Haus.«

Coughlin sah sie erwartungsvoll von der Seite an, aber Anna ordnete an: »Fahren Sie weiter.«

»Wie entscheiden Sie das?« fragte Coughlin nach einer Weile. Draußen rollte der Sunset vorbei, ein schäbigerer Teil des Boulevards nicht weit von Hollywood. Männer und Frauen schlenderten über die Gehsteige, Autofahrer fuhren gemächlich spazieren und hielten Ausschau. »Woher wissen Sie, wohin Sie fahren sollen und wohin nicht?«

»Eingebung«, erwiderte Anna.

»Ich frage Sie das im Ernst«, sagte er. Er stieg auf die Bremse. Eine Frau wollte anscheinend mit einem Einkaufswagen die Straße überqueren.

»Und ich meine es ernst«, bekräftigte Anna. »Es gibt keine rationalen Kriterien. Man handelt rein nach Gefühl.«

»Zum Beispiel?«

»Nehmen Sie das Feuer. Das könnte durchaus in Frage kommen. Wenn Jimmy James Jones nur ein bißchen berühmter wäre – nicht viel, nur ein bißchen –, wären wir hingefahren. Auch wenn Leute verletzt wären, würden wir darüber nachdenken. Aber die Sache ist die, daß die lokalen Fernsehstationen, wenn irgendeine Berühmtheit mit im Spiel ist, hellhörig genug reagieren, daß ihre Ü-Wagen inzwischen längst unterwegs sind. Auch dann, wenn sich das Ganze als gute Story entpuppte, würden wir sie also nicht gut absetzen können, weil alle sie schon haben. Louis hat nur deswegen darauf aufmerksam gemacht, weil wir so nahe dran waren, daß wir die Ersten vor Ort hätten sein können.«

»Erster sein ist nicht immer genug«, philosophierte Coughlin.

»Nein«, sagte Anna und schüttelte den Kopf. »Manchmal genügt es – aber eben nicht immer. Wenn es sich um eine weniger gute Story handelt, ist es absolut lebensnotwendig. Oder wenn die Story einen bestimmten Höhepunkt hat. Dann muß man in dem Augenblick dran sein. So, wie bei dem Jungen, den wir vorige Woche gefilmt haben, als er von dem Gebäude sprang...«

»Harpers Junge...«

»Ja. Damals kannten wir Jake noch gar nicht... Jedenfalls

war das keine große Geschichte, aber ein spektakuläres Ereignis. Etwas, was man sonst nie sieht – und wir waren gerade zufällig da. Niemand konnte da den Fernsehzuschauern etwas anderes anbieten als unseren Film. Sie mußten ihn einfach haben. Für einen Bericht über den Brand bei Jimmy James Jones brauchen sie nur ein paar Shots auf die Feuerwehr, ihre Schläuche und ein Statement von Jones. Da kann man spät ankommen und kriegt doch noch was mit.«

Coughlin nickte. »Aber woher wissen Sie denn, wo Sie überhaupt herumkurven müssen, wenn gar nichts los ist?«

»Man fischt mal hier, mal da. Kriegt mit der Zeit ein Gefühl dafür. Es gibt Abende, da wittert man an einem bestimmten Ort so eine Atmosphäre der Ruhe. Also beschließt man, anderswohin zu fahren. Heute abend meine ich zum Beispiel, wir sollten das Valley abgrasen. Da waren wir schon länger nicht mehr.«

»Den Hollywood hinauf?«

»Ja, über den Hollywood bis Mission Hills, dann auf den San Diego Freeway und vielleicht am Ventura Boulevard wieder runter, falls da etwas los ist…«

Sie erreichten gerade Mission Hills, als Louis rief: »Okay, Überfall in einem Starbucks, Einzeltäter. Wo sind wir? Haben wir die Mission schon gekreuzt?«

»In zwei Minuten sind wir da«, sagte Anna.

»Biegt nach rechts ab«, befahl Louis. Er tippte Zahlen in sein Laptop. »Okay, nach rechts, drei Blocks, dann muß es auf der rechten Seite sein. Einer der Angestellten hat dem Räuber eine Kanne heißen Kaffee über den Kopf geschüttet. Der Kerl ist noch draußen auf der Straße, vielleicht sieht er nichts mehr, ist aber noch bewaffnet. Die Cops sind im Anmarsch…«

»Könnte was sein«, sagte Anna zu Coughlin, »aber dann müssen wir uns beeilen.«

»Das tue ich«, entgegnete er. »Ich habe über hundert Sachen drauf.«

»Ich meine *beeilen*«, monierte Anna. Sie zog den Revolver aus der Jackentasche, klappte das Fach mit dem Tonbandgerät auf, holte es heraus, legte die Waffe hinein und klappte es wieder zu. Als sie sich nach vorn umdrehte, rasten sie gerade eine Abfahrt hinunter und auf eine Verkehrsampel zu. Sie beugte sich über das Armaturenbrett, sah nach links und meinte: »Von da kommt keiner. Niemand zu sehen, beachten Sie die Ampel einfach nicht, fahren Sie...«

Coughlin nahm die Kurve in aller Ruhe, und Anna fluchte: »Sie sollen *fahren*, verdammt nochmal.«

»Mein Gott«, stöhnte Coughlin. Doch er trat das Gaspedal durch. Der Wagen schoß nach vorn.

Drei Blocks weiter standen Leute auf der Straße. »Das muß es sein«, sagte sie.

Louis bereitete die Hauptkamera vor und instruierte Coughlin: »Okay, Kamera fertig. Nur noch auslösen.«

»In Ordnung.«

Louis schob von hinten den Kopfhörer über Coughlins Kopf. »Ziehen Sie ihn sich über die Ohren.«

»Da vorne – fahren Sie ran«, rief Anna. »Mit zwei Rädern auf den Bordstein, los.«

»Diese verdammten Leute da stören ganz schön«, sagte Coughlin, aber er setzte den Wagen mit Vorder- und Hinterrad auf den Gehsteig, stieg auf die Bremse, und schon war Anna aus der Tür.

Ein Mann lag, die Hände über dem Gesicht, auf der Straße. Er jammerte, und Blut rann zwischen seinen Fingern auf den Asphalt. Drei Meter entfernt lag ein Revolver auf dem Gehsteig. Ein kräftig gebauter junger Mann in Lederjacke stand mit gespreizten Beinen über ihm. Aus der Ferne hörte man Sirenen. Auch Coughlin war jetzt mit der Kamera unterwegs, lief Anna aber nicht schnell genug. Sie schrie ihn über den Kopfhörer an: »Da runter! Los, Beeilung! Nun rennen Sie schon, in drei Teufels Namen.«

Coughlin trabte los. Die Kamera tanzte auf seiner Schulter. Anna zeigte mit dem Finger auf den Mann auf der Straße und den Jungen über ihm. »Was ist passiert? Was ist passiert? Sag in die Kamera, was passiert ist.«

»Der Kerl kam da vorne aus dem Lokal gerannt, prallte gegen die Tür und schlug sich den Schädel auf«, erzählte der Junge in Coughlins Kamera. »Er hatte eine Kanone. Von drinnen schrien die Leute, ich solle aus dem Weg gehen, er hätte auf jemanden geschossen. Da habe ich ihm die Kanone mit einem Tritt weggekickt. Er hat dann versucht aufzustehen, aber ich habe ihn niedergehalten.«

Anna ließ Coughlin einen Schwenk von dem Mann auf der Straße zu dem Jungen machen und wieder zurück. Dann fragte sie: »Wie heißt du? Von wo kommst du? Was hast du hier gemacht?«

Der Junge wollte antworten, doch da rannte Anna schon in das Lokal. Dort lag ein anderer Mann am Boden, und ein halbes Dutzend Starbucks-Angestellte standen um ihn herum. »Coughlin«, rief sie, »kommen Sie sofort hier rein. Nehmen Sie den Mann am Boden auf. Beeilen Sie sich, verdammt nochmal, die Cops sind fast schon da.«

Die Cops *waren* da. Coughlin trottete ins Lokal und ging um die Gruppe herum. Eine Angestellte, die neben dem Mann kniete, stand auf, zeigte mit dem Finger auf ihn und kreischte: »Raus hier, das ist nicht erlaubt, das ist nicht erlaubt.«

Anna schrie die Frau an: »Schauen Sie sich lieber den

Mann an. Er blutet. Helfen Sie ihm.« Die Frau sah ihn an, griff sich einen Serviettenhalter, kniete sich wieder hin, nahm einen zehn Zentimeter dicken Stapel Servietten aus dem Halter und reichte ihn einer anderen Frau, die offensichtlich versuchte, eine blutende Wunde zu stillen. Coughlin betrachtete die Szene, aber keineswegs durch den Sucher. »Herrgott«, schrie Anna, »lassen Sie die Kamera laufen…«

In dem Moment stürmten drei Cops zur Tür herein. Einer bemerkte gleich die Kamera und vertrieb Coughlin. Der ließ die Kamera sinken. »Okay«, sagte Anna, »kommen Sie mit mir, hier entlang, zur Seitentür.« Im Vorbeigehen fragte sie die herumstehenden Kaffeetrinker. »Hat jemand diese Sache hier verfolgt? Gibt es Zeugen?«

Zwei oder drei Personen nickten, und sie sagte: »Wir würden gerne draußen ein paar Statements von Ihnen drehen, wenn Sie die Zeit dazu haben.«

»Kommt das morgen in der Zeitung?« fragte einer.

»Vielleicht auch im Fernsehen«, erwiderte Anna.

Während sie die Interviews machten, kam ein Krankenwagen an. Coughlin schwenkte von den Interviewpartnern auf den verletzten Mann, der herausgetragen wurde. Dem Schützen mit dem verbrühten Gesicht wurden Handschellen angelegt. Man verfrachtete ihn in eine andere Ambulanz, und dann gab es nur noch jede Menge Gaffer und das flackernde Blaulicht auf dem Streifenwagen.

»Zurück in den Wagen«, forderte Anna Coughlin auf. »Los. Beeilung.«

»Hier wird auch nur rumgerannt«, knurrte er.

Sie schüttelte den Kopf. »Sie sind immer noch nicht schnell genug«, kritisierte sie.

Coughlin holte sie auf halbem Weg zum Wagen ein, zog den Kopfhörer von den Ohren und fragte: »Warum diese Hetzerei?«

»Die Cops können uns ganz schön auf den Pelz rücken, vor allem, wenn die Starbucks-Leute sich beschweren. Vielleicht wollen sie sich dann sogar das Band anschauen. Also sollten wir von hier verschwinden, bevor ihnen so etwas einfällt.«

Er nickte und lief neben ihr her. Louis nahm ihm die Kamera ab, und Coughlin kletterte auf den Fahrersitz. »Nichts als Hetzerei«, moserte er und ließ den Motor an.

»Genau, immer schön in Bewegung bleiben«, sagte Anna. »Sie waren einfach zu langsam.«

»Hey, ich bin erst Anfänger«, beschwerte er sich. Coughlin setzte den Wagen auf die Straße zurück, und Louis holte die Kassette aus der Kamera. »Für einen Anfänger habe ich es ganz ordentlich gemacht.«

Sie zuckte mit den Schultern und lächelte dann. »Ja, ich denke, schon. Für jemanden, der die Regeln noch nicht kennt. Aber nächstesmal heißen die Regeln Nummer eins und zwei: schnell fahren und rennen.«

»Ja, Ma'am.« Er lachte etwas unsicher. »Wie kommt es, daß sonst niemand aufgekreuzt ist? Keine Konkurrenz?«

Anna zuckte mit den Schultern. »Weil nichts Besonderes daraus geworden ist. Das Opfer wurde nicht einmal getötet – obwohl die Gefangennahme des Schützen doch mal was anderes war. Ich hoffe, Sie haben die Waffe am Boden aufgenommen.«

»Ja, natürlich…«

»So oder so, das kommt nicht mal in die Zeitung, geschweige denn in die Fernseh-Nachrichten – so, wie es abgelaufen ist. Bloß ein Routine-Überfall mit Waffengebrauch. Vielleicht haben wir ein paar gute Bilder gemacht, und die werden dann irgendwo gesendet – nicht, weil sie besonders sensationell wären, sondern nur, weil sie gut sind.«

»Ich hoffe, mir sind ein paar gelungen«, sagte Coughlin

nervös und sah über die Schulter nach hinten zu Louis. »Ich habe einfach nur den Auslöser gedrückt.«

»Ganz gut gemacht für den Anfang«, lobte Louis. Er hatte das Band schon im Recorder und die Bilder auf dem Monitor. »Nicht das Tollste, aber brauchbar.«

Anna sah zu, während Louis das Band durchlaufen ließ, und wandte sich dann wieder an Coughlin. »Ein paar Dinge: Sie schwenken zu schnell von einem Objekt zum nächsten. Sie filmen den Mann auf dem Boden, den Schützen, die Waffe, aber alles nur immer ein paar Sekunden. Man muß die Kamera einen Moment lang auf ihnen ruhen lassen. Denken Sie daran, wir können jederzeit schneiden, aber nichts dazutun. Das gleiche gilt für den Verletzten im Lokal. Auf den müssen Sie halten: Er ist es doch, für den man sich interessiert, und dazu noch die Frau, die sich um ihn kümmert. Aber vor allem der Verletzte.«

»Ich dachte, ich sollte selber auch helfen«, wandte Coughlin ein.

»Nein«, entgegnete Anna. »Daran ist gar nicht zu denken, wenn Sie mit uns im Einsatz sind. Sie machen einen Film und spielen keine Rolle darin. Sie sind so etwas wie ein Auge.«

»Ganz schön eiskalt«, bemerkte Coughlin.

»So läuft das eben«, stellte Anna fest.

Einige Minuten später zog Coughlin sein Walkie-talkie aus der Tasche, drückte auf die Sendetaste und fragte: »War etwas?«

Er lauschte und sagte dann zu Anna: »Nichts.«

Anna holte ihr Handy aus der Tasche und fing an, die Fernsehstationen zu kontaktieren.

Louis kam mit der nächsten Meldung: Zwei Motorradfreaks von einer Technikerschule im Valley waren auf dem

Ventura Freeway um die Wette gefahren, bis einer die Kontrolle über seine Maschine verloren hatte und mit seiner frisierten Charger im Graben gelandet war. Coughlin startete sofort durch, doch als Anna von Louis die genaue Unfallstelle erfuhr, blies sie den Einsatz wieder ab. »Da drüben bleiben wir nur im Verkehr stecken«, erläuterte sie. »Wäre nichts als Zeitverschwendung.«

»Der Junge ist tot«, sagte Coughlin.

»Ja, aber wir kommen nicht hin, und genau das ist der springende Punkt«, erwiderte Anna.

Als nächstes stand eine Verfolgungsjagd auf dem Santa Monica Freeway an. Ein Streifenwagen war hinter einem Porsche 928 her. Louis gab die Position durch. Nach Annas Ansicht würde die Jagd wohl über den San Diego weitergehen.

»Wenn ja, muß der Mann im Porsche noch entscheiden, in welcher Richtung er den Freeway nimmt, Nord oder Süd«, sagte sie. »Wählt er diesen Weg, haben wir vielleicht die Chance auf einen Shot. Ein Porsche-Fahrer bedeutet Geld. Könnte einer aus der Filmbranche sein …«

Doch der Porsche blieb auf dem Santa Monica, nahm dann den PCH, fuhr plötzlich rechts ran und gab auf.

Vorbei.

Danach wurde ein brennender Truck gemeldet, der aber schon gelöscht war, bevor sie ankamen. Zu spät für einen Shot, niemand verletzt und überall Cops. Coughlin ließ sich erneut von der Eskorte durchgeben, ob ihnen jemand gefolgt sei. Negativ.

»Zeitverschwendung«, erklärte Anna und nagte auf ihrer Unterlippe. »Wir vertun nur unsere Zeit.«

»Sie müssen etwas mehr Geduld haben«, sagte Coughlin.

Viel später rollten sie gerade über den abendlichen Sepulveda Boulevard und fragten sich, ob sich überhaupt irgendwo etwas tat, als Louis sagte: »Leiche gefunden.«

»Wo?«

»Hmm... hinter einem Zaun. Der muß ziemlich hoch sein, weil sie sie zwar sehen, aber nicht ran können. Noch keine Adresse.«

»Okay.« Coughlin konzentrierte sich auf das Fahren, Louis saß am Funkgerät, und Anna hing ihren Gedanken nach. Den ganzen Abend schon war sie nicht recht bei der Sache gewesen, sondern ganz woanders.

Das Problem hieß Clark. War es vorbei mit ihnen beiden? Ganz bestimmt. Oder doch nur vielleicht? All die Jahre, in denen sie zusammengearbeitet hatten – Clark hatte komponiert, sie seine Sachen gespielt; in denen sie zusammen in Konzerte gegangen waren, Clubs besucht, sich auch an Rock & Roll gewagt hatten; in denen Clark sein ›Jump Rope Concerto‹ schrieb, mit dem er zum erstenmal Aufmerksamkeit erregte; in all diesen Jahren hatte Anna innerlich ein Netz um sie beide gesponnen, einen Kokon, der sie zusammenhielt – und als dieser dann plötzlich doch aufplatzte, war sie nie damit zu Rande gekommen. Statt dessen hatte Anna in ihrer Phantasie all die zerrissenen Fäden wieder neu gesponnen.

Und jetzt ging ihr die Frage durch den Kopf, ob dieses schöne Haus, das sie sich in Venice gebaut und mit all den heimeligen Erinnerungen an den Mittelwesten ausgestattet hatte, nicht vor allem ein Nest für Clark hatte sein sollen? Kam ihre ganze Energie aus dieser Quelle? Weil es ihm gefallen hätte? Nein, mehr noch – er hätte es sogar geliebt. Für sie selbst war das Haus zu einer Obsession geworden mit all diesen kleinen Verweisen auf Daheim, mit den selbstgemachten Decken, den Knüpfteppichen auf dem Holzboden, der Volkskunst, der Töpferware.

Hatte sie das so gewollt? Ein Haus für einen Mann bauen, der mit ihr gebrochen und ihr so wehgetan hatte, wie ihr nichts mehr weh getan hatte seit dem Tod ihrer Mutter?

»Bellagio«, verkündete Louis.

Anna bekam es nicht mit und runzelte die Stirn. »Bitte?«

»Der Fundort der Leiche liegt nicht weit von der Bellagio Road.«

»Hinter einem Zaun?« fragte sie und setzte sich auf.

»Ja.«

»Sieh zu, daß du die genaue Adresse bekommst«, trieb sie ihn an. Zu Coughlin sagte sie: »Wenn der Tatort hinter einem Zaun liegt, könnte es der Bel Air Country Club sein. Los, über den Freeway, schnell ...«

Die Leiche lag auf einem Golfplatz. Aber die Cops waren auch schon da, und deswegen kamen sie nicht näher heran.

Coughlin parkte den Ü-Wagen gleich neben einem Streifenwagen. Ein Cop schnauzte: »Haut bloß ab.«

»Hey, ich möchte ja nur ...«

»Haben Sie nicht gehört, Sie Trottel? Hauen Sie ab«, raunzte der Cop. Er war jung, hatte ein blasses Gesicht, nordeuropäischer Typ, dem man keine Gefühle ansah, bis darauf, daß er sich ärgerte.

»In Ordnung, aber ich muß nach da vorne, um wenden zu können.«

»Hey! Da kommen Sie nicht durch«, brüllte der Cop. »Setzen Sie gefälligst zurück.«

»Das kann ich nicht.«

»Setzen Sie den verdammten Wagen zurück, oder ich habe Sie gleich am Arsch, Sie Klugscheißer.«

Coughlin legte schließlich den Rückwärtsgang ein, murmelte etwas in seinen Bart, und Anna und Louis sahen ihm belustigt zu. Als sie endlich wieder fuhren, fluchte Louis: »Scheiß-Bullen.«

Coughlin sah in den Rückspiegel und meinte: »Ich hätte ihm selber den Arsch aufreißen sollen.«

»Dann hätten die Brei aus Ihnen gemacht«, entgegnete Anna.

Coughlin fuhr weiter, hielt an der nächsten Ecke an und knurrte: »Kleine beschissene Nazi-Ratte.« Dann fragte er: »Mit so etwas müssen Sie die ganze Zeit fertig werden?«

»Dauernd«, bestätigte Anna. »Kaum sieht ein Cop die Schüssel auf dem Dach, geht es schon los.«

»Ihr macht uns ja auch eine Menge Ärger«, sagte Coughlin.

»Nein, das tun wir nicht«, bestritt Anna. »Den macht ihr euch selber. Nehmen Sie Ihren kleinen Nazi da drüben. Er hätte auch höflich zu uns sein können. Statt dessen behandelt er uns wie den letzten Dreck. Warum sollten wir also nett zu ihm sein?«

»Scheiß drauf.« Coughlin bog in eine Auffahrt, setzte zurück und wendete.

»Was haben Sie vor?« fragte Anna.

»Ich fahre zurück.«

Louis und Anna schwiegen, während Coughlin den Weg zurückfuhr. Auf Höhe des Streifenwagens, der den Zugang zur Leiche blockierte, bremste er ab. Der junge Cop sah ihn kommen, stemmte die Hände in die Hüften, schüttelte den Kopf und zeigte mit dem Finger zum Bordstein. Coughlin hielt an und kurbelte die Scheibe herunter.

»Sind Sie taub oder zu blöd?« Der Cop sah fragend zu ihm hoch.

Coughlin hielt ihm einen Ausweis entgegen. »Ich bin Sergeant beim Los Angeles Police Department und im Undercover-Einsatz, damit Sie es wissen. Und was ich am liebsten täte, wäre jetzt auszusteigen und Ihnen den Arsch bis rauf zum Hals aufzureißen, Sie Würstchen«, legte er los. »Aber das darf ich nicht, denn dann wäre meine Tarnung flöten. Doch was ich statt dessen tun werde: Ich rufe meinen Kumpel in der Personalabteilung an und sorge dafür, daß wir Ihnen Ihre Akte versauen. Wäre doch gelacht, wenn die nicht noch einen Verkehrspolizisten suchten, der die Zufahrt zur Müllkippe regelt, sechzehn Stunden am Tag...«

So tönte er eine Weile weiter, während der junge Cop nur immer den Mund auf und zu machte wie ein sterbender Fisch. Danach schaltete Coughlin in den Rückwärtsgang, setzte den Wagen zurück in die Auffahrt und fuhr wieder los.

»Fühlen Sie sich jetzt besser?« fragte Anna.

»Viel besser.« Er atmete tief durch. »Das war das erstemal, daß ich so etwas gemacht habe.«

»Sollten Sie öfter tun«, empfahl Anna. »Tut Ihnen gut und anderen auch.«

Sie hatte ihn schon vorher gemocht, was sich jetzt noch verstärkte. Nach einer Weile bemerkte sie: »Sie könnten einen Beruf daraus machen.«

»Tatsächlich?«

»Könnte sein. Den Grundstock dafür haben Sie jedenfalls schon gelegt.«

Doch damit war der Abend gelaufen. Die Eskorte postierte sich an beiden Enden der Dell und behielt die passierenden Autos und Fußgänger im Auge. Coughlin ging mit bis zum Haus, in dem hinter einem Fenster Licht brannte. Harper öffnete.

»War was?«

»Nein«, entgegnete Coughlin.

»Hier ist auch alles ruhig«, berichtete Harper.

»Absolute Flaute«, sagte Anna. »Nicht ein Windhauch. Ich glaube, der Kerl hat es aufgegeben.«

»Nein, der ist auf dich fixiert. Dagegen kann er gar nichts machen. Er ist hier in der Nähe, aber er weiß auch, daß wir da sind. Er wird etwas aushecken.«

»Hier kommt keiner rein und raus«, stellte Coughlin fest. »Wir haben an beiden Enden Wagen postiert, mit Nachtsichtgeräten und all dem Zeug.«

»Wir müssen nur warten«, sagte Harper.

Coughlin ging, und Harper fragte: »Möchtest du etwas zu essen?«

»Ich esse nachts gewöhnlich nur eine Suppe oder etwas Leichtes«, sagte Anna. »Bloß, damit der Magen nicht mehr knurrt.«

»Auf dem Herd steht eine Hühnersuppe mit Nudeln«, erwiderte Harper. »Mach dich frisch. Ich serviere.«

Sie setzten sich an den Tisch, aßen Suppe und Salzcracker, und Anna erzählte von dem Abend mit Coughlin. Während sie sich so unterhielten, fühlte sie sich lockerer und leichter und war plötzlich sogar vergnügt. Die Zeit der Morgendämmerung hatte es ihr schon immer besonders angetan. Sie mit jemandem zu teilen, ließ sie plötzlich sogar noch schöner erscheinen.

Da bekannte Harper auf einmal in ernstem Ton: »Ich bin nicht besonders romantisch veranlagt.«

Das hatte offenbar nichts mit der nächtlichen Stimmung zu tun, deshalb fragte sie vorsichtig: »Wie meinst du das?«

»Ich weiß nicht, wie ich es ausdrücken soll. Das konnte ich bei meiner Frau auch nicht, aber...« Er wirkte verlegen. »Irgendwie... habe ich einen Hunger nach dir.«

»Vielleicht sollten wir uns einmal Gedanken machen, wie man den stillt«, entgegnete sie locker und wich instinktiv aus.

»Ich rede nicht von Sex. Oder doch, aber nicht nur von Sex«, sagte er. Er sah sich in der Küche um. »Es ist nur so, daß ich hier gerade sitze, Suppe esse und mich so gut fühle wie seit fünfzehn Jahren nicht mehr. Und ich möchte einfach nicht, daß das endet.«

»Das klingt aber ziemlich romantisch«, bemerkte sie. Daraufhin wurde er rot, dann wurde sie es, wie sie da vor ihrem Teller saß. »Iß deine Suppe«, befahl Harper.

»Das tue ich.«

»Gut, aber mach schnell.«

Bevor sie einschlief, mit Harper als schwerem Brocken neben sich im Bett, überfiel Anna plötzlich ein Gefühl von Traurigkeit und zugleich Angst: Wie hatte ihr das hier gefehlt, aber sie hatte gleichzeitig auch Angst davor. Angst, daß es enden würde. Angst, daß es nicht enden würde. Angst, daß sie es einfach nicht mehr beherrschen könnte.

Harper stand am Morgen als erster auf. Anna murmelte leisen Protest, als er aus dem Schlafzimmer schlich, schlief dann aber wieder kurz ein. Kurz nach eins läutete das Telefon. Sie kroch über das Bett und hob ab.

Creek. »Wie lief es gestern abend?«

»Ohne Probleme«, berichtete Anna. »Du mußt dich nicht extra beeilen mit dem Gesundwerden. Dieser Cop ist ein toller Kameramann.« Er schwieg, und sie sagte: »Mein Gott, Creek, das war ein Scherz.«

»Äußerst komisch«, entgegnete er.

»O Gott, o Gott, da haben sie dich ein bißchen angeschossen, und schon müssen die Leute, mit denen du zu tun hast, auch schön sensibel mit dir umgehen... Wie geht's dir?«

Wieder kurzes Schweigen. »Ich habe noch einmal über

Clark nachgedacht. Und wenn du sagst, er sei es nicht, dann glaube ich dir zu neunundneunzig Prozent. Das meine ich ernst. Aber nachdem ja schon ein paar Leute tot sind, müssen wir uns eben auch um das eine Prozent kümmern.«

»Ich sage den Cops kein Wort über Clark«, erklärte sie.

»Das verstehe ich«, entgegnete er. »Du mußt Harper darauf ansetzen – Pam wird ihm dabei helfen. Sie hat ein Polizeiabzeichen, Harper ist Anwalt, sie können alles mögliche herausbekommen. Und es bliebe so immer in der Familie.«

Sie überlegte einen Moment und sagte dann: »Er war es nicht.«

»Ich glaube dir«, meinte er. »Aber dennoch ...«

»Ich werde mit Jake reden«, versprach sie.

Harper war unten auf dem schmalen Stück Rasen zwischen Haus und Kanal und übte mit dem Golfschläger Schwünge in Slow-motion. Anna stand am Spülbecken und sah zu ihm hinaus. Er drehte sich um, und sie winkte ihm zu, woraufhin er den Schläger wie einen Schlagstock wirbelte und zur Tür kam.

»Morgen ...«, sagte er. »Oder besser: Guten Tag.«

»Läufst du mit mir?« fragte sie.

»Würde ich ja gerne, aber wahrscheinlich kriege ich davon nur eine Herzattacke«, bedauerte er.

»Na gut, ich fahre jedenfalls zum Strand und laufe ein Stück.«

»Nein, das tust du nicht«, widersprach er.

»Doch.«

»Nein.« Er schüttelte den Kopf. »Und wenn ich dich packe und eigenhändig nach Hause schleppe. Das kann ich, und ich werde es auch tun. Du läufst nicht am Strand. Ich könnte nicht mithalten, und er hat dich vielleicht beim Joggen beobachtet. Wenn du irgendwo laufen willst, fahre ich dich hin.«

Sie stemmte die Hände in die Hüften. »Jetzt willst du es aber wissen.«

»Stimmt genau«, sagte er. »Was möchtest du zum Frühstück?«

Sie lief am Strand, aber nicht an dem von Venice. Harper fuhr sie nach Santa Monica, parkte am Steilufer gegenüber einem Hotel im Art-Deco-Stil, und dann stiegen sie eine Treppe zum Strand hinunter, ein paar hundert Meter von der Stelle entfernt, wo man Jason gefunden hatte.

»Ich habe gar nicht gesehen, daß uns irgendwelche Cops gefolgt sind«, wunderte sich Anna.

»Das ist auch gut so«, befand Harper. »Aber sie sind da.«

Sie lief fast eine Meile nach Norden, kehrte um, lief an ihm vorbei zum Pier und wieder zurück. Der Strand war fast menschenleer, und Harper konnte sie die ganze Zeit beobachten. Sie selbst wiederum sah jeden, der sich ihr näherte.

»Nicht dasselbe wie sonst«, stellte sie fest, als sie wieder bei ihm war. Sie war kaum außer Atem. »Ich kam mir vor wie an der Leine.«

»Muß wohl eine Zeitlang so sein«, meinte er. Harper fuhr ihr mit den Fingern durch das Haar, küßte sie auf den Mund und half ihr in den Wagen. Das Gefühl, wie an einer Leine zu laufen, hatte ihr gar nicht gefallen. Solche ritterlichen Gesten mochte sie dagegen. »Wir haben nicht vor, dein Leben zu bestimmen«, bemerkte Harper. »Wir kümmern uns nur noch ein paar Tage so um dich.«

»Hast du dir Gedanken über Clark gemacht?« fragte sie. Sie erzählte ihm von dem Telefongespräch mit Creek.

»Ich rede mit Pam – ein paar Dinge könnten wir gleich in die Hand nehmen, mit Hilfe der Polizei, aber ohne mit Wyatt zu reden. Zum Besipiel nachfragen, ob Clark drüben an der Ostküste mal mit der Polizei zu tun hatte. Ich kann mir eine Bankauskunft holen und sehen, ob ich jemanden finde, der sich an der Harvard nach ihm umhört.«

»Das dauert ja ewig.«

»Es gibt doch Computer – den meisten Papierkram haben wir in ein, zwei Stunden beisammen«, sagte er. »Und was die Erkundigungen an der Harvard betrifft, könnten wir morgen schon etwas in der Hand haben – falls ich den Richtigen dafür finde.«

»Ich möchte nicht, daß er etwas davon erfährt«, stellte Anna klar.

»Nicht einen Hauch«, versprach Harper.

»Aber… Ach, mein Gott.«

»Es liegt an dir.«

Auf dem Weg zurück entschied sie: »Gut, mach deine Anrufe wegen Clark. Aber weißt du, was? Ich möchte mich mit ihm treffen. Laß uns doch probieren, ob wir ihn finden.«

»Heute? Wir brauchen erst mal ein paar Unterlagen über ihn.«

»Du sagst doch, das dauert nur ein paar Stunden. Also an die Arbeit. Und heute abend schauen wir nach ihm.«

»Was ist mit deinem Job und den Rundfahrten mit Coughlin?«

»Ich denke, ich trenne mich von ihm. Er ist zwar ein guter Mann, aber ich glaube nicht, daß es geht…«

»Wyatt glaubt…«

»Vielleicht macht Wyatt sich nicht so viele Gedanken über meinen Verfolger wie ich«, unterbrach ihn Anna. »Versetz dich doch mal in seine Lage. Warum sollte er mich bei der Arbeit verfolgen? Wo ich gehe und stehe, sind Cops in der Nähe. Wohin ich auch fahre, zwei Leute sind immer bei mir im Wagen. Ich rechne eher damit, daß er es bei mir zu Hause oder bei dir versucht. Daß er uns folgt, wenn wir allein sind wie auf dem Driving Range.«

»Oder heute morgen am Strand.«

»Da war doch unsere Eskorte mit dabei«, korrigierte sie. »Es sei denn …«

»Was?«

»Es sei denn, der Kerl hat das Interesse verloren. Ich kann ohnehin nicht verstehen, warum er solch ein Interesse an mir hat.«

Harper sah sie an. »Du verstehst es nicht, weil du noch bei Verstand bist. Er dagegen ist es nicht. Vielleicht hat er sich noch ausreichend unter Kontrolle, um abzuwarten, gerade lange genug, daß du die Sache wieder lockerer siehst und meinst, du kannst allein ausgehen. Und wenn du das dann tust, ist er zur Stelle.«

»Meinst du?« Der Gedanke machte ihr angst, aber es war keine blinde Angst.

Denn wenn er sie hatte – dann hatte sie ihn schließlich auch.

24

Anna rief Wyatt an, um ihm mitzuteilen, daß sie diesen Abend nicht mit Coughlin fahren wolle. Wyatt war zwar nicht da, aber sie sprach es ihm auf den Anrufbeantworter. Außerdem sagte sie, sie fahre ins Krankenhaus zu Creek. Pam Glass war schon bei ihm, und Anna rief sie an und bat sie, beim FBI Auskunft über Clark einzuholen.

»Das kann ich von hier aus in ein paar Minuten. Ich brauche nur seinen vollen Namen und das Geburtsdatum«, erklärte sie.

Anna gab ihr die Informationen durch. »Besorg sie so schnell wie möglich. Ich komme gleich Creek besuchen.«

»Bis du hier bist, habe ich die Auskunft schon«, versprach Glass. »Wir haben übrigens ein neues Zimmer.«

Anna schrieb sich die neue Zimmernummer auf. Als sie aufgelegt hatte, fragte Harper: »Kommst du allein zurecht? Deine Eskorte hast du ja.«

»Bestens«, antwortete sie. »Wohin fährst du?«

»Ich muß in mein Büro und ein paar Schecks unterschreiben. Und in Boston anrufen.«

»Denk dran …«

»Ja. Ich bin ganz behutsam.«

Auf dem Weg ins Krankenhaus merkte Anna erneut nichts von ihren Beschattern. Aber sie wußte, daß sie da waren. Sie hatte nämlich angerufen und sie wissen lassen, daß sie jetzt wegfuhr. In was für Autos, Vans oder Trucks sie saßen, wußte sie nicht. Auf der Parkrampe am Hospital bemerkte sie kein Fahrzeug. Aber sie behielt in der Jackentasche die Hand am Revolver, als sie zum Eingang ging.

»Die reine Paranoia«, dachte sie und ging durch die Tür.

Creek marschierte vor seinem neuen Zimmer in einem dünnen Krankenhaushemd den Gang hoch und runter. Anna fing ihn direkt vor seiner Tür ab, schob von hinten die Hand durch den langen Hemdschlitz und kniff ihm in den Po. Creek machte einen Satz und hinkte dann ins Zimmer. Anna folgte ihm lachend.

»Eine gottverdammte sexuelle Belästigung durch meine Vorgesetzte«, beklagte Creek sich bei Glass, die gerade den Modeteil in der *L. A. Times* las. »Dabei bin ich schwer verletzt.«

»Sei tapfer«, meinte Glass.

»Als ob er niemals nach einem Po gegrapscht hätte«, sagte Anna.

»Wenn, dann tue ich das zart und im mulitkulturellen Geist«, merkte Creek indigniert an.

Anna, die ihn amüsiert beobachtete, hatte den Verdacht, daß er tatsächlich gekränkt war. Für einen Moment dachte sie an eine Entschuldigung, doch dann beschloß sie, daß er eben damit leben mußte. Keine Entschuldigungen.

Creek stotterte: »Ich habe mich nie von hinten an jemanden herangeschlichen...« Und dann sah er an Anna vorbei zur Tür. Sie drehte sich um.

Wyatt trat im Regenmantel ins Zimmer. »Hallo.«

»Hey...«

»Ich komme, um zu sehen, ob ich Sie von Ihrer Meinung wieder abbringen kann«, sagte er zu Anna. Sein Blick wanderte zu Pam Glass, die neben Creeks Bett in einem Sessel saß, die nackten Füße unter den Leib gezogen: Es sah alles recht häuslich aus.

»Das kann ich mir nicht vorstellen.«

Wyatt schaute wieder Anna an, die in Abwehrstellung ging.

»Ich kann es Ihnen natürlich nicht befehlen, denn Sie sind freie Bürgerin«, sagte Wyatt mit grimmiger Geduld. »Aber wir werden schon ziemlich bald in der Scheiße sitzen, wenn die Medien erst mal Wind von der Geschichte kriegen. Und wenn China Lake in den Schlagzeilen ist, vertreibt uns das den Kerl vielleicht bis auf weiteres. Wir müssen alles tun, was wir können, solange wir es können.«

»Es funktioniert aber nicht«, stellte Anna ohne Umschweife fest. »Wenn er sich an mich heranmacht, dann nicht während meines Jobs.«

»Er muß sich überhaupt nicht an Sie heranmachen«, insistierte Wyatt. »Er muß Ihnen ja nur immer auf den Fersen bleiben. Und wenn wir dafür sorgen, daß Sie außerhalb Ihres Jobs unsichtbar bleiben – dann muß er es eben tun, während Sie mit Ihrem Team unterwegs sind. Er will mit Ihnen sprechen. Letzte Nacht haben wir ein Dutzend Wagen im Einsatz gehabt.«

»Und haben nichts erreicht«, erwiderte Anna.

»Aber er wird kommen.«

So ging das noch ein paar Minuten weiter. Wyatt drängte, Anna widersprach, und schließlich schaltete sich Glass ein: »Wenn ich statt dessen in dem Ü-Wagen säße... Ich könnte doch Anna sein.«

Anna und Wyatt drehten sich gleichzeitig zu ihr um. Sie streckte die Beine und stand auf. »Wir haben die gleiche Größe und das gleiche Körpergewicht, und auch unsere Haarfarbe ist identisch«, fuhr sie fort. »Ich könnte mir bei Woolworth eine Drahtbrille kaufen und die Gläser herausnehmen. Ich tue im Moment überhaupt nichts, außer mir Creeks Gejammere und Genöle anzuhören.«

Anna sah sie an, dann Wyatt, dann wieder Glass und legte den Kopf auf die Seite. »Wenn Sie wollen... Es wäre immerhin eine Möglichkeit.«

Wyatt gab sich skeptisch, willigte aber schließlich ein. »Wenn das die einzige Möglichkeit ist, die übrigbleibt. Ärgerlich ist es trotzdem. Was haben Sie denn nun vor, Anna?«

Anna deutete ein Lächeln an. »Jake und ich versuchen, ein paar ruhige Tage zusammen zu verbringen.«

»Ach so.« Wyatt nickte. Hinter ihm rollte Creek mit den Augen.

Wyatt ging hinaus und rief den Leiter der Sonderkommission an, und Anna wollte von Glass wissen, was sie über Clark herausbekommen habe.

Glass schüttelte nur den Kopf. »Er hat für dreimaliges Übertreten der Geschwindigkeit innerhalb von drei Monaten den Führerschein abgeben müssen. Das ist alles.«

»Ja, davon wußte ich«, meinte Anna. »Dann ist er praktisch raus.«

»Das ist er nicht«, beharrte Creek.

»Creek ...«

»Warten wir erst mal ab, was Jake für Informationen hat«, sagte Creek.

Wenige Minuten später kehrte Wyatt zurück. »Soweit wäre alles veranlaßt. Aber wir müssen Pam jetzt in Ihr Haus kriegen, ohne daß das auffällt.«

»Ich fahre sie«, erklärte Anna. »Ihren eigenen Wagen kann sie hier auf der Parkrampe stehen lassen.«

»In Ordnung. Coughlin kommt um neun und holt sie ab.« Er sah Glass an. »Du paßt gut auf dich auf, ja?«

Glass gab Creek einen Abschiedskuß. Anna begleitete sie hinaus. Die ungelesene Zeitung nahm sie mit. In der Fahrstuhltür verglich Anna ihrer beider Spiegelbild. In der etwas trüben Edelstahlplatte hätte man sie schon miteinander verwechseln können, Glass nur zwei Zentimeter größer, Anna mit etwas breiteren Schultern, beide mit praktischem Kurzhaarschnitt.

Doch was würde sein, wenn der Kerl nun käme und sie ihn schnappten, und sie selbst wäre gar nicht dabei? Anna strich über die Waffe in der Jackentasche und schüttelte den Kopf. Nein. So durfte das nicht ablaufen.

»Dem Mann Auge in Auge gegenüberzustehen, würde mir gar nicht gefallen«, gab Glass zu. »Die meisten Typen, die es auf einen abgesehen haben, kann man irgendwie beeinflussen oder verunsichern. Aber einen wie diesen. Hast du schon mal direkt mit einem Kerl zu tun gehabt, der nicht mehr ganz dicht ist?«

»Nein.« Sie stiegen in den Fahrstuhl, und Anna drückte den Knopf nach unten.

»Als ich noch Streifendienst machte, bekamen wir mal einen Anruf wegen eines Typs in einem Rehabilitationszentrum für Strafgefangene. Er hatte einige Zeit abgesessen. Sexuelle Belästigung, größtenteils Exhibitionismus, meistens gegenüber kleinen Mädchen«, erzählte Glass. »Also, er war wieder draußen, hatte getrunken und zeigte sich jedem auf der Straße. Wir kamen an, entdeckten ihn aber nicht gleich. Er war inzwischen weitergegangen. Er galt nicht als gefährlich oder so. Also trennten wir uns, mein Partner und ich, und suchten ihn. Ich ging zu einer Eisdiele, blieb an der Bushaltestelle davor stehen und fragte ein paar Wartende nach ihm. Da kam er aus der Eisdiele, sah meine Uniform und rastete aus. Er ging von hinten auf mich los, legte die Arme um mich, hob mich vom Boden hoch und umklammerte mich.«

»Meine Güte.«

»Ja. Er war groß. Stark. Ich kam mir vor wie ein rohes Ei, das von ihm zerdrückt wurde. Ich konnte die Arme nicht bewegen, versuchte, mit ihm zu reden, aber er war einfach ausgeflippt. Er benahm sich wie ein kleines böses Kind, das einen Koller hatte. Ich konnte ihn nicht dazu veranlassen, mich wieder herunterzulassen, und je mehr ich strampelte, desto stärker quetschte er mich, bis ich keine Luft mehr bekam.«

»Wie bist du wieder freigekommen?«

»Mein Partner kam, rief Unterstützung herbei und bearbeitete den Kerl mit dem Polizeiknüppel. Doch der drehte sich im Kreis und quetschte mich zusammen, bis schließlich die Kollegen eintrafen. Zu dritt schafften sie es, uns zu Boden zu werfen und dem Kerl die Arme nach hinten zu drehen. Ich war von oben bis unten voller blauer Flecken...

und vom Druck seiner Arme war aus meinen Rippen ein schönes rotes Streifenmuster geworden, wie die amerikanische Flagge.«

Die Fahrstuhltür ging auf, und Anna sagte: »Schon eine ulkige Kombination, Männer und Muskeln. Als dächten sie nie an etwas anderes.«

»Was mich dabei besonders in Rage bringt: Da kann so ein kümmerliches Kerlchen kommen, der nie etwas Schwereres hebt als seine Gabel, wenn er sie zum Mund führt, und der kann mich einfach durch die Gegend schleudern, nur, weil er fünfzig Pfund mehr wiegt als ich und entsprechend stärker ist. Und er muß sich dabei nicht mal anstrengen. Woran liegt das bloß? An den Hormonen.«

»Ja, aber… darum hat uns der liebe Gott auch mehr Schlauheit mit auf den Weg gegeben.«

»Stimmt«, pflichtete ihr Glass bei.

Auf dem Weg zu Anna lag Glass in Annas Auto auf dem Rücksitz und las Comics. Harper hatte seinen BMW in den kleinen Parkstreifen vor dem Haus manövriert, und Anna mußte vor- und zurücksetzen, bis sie in die Garage kam. Sie gingen hinein und trafen Harper in der Küche. Er saß am Tisch und aß eine Schüssel Golden Crisp mit Milch.

»Und?« fragte er.

Anna gab ihm eine kurze Zusammenfassung, und er sah Glass an. »Wenn sie die richtige Kleidung anhat, wird es gehen… zumindest in der Nacht.«

»Schon was über Clark erfahren?«

»Hmm«, sagte Harper. Er aß schnell seine Crisps auf und trug die Schüssel zum Spülbecken. »Nur eine Kleinigkeit.«

»Und er kommt wirklich nicht dahinter?«

»Nein, nein. Ich habe da drüben einen Freund in einer Anwaltskanzlei, und in der arbeitet wiederum eine Kollegin, die die Recherchen für sie macht. Sie ist ins Musikinstitut gegangen und hat dort herumgefragt. Gab dabei vor, wegen einer Urheberrechtsgeschichte zu recherchieren.«

»Und? Was hat sie herausgefunden?« fragte Anna ungeduldig. »Was ist das für eine Kleinigkeit?«

»Es gibt da ein Gerücht. Eine Studentin soll sich wegen sexueller Belästigung während eines Seminars über Kompositionskunde beschwert haben. Offensichtlich ist dazu nie etwas Schriftliches verfaßt worden, und es hat auch kein Verfahren gegeben. Aber ... irgend etwas ist vorgefallen.«

»Nur Gerede«, meinte Anna verächtlich.

»Nein. Etwas ist vorgefallen« Harper blieb hartnäckig. »Wir bekommen nur nicht heraus, was es war, oder wir müssen direkter danach fragen. Aber dann würde er wahrscheinlich davon erfahren.«

Anna schüttelte den Kopf. »Dann laßt es.«

Glass blickte Harper an und sagte: »Anna, hier geht es um ein bißchen mehr als um deine Gefühle. Oder seine. Denk an China Lake ...«

»An die denke ich schon«, giftete Anna. »China Lake vergesse ich nicht. Aber Clark hat es nicht getan.«

»Eine seiner Studentinnen trägt heute abend etwas vor. Er ist auch da. Acht Uhr in der Schoenberg Hall«, berichtete Harper.

»So?« Anna zog die Augenbrauen hoch.

»Danach könnten wir ihn abfangen«, bemerkte Harper beiläufig. »Und herausbekommen, was er abends so macht.«

»Und vorher müßten wir im Kinko's vorbei und noch einmal mit Catwell reden«, sagte Anna.

»Das können wir machen«, erwiderte Harper.

Coughlin wollte Glass zum normalen Arbeitsbeginn der Night Crew um zehn Uhr abholen. Früher durfte sie nicht aus dem Haus gehen, weil ihr Verfolger sie sonst vielleicht verpaßte.

»Wenn wir heute abend losfahren«, sagte Glass, »und niemand hängt sich an uns ran, dann kurven wir eben gerade mal so lange herum, daß es routinemäßig aussieht, und kommen dann wieder her, so als müßte ich noch etwas holen. Danach fahren wir wieder los. Geben ihm eine neue Chance, an uns ranzukommen. Und wenn dann erneut nichts passiert, sind wir um Mitternacht zurück.«

»Und bis dahin bleiben Sie in Deckung?« fragte Harper.

»Ich schlafe eine Runde«, entgegnete Glass und gähnte. »Auf Creek aufpassen macht müde.«

»Halten Sie aber bloß die Türen verschlossen«, warnte Harper. »Der Kerl ist mindestens schon zweimal hiergewesen.«

Anna schlich nach dem Dunkelwerden zu Harpers Auto und rollte sich auf dem Rücksitz zusammen, damit sie keiner sah.

»Was Catwell angeht, bin ich nicht besonders zuversichtlich«, bemerkte Harper.

»Wir müssen einfach noch einmal mit ihm reden«, sagte Anna. »Die Cops sind weiterhin der Ansicht, daß ich den Kerl kenne. Früher oder später werde ich ihn mir schon herauspicken. Vielleicht bin ich ja schon dabei.

Bob Catwell war nicht im Kinko's.

Eine junge blonde Frau, die sich ihrer Schönheit nicht bewußt war, teilte ihnen mit: »Catwell hat in einem Verbindungsheim eine Bude, oben am Berg. Das Zimmer liegt im Kellergeschoß. Sie müssen auf einem Kiesweg rund ums Haus gehen, dann finden Sie die Tür. Früher war da wohl der Kohlenkeller oder so.«

Sie zeichnete es ihnen auf ein Blatt Papier, Anna bedankte sich, und sie gingen wieder.

»Meinst du, sie weiß, wie schön sie ist?« fragte Harper auf dem Weg zum Wagen.

»Irgendwo im Hinterkopf registriert sie wahrscheinlich schon, daß man sich ihr gegenüber anders verhält«, vermutete Anna. »Es sei denn, sie ist ganz besonders begriffsstutzig, und so wirkte sie eigentlich nicht.«

Das Verbindungsheim war in den Hang gebaut. Ein schmaler, ausgefahrener Weg führte nach hinten. Harper fand oberhalb an der Straße einen Parkplatz, und von dort gingen sie zum Haus hinunter. Auf der Rückseite hatte es ein über zwei Meter hohes Betonfundament. Das einzige Fenster dort war mit Sperrholz vernagelt, aber durch einen dünnen Spalt an der Seite sahen sie Licht. Schon an der Tür roch es nach Marihuana.

»Allein vom Rumstehen hier draußen wirst du bereits high«, meinte Harper.

Er drehte am Knopf und drückte gegen die Tür. Unerwartet sprang sie auf, und sie traten Schulter an Schulter ins Zimmer. Catwell lag ausgestreckt auf einem zerrissenen grünen Sofa und sah sich in einem zwanzig Jahre alten Farbfernseher eine »Ren and Stumpy«-Wiederholung an. Er schreckte auf, als sie hereinplatzten, setzte sich gerade hin, ließ den Joint fallen, den er gerade rauchte, erkannte sie und tastete mit den Fingern nach dem Tütchen in der Sofaritze. »Was, zum Teufel, habt ihr hier zu suchen? Seid ihr… raus, verdammt nochmal…«

»Wir müssen nochmal mit Ihnen reden«, sagte Anna und stellte sich vor Harper. Catwell fand den Joint, stand nun vor ihnen, betrachtete ihn und wußte nicht recht, was er jetzt damit anfangen sollte. »Geben Sie ihn her«, bat Anna.

Er reichte ihn ihr. Sie nahm einen Zug, atmete aus und gab ihm den Joint zurück: »Und jetzt haben wir uns beide strafbar gemacht, oder? Also immer mit der Ruhe. Wir müssen miteinander reden.«

Catwell glotzte sie unsicher an, genehmigte sich selber einen letzten Zug und drückte den Joint anschließend aus.

»Wie die reinste Opiumhöhle«, stellte Harper fest und zerwedelte eine Rauchwolke, die dick unter der Decke hing.

»Wenn es Ihnen nicht gefällt, können Sie ja abhauen«, giftete Catwell.

»Ihr haltet jetzt mal beide schön die Klappe«, befahl Anna. »Hören Sie«, wandte sie sich dann an Catwell, »wir müssen noch einmal miteinander reden, weil wir einfach mehr darüber wissen müssen, was Jason so getrieben hat. Nicht nur, woher er sein Dope bezog, sondern ganz allgemein.«

»Ist der Kerl noch immer hinter Ihnen her?« Catwells Augen waren glasig. Auch sein Redefluß schien etwas schleppend, sonst allerdings wirkte er noch ansprechbar.

»Er hat inzwischen auch noch eine Frau getötet«, teilte ihm Anna mit.

»Und was tun die verdammten Cops?« fragte Catwell. »Jagen wohl Hippies.«

»Sei suchen nach ihm«, erwiderte Anna. »Wir müssen wissen, mit wem Jason redete, vor allem in der Nacht, bevor er starb. Haben Sie ihn an diesem Abend gesehen?«

»Nein, habe ich nicht. Aber ich wußte, daß er mit Ihnen unterwegs war. Er erzählte mir, daß er den Tip für die ganze Geschichte – die Tierschützeraktion meine ich – geliefert hat«, berichtete Catwell. Er ließ sich auf die Couch zurückfallen und begutachtete den inzwischen zur Neige gegangenen Joint in seiner Hand. »Wissen Sie, ich vermisse diesen

Saftarsch. Immer denke ich, ich muß mich mal wieder mit ihm treffen und was mit ihm unternehmen, aber dann fällt mir ein, daß er ja nicht mehr da ist.«

»Ich weiß, wie das ist«, bemerkte Harper nüchtern.

»Sie haben also von der Aktion gewußt und daß wir sie filmen wollten«, rekapitulierte Anna. »Wissen Sie auch, mit wem er sonst noch darüber geredet hat?«

»Nur mit den Typen, die dabei waren«, antwortete Catwell. »Dem echten Tierfreund und diesem Arsch von Randalemacher.«

»Den Tierfreund kennen wir«, sagte Anna. »Er ist zur Zeit oben in Oregon. Aber wen meinen Sie mit dem Randalemacher?«

»Den hatten Sie doch auch auf Ihrem Film. Das war der mit dem Schwein – der, den das Schwein umgerissen hat. Ich muß das wenigstens fünfzigmal in der Glotze gesehen haben«, erzählte Catwell und zeigte dabei auf den Fernseher.

Anna stutzte. »Moment mal – das war doch der Tierfreund, oder? War das nicht Steve?«

Jetzt war es Catwell, der stutzte. »Nein, nein, das war der andere. Der mit dem Schwein hat die ganze Aktion mit dem echten Tierfreund zusammen gespielt, also dem, der sich da um die Tiere kümmert.«

Harper und Anna blickten einander an. Anna ging in die Hocke und sah Catwell direkt in die Augen. »Wollen Sie damit sagen, daß die ganze Sache ein abgekartetes Spiel war, das von Jason inszeniert wurde?«

»So ist es.« Catwell nickte, sah erst Anna, dann Harper an, und man merkte, daß er seinen Spaß hatte. »Ich dachte, Sie haben das gewußt. Der Junge aus dem Labor hat den Eingang unverschlossen gelassen, damit die Türschützer auch reinkonnten.«

»So ein Mist«, schimpfte Anna und stand auf.

Catwell war noch nicht fertig. »Keine Ahnung, ob die Tierschützer wissen, wer die Tür offengelassen hat, weil Jason über die ganze Aktion kaum etwas rausgelassen hat. Ich habe davon nur erfahren, weil wir eben zusammen gedopt haben. Jason ist wohl zu diesem Arsch von Randalemacher gegangen und hat ihm von den Tierversuchen in diesem Labor erzählt und daß er ihnen dort Zugang verschaffen kann. Dann hat er mit dem Jungen aus dem Labor verabredet, daß er die Tür nicht abschließt und sich mit den Tierschützern anlegen soll. Im Fernsehen sah das alles ja ziemlich echt aus – sie sind scheinbar ganz schön grob mit ihm umgesprungen. Und deswegen vermute ich, daß die Tierschützer gar nicht richtig Bescheid wußten.«

»Warum nennen Sie ihren Anführer eigentlich ein Arschloch?« fragte Harper.

Catwell zuckte mit den Schultern. »Ach, wissen Sie, das ist einer von diesen üblichen Angebern, blond, Kurzhaarschnitt, strahlend weiße Zähne. Die mußten in ihrem beschissenen Leben noch nicht eine Stunde richtig arbeiten…« Er betrachtete wieder den kalten Joint zwischen seinen Fingern. »Wie kommt es, daß Typen wie die nie dran glauben müssen?«

Jetzt zuckte Anna mit den Schultern. »Das ist der Lauf der Welt. Aber was ist mit dem anderen, dem, der sich wirklich um die Tiere sorgte. Was ist mit dem?«

»Keine Ahnung. Er ist beim Theater oder so.«

»Beim Theater? Ich dachte, er ist so ein Wissenschaftsheini.«

Catwell schüttelte den Kopf. »Jason hat Theater gesagt.«

Sie unterhielten sich noch eine Weile, aber weitere Informationen hatte Catwell nicht zu bieten. Als sie gingen, steckte er sich einen neuen Joint an, und Harper empfahl ihm: »Sie sollten besser die Tür abschließen«

»Mach ich,«, sagte Catwell verkniffen. »Sobald ich mir ein Schloß leisten kann.«

Draußen sagte Anna: »Die Geschichte war also inszeniert. Mein Gott, wenn das rauskommt, bin ich ganz schön angeschmiert.«

»Kriegst du dann Ärger mit deinen Abnehmern?«

»Ich weiß nicht – ich meine, es war ein gutes Band, sie hätten es wahrscheinlich so oder so gesendet. Aber wir stehen dann jedenfalls da wie die Volltrottel.«

»Was hältst du von diesem anderen Typen?«

»Dem Jungen aus dem Labor, der uns aufs Kreuz gelegt hat? Keine Ahnung. Ich habe ja nur ein paar Minuten mit ihm geredet, bin ihm bloß ein bißchen nähergekommen, habe ihn gerade mal ein wenig aufgemuntert«, entgegnete Anna. Sie gingen den Weg bergauf zur Straße zurück. Aus einem der anderen Verbindungshäuser hörten sie Rockmusik, dann das Lachen eines Mannes. »Mein Gott, er kam mir glaubwürdig vor. Und auch nicht wie so ein… Er wirkte eher gehemmt und nicht wie einer, der losgeht und Leute einzuschüchtern versucht.«

»Du sagtest doch, daß dir der Junge schon stark, aber zugleich auch ziemlich soft erschien.«

Sie nickte. »Stimmt. Ich habe ihn jedenfalls als nicht besonders stark in Erinnerung. Aber ich weiß nicht… *Er könnte es natürlich sein.* Ich bin jetzt einfach völlig durcheinander. Und wenn er wirklich beim Theater ist, dann schauspielert…« Sie überlegte eine Weile. »Knöpfen wir ihn uns vor. Finden wir es heraus.«

»Was ist mit Clark?« fragte Harper.

»Wie spät ist es?« In der Dunkelheit konnte sie auf ihrer Uhr nichts erkennen.

»Zeit, daß wir weiterfahren, wenn wir ihn noch erwischen wollen«, sagte Harper. »Eigentlich müßten wir schon da sein.«

Anna zog das Handy aus der Tasche. »Clark ist es nicht... Und jetzt, wo wir auf diesen Tierfreund gekommen sind, sollten wir uns auf ihn konzentrieren. Ich rede mit Louis. Vielleicht kann er uns weiterhelfen.«

»Wie lange dauert das?«

»Ich weiß nicht, aber normalerweise findet Louis die Leute auch, die er sucht. Er hat sämtliche Telefonbücher zur Hand und kommt auch in die Einwohnerverzeichnisse der Stadtwerke. Und die haben schließlich *jeden* auf der Liste...«

»Bis auf den einen oder anderen Studenten oder Illegalen.« Sie waren wieder an der Straße. »Wie wäre es, wenn wir jetzt erst einmal Clark abfangen und Louis währenddessen die Adresse des Jungen herauszubekommen versucht?«

Sie nickte zögernd. Das war das einzig Sinnvolle. »In Ordnung«, meinte sie. »Wo steht noch gleich der Wagen?«

Harper zeigte mit dem Schlüssel in die Richtung und drückte gleichzeitig einen Knopf. Die Scheinwerfer blendeten auf. »Wie hieß er noch?« fragte Harper und ging mit ihr auf den Wagen zu. »Der Junge?«

Anna zuckte mit den Schultern. »Ich kann mich nicht erinnern. Die Namen merke ich mir nie länger als ein, zwei Tage.«

»Ein merkwürdiges Geschäft, das du da betreibst, Batory.«

»Merkwürdige Zeiten, Harper.«

25

Der Mann mit den zwei Gesichtern trug einen leichten Windsurfer-Anzug aus Lycra, pechschwarz vom Hals bis zu den schwarzen Nike-Schuhen. Mit dem schwarzen Nylonstrumpf über dem Gesicht wirkte er wie ein dunkler Schatten. Er bewegte sich langsam und vorsichtig. Sein Körper tastete sich durch die Dunkelheit. Er hatte eine Gürtelschlaufe umgebunden und dazu einen Strick. Unter dem Arm steckte in einem Halfter die Pistole.

Wie eine Schlange glitt er weiter. Noch wenige Zentimeter, und die Maus war gefangen…

In Annas Haus brannte hinter einem Seitenfenster Licht, aber das war so heruntergedimmt, wie es die Leute gern anließen, wenn sie aus waren – im Flur oder sonstwo. Keine Lese- oder Arbeitslampe, kein flimmerndes Licht von einem Fernsehschirm. Ein Pilotlicht.

Er näherte sich über die Hinterveranda. Die kannte er schon, doch heute war Anna nicht zu Hause. Keiner da, der ihn hören konnte: Es sei denn, die Cops hatten etwas eingebaut. Unwahrscheinlich, aber möglich, und diese Möglichkeit versetzte ihn noch mehr in Spannung.

Fünf Minuten lang saß er im Schatten der Veranda und lauschte. Er hörte Stimmen. Sie kamen von oben, dazu ein bißchen Musik, deren Ursprung er nicht orten konnte. Alte Sachen, wie man sie hört, wenn man nachts draußen durch die Einsamkeit fährt. Wahrscheinlich Leute auf der Veranda im Haus nebenan, die sich ruhig unterhielten. Also schnallte er langsam und vorsichtig die Gürteltasche ab, zog den Reißverschluß auf und holte den Schraubenzieher und die Rolle Gewebeband heraus.

Vom letztenmal wußte er noch, wo das Schloß war. Er hatte wieder vor, die Scheibe herauszubrechen, aber diesmal behutsamer. Die Scherben wollte er mit dem Klebeband festhalten, damit sie nicht nach innen fielen.

Aber als er auf der Veranda in die Knie ging und nach vorn rutschte, sah er, daß das Fenster mit einem Stück Sperrholz zugenagelt war. Er schob den Schraubenzieher unter das Brett und stemmte. Es bewegte sich. Na also. Er stemmte kräftiger und spürte, wie es sich löste.

Er legte das Gewebeband auf den Boden und bearbeitete das Brett an allen Seiten mit dem Schraubenzieher. Nach einer Minute war es oben und auf der linken Seite locker. Als nächstes kam die untere Kante an die Reihe. Schließlich schob er die Hand durch den Schlitz und zog das Brett wie eine kleine Tür auf.

Er hielt inne und lauschte wieder. Dann griff er weiter hinein. Bis zur Schulter mußte er den Arm hineinstecken, dann hatte er den Riegel in der Hand, schob den Sicherungshebel hoch und bekam die Tür leicht auf.

Drinnen lauschte er noch einmal und schob das Sperrholzbrett wieder provisorisch an seinen Platz zurück. Mit der Taschenlampe fand er den Weg durch die Küche, den Flur, an dem kleinen Büro vorbei und die Stufen hinauf zum Schlafzimmer.

Es roch nach ihr. Nach ihrem Parfüm oder auch nur nach ihrem Körper.

Erneut lauschte er, sah sich dann im Schlafzimmer um. Durchwühlte die Schubladen und Schränke, sah sich die Fotos in einem Bastkörbchen an, grub mit den Fingern in einer Truhe und in einem Schmuckkästchen herum. Roch an ihrem Parfüm, tupfte sich selber etwas an Hals und Nacken.

Streckte sich auf ihrem Bett aus, drückte das Gesicht in ihr Kissen.

Haßte sie. Liebte sie aber gleichzeitig auch immer noch. Nahm er jedenfalls an.

Er lag noch auf dem Bett, als sie hereinkam.

Spürte, wie ihn Panik überkam. Doch dann fiel ihm der Schrank ein.

Kroch tief hinein, machte sich klein, hockte sich hinter ihren Hippiekleidern an der Stange auf ihre Schuhe.

Zog die Waffe aus dem Halfter und hielt den Stahl ihres langen Laufs kühlend an sein Gesicht.

Hörte Stimmen. Ein Mann war bei ihr. Der Bodyguard.

Er würde warten, bis er gegangen war, und dann würde er sie sich vornehmen.

Und ihrem Leben ein Ende setzen.

Wenn aber der Bodyguard blieb?

Dann mußte er sich eben zuerst ihn vornehmen. Ohne Warnung einfach hinein ins Zimmer und draufhalten.

Danach sie.

Es fiel ihm schwer, ruhig zu atmen.

Haß/Sex/Tod/Dunkelheit. Der Duft von Chanel. Die Seide ihrer Kleider an seinem Gesicht…

Er wartete.

26

Louis fand den Namen des Jungen – Charles McKinley. Im Verzeichnis der Universität stand auch eine Adresse, aber als Louis dort anrief, stellte sich heraus, daß der Anschluß stillgelegt war.

»Student«, sagte Louis zu Anna.

»Wir brauchen seine Adresse«, drängte Anna. Sie legte den Hörer auf und sagte zu Harper: »Wir müssen an ihn herankommen. Diese kleine Show, die er da vor uns abgezogen hat... Dahinter steckt doch etwas. Eine von vielen Rollen, die er spielt, oder etwas ähnliches.«

»Es dürfte dennoch nichts schaden, wenn wir uns zwischendurch mal um Clark kümmerten«, erinnerte Harper. »Wenn Louis sagt, daß der Junge nicht im amtlichen Telefonverzeichnis steht, dann wird es eine Weile dauern, bis er ihn gefunden hat.«

Anna schüttelte den Kopf, entgegnete aber: »Das stimmt.« Harper hatte recht, aber es paßte ihr nicht. Sie fand die Idee, Clark auszuspionieren, gar nicht gut.

Harper fuhr los und den Berg wieder hinunter in Richtung Campus. Er schwieg und wußte, daß sie daran kaute. Sie starrte aus dem Fenster in die Landschaft und fragte sich, warum sie der Gedanke an die bevorstehende Überwachung so bekümmerte.

Sie drehte und wendete die Frage hin und her, bis ihr der Zusammenhang klar wurde: *Wenn wir wieder zusammentreffen sollten, müßte ich es ihm sagen. Und wenn ich es ihm sage, werde ich auch zugeben müssen, daß ich an die Möglichkeit gedacht habe, er könnte der Killer sein. Aber das alles nur dann, wenn wir wieder zusammentreffen. Und das tun wir ja nicht. Aber wenn es doch passiert...*

Ihre Gedanken wirbelten durcheinander, endeten jedesmal in einem Widerspruch: *Wir werden nicht, aber wenn wir...*

An der Einfahrt zu einer Shell-Tankstelle stand ein barfüßiger Mann in zerfetztem Wintermantel – die Art Mantel, wie man sie in Minnesota trug – und hielt ein Pappschild in die Höhe, auf dem mit Markerstift geschrieben stand: *Für Drogen arbeite ich sogar.* Er grüßte die vorbeifahrenden Autos mit einem betrunkenen, irren Lachen – vielleicht hatte ihm ja jemand ein bißchen Stoff zugesteckt. Harper fuhr wortlos an ihm vorbei und sah Anna von Zeit zu Zeit an.

»Da hat der ganze Ärger angefangen«, sagte sie und zeigte auf die Tankstelle.

»Welcher?«

»Da haben wir die Frau aufgelesen, die uns zu dieser Tierschützer-Aktion dirigiert hat... Am Medical Center hat sie dann stattgefunden.«

»Vielleicht ist der Junge ja dort, dieser McKinley«, meinte Harper. »Sollen wir hinfahren? Ein bißchen Zeit haben wir noch.«

Sie überlegte einen Moment. Alles schien ihr vorrangiger als die Suche nach Clark. »Klar.«

»Ich warte – nimm die Pistole mit«, sagte Harper.

Anna lief zum Eingang, und Harper blieb im Wagen. Das Gebäude war geschlossen, aber drinnen sah sie einen Wachmann. Sie klopfte an die Tür, und der Wachmann stand zögernd auf, kam auf sie zu und öffnete die Tür einen Spalt.

»Was kann ich für Sie tun?«

»Ich suche Charles McKinley. Er arbeitet hier im Tierversuchslabor.«

»Er ist nicht hier heute abend«, informierte sie der Wachmann durch den Spalt. »Seit vergangener Woche war er nicht mehr da.«

»Wegen dieser Tierschützer-Aktion, nicht wahr?«

»Genau. Er war inzwischen überall im Fernsehen. Sogar in der ›Today‹-Show.«

»Toll«, nickte Anna. »Weiß jemand, wo er wohnt?«

»Selbst wenn ich es wüßte, dürfte ich es Ihnen nicht sagen«, meinte der Wachmann. »Aber ich habe ohnehin keinen blassen Schimmer.«

»Vielleicht eine Telefonnummer?«

»Ich glaube, nicht... Aber ich kann ja mal nachsehen.«

»Danke. Sehr nett von Ihnen.«

Der Wachmann schob die Tür zu, ging zurück zu seinem Schreibtisch, wühlte eine Weile herum und kam kopfschüttelnd zurück. »Nichts zu finden. Am besten rufen Sie morgen früh hier an. Vielleicht weiß jemand anders Bescheid. Aber – er ist eben Student.«

»Nichts?« fragte Harper.

»Er ist nicht da.«

Die nächsten beiden Blocks passierten sie schweigend. Dann stellten sie den Wagen in einem Parkhaus ab und gingen zu der Halle, in der das Konzert stattfand.

»Das Ganze gefällt mir überhaupt nicht«, bemerkte Anna. Am liebsten wäre sie auf der Stelle festgewachsen.

»Wo wird er wohl am ehesten herauskommen?«

Sie überlegte, und wieder kamen die Erinnerungen, wie sie hier mit Clark zusammen gespielt hatte, wie sie das Haus erforscht und jedes Instrument ausprobiert hatten, das sie fanden. Mehrere Nächte hatten sie hier verbracht, hatten sich sogar auf einem Tisch in der Bibliothek geliebt, und keiner hatte Angst gehabt, dabei erwischt zu werden.

Sie zögerte. »Direkt vorn aus dem Haupteingang. Er hat immer im Parkhaus 2, da hinten am Ende des Blocks, zu parken versucht.«

»Dann suchen wir uns mal einen Platz, wo wir uns hinsetzen können«, schlug Harper vor. Er beharrte auf seinem Vorhaben. Er hätte ja auch vorschlagen können, das Ganze abzubrechen und sich auf den Jungen zu konzentrieren. Er hätte Annas Argument akzeptieren können, daß sie Clark genügend kenne, um für ihn zu bürgen. Doch statt dessen schleppte er sie mit und zog sie in die Sache herein.

Die Schoenberg Hall war ein flacher weißer Bau am Südrand der Dickson Plaza, eines tiefliegenden, grasbewachsenen Platzes. Anna fand eine Stelle auf den Stufen gegenüber, von wo aus sie den Haupteingang im Auge hatten. »Ich wünschte, ich hätte jetzt diesen Joint«, gestand sie.

»Mit dem würdest du auf Draht bleiben«, sagte Harper und setzte sich neben sie.

»Das brauche ich nicht.« Sie sah auf die Uhr. »Müßte bald zu Ende sein.«

Zehn Minuten vergingen. Dann ging die Tür auf, und eine Frau kam heraus. Kurz darauf erschienen noch ein paar Leute. Dann folgte ein ganzer Strom Menschen, die schwatzend und lachend den Bürgersteig weitergingen.

»Eine Menge Leute. Muß ziemlich gut gewesen sein«, vermutete Anna.

»Kein Clark zu sehen?«

»Wenn es wirklich seine Studentin ist, dann hocken sie wahrscheinlich noch zusammen und reden darüber, bis alle weg sind.«

»Wie geht so etwas ab? Ist es lustig? Macht es Spaß?«

Sie ließ die Frage ein paar Augenblicke unbeantwortet und sagte dann: »Meistens. Es kann aber auch ziemlich schrecklich sein. Doch selbst dann ist noch ein Hauch von Spaß dabei. Weißt du, ab und an pfuscht man eben auch. Wenn es einem Freund oder Freundin passiert, tust du so, als sei nichts Besonderes passiert. Deinen Feinden dagegen sagst du, wie sehr sie dir leid tun und daß du glaubst, sie packen es noch. Das entspricht dann einem Messerstich von hinten.«

»Hast du jemals Pfusch abgeliefert?«

»Sicher. Das passiert jedem. Aber wenn du es mit Selbstvertrauen tust und dir weiter etwas zutraust, wirst du damit fertig. Du schaffst eine Menge, wenn du allein spielst oder mit einer guten Gruppe. Das gehört auch zum Spaß am Musizieren: Etwas zu haben, das keiner kennt außer dir und deinen Mitspielern.«

»Ich habe nie Musik gemacht«, betonte Harper. »Kann nicht mal pfeifen.«

»Pfeifen kann jeder«, widersprach Anna. Sie pfiff die ersten Takte von ›Yankee Doodle‹.

»Nein. Das kann ich nicht. Ich kann zwar Geräusche machen, aber ...«

Sie zog an seinem Ärmel. »Da ist er. Das ist Clark.«

Clark kam zusammen mit einer Frau heraus, die einen Cellokasten trug. Anna sagte halb im Scherz, dennoch klang es heftig: »O Gott, eine Cellistin.«

»Wie?« fragte Harper. Er flüsterte, dabei waren Clark und die Frau über siebzig Meter weit entfernt.

»Weißt du, von Cello-Spielerinnen sagt man, sie seien sexy. Diese vielen Stunden mit einem vibrierenden Instrument zwischen den Knien.«

»Hmm.«

»Das ist natürlich der pure Quatsch.«

»Wieso?«

»Ich weiß nicht.«

Die beiden gingen dort in siebzig oder achtzig Metern Entfernung vorbei, und Harper sagte: »Geh hinter mir – er erkennt dich sonst am Gang, sobald er dich sieht.« Anna schaute Clark nach und bemerkte dabei, daß auch sie ihn von hinten erkennen würde, und zwar nur an seinem Gang. Wie konnte Harper das wissen?

»Okay.«

Sie folgten Clark und der Frau um die Ecke des Gebäudes. »Sie gehen auf Parkhaus 2 zu«, stellte Anna fest.

»Bist du sicher?«

»Da drüben gibt es sonst nichts, es sei denn, sie marschieren zu Fuß weiter irgendwohin. Aber mit dem Cello werden sie wohl nicht weit gehen.«

»Lauf und hol den Wagen«, befahl Harper und warf ihr die Schlüssel zu. »Ich warte vor dem Haus auf dich. Lauf – und halt den verdammten Revolver griffbereit.«

Anna schnappte die Schlüssel auf und rannte schon, bevor er den Satz beendet hatte. Das Parkhaus, in dem ihr Wagen stand, lag vierhundert Meter weit entfernt, und sie brauchte ein paar Minuten dorthin. Doch nachdem es weiter von der Schoenberg Hall entfernt lag als das andere, kamen ihr wenigstens nicht die Konzert-Besucher in die Quere.

Sie lief die Treppe zum ersten Stock hinauf, wo sie geparkt hatten. Blieb stehen und lauschte. Hörte irgendwo im Haus ein Auto anfahren und ging weiter zu ihrem Wagen. Aus fünf Metern Entfernung öffnete sie die Türen mit dem Funköffner.

An der Wagentür angekommen, überfiel sie plötzlich das Gefühl, jemand komme drohend von hinten auf sie zu. Sie sah niemanden, war aber mit einem Sprung im Wagen und drückte die Verriegelung hinunter. Die Riegel schnappten ein, und sie drehte sich schnell herum und sah durch die Fenster… nichts. Niemand. Ihr Herz schlug so heftig, daß sie glaubte, sie könnte es hören, doch eine Minute später war sie unten an der Sperre, zahlte und fuhr hinaus. Andere Wagen waren nirgends zu sehen.

Harper wartete vor dem anderen Parkhaus. Er winkte ihr zu. Sie stoppte und kroch, als er auf der Fahrerseite die Tür öffnete, hinüber auf den Beifahrersitz.

»Und?« fragte sie.

»Die Frau fährt einen Dodge Van. Sie haben noch ein bißchen miteinander gequatscht, dann ging er einen Stock höher. Der Van ist gerade eine Minute weg.«

Sie wollte das eigentlich nicht fragen, konnte sich aber nicht beherrschen. »Hat er sie zum Abschied geküßt?«

»Nein.« Harper lächelte nicht über die Frage und schüttelte nur den Kopf. »Himmel, du hängst aber noch sehr an dem Kerl. Da sollte ich deine Frage besser bejaht haben.«

»Ich weiß auch nicht, was mit mir los ist. Ich glaube, ich hab sie langsam nicht mehr alle«, gestand Anna. »Als ich ihn hier kürzlich sah, an dieser Tankstelle, fuhr er einen Volvo-Kombi.«

»Daran erinnerst du dich also noch?«

»Ja. Es ist wohl ... Das hatte ich erwartet.«

Während sie das sagte, verließ ein dunkelblauer Volvo das Parkhaus, bog nach links ab und fuhr an ihnen vorbei.

»Das ist er ...«

Clark fuhr erst zum Wilshire, dann zum Santa Monica Boulevard und weiter Richtung Pazifikküste. »Dabei wohnt er eigentlich in der Gegenrichtung«, merkte Harper an.

»Hmm.«

Clark hatte es eilig und überholte, wo er konnte. Harper ließ immer ein paar Wagen zwischen ihnen.

»Wenn er sieht, daß wir genauso rasen wie er, bemerkt er uns«, befürchtete Harper. »Ich hoffe, er überfährt keine Ampel oder wir bleiben stecken.«

Sie hielten sich hinter ihm bis hinein nach Santa Monica. Dort fuhr er wieder in ein Parkhaus. Harper blieb hinter ihm in der Reihe und wartete auf sein Parkticket, während Anna sich auf dem Beifahrersitz duckte. Es ging aufwärts, bis Clark einen Platz fand.

Harper fuhr noch zweimal um die Ecke und parkte ebenfalls ein.

»Bleib wieder hinter mir, bis wir sehen, wo er ist«, befahl Harper.

»Wie weit sind wir von ihm weg?«

»Auf der anderen Seite des Parkhauses und einen halben

Stock tiefer«, entgegnete Harper. »Wahrscheinlich ist er schon auf der Treppe.«

Sie rannten zum Treppenhaus. Als Harper die Tür aufschob, hörten sie eine Tür zuschlagen. Harper fluchte. »Mist, probieren wir es. Komm.«

»Nein. Ich warte hier – ruf mich.«

Harper nickte, lief die Stufen hinunter, öffnete die Tür und brüllte: »Hier ist er raus, beeil dich …«

Anna sprang in langen Sätzen abwärts, folgte ihm durch die Tür, und plötzlich standen sie im Santa Monica Place, einem zweistöckigen Einkaufszentrum, mitten in einer Menschenmenge.

»Er ist gute dreißig Meter vor uns«, berichtete Harper. Anna trat einen halben Schritt zur Seite, sah an Harper vorbei und entdeckte Clarks Kopf und Schultern. Tatsächlich, sein Haar wurde dünner, dachte sie. Aber er bewegte sich schnell und gewandt weiter. Anscheinend hatte er einiges für seinen Körper getan. Er trug Jeans und ein braunes Leinenjackett.

»Komm«, forderte Harper sie auf. »Wir müssen dranbleiben, sonst verlieren wir ihn.«

»Mein Gott, Jake …« Sie klammerte sich an seinem Arm fest. »Er darf mich nicht sehen.«

»Und wenn, dann bist du eben mit mir zusammen, und wir haben ein Date«, sagte Harper.

»Ach …«

Sie eilte mit ihm durch die Ladenreihen zu einer Rolltreppe und behielt Clark im Auge.

»Langsamer«, forderte Anna. Sie warteten, bis Clark unten angekommen war.

Als sie ihn unten weitergehen sahen, sagte Harper: »Halt dich hinter mir. Er ist auf dem Weg in die Lebensmittelabteilung …«

Anna spähte über Harpers Schulter und sah Clark um die Ecke verschwinden. »Weiter«, befahl Harper und betrat die Rolltreppe nach unten. Dann eilte er zu der Stelle, wo sie Clark zuletzt gesehen hatten. Anna hielt sich weiter hinter Harper versteckt. Sie bogen um die Ecke, aber Clark war nicht mehr zu sehen.

»Wo kann er nur hin sein?« fragte Jake leise.

Annas Blick wanderte über die Menge. »Ich weiß auch nicht.«

Harper ging vor ihr her. »Genau hier war er… Sieh dich nach seiner Jacke um«

Nirgends eine Jacke.

»Verdammt…« Harper drehte sich um. »Wohin, zum Teufel, kann er verschwunden sein?«

Sie fanden ihn nicht. Er war wie vom Erdboden verschluckt.

Schließlich meinte Anna: »Gehen wir wieder nach draußen. Ich möchte nicht, daß er plötzlich vor mir steht. Das würde uns so einiges vermasseln.«

Harper nickte. »In Ordnung. Glaubst du, er hat uns bemerkt.«

»Nein, das glaube ich nicht. Er schien es ziemlich eilig zu haben.«

»Wo ist er nur, zum Teufel, abgeblieben? In irgendeinem dieser Markenläden im Center?«

»Keine Ahnung. Ich hoffe nur, daß wir ihm nicht aufgefallen sind und er uns nicht gesehen hat. Ich habe gleich gewußt, daß wir das hier nicht hätten machen sollen.«

Harper fiel ihr ins Wort. »Anna, wir müssen *alles* tun. Jeder noch so winzigen Möglichkeit nachgehen. Wir sollten den Cops von Clark erzählen und ihnen das weitere überlassen.«

»Nein.« Das klang endgültig.

Clarks Wagen stand noch am selben Platz. »Wir könnten auf ihn warten«, sagte Harper mit einem Blick auf die Uhr. »In zehn Minuten schließt das Einkaufszentrum. Da vorn ist eine Lücke, von der aus wir ihn beobachten können.«

Anna zögerte. Sie war jetzt doch neugierig geworden. Wohin war Clark gegangen? Sie wollte ihn nicht überwachen, sondern es nur wissen. Er war in das Einkaufszentrum gegangen und verschwunden. Vielleicht war er auch nur hineingegangen, um dann schnell zum anderen Ende zu laufen, oder er hatte einfach die Jacke ausgezogen, so daß sie ihn in der Menge verloren hatten... Vielleicht war sie aber auch von ihm entdeckt worden und er versteckte sich nun, weil er ihr nicht Auge in Auge gegenübertreten wollte.

»Warten wir – eine Zeitlang. Ich rufe Louis an.«

Er fuhr den Wagen auf dieselbe Ebene, parkte ihn in der entdeckten Lücke, und sie hockten da und redeten über dies und das. So verging über eine Stunde. Louis hatte noch nichts weiteres über McKinley herausgebracht.

Schließlich brach Harper die ganze Aktion ab. »Es ist zehn Uhr durch. Fahren wir zu dir und schauen, ob es etwas Neues gibt.«

»Einverstanden. Aber, verdammt nochmal, wir stecken in einer Sackgasse, Jake.«

27

Im Wohnzimmer brannte Licht, und Anna rief: »Pam? Hallo!«

Doch Pam Glass war nicht da.

»Dann haben wir das Haus ja ganz für uns allein, mein

Dickerchen«, säuselte Harper und schlang von hinten seine Arme um ihre Taille.

Anna drehte sich zu ihm um, sah ihm in die Augen und fragte: »Dickerchen? Meinst du etwa meinen Po?« Er schüttelte den Kopf: »Den nun ganz bestimmt nicht«, sagte er, und sie stellte sich auf die Zehenspitzen und küßte ihn.

Doch jetzt lugte Harper über ihre Schultern in die Küche und wunderte sich: »Was ist denn das? Da in der Küche?«

Seine Stimme klang erregt, und Anna drehte sich wieder um und sah zur Küche. Ihr fiel nichts auf, bis er sagte: »Auf dem Fußboden.« Tatsächlich. Dort war ein Fleck, der aussah, als hätte jemand warmes Gelee ausgegossen und dann gerinnen lassen.

Auch Anna bekam einen Schreck, machte sich los und ging zur Küche. »Vorsichtig«, warnte er und hielt sie fest. Sie tastete nach der Waffe in ihrer Jackentasche. Zusammen gingen sie bis zum Kücheneingang. Anna faßte innen an die Wand und schaltete das Licht an.

Der Fleck war so groß wie eine Hand, rot und flüssig.

»Blut«, stellte Harper fest. »Geh nicht hinein. Möglicherweise ein Tatort, den sich die Spurensicherung noch vornehmen muß.«

»Mein Gott, sieh dir mal das Fenster an.« Harper blickte zum Fenster neben der Hintertür. Das Sperrholzbrett war eingedrückt und nur notdürftig wieder an seine Stelle gerückt worden. »Er hat sie«, stammelte Anna. Sie griff nach Harpers Jackenärmel. »Er hat sie, Jake. Und er dachte, ich bin es.«

»Ruf Wyatt an und gib mir die Waffe«, knurrte Harper. Er machte sich auf eine Runde durch das Haus, öffnete Türen, untersuchte jeden Winkel. Anna immer im Schlepptau. Gleichzeitig rief Anna ihr Telefonregister auf, fand

Wyatts Privatnummer und tippte sie in ihr Handy ein. Wyatt meldete sich verschlafen. »Ja?«

»Hier ist Anna. Haben Sie Pam gesehen?«

Mit einem Schlag war Wyatt hellwach. Er hörte das Zittern in ihrer Stimme. »Nein. Was ist passiert?«

»Wir sind nach Hause gekommen und nahmen erst an, sie wäre da. Aber das ist nicht der Fall. Es sieht ganz so aus, als wäre jemand von hinten ins Haus eingebrochen, und auf dem Küchenboden ist Blut.«

»Oh, mein Gott. Bleiben Sie, wo Sie sind. An Ort und Stelle!«

Er hatte aufgelegt.

Anna tippte nun Creeks Nummer im Krankenhaus ein. Creek war wach, aber auch er hatte Pam nicht gesehen. »Was ist denn los, Anna?«

Anna erklärte es ihm, und Creek stöhnte auf. »Herrgott nochmal, und ich kann hier nicht weg, hänge am Schlauch, ich muß hier raus...«

»Nein, nicht«, brüllte Anna ins Telefon. »Du bleibst da. Vielleicht taucht sie ja bei dir auf. Jemand muß da sein... Zu dir kommt sie bestimmt.«

Zwei Minuten später stoppte draußen mit kreischenden Bremsen ein Mini-Van, noch einmal fünf Sekunden später der nächste. Aus beiden stiegen je ein Polizeibeamter in Zivil. Sie irrten ein wenig ziellos hin und her, kamen dann zur Tür. Anna und Harper empfingen sie auf der Vorderveranda. »Sie sind sicher, daß es Blut ist?« fragte der eine.

»Ziemlich sicher«, entgegnete Harper.

»Sie ist hier vor einer halben Stunde wieder weggefahren, zehn Minuten nachdem sie von der ersten Tour zurückgekommen waren«, berichtete der Cop. Er sah Anna an. »Sie saß in Ihrem Wagen, und wir dachten, es wäre alles in Ordnung – um ehrlich zu sein, haben wir geglaubt, das Sie es wären.«

Der andere Cop kniete in der Küche auf dem Fußboden. Er schnupperte an dem Fleck und bestätigte: »Es ist Blut.«

»Und sehen Sie sich das Fenster an«, sagte Anna. Zur Garage war sie schon gegangen und hatte hineingesehen. Sie war leer.

»Möglicherweise ist ja alles in Ordnung und sie ist nur rausgefahren, um etwas zu besorgen«, bemerkte Anna. Doch sie glaubte es nicht, wünschte sich nur, daß es jemand anders für sie täte.

Doch Harper sah sie an und schüttelte nur den Kopf.

»Von hier aus ist er jedenfalls nicht eingestiegen«, rechtfertigte sich einer der Cops. »Wir haben jeden gottverdammten Wagen beobachtet, der hier vorbeikam, und der einzige, der eingebogen ist, war dieser Koreaner.«

»Mit dem Wagen ist er auch nicht gekommen«, entgegnete Anna. »Weggefahren ist er mit meinem, und sonst steht hier draußen keiner. Er hat sich eingeschlichen.«

»Aber wie? Wir haben immer ein Auge auf die Passanten gehabt. Und wie, zum Teufel, kann man sich hier einschleichen? Alle Häuser stehen quasi Arsch an Arsch beieinander, alle sind nervös wegen potentieller Einbrecher, und es gibt keine Stelle, von der aus man sich anschleichen könnte.«

Sie stritten noch, als Wyatt eintraf. Er hatte einen Anzug über den gestreiften Schlafanzug gezogen und hielt ein zerknittertes Oberhemd und eine Krawatte in der Hand.

Er hörte zwei Minuten zu und sagte dann zu Anna: »Ich habe mir unterwegs schon so meine Gedanken gemacht. Es muß jemand direkt von hier sein, vielleicht aus Venice oder sogar aus Ihrer Straße.«

»Direkt von hier?«

»Ja«, entgegnete er und zählte seine Argumente auf. »Er hat jemanden umgebracht, der behauptete, mit ihnen etwas gehabt zu haben. Okay, das ließe sich auch damit erklären, daß er Sie einfach verfolgte. Doch dann tauchte er hier auf und verschwand einfach wieder. Danach war Ihr Freund Creek an der Reihe, gleich da die Straße runter, und wieder entkam er.«

»Er ging einfach zurück in sein Haus«, kombinierte Harper.

Wyatt nickte.

»Das würde tatsächlich eine Menge Dinge erklären«, stimmte Harper zu.

Annas Gedanken rasten. Es gab, weiß Gott, genug merkwürdige und problematische Leute in Venice. Das gehörte schon fast zu den Bedingungen, hier ein Haus besitzen zu dürfen. Aber wer kam in Frage?

»Sie meinen also, das Ganze war purer Zufall?« fragte Harper. »Und nur, weil es sich an dem Abend ereignete, als mein Sohn starb und all das andere geschah – die Tierschützer-Geschichte und so weiter –, hätten wir das fälschlicherweise in einen Zusammenhang gebracht?«

Wyatt nickte. »Möglich. Es könnte natürlich auch sein, daß er ihr an dem Abend gefolgt ist und wegen irgend etwas, das er sah, ausgeflippt ist.«

»Dann sollten Ihre Leute schnellstens ihre Notizen durchchecken«, meinte Harper, »und nachsehen, wer hier sein Haus verlassen hat, nachdem Anna ...«

Sie taten es, aber Anna klang noch immer im Ohr, wie Harper von »Zufall« gesprochen hatte. Dabei sah nichts nach Zufall aus: Ihr Tagesablauf hatte sich seit Jasons Tod völlig verändert. Damit hatte quasi etwas Neues begonnen. Der Gedanke, daß alles schon lange vorher angefangen hatte – und vielleicht bereits geraume Zeit im Bewußtsein eines ihrer Nachbarn herumspukte –, das alles paßte doch nicht zusammen. Es war einfach nicht stimmig.

Sie stand auf und sagte zu Harper: »Ich gehe nach nebenan und rede mit Hobie und Jim. Sie sitzen den halben Tag auf ihrer Dachterrasse, vielleicht ist ihnen etwas aufgefallen … Bestimmt sind sie auch jetzt da oben, bei all den Leuten hier …«

Sie trat aus der hinteren Tür, schaute nach oben und rief: »Hobie? Jim? Seid ihr da?«

Und schon tönte Hobies Stimme von oben. »Ja? Was ist?«

»Wir haben Probleme. Könnt ihr mal runterkommen?«

»Sind gleich da – durch die Hintertür.«

Anna erwartete sie in dem dunklen Streifen zwischen ihren beiden Häusern und erklärte ihnen, was passiert war. Jim pfiff durch die Zähne und erklärte: »Ich habe das Garagentor auf- und zugehen gehört, aber mehr auch nicht.«

»Und ich habe nicht einmal das gehört«, ergänzte Hobie.

»Ansonsten habe ich vermutet, daß ihr Popcorn macht«, fiel Jim noch ein. So hatte das Knacken beim Aufstemmen des Fensters wohl in seinen Ohren geklungen.

»Es tut mir leid«, sagte Hobie. »Mein Gott, Anna, ich hoffe, der Kerl unternimmt nicht irgendwas Verrücktes.«

Anna ging am Kanal entlang zum Haus zurück. Kurz vor den Stufen der Veranda hob sie unbewußt den Fuß, um über einen schweren Betonblumenkübel zu steigen. Mindestens dreißigmal schon war sie mit den Zehen an ihm hängen geblieben und hatte sich jedesmal geschworen, ihn bei Gelegenheit aus dem Weg zu räumen … und merkte plötzlich, daß er weg war. Nirgends zu sehen.

Jemand vergriff sich an ihrem Haus …

Da läutete ihr Handy. Sie holte es aus der Tasche, wollte es gerade einschalten, zögerte dann aber und sah Harper an: »Das ist er. Er will, daß ich zuhöre, wie sie stirbt.«

»Melde dich nicht«, drängte Harper sie. Wyatt fragte er: »Überwacht ihr nicht ihr Telefon?«

»Doch.«

»Dann nehmt euch diesen Anruf vor«, forderte Anna. »Ich glaube, er ruft mich an, um die gleiche Nummer wie bei China Lake abzuziehen. Vielleicht...«

»Mein Gott.« Harper starrte zum Telefon, bis es aufhörte zu läuten.

Wyatt gab Anweisung, die Nachbarschaft abzusuchen, und sperrte das Gebiet gleichzeitig ab. Harper zog Anna zur Seite und sagte: »Wir sollten ihn über Clark informieren.«

»Noch nicht. Suchen wir erst nach dem Jungen. Jake, ich sage dir, Clark kann es nicht sein.«

»Das hört sich nach Wunschdenken an... Wohin ist er heute abend gegangen? Warum ist er abgetaucht?«

»Wir wissen doch gar nicht, ob das wirklich so war. Wahrscheinlich haben wir ihn nur verloren. Wyatt glaubt, wir haben uns das meiste bloß zurechtgelegt – einfach das eine zum anderen addiert und mit etwas Phantasie ausstaffiert. Genau das haben wir bei Clark auch getan.«

»Ich glaube immer noch...«

»Konzentrieren wir uns bitte auf McKinley.« Sie flehte ihn regelrecht an.

»Wir wissen doch nicht einmal, wo er sich aufhält, Anna«, bemerkte Harper ärgerlich.

Anna hob eine Hand. »Ich habe eine Idee«, erklärte sie. »Daran hätte ich auch schon eher denken können.«

Sie zog das Handy aus der Tasche, rollte das Register durch, bis sie bei ›The Witch‹ angekommen war, und drückte die Kurzwahltaste. ›The Witch‹ nahm beim ersten Läuten ab.

»Hier ist Anna.«

»Was habt ihr für uns?«

»Ich habe eine Frage. Sie erinnern sich an den Jungen, der in die Rangelei mit den Tierschutzaktivisten geraten ist? An seine blutende Nase und das alles?«

»Ja. Aber machen Sie schnell.«

»Er war bei Ihnen doch noch in mehreren Talkshows.«

»Ach was, er war nur in ›Talay‹. Was meinen Sie denn mit ›mehreren Talkshows‹?«

»Ist schon klar. Aber am Tag nach der Aktion habt ihr doch zusätzlich Aufnahmen mit ihm gemacht. Ich brauche seine Adresse, ich muß wissen, wo er wohnt. Seine Telefonnummer.«

»Anna, ich habe keine Zeit mehr…«

»Ich brauche diese verdammte Nummer…«

»Hey…«

»Hören Sie«, insistierte Anna. Sie drängte, wenn auch in ruhigerem Ton. »Geben Sie mir jemanden, der mir Adresse und Telefonnummer heraussucht, und ich biete Ihnen eine Story, die die von dem Selbstmörder in den Schatten stellt. Gratis. Glauben Sie mir, wenn Sie wüßten was ich Ihnen hier biete, würden Sie Ihre Großmutter auf der Stelle dafür verkaufen. Und das ist kein Scherz.«

Kurzes Schweigen am anderen Ende der Leitung. »Hat das vielleicht was mit China Lake zu tun?«

Anna zögerte und entgegnete dann: »Aber sicher, und das ist erst der Anfang.«

›The Witch‹ kreischte los. »Und dieser Junge ist in den China-Lake-Mord verwickelt?«

»Nein, um Gottes willen, nein, damit hat er nichts zu tun, das ist eine ganz andere Geschichte. Aber ich habe eine

Insider-Information, was China Lake betrifft – sie ist das Opfer eines Serienkillers«, sagte Anna. »Wenn Sie mir McKinleys Adresse und Telefonnummer besorgen, liefere ich Ihnen die ganze Story.«

»Aber was ist nun mit McKinley?« hakte ›The Witch‹ mißtrauisch nach.

»Er leistet sich dumme Scherze mit mir«, erwiderte Anna. »Diese miese kleine Ratte. Ich nagele ihn an die Wand.«

»Klingt vielversprechend«, sagte ›The Witch‹. »Ich lasse jemanden nachsehen.«

»Aber sofort«, forderte Anna. »Ich meine es ernst. Ich rufe auch bei anderen Sendern an. Der erste, der mir Adresse und Telefonnummer liefert, bekommt von mir die China-Lake-Story.«

»Wissen Sie, Sie können wirklich eine Landplage sein.«

»Ja, aber eine, bei der Sie echt billig wegkommen, gemessen an dem, was ich liefere. Rufen Sie mich also zurück.«

»Bleiben Sie einfach dran... Ich lege den Hörer nur kurz hin und bin gleich wieder da.«

Anna wartete. Harper fragte: »Was ist?«

»Vielleicht kriege ich was«, antwortete Anna.

›The Witch‹ meldete sich wieder: »Haben Sie einen Stift?«

Wyatt überkam fast die Panik, während er Venice abriegelte.

Anna hatte jetzt McKinleys Telefonnummer und konnte Louis nach der Adresse suchen lassen. Zu Wyatt sagte sie, daß sie nach dem Jungen schauen wollten, den sie am Abend, als Jason ermordet worden war, interviewt hätten.

»Bleiben Sie in Verbindung mit mir«, verlangte Wyatt besorgt. »Wir rufen an, wenn wir Sie brauchen. Ich lasse einmal läuten, lege auf, läute noch einmal, und dann ein drittes Mal. Nach fünfzehn Sekunden rufen Sie zurück.«

»Okay«, sagte Anna. Sie fuhren los.

McKinley wohnte in Culver City in einem trostlosen Apartmenthaus aus Fertigteilen. Der Asphalt auf dem Parkplatz fing an aufzubrechen, und aus den Rissen wucherte das Unkraut. Harper stellte den Wagen in einer ramponierten Nische ab. Dann stiegen sie über einen Außensteg zum Wohnbereich hinauf. Die Mauerecken rochen nach Urin. An den Eisengeländern des Stegs hingen angekettet die Rahmen von Fahrrädern. Die Räder selbst hatten Diebe abmontiert.

»Studenten«, sagte Anna.

»Die Nummer war drei-drei-sieben?« fragte Harper.

»Ja...«

Die Tür ging auf einen kleinen Innenhof hinaus, in dem ein halbes Dutzend steinerne Picknick-Tische der Länge nach aufgestellt waren. An einem Tisch saß wieder ein halbes Dutzend Männer im Studentenalter. Sie rauchten, hörten Musik aus einem Kofferradio und unterhielten sich. Spanisch.

McKinleys Zimmer war dunkel, die Tür verschlossen.

»Aufreten kann ich sie nicht«, stellte Harper fest. »Zu viele Leute hier, zu viel Krach.«

»Vielleicht finden wir ja einen Hausmeister«, erwiderte Anna.

Der Hausmeister hatte eine Parterrewohnung mit Blick auf den Parkplatz. Eine dunkeläugige Frau öffnete ihnen die Tür und redete sie in einer Sprache an, die Anna für Persisch hielt, oder irgend etwas ähnliches in dieser Richtung. »Warten Sie«, erklärte sie dann, ging nach hinten in die Wohnung, rief etwas, kam zurück, bat sie mit einer Geste herein, zeigte nach hinten und murmelte wieder etwas. »Ich glaube«, mutmaßte Harper, »sie will uns sagen, daß jemand da im Badezimmer ist.«

Die Frau lächelte und hielt den Zeigefinger hoch. »Bad… Ja.«

Anna nickte und sah sich um. Hinter der offenen Tür entdeckte sie ein Schlüsselbrett. Die Frau war wieder auf dem Weg in den hinteren Teil der Wohnung, und Anna flüsterte Harper zu: »Gib mir Deckung – ich versuche mal, an den Schlüssel zu kommen.«

»Was ist?«

»Da hinter der Tür ist ein Schlüsselbrett.«

Harper trat einen Schritt zur Seite, und Anna schob die Tür bis auf ein paar Zentimeter zu. Auf der Innenseite sah sie Haken, darunter die Nummern. An den meisten Haken hingen Schlüssel. Hinten rauschte die Toilette, und die Frau rief etwas zu ihnen herüber.

»Danke, danke«, erwiderte Harper. Anna schob, immer noch von ihm verdeckt, die Tür ein Stückchen weiter zu.

Am Haken 337 hingen zwei Schlüssel.

»Soll ich's versuchen?« wisperte sie.

»Sie schaut direkt her«, meinte Harper und drehte sich zu ihr um. »Bleib, wo du bist…«

Harper ging auf die Frau zu und erklärte: »Wir möchten gerne mit einem Ihrer Mieter sprechen.«

Die Frau sagte erneut etwas und zeigte mit dem Finger nach hinten. Anna beobachtete die beiden, und als Harper ganz nah vor der Frau stand, die jetzt zu ihm aufsehen mußte, stellte er sich so, daß diese Anna nicht sehen konnte, und Anna nahm den Schlüssel vom Haken.

Ließ ihn fallen. Trat mit dem Fuß darauf. Stand mit vor der Brust gekreuzten Armen, während Harper und die Frau sich gegenüberstanden und miteinander zu reden versuchten. Dann sagte eine männliche Stimme »Hallo«, und Harper und die Frau drehten sich nach ihr um. Anna bückte sich, hob den Schlüssel auf und steckte ihn in die Jackentasche. Dann trat sie von der Tür und dem Schlüsselbrett zurück.

Harper erzählte dem Hausmeister, daß Anna und er Freunde McKinleys von der UCLA seien, aber nicht sicher wären, ob sie sich hier überhaupt im richtigen Haus aufhielten.

»Ja, der wohnt hier. Apartment drei-drei-sieben«, bestätigte der Hausmeister und nickte. »Man konnte ihn jetzt oft im Fernsehen sehen, nicht? Ein richtiger Held, nicht?«

Anna lächelte und nickte nun auch. »Ja, ein richtiger Held...«

Dann waren sie wieder draußen.

»Hast du den Schlüssel?«

»Habe ich.«

»Hoffentlich merken sie es nicht.«

»Da müßten wir ziemliches Pech haben – einige Apartments haben zwei oder drei Schlüssel, andere haben gar keinen.«

»Hoffentlich paßt er.«

»Und hoffentlich finden wir keine Leiche.«

»Daran darfst du nicht einmal denken.«

Der Schlüssel paßte. Sie gingen hinein, und Anna schaltete das Licht ein. »Hallo? Charles? Chuck?« Sie standen in einem Wohnzimmer mit Fernseher, kleinem Zweiersofa und einem nicht dazu passenden Sessel, dem ein Bein fehlte. Ein Stapel Zeitschriften ersetzte es. Nach rechts schloß sich eine Küche mit Eßtisch an, links war eine Tür. Anna ging hin und öffnete sie. Ein Schlafzimmer. Ein paar zusammengeknüllte Bettücher auf einem Futon, keine Decken. Es roch nach Cool Ranch Doritos.

»Sehen wir uns schnell um«, meinte Anna. »Du schaust nach einer Rollkartei, einem Adreßbuch oder ähnlichem… Ich gucke, was er sonst noch hat.«

»Hier ist eine Telefonnummer«, meldete Harper kurz darauf. »Sie klemmt hinter einem Haltemagneten am Kühlschrank.«

»Okay. Wir geben sie Louis durch…«

Anna hatte sich instinktiv ins Schlafzimmer begeben. McKinley besaß keine Kommode mit Schubladen und hatte sich statt dessen ein Regal aus Ziegelsteinen und rohen Brettern gebaut. Es war vollgestopft mit T-Shirts, Unterwäsche und Jeans. In einem kleinen Schrank hingen ein paar Jacken und Oxford-Hemden. Am Boden lagen zwei Paar Turnschuhe, ein Paar ausgetretene Slipper und ganze Ballen von Staubflusen, so groß wie Tennisbälle.

Sie klappte den Rahmen des Futonbetts am Kopfende hoch und schaute darunter. Eine Schuhschachtel. Sie zog sie heraus, machte den Deckel auf und fand ein halbes Dutzend Kauf-Videos. Pornofilmchen.

»Und?« erkundigte sich Harper und steckte den Kopf durch die Tür.

»Pornos«, antwortete Anna. »Sadomaso. Das könnte ein Hinweis sein auf die Lust, Leute zu schnappen und zu fesseln.«

»Na ja, gut, aber es gibt sicher ein paar hunderttausend Typen, die Sadomaso-Kassetten besitzen.«

»Stimmt. Doch wir sollten es uns merken.« Sie schob die Schachtel wieder unter das Bett.

»Einem so die Sachen zu durchwühlen«, erklärte Harper, »gefällt mir überhaupt nicht. Wenn ich daran denke, daß das einer bei mir genauso machte…«

»Besitzt du denn auch eine Schuhschachtel mit Porno-Kassetten?«

»Nein. Dafür habe ich aber Briefe und Fotos von alten Freundinnen... Nichts, was ich nicht jedem zeigen könnte, aber dennoch hätte ich einiges dagegen, wenn jemand darin herumschnüffeln würde.«

»Trotzdem ist es ziemlich interessant«, sagte Anna. »So bekommt man besser heraus, um was für einen Menschen es sich handelt.«

»Wahrscheinlich bist du deswegen so gut in deinem Job«, vermutete Harper. Er ging zurück in die Küche und verkündete Sekunden später: »Er hat einen Anrufbeantworter.«

Anna fand im Schlafzimmer nichts mehr von Interesse. »Spiel ihn ab.«

Es waren lauter normale Nachrichten. Die meisten Anrufe stammten von ein und derselben Frau. Der letzte von heute sechs Uhr abends war aber männlich: »Molly meint, du sollst Diet-Pepsi mitbringen. Das ist das einzige, was die Lees trinken.«

»Und wie finden wir jetzt eine Molly?« fragte Anna.

»Es gibt ein Adreßbuch...« Harper ging zum Küchenschränkchen und griff nach einem Adreßbuch mit dem Logo einer Bank auf dem Deckel. Auf der ersten Seite stand eine Molly mit Telefonnummer. Er verglich sie mit der Nummer unter dem Magneten am Kühlschrank.

»Laß uns mal sehen«, sagte Anna.

»Was machen wir eigentlich, wenn wir ihn finden?« fragte Harper. »Uns ist schon der erste durch die Lappen gegangen, den wir verfolgt haben...«

»Hör schon auf. Wir haben keine Zeit zu verlieren. Nehmen wir ihn uns vor. Ich werde ihn an der Stimme erkennen.«

Louis bekam über die Telefonnummer Namen und Adresse heraus. Molly wohnte in einem kleinen Apartment drei Blocks von der Universität entfernt.

»Ein paar Stufen hinauf«, sagte Harper.

Durch einen Außeneingang ging es in einen Vorflur, von dort durch eine weitere Tür zu den einzelnen Apartments. Den Briefkästen an der Wand nach zu schließen, wohnte ›O'Neill‹ im ersten Stock. Anna ging zur Sprechanlage, drückte den Klingelknopf und dann die Sprechtaste. Eine Frauenstimme meldete sich, und Anna fragte: »Sind Sie Molly?«

»Ja.«

»Mein Name ist Anna Batory. Ich suche Charles McKinley und hoffte, er ist vielleicht bei Ihnen.«

»Einen Augenblick...«

McKinley kam die Treppe herunter und war überrascht, sie zu sehen. Er schob die innere Tür auf und ließ sie hereinkommen. »Wie haben Sie mich gefunden?«

Seine Stimme war auch ein Bariton, aber ohne den rauhen Unterton, der ihr am Telefon aufgefallen war. Doch der, dachte Anna, könnte von sexueller Erregung oder einem Zustand der Aggressivität hergerührt haben.

»Uns macht ein wirklich ernstes Problem zu schaffen«, begann Anna.

Doch der Junge hörte ihr gar nicht zu, sondern plapperte munter drauflos, ruderte unbeholfen mit den Armen und sah sie ein wenig blöd an. »Mein Gott, man darf eben nicht alles glauben, was diese TV-Shows so produzieren, in denen ich war«, erklärte er. Sein Gesicht wurde rot vor Aufregung. »Mich haben ein paar Agenten angerufen, und da habe ich...«

»Jetzt halt mal die Klappe, Charles«, fuhr ihn Anna an.

Er brach ab. »Wie bitte?«

»Schluß mit dem Gewäsch. Wir wissen, daß du die ganze Show zusammen mit Jason und den Tierschützern inszeniert hast. Daß das Ganze von vorne bis hinten eine Mogelpackung war.«

McKinley schien zusammenzuschrumpfen, und der blöde Gesichtsausdruck verschwand. »Getroffen«, gab er zu. Dann zuckte er mit den Schultern, grinste und sagte: »Lief doch aber ganz gut soweit.«

Harper stand neben Anna, die ihn jetzt ansah. Er schüttelte den Kopf, einmal nur ganz kurz, aber sie las daraus, was sie selber dachte: *Der ist es nicht.*

»Du weißt, daß Jason tot ist?«

»Was?« Er war überrascht, und wieder schien es echt.

»Was studierst du eigentlich?« fragte Anna ihn plötzlich. »Theater? Schauspiel? Oder so etwas?«

»Ja«, bestätigte er. »Und dadurch habe ich auch Jason kennengelernt. Was ist denn mit ihm passiert? Ich wollte ihn schon längst mal anrufen, habe ihn aber nie erreicht.«

»Weil er da schon tot war«, erwiderte Anna. »Ermordet. Am selben Abend, als die Aktion lief. Wir glaubten, du wüßtest vielleicht etwas.«

»Was denn?« Er sah Harper mit einem schnellen Blick an. »Sie können nicht… Sind Sie von der Polizei?«

»Die Cops tauchen dann als nächste auf«, kündigte Harper an. »Aber der Mörder ist im Augenblick hinter Anna her. Wir haben einen Namen gesucht und sind auf dich gestoßen.«

»Auf mich? Wie kommen Sie denn da auf mich?«

»Weil der Typ Anna wahrscheinlich seit diesem Abend auf dem Korn hat – und das einzige, was sie an dem Abend gemacht hat, waren Aufnahmen von dieser Tierschützeraktion und von einem … Selbstmord.«

»Und bei diesem Selbstmord habe ich mit niemandem ein Wort geredet«, ergänzte Anna.

»Also, damit habe ich nichts zu tun – ich meine, ich war in New York.«

»In New York?«

»Ja. Ich war in ›Today‹ und bin erst seit heute morgen wieder zurück. Und heute abend feiern wir das.«

»Was feiert ihr?«

»Also, wissen Sie...« Er hob die Arme. *Ich bin ein Held*, wollte er damit sagen. »Erst haben sie alle diese Tierschützer gebracht und diese anderen irren Typen, und dann wollten sie eben mich im Studio haben. Ich war wohl in sechs verschiedenen Shows... Ermordet wurde er? Wieso ermordet?«

»Hör mal, deine Freundin Molly... Kannst du die mal eben anrufen und fragen, ob sie runterkommt? Wie viele Leute sind da oben bei ihr?«

»Sechs. Nein, sieben.«

»Bitte sie doch auch herunter.«

McKinley ging zum Briefkasten und drückte die Sprechtaste. Molly meldete sich.

»Hally, Molly, könntest du mit den anderen mal kurz runterkommen? Irgendwas ist hier los. Ja, das sagen wir dir, wenn du unten bist. Bitte, gleich...«

In Annas Kopf jagten sich die Gedanken. »Wie habt ihr das inszeniert? Wessen Idee war das?«

McKinley zuckte mit den Schultern. »Jasons, nehme ich an. Wir trafen uns, und ich erzählte ihm von meinem Job und daß ich da abends die Tiere zu füttern hatte. Er kannte Steve Judge und seine Tierschützer-Gruppe schon. Ich habe nur von dem Tiere-Füttern erzählt, und bereits am nächsten Tag kam er mit dieser Idee an.«

»Dann waren das also du, Steve und Jason«, faßte Anna zusammen.

»Und Sarah.«

»Sarah?«

»Ja. Sie wissen schon, ›The Bee‹. Sie war der Kopf der Gruppe, Steve im Grunde nur für die Organisation zuständig.«

McKinley konnte noch ein par Details über die Aktion beitragen: »Wenn Sie glauben, jemand ist Ihnen nachgestiegen, dann sollten Sie sich mal diesen Wachmann anschauen, alle nennen ihn Speedy. Er ist ein total beknackter Dreckskerl.«

»Der Wachmann im Medical Center?«

»Ja, der mit dem Bürstenhaarschnitt. Ein echter Nazi ist das.«

Anna schüttelte den Kopf. »Den habe ich nicht mal gesehen.«

Die Tür zum Treppenhaus ging auf, und eine Frau mit dunkelblauem Haar trat in den Vorraum, mit sechs weiteren jungen Leuten im Schlepptau, drei Frauen, drei Männer, alle Anfang zwanzig.

»Was ist denn los?« fragte die Blauhaarige.

»Das kann Charles Ihnen erzählen«, entgegnete Anna. »Wir stecken in einer argen Klemme: Man hat eine Frau gekidnappt, und wir müssen jetzt nur wissen, ob Charles schon eine Weile hier ist. Sagen wir, seit acht Uhr.«

Alle sahen erst Charles an, dann Anna, dann wieder Charles, und schließlich nickten alle gleichzeitig.

»Seit sieben«, sagte die Blauhaarige. »Nein, zehn nach sieben. Ich erinnere mich, daß ich gerade das Brathähnchen ins Rohr schob ...«

»Gehen wir«, meinte Anna zu Harper.

Draußen sagte sie zu ihm: »Wir verlieren Zeit. Ich frage mich, warum er nicht wieder angerufen hat. Er wird es bestimmt noch tun. Wir müssen ›The Bee‹ finden. Vielleicht kann sie uns erzählen, was …«

Sie war außer sich, hätte am liebsten geschrien, wollte irgendwohin rennen, irgend etwas tun.

»Anna, das hier ist jetzt genauso wie vor ein paar Tagen, als ich wegen Jacob hinter Schatten herjagte. Wir finden den oder jenen, nur den Kerl entdecken wir nicht. Wir sollten jetzt mal aufhören planlos herumzurennen und dafür lieber *nachdenken.* Und wenn ich es mir genau überlege, könnte Wyatt durchaus recht haben.«

»Der Typ ist einer meiner Nachbarn?«

»So etwas in der Art. Es ist jedenfalls möglich. Er kommt immer wieder in dein Haus und belästigt dich.«

»Belästigt mein Haus«, korrigierte ihn Anna. Sie sah auf die Uhr. Pam war jetzt schon seit einigen Stunden in seiner Gewalt.

»Die andere Möglichkeit ist …«

»Clark.«

»Ja, genau«, sagte er.

28

Clarks Wohnung lag in Westwood sechs Blocks von der Schoenberg Hall entfernt. Sie hatten die halbe Strecke dorthin bereits zurückgelegt, als Anna drängte: »Wir haben nicht mehr die Zeit dafür, sie fehlt uns einfach.«

»Wir hätten es halt schon eher tun sollen«, versetzte Harper. Clarks Apartmentkomplex war jetzt nicht mehr weit entfernt. »Und was sollen wir denn sonst machen? Natürlich könnten wir Wyatt anrufen und es den Cops überlassen.«

»Nein.«

Anna ließ sich in ihren Sitz zurückfallen und sah aus dem Fenster. Wenn die Cops Clark zu nahe kämen, würde er außer Rand und Band geraten. Denn Clark war in vielerlei Hinsicht ein merkwürdiger Mensch – er komponierte klassische Musik, wahrscheinlich der seltsamste Beruf, dem ein Amerikaner nachgehen konnte. Und er verdiente damit tatsächlich noch Geld. Außerdem trieben seine Eigenheiten selbst seine Freunde ab und an zur Verzweiflung. Er war charmant, jedoch gleichzeitig arrogant, selbstgefällig und reizbar.

Aber nicht gewalttätig. Das hatte sie bei ihm nie erlebt. Wenn er wütend war, wurde er eher mürrisch. Eine kalte, introvertierte Wut, kein Anfall, bei dem geschrien wurde und die Teller flogen. Er würde nie ihr Haus verwüsten.

Andererseits war ihr Haus ja auch gar nicht richtig verwüstet worden. Gerade eine Fensterscheibe hatte dran glauben müssen. Und der Eindringling mußte nun mal eine Scheibe zerbrechen, um ins Haus zu gelangen. Das war keine mutwillige Zerstörung gewesen…

Bis auf den Blumenkübel. Was hatte er bloß mit dem Blumenkübel angestellt?

Anna schüttelte den Kopf und schob die Brille wieder die Nase hoch. Sie verlor den Faden. In fünf Minuten würde es zu der Konfrontation kommen, die sie mehr als alles in der Welt fürchtete, und sie machte sich Gedanken um einen Blumenkübel.

»Jake.« Sie packte ihn am Arm. »Jake, wir müssen zurück in mein Haus. Sofort.«

Er fuhr hoch. »Anna, in zwei Minuten sind wir da…«

»Vergiß es, Jake. Wir müssen zurück.«

»Warum?«

»Irgend etwas ist mit meinem Blumenkübel passiert.«

In der Frühe war der Topf noch da gewesen. Sie wußte nicht mehr, wann genau sie ihn gesehen hatte, aber wenn er nicht da gewesen wäre, hätte sie ihn vermißt. Er gehörte einfach zum Haus.

Harper folgte Anna durch ihr Heim, wo die Cops noch den Tatort untersuchten. Wyatt war gerade am Telefon, sagte etwas in die Muschel, hielt sie zu und fragte: »Gefunden?«

»Ja, aber er ist es nicht«, berichtete Anna. »Habt ihr hier etwas herausbekommen?«

Wyatt schüttelte den Kopf und setzte sein Telefongespräch fort.

An der Hintertür schaltete Anna die Verandabeleuchtung ein und ging hinaus, um sich die Stelle anzusehen, wo der Topf gestanden hatte. »Er ist zu groß, als daß man ihn anderswohin tragen könnte«, erklärte sie. »Er wiegt bestimmt an die fünfzig Pfund.«

»Ich sehe aber nichts von ihm«, entgegnete Harper und stöberte im Gras herum.

»Ich hole eine Taschenlampe«, sagte Anna, verschwand in die Küche, kramte eine Stablampe aus der Schublade und ging wieder hinaus.

Wo der Kübel gestanden hatte, war jetzt eine runde Vertiefung in der nackten Erde, und von ihr führte eine Schleifspur zum Kanal. Einen halben Meter weiter lag im Gras ein Klumpen Erde, der wahrscheinlich aus dem Topf gefallen war.

Anna leuchtete zur Ufermauer und dann ins trübe Wasser. Was da an der Oberfläche schwamm, hätte Flüssigkeit aus einem Motorkühler sein können, so komisch grün sah es aus mit seinen grauen Schlieren darin. Doch tiefer unten im Wasser, da war etwas… Irgend etwas, das sich auf und ab bewegte, auf und ab… Etwas Rundes. Ein Kopf?

Sie trat einen Schritt zurück, fing an zu zittern, drehte sich um und lief zur Veranda zurück. »Hey, ihr da«, rief sie. »Kommt mal schnell her.«

Ob das Pam war da unten im Wasser? Mit dem Kübel beschwert? Sie schluckte. Bitte nicht. Bitte.

Einer der Cops von der Spurensicherung kam zur Tür. »Was ist?«

Anna beleuchtete mit der Lampe die Stelle im Wasser. »Da drüben ist etwas, was dort nichts zu suchen hat... Ich weiß nicht, was es ist.«

Der Cop trat auf die Veranda, ein zweiter folgte ihm, dann drängelte sich Wyatt an ihnen vorbei.

»Irgendwer hat einen großen Blumentopf weggeschafft und ihn über die Mauer gehievt. Ich...«

Wyatt schaute ins Wasser. »O mein Gott«, seufzte er leise.

Der erste Cop sah auch ins Wasser, legte sich dann lang auf die Mauer und steckte einen Arm in den Kanal, kam aber nicht so weit, um es zu berühren.

»Ich muß hineinsteigen«, sagte er. »Das ruiniert mir meinen Anzug.«

»Egal«, erwiderte Wyatt.

»Scheiß drauf.« Der Cop zog Jacke, Hemd und Hose aus, stellte die Schuhe auf die Mauer und rutschte in der Unterwäsche ins Wasser. »Kalt«, stöhnte er.

Dann griff er ins Trübe und zog die Hand genauso schnell wieder heraus.

»Was ist?« fragte Anna. Sie bekam kaum Luft.

»Kein menschlicher Körper«, meldete er. »Ich weiß nicht, was.«

Wyatt blies die angehaltene Luft wieder aus und sah Anna an. Vor ihnen griff der Cop noch einmal vorsichtig ins Wasser und befand: »Plastik.« Er holte es heraus.

Der Gegenstand tauchte aus dem Wasser auf, und Anna

meinte: »Ein Kajak. Das war der Bug oder das Heck eines Kajaks.«

»Ein gottverdammter Kajak«, sagte Harper. »So ist er also herein- und wieder hinausgekommen.«

»Mist«, schimpfte Wyatt. »Dann ist er nicht von hier.«

»Aber irgendwer muß ihn doch dabei beobachtet haben, wie er von da drüben herangepaddelt ist…«

Anna blickte Harper an und sagte nur: »Steve Judge.«

»Wie bitte?«

Sie faßte mit beiden Händen an sein Hemd und zog ihn ganz nah zu sich heran. »Erinnerst du dich an die Ranch draußen? Und an die Frau? Wie hieß sie noch? Daly? Sie meinte doch, Steve sei oben in Oregon beim Rafting.«

»Aber er war wirklich in Oregon«, stellte Harper fest.

»Worum geht es?« fragte Wyatt.

Anna brauchte eine Minute, um es ihm zu erkären. Danach sagte Wyatt: »Das müssen wir checken.«

»Er wohnt in Pasadena«, informierte ihn Anna. »Wir haben seine Adresse.«

Sie fand sie in ihrem Notizbuch, riß die Seite heraus und gab sie Wyatt.

»Nur eine vage Vermutung«, murmelte Wyatt und eilte wieder ins Haus.

Vor der Tür traf ein weiterer Polizeiwagen ein. Anna und Harper folgten Wyatt ins Haus. Anna rief die Auskunft an, ließ sich die Nummer der Full Heart Ranch geben und wählte. Niemand hob ab. Wählte erneut. Noch immer keine Antwort.

»Wenn es Steve ist, müssen wir raus zur Ranch«, sagte Anna zu Harper.

»Überlaß das lieber den Cops«, entgegnete Harper. »Es ist ja wirklich nur eine vage Vermutung.«

»Willst du tatsächlich einen Polizisten dahin schicken, der gar nicht weiß, was los ist? Der geht doch verloren da draußen in der Nacht... Sein Haus in Pasadena können die Cops umzingeln, das ist kein Problem. Aber wenn Steve der Kerl ist und sich draußen auf der Ranch aufhält, dann sieht er sie schon meilenweit kommen«, sagte Anna. »Wir kennen den Weg dorthin. Wir können unbemerkt hinfahren, den Wagen am Tor abstellen und hineingehen.«

»Das ist verrückt, Anna.«

»Gut, und was tun wir statt dessen?« schrie sie ihn an. »Er hat Pam und wird sie töten. Wir können nicht hier herumhängen, von zweihundert Cops bewacht. Er kommt nicht mehr her, wer immer er auch ist.«

Harper sah sie an. Er sah die Cops bei ihrer Arbeit im Haus, sah das viele Licht und die Autos und sagte: »Ich brauche eine Waffe. Wir können bei mir zu Hause vorbeifahren. Es liegt auf dem Weg.«

Sie nahmen den San Diego und rasten über die Hügel. »Der Name der Ranch in Oregon«, überlegte Anna. »Hieß sie nicht Cut River Canyon?«

»Ich erinnere mich nicht genau. Könnte aber stimmen.«

Anna wählte die Nummer der Auskunft in Oregon. Die Angestellte sagte: »Cut River Canyon habe ich nicht, aber Cut Canyon...«

»Das ist es.« Anna sprach die Nummer leise nach und wählte. Achtmal ließ sie es läuten und murmelte dazu: »Los doch, nun komm schon.« Beim neuntenmal meldete sich ärgerlich eine Frau. »Hallo?«

»Ja. Mein Name ist Anna Batory aus Los Angeles. Ich habe schon einmal bei Ihnen angerufen und mit einer Frau geredet, die mich dann zu Steven Judge weiterverbunden hat. Waren Sie das?«

»Ja. Wissen Sie eigentlich, wie spät es ist? Steven ist nicht hier...«

Anna fiel ihr ins Wort. »Ma'am, in Los Angeles hat jemand in der letzten Woche mindestens drei Menschen ermordet, und jetzt hat er eine Frau gekidnappt. All das hat irgendwie mit mir zu tun. Die Polizei sagt, er stellt mir nach. Im Zuge der Ermittlungen ist nun mehrfach der Name von Mr. Judge ins Spiel gekommen, aber wenn er wirklich oben im Cut Canyon war, als ich anrief, dann kann er damit nichts zu tun haben.«

Die Frau zögerte lange, ehe sie fragte: »Sind Sie von der Polizei?«

»Ich kann dafür sorgen, daß jemand von der auf den Serienkiller angesetzten L. A. County-Sonderkommission Sie in den nächsten fünf Minuten anruft, falls Sie dazu etwas auszusagen haben«, entgegnete Anna.

Wieder eine Pause. »Sie machen keinen Spaß, oder? Wir haben bisher nichts von dieser Sache gehört... bis zu diesem Augenblick.«

»Sie meinen von Mr. Judge?«

»Ja. Von Steve. Der behauptet nämlich, es könnte genau umgekehrt sein. Daß man ihn verfolgt. Darum haben wir...«

»Ma'am, ich sorge dafür, daß Lieutenant Wyatt von der Polizei in Santa Monica – er leitet die Sonderkommission in diesem Fall – Sie in den nächsten fünf Minuten anruft. Bitte, erzählen Sie ihm alles, was Sie wissen.«

»Wie kann ich sicher sein, daß das hier alles nicht irgendwie, sagen wir, von ihnen arrangiert ist? Und daß er auch wirklich Polizist ist?«

»Wenn Sie wollen, rufen Sie doch einfach selber bei der Polizei in Santa Monica an. Ich gebe Ihnen die Vorwahl, und die Nummer holen Sie sich über die Auskunft – dann landen Sie am Ende bei Lieutenant Wyatt.«

»O Gott. Okay, ich rufe in Santa Monica an.«

»Warten Sie damit aber noch fünf Minuten«, bat Anna. »Ich muß Lieutenant Wyatt erst darauf vorbereiten, daß Sie anrufen.«

Anna gab der Frau die Vorwahl für Santa Monica durch, schaltete ab und meinte zu Harper: »In Ordnung, ich glaube, Steve Judge ist unser Mann.« Sie rief die Polizei in Santa Monica an, und als sich eine Frau meldete, sagte sie ihr, sie müsse umgehend Wyatt sprechen. Eine Minute brauchte sie, bis sie es ihr genau erklärt hatte. Dann schaltete sie das Handy aus, und Harper bemerkte: »Irgendwie habe ich dabei ein ungutes Gefühl.«

»Das weiß ich, Jake«, antwortete sie. »Aber wahrscheinlich ist er ja in Pasadena. Das allerdings kriegen wir wesentlich schneller heraus als die Cops. Selbst wenn die sich dazu durchringen, der Ranch einen Besuch abzustatten, dann vergehen erst einmal drei oder vier Stunden, bis sie dort mit einem Kommando aufkreuzen... weil sie vorher erst rauskriegen müssen, wo sie liegt und wie man hinkommt. Sie sind darauf angewiesen, sich die entsprechenden Karten zu besorgen und so weiter... So kriegen sie Pam nie lebend heraus. Er ist schließlich total durchgedreht und nur noch scharf darauf, sie umzubringen. Sie finden ihn auf keinen Fall, bevor es zu spät ist. Und wenn er sich vorher verdrücken kann, wo bleibt dann der Beweis, daß er überhaupt da war?«

»In deinem Wagen werden garantiert ein paar Fingerabdrücke sein, außerdem, so, wie er sich benimmt...«

»Aber das hilft Pam auch nicht weiter.«

Das Handy in ihrem Schoß läutete. Sie wollte es schon einschalten und hörte bereits Wyatts Stimme, als Harper es ihr aus der Hand schlug und eilig sagte: »Nein, laß. Wenn nun er es ist?«

Aber es kam kein zweiter Rufton. Erst fünf Sekunden später klingelte es erneut. Den dritten Versuch wollte sie nicht mehr abwarten und meldete sich: »Hallo?«

Es war Wyatt. »Sie sollten doch warten, bis es zum drittenmal klingelt«, rügte er.

»Keine Zeit«, entgegnete Anna.

»Was ist denn passiert? Wo sind Sie?«

»Wir sind unterwegs nach Ventura und wollen etwas abchecken ... nur für alle Fälle«, berichtete Anna. »Hören Sie, eine Frau wird Sie von einer Ranch in Oregon mit dem schönen Namen Cut Canyon Ranch aus anrufen.«

Sie erklärte ihm die näheren Umstände, und Wyatt fragte: »Meinen Sie, die haben etwas gedreht bei dem betreffenden Anruf?«

»Bei einer direkten Verbindung läßt sich nichts drehen«, erwiderte Anna. »Man wählt, und die Verbindung ist da. Aber wenn der Anruf umgeleitet wurde, dann sieht es ganz so aus, als wäre Judge der Kerl, den wir suchen.«

»In Ordnung, ich spreche mit ihr.«

»Seid ihr auf dem Weg nach Pasadena?«

»Wir brechen gleich auf, stellen gerade noch einen Trupp zusammen.«

»Viel Glück. Und geben Sie mir Ihre Nummer.«

Er diktierte sie ihr. Anna schaltete das Handy aus und sagte zu Harper: »Sie stellen immer noch das Kommando zusammen. Dazu ist doch gar keine Zeit mehr, verdammt noch mal.«

Anna blieb im Wagen sitzen, während Harper ins Haus lief. Nach einer Minute war er wieder mit einem kurzen Gewehr und einer Schachtel Patronen zurück. »Gib sie mir«, forderte Anna. »Du fährst, und ich lade.«

»Kennst du dich denn aus damit?«

»Das bekomme ich schon hin.«

»Lade das Magazin einfach von oben. Der Verschluß ist direkt vor der Sicherung.«

»Meinst du, das reicht als Waffe?« fragte Anna und sah die Büchse prüfend an.

»Es ist eine alte Ruger vierundvierzig«, sagte Harper. »Sie genügt vollkommen.«

Sie verließen Harpers Auffahrt. Er hielt das Steuer mit beiden Händen. Anna schob die kurzen, dicken Patronen ins Magazin. Das Gewehr hatte einen kurzen Lauf. Kolben und Schaft waren aus glattem Nußholz. Bequem zu handhaben. Und dann läutete das Telefon. Einmal, zweimal, dreimal. Es war nicht Wyatt.

Anna reichte es an Harper weiter. Er lauschte, sagte dann: »Sie ist nicht da ... Ja, sie hat es im Auto liegen gelassen. Wer spricht denn da? Also, wahrscheinlich in einer halben Stunde wieder, ich bin unterwegs, um sie abzuholen. Okay. Nachricht von Pam. Kann man Sie telefonisch erreichen? Okay. Ja, in einer halben Stunde, plus-minus.«

Er schaltete ab, sah Anna an und nickte. »Nachricht von Pam.«

»Das war er.«

»Ja. Keine Telefonnummer.«

»Natürlich nicht.«

»Ruf Wyatt an und erzähl es ihm. Vielleicht haben sie es mitgeschnitten.«

Anna nickte. »Wie lange, meinst du, brauchen wir zur Ranch?«

Er sah auf die Uhr am Armaturenbrett. »Vielleicht eine halbe Stunde.«

»Wir müssen ein paar Minuten schneller sein«, forderte sie.

Er nickte. Anna nahm das Handy, um Wyatt anzurufen.

Gerade wollte sie die Nummer eintippen, als es wieder läutete. »Gib es mir«, befahl Harper. Anna gehorchte.

»Hallo? Hallo?« Er schüttelte den Kopf, schaltete ab und reichte es ihr zurück. »Er checkt uns ab«, sagte er. »Will wissen, ob unser Telefon besetzt ist und wir gleich woanders anrufen.«

»Ganz schön schlau«, bemerkte Anna.

»Voll durchgeknallt, aber eben kein Dummkopf«, stellte Harper fest.

»Fahr schneller«, drängelte Anna. Sie hielt das kurze Gewehr auf dem Sitz zwischen ihren Schenkeln, den Lauf gegen die Windschutzscheibe gerichtet.

»Höchstwahrscheinlich verlorene Liebesmüh«, unkte Harper.

»Höchstwahrscheinlich.«

Sie wartete noch einen Moment und wählte dann Wyatts Nummer.

»Ja?«

»Der Kerl hat uns gerade angerufen, vor etwa einer Minute. Falls ihr eine Fangschaltung gelegt habt.«

»Haben wir nicht, aber ich kümmere mich darum«, versprach Wyatt. »Die Frau aus Oregon hat sich übrigens gemeldet. Ihr seid reingelegt worden. Er war irgendwo hier in der Gegend, als ihr ihn sprechen wolltet.«

»In Ordnung. Wir haben jetzt ein Schema, in das er hineinpaßt«, sagte Anna.

»Es kommt noch besser. Ich habe gerade mit… Himmel, paß doch auf…« Wyatt brach ab und sprach mit jemand anderem. »Um ein Haar wären wir gegen einen verdammten Truck geknallt«, berichtete er kurz darauf Anna. »Eine Frau namens Daly hat drei Minuten nach der anderen aus Oregon angerufen und wollte wissen, was los ist. Sie sagt, ihr hättet sie bei der Tierschützer-Geschichte übers Ohr gehauen und wolltet jetzt Judge aus irgendeinem Grund etwas anhängen.«

»Quatsch.«

»Ja, ich weiß. Jedenfalls habe ich sie gefragt, wann sie ihn zuletzt gesehen hat, und sie sagt, heute morgen. Und dann habe ich sie noch gefragt, ob sie irgendwelche Verletzungen an ihm bemerkt hat, von einem Streit oder so.«

»Seine Wange«, stieß Anna hervor. Sie dachte an die Auseinandersetzung auf dem Parkplatz.

»Genau«, entgegnete Wyatt. »Sie antwortete, er habe etwas an der Wange gehabt. Sie habe es sich angeschaut, woraufhin er total ausgeflippt sei. Es handele sich um so etwas wie eine Quetschung, mit Make-up verdeckt, meinte sie. Eine Katze habe ihn gebissen, als er sie vom Boden habe aufheben wollen, sagt er.«

»Himmel, Herrgott, er ist es wirklich«, stellte Anna fest.

»Sieht ganz so aus. Wir ziehen in Ventura jetzt ein paar Leute zusammen und fahren zu dieser Ranch. In ein paar Stunden sind wir soweit.«

»Gut«, erwiderte Anna. Sie hielt die Sprechmuschel etwas vom Mund weg und rieb mit der Hand darüber. »Wir sind gerade auf dem Weg dorthin. Wenn ihr in Pasadena nichts erreicht...«

»Anna, die Verbindung bricht ab.«

»Ich verstehe Sie nicht«, log Anna hinter vorgehaltener Hand. »Ich kann Sie nicht...«

Sie drückte auf die Auflege-Taste. Daß sie jetzt noch ein paar Stunden warten sollte, wollte sie nun wirklich nicht hören.

»Und?« fragte Harper.

»Er ist der Kerl«, erklärte Anna.

»Aber er muß nicht auf der Ranch sein.«

»O doch, er ist da«, war sich Anna sicher.

Sie bleckte die Zähne, und Harper starrte sie für einen Moment an, bevor er den Blick von ihr wieder losriß und nach vorn aus dem Fenster in die Dunkelheit sah. Anna hatte das gleiche kribbelnde Gefühl wie an den Abenden, wenn sie mit ihrer Crew im Einsatz war und alles so klappte, wie sie es sich wünschten. Wie an jenem Abend zum Beispiel, als sie am Medical Center filmten und Jacobs Sprung in den Tod aufnahmen. Jetzt war sie wieder am Ball, und sie spürte, wie die Ranch sie magisch anzog.

Die Ranch erwartete sie.

29

Die Nacht war so schwarz, daß man glauben konnte, ein dunkles Samttuch hätte sich über den Wagen gelegt. Nur der Lichttunnel, den die hellen Scheinwerfer des BMW in die Dunkelheit bohrten, erlaubte ihnen einen Blick nach vorn.

Anna tippte Louis' Nummer in ihr Handy und sagte gleichzeitig zu Harper: »Ich würde gern mit Daly sprechen. Ob sie wohl weiß, wo Judge ist.«

»Das hätte sie Wyatt gesagt«, meinte Harper.

Bei Louis kam überhaupt kein Siganl an. jetzt hatten sie *tatsächlich* kein Netz mehr.

»Ich habe gedacht, diese verdammten Sendemasten wären überall. Auf der Bergspitze über meinem Haus wird gerade einer gebaut«, erzählte Harper.

»Überall sind sie offenbar nicht«, entgegnete Anna. An einer kreuzenden Schotterstraße wurde Harper langsamer. Sie achteten auf das Straßenschild. »Nach rechts«, befahl Anna. »Zwei Meilen noch.«

An der Einfahrt zur Ranch hielt Harper gar nicht erst an.

Er fuhr durch das Tor und die ansteigende Schotterstraße hinauf, über eine Anhöhe, dann wieder hinab in einen Canyon, an der anderen Seite wieder hinauf und schließlich um eine Biegung.

Dann stoppte er an der Hangseite und schaltete den Motor aus. »Noch eine halbe Meile«, stellte er fest.

»Zu Fuß sind das, wenn wir uns beeilen, gute zehn Minuten.«

»Dann los«, forderte ihn Anna auf und drückte die Tür hinter sich zu.

»Im Handschuhfach ist eine Taschenlampe«, meinte Harper mit gepreßter Stimme. »Nimm sie mit. Und gib mir das Gewehr.«

Anna reichte ihm die Ruger und fand die Taschenlampe. Sie war aus Aluminium und so lang und dick wie eine grobe Havanna. Unterwegs bekam Anna heraus, daß sie den nadeldünnen Strahl mit einer Hand abdecken konnte und doch noch genug Licht hatte, um nicht vom Weg abzukommen. Ihre Augen gewöhnten sich an das Dunkel, und dann kam auch der Mond heraus. Anna sah sich nach ihm um. Er hing als schmale Sichel in einem Einschnitt zwischen zwei Bergen und lugte durch die Bäume.

»Wenn wir oben angekommen sind, wird es heller«, flüsterte sie im Laufen.

Harper brummte etwas und stieß ihr vorsichtig in die Rippen. »Gleich sind wir da«, sagte er. Anna wurde langsamer und spürte, wie es unter ihren Füßen aufwärts ging. Die direkte Zufahrt zur Ranch begann hinter einem weiteren Tor auf einem flachen, schmalen Streifen, den sie jetzt fast erreicht haben mußten.

»Da«, sagte sie. Das verzinkte Tor schimmerte grau vor dem dunklen Gebüsch in der Umgebung. »Ich sehe es mir mal genauer an.«

Sie ließ den dünnen Lichtstrahl über die Gitteraufhängung gleiten. An den Scharnieren war nichts zu entdecken.

»In Ordnung?« fragte Harper.

»Einen Augenblick noch.« Sie ging auf die andere Seite und entdeckte den Kontakt an der Verriegelung. »Nein, es gibt eine Alarmanlage«, berichtete sie. Harper ging zu ihr, hockte sich hin und folgte dem Lampenstrahl. Anna richtete ihn auf die in den Pfosten eingelassene Keramikisolierung. »Von da läuft ein Kabel zum Haus«, flüsterte sie. »Am Tor ist ein Magnet, am Pfosten eine Nadel. Wenn du das Gatter bewegst, geht die Nadel mit und berührt einen Kontakt, der drinnen den Alarm auslöst.«

»Man kann auch nicht hinüberklettern, oder?«

»Bestimmt nicht. Das drückt das Gatter nieder. Sehen wir uns mal den Zaun an.«

Oberhalb des Stacheldrahtzauns verlief ein elektrischer Draht. »Unten scheint es zu gehen«, meinte Anna. »Suchen wir eine Stelle, an der wir durchkriechen können.«

Die fanden sie fünfzehn Meter weiter. Die dornigen Sträucher hakten sich in ihrer Kleidung fest, als sie sich unter dem Stacheldraht durch auf die andere Seite wälzten. Anna stand auf und zupfte ein paar Disteln aus ihrem Haar.

»Bist du okay?« flüsterte Harper.

»Ja. Weiter.«

Im Laufschritt ging es die nächsten dreißig Meter bergauf. Harper war nicht so gut in Form, faßte sie am Arm und bat um etwas weniger Tempo. Doch sie lief ungeduldig voraus und zwang ihn mitzuhalten.

Es schien endlos bergan zu gehen, eine sanfte Steigung, aber ohne Unterbrechung. Nach zehn Minuten waren sie endlich auf der ersten Anhöhe und bemerkten ein orangefarbenes Hoflicht. Harper faßte sie am Arm und sagte:

»Bleib mal einen Moment stehen, wir müssen etwas besprechen.«

Sie hockten sich an den Rand des Weges. Von dort oben sah man jetzt in Front sowie rechter Hand den Hof der Ranch liegen. Weiter rechts schloß sich noch ein offener Hof an. Aus einem Fenster, eindeutig dem Bürofenster, kam Licht, in das sich der blaue Schimmer eines Computer-Monitors oder Fernsehers mischte. Dahinter mußte es noch eine weitere, wärmere Lichtquelle geben. Bewegungen waren hinter dem Fenster nicht zu erkennen, auch keine Schatten. Der Raum schien leer zu stehen.

Weit links vom Haus sah man die Umrisse der Scheune, und zwischen Haus und Scheune zwei weitere Gebäude – Anna hielt sie für eine Garage und so etwas wie einen Geräteschuppen. Hundert Meter hinter dem Haus befanden sich zwei langgezogene grauweiße Ställe. Sie waren fast zu weit entfernt, als daß man sie noch genau erkennen konnte. Wahrscheinlich waren es früher einmal Hühnerställe gewesen. Gleich hinter dem Haus begann mit dreißig Metern Abstand der Pferch- und Gehegekomplex.

Während Anna am Wegrand hockte und sich die wichtigsten Konturen der Ranch einprägte, stieg ihr der Geruch der unter ihren Füßen geknickten Zweige und der Erde in die Nase. Er erinnerte sie an die Gerüche einer trockenen Sommernacht in Wisconsin. Was hier dazukam, war die pfeffrige Schärfe der Wüstenluft.

»Ich sehe den Wagen nicht«, sagte Harper. »Vielleicht hat er ihn in der Stadt stehen gelassen. Er muß ja auch für den Kajak eine Abladestelle gehabt haben.«

»Aber dann hätte er Pam in einen anderen Wagen verfrachten müssen.«

»Stimmt… Es sei denn, er hat sie in deinem Haus getötet und einfach im Wagen gelassen.«

Harper hatte den Gedanken ganz spontan ausgesprochen. Doch das Bild von Pam, wie sie zusammengerollt im Kofferraum ihres Toyotas lag, überfiel Anna so heftig, daß sie leise aufseufzte.

»Was hast du?«

»Mein Gott, wenn sie tot ist...«

»Laß uns hinter der Scheune herumgehen und die äußeren Gebäude checken«, flüsterte Harper. »So haben wir eine bessere Deckung, wenn wir auf das Haus zugehen.«

»Gut.«

Sie schlüpften nach links ins Gebüsch und hielten sich immer dicht am Unterholz, als sie den offenen Raum rund um das Haus erreichten. Rechts und links der Zufahrt öffnete sich spärliches Weideland, hier und da von Gebüsch unterbrochen. Anna ließ bisweilen kurz die Taschenlampe aufleuchten, um den Weg am Haus vorbei zur Scheune zu finden. Sie schlichen zur Rückseite und krochen hinein. Harper hielt die Büchse im Anschlag.

Die Scheune war leer, doch in der Luft hing der Geruch von Pferdemist und Heu. Sie sahen sich um und stießen auf Pferdehaltungs-Utensilien und Paletten mit Futter.

»Gut«, sagte Harper, »und jetzt zum Geräteschuppen.«

Sie verließen die Scheune wieder auf der Rückseite, gingen um die Ecke und krochen über den kurzen offenen Streifen zum Schuppen, knieten sich vor ein Fenster und lauschten. Nach einer Weile schob Anna den Kopf hoch und sah durch die Scheibe, konnte aber nichts entdecken. Sie knipste kurz die Taschenlampe an und fing den Schimmer von etwas Rotem ein.

»Ich glaube, da ist er – der Wagen«, zischte sie Harper ins Ohr. »Irgend etwas Rotes ist da drinnen.«

»Mein Gott...«

Sie schlüpften nach vorn bis zur Ecke. Der Schuppen

war, genau wie die Garage nebenan, ziemlich alt, wahrscheinlich schon vor dem Weltkrieg gebaut. Die Gleittüren hingen an rostigen Schienen. Harper streckte den Arm aus und gab einer der Türen einen Stoß. Sie bewegte sich ein paar Zentimeter weiter. Er gab ihr noch einen Stoß. Jetzt stand sie schon dreißig Zentimeter auf.

»Wir können rein. Ganz langsam und geduckt«, sagte er. Er schlich um die Ecke. Anna folgte, behielt aber das besagte Fenster des Ranchhauses im Auge. Als sie im Schuppen war, schob Harper die Tür wieder langsam in die ursprüngliche Stellung zurück.

Anna drehte sich um, hielt die Hand um den Kopf der Taschenlampe und knipste sie an Der Strahl fiel auf den Kotflügel ihres Toyota. Sie leuchtete die Seite ab und flüsterte: »Das ist er. Das ist mein Wagen.« Dann leuchtete sie zum Heck und die Nummernschilder an. »Ja, es ist meiner«, bekräftigte sie.

»Mach die Lampe wieder aus.«

Anna gehorchte, und beide näherten sich dem Wagen. Harper klopfte gegen eine Scheibe der Beifahrertür, öffnete sie und tastete langsam und vorsichtig Vorder- und Rücksitze ab. Nichts.

»Kommst du an den Öffner für den Kofferraum?«

»Ja. Aber dafür müssen wir auf die andere Seite.«

Anna ging schnell zur Fahrertür, befühlte diese und merkte, daß die Scheibe gute zehn Zentimeter hinuntergekurbelt war – Platz genug, um den Arm durchzustecken. Sie tat es, weil sie an den Schalter für die Innenbeleuchtung unter dem Dach kommen wollte.

»Was machst du da?« flüsterte Harper.

»Wenn ich diese Tür hier nur zwei Zentimeter aufmache, geht das Licht an«, erwiderte Anna. »Ich muß es vorher ausknipsen.«

Sie fummelte am Schalter herum und meinte schließlich: »Ich glaube, jetzt habe ich es.« Dann zog sie die Tür auf. Das Licht blieb aus. Der Hebel zum Entriegeln des Kofferraums befand sich direkt vor dem Sitz. Sie zog daran, hörte den Deckel aufspringen und kroch zum Wagenheck. Harper öffnete den Kofferraum und Anna leuchtete hinein.

Er war leer. Aber Harper fuhr mit den Fingerspitzen ein paarmal über den Boden, verharrte an einer Stelle, federte mit den Fingern nach und hielt sie Anna dann unter die Nase. Im Licht der Lampe waren sie schwarz verfärbt. Er roch selber auch daran und stellte fest: »Blut. Aber nicht viel. Also war sie wahrscheinlich am Leben, als er sie hierher transportierte.«

»Woher willst du das wissen?«

»Warum sollte er sie mitnehmen, wenn sie tot ist?«

Anna nickte und kroch zu einem Fenster, von dem aus man zum Haus sehen konnte. »Demnach ist sie hier. Und jetzt?«

»Ich fürchte... Was ist das?«

Anna bemerkte hinter einem Busch rechts neben dem Haus einen Lichtstrahl.

»Von unten kommt ein Wagen.« Anna hörte, wie Harper durchlud. Sie selber zog auch den Revolver aus der Jackentasche. Das Scheinwerferlicht fiel jetzt heller auf die Bäume und Sträucher.

Zehn Sekunden später bog ein Pick-up in den Hof. Eine Frau sprang heraus und rannte auf die Veranda zu. Sie konnten ihr Gesicht sehen, als sie das Gatter aufstieß, und dann ihre Figur, als sie unter dem Hoflicht zur Veranda lief.

»Das ist Daly«, sagte Harper.

»Meine Güte, glaubst du, sie weiß Bescheid?« fragte Anna.

»Irgend etwas scheint sie total aus der Fassung gebracht

zu haben.« Die Frau machte sich an der Tür zu schaffen, schloß auf, eilte ins Innere, schaltete das Licht ein. Sie knallte die Tür zu, aber vorher hörten sie sie noch rufen. »Steve?«

»Was da wohl passiert ist?« rätselte Harper.

»Keine Ahnung, aber wenn er noch im Haus ist und wir wollen näher hin, dann ist das jetzt genau der richtige Zeitpunkt. Wenn er drinnen ist, dürfte er im Moment ziemlich beschäftigt sein«, vermutete Anna.

Sie krochen aus dem Schuppen ins Freie, schlichen wieder rund um die Scheune in die Dunkelheit zurück und dann zwischen den Büschen bis zum Gehege hinter dem Haus. Als sie vorbeigingen, gab ein Tier plötzlich ein spuckendes Geräusch von sich. »Was, zum Teufel, war das denn?« wisperte Harper.

»Ich weiß nicht. Hoffentlich beißt es nicht.«

Sei standen nun hinter dem Gehege und sahen über die Umzäunung zum Haus in etwa dreißig Meter Entfernung hinüber.

»Irgend etwas müssen wir jetzt unternehmen«, sagte Harper.

»Egal, was für Tiere sich im Gehege befinden«, entgegnete Anna. »Wahrscheinlich ja nur das Lama, und ich glaube nicht, daß das gefährlich ist. Jedenfalls schlage ich mich durch das Gehege vor zum Gatter. Wenn ich dort nichts sehe, renne ich über den Hof – und du gibst mir mit dem Gewehr Deckung.«

»Das Laufen sollte ich wohl besser übernehmen.«

»Nein. Du hast das Gewehr, und ich habe nur dieses Ding hier«, widersprach Anna und hielt ihm den Revolver unter die Nase. »Auf die Entfernung treffe ich damit womöglich nicht mal das Haus.«

Gleichzeitig schlüpfte sie durch die unterste Latte des

Geheges. Welches Tier auch darin war, es hielt sich jedenfalls zurück. Sie hörte es mit den Hufen stampfen – vielleicht das Lama, vielleicht aber auch ein Pony – und eilte zum Gatter.

Sie holte tief Luft, sah zu der Stelle, wo sie Jake zurückgelassen hatte, und trat mit einem Fuß vor.

In dem Moment heulte die Sirene los.

Sie klang so laut wie ein Jet im Steigflug fünf Meter über ihrem Kopf.

Sie wußte sofort Bescheid: Das Gatter war gesichert, und zwar auf die gleiche Weise wie das Tor unten an der Einfahrt. Wahrscheinlich war eine Lichtschranke oder ein Bewegungsmelder in den Pfosten eingelassen, und zwar so, daß innerhalb des Geheges kein Tier den Alarm auslösen konnte – aber mit ihrem Fuß war sie zu weit hinausgetreten.

Anna war so sehr darauf konzentriert gewesen, wie sie am besten näher ans Haus käme, daß sie ganz versäumt hatte, auf so etwas zu achten. Doch als die Sirene losheulte, verlor sie keineswegs den Überblick. Vielmehr huschte sie gleich quer durch das Gehege in die gegenüberliegende Ecke, den Revolver schußbereit in der Hand.

Der Alarm schrillte noch drei oder vier Sekunden und brach dann abrupt ab. In den nächsten zwanzig Sekunden rührte sich im Haus nichts. Anna, die Tür immer im Auge, entspannte sich.

»Anna?« Harpers Flüsterton trug weit durch die Totenstille. Sie drehte den Kopf in seine Richtung und wollte gerade antworten, als drüben die Tür aufsprang, jemand wie ein Betrunkener auf die Hinterveranda gestolpert kam und sich im dämmrigen Licht drehte und taumelte.

»Anna?« Die Stimme. Diesmal erkannte sie sie. »Anna, ich weiß, daß du da bist.«

Anna strengte ihre Augen an. Das war nicht eine Person, das waren zwei. Ein Mann mit dem Arm um Hals und Nacken einer Frau. Die Frau wehrte sich. Als sie das zu heftig tat, drückte er sie zu Boden, bis sie wieder stillhielt.

»Anna…« Judge schrie ihren Namen. Anna schwieg. Vielleicht würde er glauben, ein Tier hätte den Alarm ausgelöst. Vielleicht würde er auch weiter heraus ins Freie treten, wo sie ihn überwältigen könnten. Im Moment ließ die Frau in seiner Gewalt keinen Schuß auf ihn zu.

»Bist du da? Ich weiß, daß du da draußen bist.« Auf der Veranda wurde wieder gekämpft. Anna hob den Revolver und zielte, ließ ihn wieder sinken – null Chance.

»Anna…« Er heulte und schrie in die Nacht. »Glaubst du, ich meine es nicht ernst? Glaubst du das wieder? Antworte mir, Anna.«

Er zog sich zur Tür zurück, griff mit einer Hand nach innen und schaltete die gelbe Verandabeleuchtung ein.

»Ich weiß, daß du da draußen bist. Du filmst doch gerne, nicht wahr? Dann dreh das hier mal mit.«

Per schnellen Tritt von hinten holte er die mit ihm ringende Frau von den Füßen. Sie ging zu Boden. Im selben Moment löste er den Griff um ihren Hals. Sie landete auf dem Hinterteil und stützte sich auf eine Hand, drehte sich und senkte den Kopf. Der Mann streckte einen Arm gegen ihren Kopf aus, ein plötzlicher Knall, eine Stichflamme, und die Frau sank in sich zusammen.

Ein Schuß in den Kopf.

Anna dachte nichts mehr, sondern reagierte nur noch, riß den Revolver hoch und feuerte in Richtung Tür. Fast im selben Augenblick eröffnete Jake das Feuer. Doch der Mann war schon durch die Tür verschwunden. Anna rollte unter dem Zaun auf die andere Seite, erhob sich, rannte der Veranda entgegen und schoß noch einmal in Richtung des schwarzen Rechtecks der offenen Tür. Wie aus weiter Ferne hörte sie Jake rufen: »Anna! Anna! Nein!«

Doch da war sie schon durch die Tür. Links sah sie den Mann von hinten. Er schaute sich zu ihr um und verschwand im selben Augenblick durch eine weitere Tür.

Steve Judge, aber irgendwie merkwürdig verändert gegenüber dem Tierschützer, den sie in Erinnerung hatte: Er erschien ihr älter, dünner, kam ihr gröber vor. Er hatte eine lange schwarze Pistole in der Hand... Doch er taumelte vor den auf ihn abgegebenen Schüssen zurück, und in der halben Sekunde, die Anna ihn sah, gelang es ihr, die eigene Waffe auszurichten und noch einen Schuß abzugeben, unkontrolliert, aber in seine Richtung. Er schrie auf und schoß sofort zurück. Die Kugel grub sich links von Anna in die Wand.

Mit einiger Verspätung duckte sie sich und legte dann erneut an. Plötzlich war Harper von hinten mit dem Gewehr bei ihr. Er kniete sich neben sie und schob frische Munition ins Magazin.

»Da vorne«, sagte Anna in scharfem Flüsterton. »Er läuft vor uns weg. Komm, hinterher.«

»Um Himmels willen, ihn durch das dunkle Haus verfolgen? Dann hat er uns beide.«

»Wir müssen...«

»Nein. Wir müssen eines, nämlich erst mal nach der Frau auf der Veranda schauen.«

Anna sah ihn an. »Mein Gott – ich nahm an, sie wäre tot. Er hat ihr doch in den Kopf geschossen.«

»Ich konnte mich noch nicht um sie kümmern, aber oft sterben Menschen nicht davon.«

»Halt die Waffe gegen die Tür gerichtet«, befahl Anna. »Ich sehe nach.«

»Ist er noch drinnen?«

»Ich habe die Vordertür nicht gehört. Ich glaube, ja.«

Harper lehnte sich, das Gewehr im Anschlag, gegen die Wand, und Anna glitt zur Verandatür. Sie hatte gerade einen Fuß auf der Stufe, da schrie Judge von vorne aus dem Haus: »Anna. Hörst du? Ich schlitze deiner Freundin jetzt den Bauch auf. Willst du es dir anhören?«

Anna hielt inne und blickte Harper an.

Der zuckte mit den Schultern, stand auf, duckte sich und flüsterte: »Ruf irgendwas. Eine Drohung, irgendwas.«

»Du mieser Schweinehund«, schrie sie los. »Wenn du Pam etwas antust, schneide ich dir die Eier ab. Das verspreche ich dir. Die Eier schneide ich dir ab.«

Inzwischen hatte sich Harper mit wenigen Schritten auf Zehenspitzen der Tür genähert, wo Anna Steve zuletzt gesehen hatte. Er zögerte kurz, sah sich schnell noch einmal nach ihr um und stürmte dann durch die Tür in den nächsten Raum, so daß Anna ihn nicht mehr sah. Sie war jetzt vier Schritte hinter ihm. Doch plötzlich blitzte das Mündungsfeuer von einem halben Dutzend Schüssen durch den Raum. Möbel zerbarsten. Harper schrie auf, wieder ein Schuß, und dann schlug die Vordertür zu.

Anna stürzte durch das Chaos im Büroraum, hielt die Waffe im Anschlag, weiter, weiter… Da stolperte sie über einen Körper.

»Mein Gott…« Harpers Stimme.

»Bist du verletzt?«

»Ja, an der Hüfte«, stöhnte er. »Nicht schlimm, tut aber höllisch weh.«

»Wo ist er? Draußen?«

»Ja, ich habe die Tür gehört. Er ist weg.«

»Was ist mit Pam?«

»Ich weiß nicht. Keine Ahnung, ob er sie in seiner Gewalt hat.«

»Ich glaube ihm, was er sagt.«

»Also, wenn er sie wirklich noch in seiner Gewalt hat, war sie jedenfalls nicht bei ihm, als er von hier türmte. Mein Gott, er stand keine zwei Meter entfernt, ich habe bloß das Gewehr nicht schnell genug hochbekommen.«

Von hinten fiel Licht herein, aus dem Raum, durch den sie gerade gestürmt waren. »Geh ins Helle«, forderte ihn Anna auf. »Bleib hinter dem Schreibtisch stehen. Ich sehe mich derweil um.«

In dem Augenblick erklang ein Stöhnen von der gegenüberliegenden Wand. Es hörte sich so gequält und schmerzvoll an, daß sich Anna die Haare sträubten.

Harper flüsterte: »Pam.«

Anna holte die kleine Lampe aus der Tasche, die sie trotz ihrer wilden Jagd durch den Hof und ins Haus noch nicht verloren hatte. Der dünne Strahl wanderte durch den Raum. Beim erstenmal fuhr er noch über Pams Körper hinweg. Doch dann fiel ihr der Schatten hinten in der Ecke auf, und sie leuchtete noch einmal hin.

Das war kein Schatten, sondern ein Körper. Anna ließ Harper liegen und kroch über den Teppich zu Pam, rollte sie auf die Seite. Anna konnte nichts erkennen, hielt ihre Lippen ganz nah an das Ohr der Frau und sagte: »Pam – ich bin es, Anna. Ist es schlimm?«

Glass murmelte etwas Unverständliches. Anna sah sich um und dachte angestrengt nach. Was sollte sie jetzt tun? Sie mußte sie näher ans Licht schaffen. Zwar fürchtete sie, ihr dabei noch mehr weh zu tun, zog und zerrte sie aber schließlich doch über den Teppich. Glass reagierte nicht und stöhnte nur ab und zu irgend etwas.

»Wie ernst ist es?« flüsterte Harper.

»Ich weiß nicht. Wir brauchen Licht.«

»Schieb den Tisch da rüber …«

Anna schob einen der beiden Schreibtische zum Schutz vor das einzige Fenster, durch das Judge hätte hereinsehen können. Dann schaltete sie das Licht ein.

Pam war schrecklich zugerichtet. Die Nase war gebrochen, ein paar Zähne fehlten, ein Wangenknochen war verletzt und ihre Lippen dick geschwollen und blaurot verfärbt.

»Oh, mein Gott«, erschrak Anna. Aber tun konnte sie nichts. »Zeig mir mal deine Hüfte«, forderte sie deshalb Harper auf. Er rollte herum und zeigte ihr die Einschußstelle, wo die Kugel durch die Jeans in den Oberschenkel gleich unterhalb der Pobacke geschlagen war. Es war ein Steckschuß, denn eine Austrittstelle war nicht zu erkennen.

»Blutet nicht sehr stark«, flüsterte sie.

»Ja, ich glaube, allzu schlimm ist es nicht. Nur, mein Gott, ich kann das Bein im Augenblick nicht mehr gebrauchen«, klagte er.

»Ich sehe draußen mal nach Daly. Kannst du mir Deckung geben?« Für den Bruchteil einer Sekunde schoß ihr durch den Kopf, wie albern es klingen mußte, sie jetzt wie ein Cop im Fernsehkrimi reden zu hören. Deckung geben. Was wußte sie denn schon davon? »Ich gehe auf die Veranda.«

»In Ordnung. Mach aber erst das Licht aus. Und dann müssen wir telefonieren.«

»Zuerst Daly.«

Anna knipste das Licht aus, wartete einen Moment und schlich widerstrebend durch die Tür. Harper hockte sich auf die Schwelle und starrte in die Dunkelheit, bereit, beim Aufblitzen eines Mündungsfeuers sofort zurückzuschießen.

Doch die Frau war tot. Anna spürte es in dem Augenblick, als sie Daly berührte. Ihr Körper kühlte schon ab und lag auf eine Art reglos da, wie das nur Tote tun. Trotzdem packte sie die Frau an ihrem Hemd und zog sie durch die Tür ins Innere.

»Lebt sie noch?« erkundigte sich Harper flüsternd, während Anna sie in den Raum schleifte.

»Nein. Ich glaube nicht.«

Anna ließ sich gegen eine Wand fallen, und Harper fühlte Dalys Puls. »Nein, sie ist tot.«

»Kümmern wir uns wieder um Pam.«

»Wir müssen telefonieren...«

Pams Atem ging kurz, schwer und unregelmäßig. Als Anna sich neben sie kniete, quoll ihr Blut durch die verkrusteten Lippen. »Es geht ihr schlecht, Jake«, befand Anna. »Sie muß dringend ins Krankenhaus.«

Harper kroch schon auf allen vieren weiter durch den Büroraum, tastete auf dem Schreibtisch nach dem Telefon, holte den Apparat herunter, hob ab, lauschte und fluchte: »Mist.«

»Was gibt's?«

»Die Leitung ist tot. Er muß irgendwo den Anschluß herausgerissen haben. Vielleicht draußen am Haus.«

»Dann müssen wir sie hier wegschaffen«, drängte Anna. »Wir haben keine Zeit mehr. Jake – ich glaube, sie stirbt.«

30

Sie beugten sich noch einen Augenblick über Pam, kontrollierten ihren Atem und überlegten. Schließlich fragte Anna: »Kannst du gehen?«

»Ich weiß nicht.« Harper sah sich um, fand eine Stelle, an der man ihn von außen nicht sehen konnte, schob sich an der Wand hoch, probierte, ob er stehen konnte, und fiel fast wieder hin.

»Vielleicht – aber nicht sehr weit. Ich könnte versuchen, schnell zu hüpfen.«

»Vergiß es«, sagte Anna. »Weißt du, was wir machen? Wir sorgen dafür, daß er mit uns redet. Irgendwas. Nur reden. Dann wissen wir, wo er steckt, auf welcher Seite des Hauses. Als nächstes schleiche ich mich mit deinen Wagenschlüsseln auf die andere Seite. Wenn ich erst einmal vom Haus weg im Dunkeln bin, findet er mich nie. Und er weiß nicht, wo dein Wagen steht. Sobald ich drinnen bin, starte ich durch und fahre so nah an die Veranda wie möglich ohne anzustoßen. Dann müßt ihr nur noch anderthalb Meter schaffen. Kannst du Pam so weit schleppen?«

»Anna …« Er sah sie unglücklich an. »Das kann ich schon, Anna. Aber, lieber Himmel, das ist Wahnsinn.«

»Fällt dir vielleicht etwas Besseres ein?«

Er sah zu Boden und dachte nach. Nach ein paar Sekunden sagte er: »Wenn wir herausfinden, wo draußen die Telefonleitung abgeht und wo er selber steckt, dann könnte man, wenn er anderswo ist, das Kabel wieder flicken.«

»Kennst du dich denn überhaupt aus mit Telefonkabeln?«

»Nein, aber wenn er sie nur durchgeschnitten hat …«

»Dann weiß ich deshalb noch lange nicht, ob du sie wieder zusammenkriegst«, sagte Anna. »Selbst wenn wir herausbekommen, wo er im Moment steckt, und du schaffst es nach draußen, muß er nicht an derselben Stelle bleiben. Du mußt dann nur am Boden liegen und an den Kabeln herumfummeln … und du bist tot. Wenn ich rauslaufe, ist es egal, was er tut. Ich muß nur erst draußen sein. Dann kriegt er mich nicht.«

»Mein Gott.« Er fuhr sich mit der Hand durch die Haare, versuchte, sich zu bewegen, und stöhnte.

»Und wenn wir uns mit den Telefonkabeln beschäftigen und es dann noch immer nicht funktioniert, haben wir nur Zeit verloren – und die haben wir nicht.« Sie berührte Pam an der Schulter und sah über ihren Körper hinweg Harper an.

Harper sah für einen Moment zur Seite, schüttelte dann den Kopf, lächelte, legte ihr die Hand auf den Kopf und wühlte ihr durchs Haar. »Mach dir keine Sorgen, ob der Wagen eine Beule bekommt«, sagte er. »Scheiß auf den Wagen. Fahr ganz nah ran.«

»Okay.«

»Ich warte hier mit Pam. Wenn er versucht reinzukommen, lege ich den Scheißkerl um.«

Anna nickte, lächelte zurück und kniff ihm in das gesunde Bein. »Es ist die einzige Möglichkeit. Mal sehen, ob wir ihn zum Reden bringen.«

Anna kroch zu einem Fenster, das nach hinten hinausging, und schlug die Scheibe mit einem Stuhl ein. Wenn er noch draußen herumlungerte, mußte das klirrende Glas seine Aufmerksamkeit erregen. Sie hockte sich auf die Fersen wie ein Hund, der den Mond anbellt, und schrie: »Steve. Was wollen Sie? Was wollen Sie?«

Keine Reaktion.

Jake hatte sich in den Flur vorgearbeitet, der das Büro von dem Raum trennte, in dem sich Anna jetzt aufhielt. Leise rief er: »Hier ist nichts.«

»Steve«, schrie Anna mit lauter Stimme. »Wo sind Sie? Was wollen Sie? Sind Sie noch da?«

Die Antwort kam ganz aus der Nähe: »Ich bin noch da.«

Eine Sekunde später: ein Schuß. Kein Pistolenschuß mehr, sondern ein lauterer Knall. Über ihr rieselte der Verputz von der Wand.

»Mist«, rief Harper. »Er hat ein Gewehr. Großes Kaliber.«

»Hier mußte immer mal wieder ein Tier erschossen werden.« Steves Stimme. »Erlösung von ihren Qualen.«

Das kam aus der Nähe der Garage oder Scheune, dachte Anna.

»Was wollen Sie?«

»Dich umbringen«, antwortete die Stimme. »Aber vorher möchte ich mich noch ein wenig mit dir beschäftigen.«

Wieder ein Schuß. Diesmal schlug er im Büro ein.

Anna kroch zurück zu Harper. Der meinte: »Wir brauchen dringend eine bessere Deckung. Früher oder später hält er tiefer, und dann sieht es schlecht aus für uns. Die verdammten Kugeln dieses Kalibers gehen durch die halbe Hauswand. Oder auch ganz.«

»Okay«, entgegnete Anna und kroch zurück ins Büro. Die Schreibtische waren aus Holz. Nicht gerade ein guter Schutz. Nach links ging noch eine Tür. Sie kroch hin.

»Und? Wie stehst du nun dazu, was du mit meinem Gesicht angestellt hast? Wie siehst du das jetzt?» brüllte Judge. Es kam noch immer aus dem Garagen-Bereich.

»Wir haben Ihnen gar nichts getan«, rief Harper zurück. »Was haben wir Ihnen denn getan?«

»Ihr habt mir immer was getan, ihr alle«, schrie Judge.

Anna kroch durch die Tür. Sie führte in ein Badezimmer – mit einer gußeisernen Badewanne in der Ecke, wie es sich für ein altes Ranchhaus gehörte. Sie robbte zurück ins Büro.

»Jake – da im Badezimmer steht eine große alte Eisenwanne.«

»Die bringt es vielleicht«, meinte Harper. »Schaun wir mal, ob wir Pam dorthin schieben können.«

Von draußen brüllte Judge noch immer: »Die ganze Zeit,

mein ganzes Leben lang, ihr Schweine. Und wie seht ihr das jetzt? Wo ich das große Gewehr habe?«

»Wovon redet der, zum Teufel?« schnaufte Harper. Er zog sein Bein hinter sich her, als sie Pam Glass über den Fußboden ins Badezimmer zogen, und stöhnte dazu bei jedem Schritt.

»Ich weiß auch nicht«, erklärte Anna. »Er ist einfach irre.«

»Das mache ich jetzt«, insistierte Harper. Er kniete sich neben Glass auf ein Knie, hob sie vorsichtig hoch und legte sie in die Wanne. Sie öffnete ein Auge und röchelte: »Im Auto?«

»Sie ist wach«, krächzte Harper.

»Wir holen dich hier raus«, versprach Anna.

Sie krabbelte zur Tür und rief Judge zu: »Die Cops sind unterwegs. Wenn Sie gleich abhauen, haben Sie vielleicht noch eine Chance.«

»Wenn die Cops unterwegs wären, wären sie auch schon hier«, brüllte Judge zurück. »Erst wenn ich dich habe, gehe ich. Und ich schleife dich raus in die Wüste, mit einer Schaufel.«

Anna drehte sich zu Harper um. »Ich steige drüben aus dem hinteren Zimmer ins Freie.«

»Verdammt noch mal, Anna…«, protestierte Harper.

»Ruf irgendwas«, befahl Anna.

Harper zog sich am Wannenrand hoch und rief, während Anna durch den Flur zum Hinterzimmer kroch: »Halt endlich deine Scheiß-Klappe, du verdammter Idiot.«

Ein Knall. Eine Kugel schlug in die Wand des Hinterzimmers, diesmal viel tiefer gezielt. Putz und Lattenwerk regneten auf Anna herab. Die Kugel hatte sie um einen Meter verfehlt.

»Anna?«

»Ja? Ich bin okay.«

Das Fenster hatte einen Doppelrahmen und war doppelt verriegelt. Sie kippte den vorderen Riegel zurück und versuchte, den ersten Rahmen hochzuschieben. Es gelang. Am Außenrahmen war ein Rollo. Sie hakte es auf und ließ es hochschnellen.

»Die Frauen hier drinnen sind beide am Leben«, rief Harper. »Wenn Sie jetzt aufgeben, kommen Sie nur in psychiatrische Behandlung.«

Der nächste Knall.

Im Büro zerbarst Holz. »Ist er noch immer an derselben Stelle?« fragte Anna Harper.

»Ich glaube… Es kam aus derselben Richtung.«

»Bin schon weg.«

Anna zog sich an der Fensterbank hoch, wälzte sich hinüber und ließ sich draußen auf den Boden fallen. Vor ihr war ein offenes Stück Hof, bis das Gebüsch begann. Sie holte tief Luft und sprintete los. Sie achtete darauf, daß das Haus zwischen ihr und der Stelle war, wo sie Judge vermutete. Sie kam an ein Gebüsch, stoppte, wirbelte herum und ließ sich auf den Bauch fallen.

Aus dem Haus fiel Licht nach draußen. Sie hörte Harper rufen, verstand aber nicht, was er sagte. Von der anderen Seite rief Judge etwas zurück.

Sie hatte ihren Revolver und dachte: »Wenn ich ihn jetzt erwische…« Doch wenn sie es wagte und dabei verlöre, wäre sie tot und Glass und Harper auch. Sie zog sich wieder ein bißchen in die Sträucher zurück, knipste die Taschenlampe an und suchte den Weg zur Auffahrt. Der Mond stand jetzt höher, und wenn sie nicht direkt hineinschaute, blendete er nicht und sie konnte die hellere Fahrspur erkennen, die von der Straße heraufführte.

Sie knipste die Lampe wieder aus. Besser, die Augen gewöhnten sich an das natürliche Licht. Eine Minute verstrich und noch eine, während sie beharrlich und vorsichtig weiterging. Sie konnte es sich nicht leisten, gegen einen Baum zu stoßen oder sich einen Knöchel zu verstauchen.

Da hörte sie Judge. »Hey.«

Er war ganz in der Nähe. Ihr stellten sich die Nackenhaare hoch. Auf Armlänge war er natürlich noch nicht bei ihr, aber auch nicht weiter als fünfzehn Meter. Sie hörte ihn atmen und die Zweige unter seinen Füßen knacken. »Hey«, rief er noch einmal.

Der Revolver steckte in ihrer Jackentasche. Sie ließ sich auf den Boden gleiten und zog die Jacke über Kinn und Gesicht. Mit ihrem dunklen Haar war sie, wenn sie das Gesicht abdeckte, im Dunkeln nahezu unsichtbar. Früher als Kind hatte sie so mit ihren Brüdern Indianer gespielt. Mit Holzgewehren waren sie in den Sommernächten ums Haus gestrichen und hatten sich gegenseitig verfolgt. Wenn man richtig angezogen war, konnte man sich leicht in einem Gemüsebeet verstecken und war unsichtbar.

Doch hier gab es keine Gemüsebeete...

Und nun ein Stampfen. Die Tritte eines Mannes auf dem harten Boden, der schnell rannte, aber nur wenige Schritte. Ziemlich nah – rechts von ihr? Sechs, sieben Meter? Bewegte sich da ein Schatten? Sie zielte auf ihn. Der Schatten war grau, hatte die Umrisse eines Menschen. Bewegte er sich? Er schien auf sie zuzukommen...

»HEY, ANNA.« Das kam nicht von dem Schatten. Judge schrie etwas zum Haus hinüber. Er war jetzt links von ihr und pirschte auf das Fenster zu, durch das sie ausgestiegen war. Trat er jetzt in den Hof?

Wie groß war die Schußentfernung? *Laß dir Zeit, dachte sie.*

Doch wenn es ihr gelänge, ihn zu erledigen…

Sie wartete, es hielt sie kaum auf ihrem Platz. Dann krachte der nächste Schuß. Sie sah den Mündungsblitz. Fünfundzwanzig Meter entfernt, und wieder aus dem Gebüsch. Judge umkreiste offenbar das Haus.

Wenn sie ihn verfolgte und er hockte sich zwischendurch still hin, würde er sie hören. Es gab zu viele trockene Sträucher. Anna biß sich auf die Unterlippe, dachte nach, machte sich wieder auf den Weg. Das Gelände unter ihren Füßen stieg an. Sie schlich dahin und fühlte sich verwundbar. War er etwa gleich hinter ihr? Der Weg fiel wieder ab. Sie blieb stehen, zog sich ins Gebüsch zurück und spähte zum Haus. Keine Bewegung, nichts…

Und dann wieder ein Schuß…

Den Mündungsblitz sah sie diesmal nicht, aber Judge war hinten herum gegangen. Aus dieser Richtung kam jedenfalls der Schuß. Anna eilte weiter den Hang hinab, und als sie die Hofbeleuchtung nicht mehr sah, knipste sie wieder die Taschenlampe an, leuchtete nun den Weg vor sich voll aus und rannte weiter bergab.

Nie waren ihr in ihrem Leben die Beine kürzer vorgekommen und die Entfernungen weiter. Zweimal glaubte sie, das Einfahrtstor vor sich zu sehen, zweimal mußte sie weiterlaufen. Beim drittenmal war sie endlich da. Und die Alarmanlage? Egal, sie würde sie auf jeden Fall auslösen, wenn sie mit dem Wagen hineinfuhr. Um Zeit zu sparen, zog sie das Tor auf, bevor sie weiter zum Wagen lief.

Sie war ziemlich außer Atem, als sie ihn endlich erblickte, holte den Schlüssel aus der Tasche und drückte schon aus zehn Metern Entfernung auf den Funkgeber. Die Rücklichter blitzten kurz auf, und die Innnenbeleuchtung ging an. Einen Moment später zündete sie den Motor.

Sollte sie mit eingeschalteten Scheinwerfern fahren? Ja.

Vielleicht würde sich Judge davon erschrecken, irritieren und in die Flucht schlagen lassen. Viel Zeit blieb jedenfalls nicht...

Sie passierte das Tor und nahm den Weg hinauf durch die Dunkelheit, achtete auf Schatten oder Bewegungen rechts und links. Sie mußte schnell fahren: Falls er seitlich aus dem Hinterhalt käme, wäre er einen bis zwei Meter von ihrem vorbeifahrenden Wagen entfernt.

Sie trat das Gaspedal durch. Der Wagen sprang und holperte durch die Furchen, schleuderte sie im Sitz hin und her. Den Sicherheitsgurt hatte sie nicht angelegt, denn vielleicht blieb ihr gar keine Zeit, ihn zu öffnen. Auf der Kuppe angekommen, schaltete sie auf Fernlicht und tauchte das Haus voll in den hellen Schein. Von Judge keine Spur. Nichts bewegte sich, außer ihr und dem Wagen. Doch der bewegte sich dafür schnell vorwärts – zu schnell. Er schleuderte um die Ecke der Ranch, sie fing ihn wieder ab, sah die Hinterveranda... riß den Wagen herum und bremste ihn direkt davor ab, stieß die Tür auf...

»JAKE!« schrie sie. »JAKE!«

Niemand da. Sie beugte sich aus dem Wagen und wollte wieder schreien – und das war ihr Glück.

Ein Schuß...

Das Beifahrerfenster zerbarst, und es regnete Splitter.

Der nächste Schuß...

Jetzt flog die Heckscheibe heraus. Die Schüsse kamen von den Stallgebäuden, dachte sie, vielleicht aus dem Bereich des ehemaligen Hühnerstalls.

Sie schaltete die Automatik auf Parkstellung, sprang mit einem Satz über die Veranda durch die Tür und war wieder im Haus.

Sie robbte hastig zum Badezimmer.

Dort fand sie Harper. Er blutete und stöhnte. »Hat mich

getroffen«, ächzte er. »Von der Seite erwischt.« Er sah sie an. »Mein Gott, was ist passiert, du blutest...«

Anna wandte den Kopf zum Spiegel. Ihr Gesicht hatte ein paar Schnitte abbekommen, offenbar von der Autoscheibe. Kaum hatte sie die gesehen, fingen sie auch schon an zu brennen. Aber tief waren die Schnitte nicht, dachte sie und hockte sich wieder neben Harper auf den Boden.

»Laß mal sehen, wo er dich getroffen hat, nun laß schon sehen.«

Er bewegte sich auf die Seite. Die Kugel war ihm gegen den Beckenknochen geschlagen und innen am Oberschenkel wieder ausgetreten. Aus dieser Wunde strömte rotes Blut, das er mit einer Socke zu stoppen versuchte.

»Gott...« Anna zerrte ihr Hermès-Halstuch aus der Innentasche, wirbelte es zu einem Band zusammen und band die Socke fest.

»Hätte mich, verdammt, fast voll erwischt«, stöhnte Harper.

Der nächste Schuß...

Offenbar daneben.

»Wir müssen hier raus«, meinte Anna verzweifelt. »Der Wagen steht gleich an der Tür, aber er zerschießt ihn in Stücke.«

»Ich weiß nicht, ob ich es überhaupt bis hinaus schaffe«, schnaufte Harper. »Glaubst du, daß du es packst? Ich kann ihn wohl noch eine Weile aufhalten, es war nur ein Zufallstreffer. Du mußt nur irgendwo ein Telefon erreichen, das funktioniert...«

»O Gott!« Anna überlegte angestrengt. Sie sah über den Wannenrand Glass ins Gesicht, die jetzt beide Augen geöffnet hatte. Sie erkannte Anna, versuchte zu sprechen, die geplatzten Lippen bewegten sich auch, aber es kam kein Wort heraus.

Wieder ein Schuß. Daneben. Wie konnte man ein Haus verfehlen?

»Ich sehe mal nach dem Wagen«, sagte sie zu Harper und kroch zurück in den Flur und von dort durch den Vorraum. Der Wagen stand noch da. Der Motor lief.

Ein Schuß...

Wieder daneben. Sie runzelte die Stirn. Was machte er da? Er schoß nicht auf den Wagen. Sie blickte zum Zimmer zurück, in dem Harper versteckt lag, und wußte: Sie mußte weg. Wenn er ihn nur zehn Minuten aufhalten könnte, wie er sagte, wäre sie wieder zurück.

So mußte es gehen. Sie krabbelte zu Harper zurück, wollte es ihm mitteilen.

Ein Schuß – und im ganzen Haus ging das Licht aus.

»Jetzt bist du dran, Anna«, prophezeite die Stimme.

»Komm schon her«, schrie Anna zurück. »In fünf Minuten sind die Cops da, und dann bist du tot. Hörst du mich? In fünf Minuten. Überleg es dir, Steve – fünf Minuten, mehr nicht, Steve. Dann bist du nur noch ein Stück Abfall, das sie wegkehren und in einem Loch verscharren, und keiner kümmert sich mehr um dich. Nicht einmal deine Eltern... Deine Eltern werden entsetzt sein, so einen Sohn zu haben...«

Ein Schuß...

»Richtig, bring ihn auf hundertachtzig«, meinte Harper, und sie hörte das Lachen in seiner Stimme.

Was sie endgültig zum Rasen brachte. Sie blutete selbst, hatte das Blut von zwei anderen Menschen an den Händen, und einer von diesen Kerlen hier versuchte doch tatsächlich zu lachen.

»Verdammter Typ«, zischte sie Jake an.

»Wie bitte?«

»Halt jetzt den Mund. Egal, was du hörst, halt einfach

den Mund, und bleib, wo du bist. Beweg dich nicht. Versuch nicht, mir zu helfen. Verstanden? Zweitens: Du schießt auf alles, was da durch die Badezimmertür kommt. Wenn ich rein will, melde ich mich. Sonst schießt du, kapiert?«

»Was hast du vor?«

»Ich lege dieses Schwein um.«

»Wie?«

»Das weiß ich noch nicht«, sagte sie tödlich entschlossen. »Aber ich tu es.«

Sie kroch vom Bad ins Büro, tastete sich durch die Dunkelheit vor. Im Hintergrund hörte sie den Motor laufen – und plötzlich war er aus.

Dann erneut die Stimme:

»Ich hab den Kerl erwischt, nicht wahr?«

»Verpiß dich, verdammt nochmal«, schrie Anna. »Verpiß dich von hier.«

Er kam nicht herein – blieb draußen, und beim nächstenmal vernahm sie seine Stimme durch ein rückwärtiges Fenster.

»Ich sehe sonst niemanden mehr. Nicht eine Seele.« Dann wieder von einem anderen Fenster, vielleicht dem zum Bad: »Wo sind sie denn alle? Alle tot?«

Anna schaffte es zu einem Schreibtisch, der ihr Schutz bot. Viel erkennen konnte sie nicht. Wenn es soweit war, würde es vielleicht darauf ankommen, wer von beiden den anderen zuerst sah. Die Chancen standen fünfzig zu fünfzig.

Er allerdings kannte sich hier aus, sie nicht.

Und jetzt war er einmal um das Haus herum marschiert. »Hey, Anna, komm schon raus.«

»Hau gefälligst ab«, schrie sie. »Die Cops kommen jeden Augenblick.«

»Wolltest du nicht wegrennen? Du bist rübergelaufen,

hast den Wagen genommen und wolltest weg. Aber da ist dir etwas dazwischengekommen. Und ich weiß auch, was. Ich habe den Kerl getroffen. Ich habe ihn getötet. Er ist tot, oder nicht? Das Gewehr hier hat immerhin Kaliber drei-null-sieben. Das gibt schön große Löcher.«

Seine Stimme wanderte von vorn um die Ecke, kam jetzt durch ein zerschossenes Fenster hinter ihr.

Es war wie im Kino. Eine perfekt inszenierte Einstellung.

»Ich komme jetzt rein, Anna. Ich komme. Und ich wette, du weißt nicht, von wo…«

Sie drückte sich in eine Ecke des Zimmers, zog die Knie unter das Kinn. Leise rief sie: »Jake, hörst du mich? Jake, hörst du mich? Bist du da?«

»Er ist nicht da«, krakelte die Stimme. »Jake ist nämlich tot. Er ist ein totes Arschloch, Anna.«

»Was willst du von mir? Was willst du? Sag es mir«, schrie sie.

»Ich wollte nur, daß du mir einen Guten Tag wünschst, aber du hattest ja nicht einmal einen Gruß für mich übrig. Mit all diesen anderen Leuten hast du es getrieben, aber mit mir wolltest du nicht einmal reden. Dabei warst du wie für mich gemacht. Du und ich, wir hätten optimal zueinander gepaßt, aber du wolltest ja nicht einmal mit mir reden.«

»Ich habe dich doch gar nicht gekannt«, wandte Anna ein.

Seine Stimme kam wieder von einem anderen Fenster und wurde sanfter. »Ich wollte mit dir reden bei dieser Aktion. Du hast mich gesehen, ich habe sie angeführt, aber selbst da wolltest du nichts mit mir zu tun haben.«

Einen Moment Stille. Dann wieder die Stimme von einem anderen Fenster.

»Du hat gesehen, daß ich der Boß war, aber nicht einmal

mit dem Anführer wolltest du reden. *Ich habe die ganze verdammte Kiste inszeniert,* du konntest mir zusehen, aber nicht einmal reden wolltest du mit mir. Du hast dich über mich lustig gemacht mit Hilfe von diesem Schwein. Übrigens ist es dafür jetzt tot. Ich habe dem Tierchen einfach die Kehle durchgeschnitten. Mein Gott, es hat geblutet und geblutet... literweise.«

Er kreiste weiter um das Haus, sprach mal durch das eine, dann wieder durch das nächste Fenster, übersprang ab und zu eines.

Jetzt von hinten. »Ich war tief enttäuscht«, fuhr er fort. »Und dann die Szene auf dem Golfplatz, als ich alles vorbereitet hatte, nur für dich und mich. Und wieder hast du mich gedemütigt – *gedemütigt.* Wie kamst du bloß auf die Idee zu glauben, daß du damit ungeschoren davonkommst? Jetzt zahlst du den Preis, Anna. Genau wie dieses Schwein.«

Anna wimmerte: »Jake, du mußt mir helfen. Jake, ich habe meine Brille verloren. Jake, ich kann nichts sehen... Wo ist meine Waffe? Jake?«

Sie hörte ihn kommen. Sie nahm die Brille ab und steckte sie in die Tasche, nahm jetzt alles nur noch verschwommen wahr. Sie versteckte das Gesicht hinter den Knien, zog die Schultern hoch und drängte sich in die dunkelste Ecke zurück.

Sie hörte seine Schritte.

»Geh weg«, schrie sie. »Geh einfach nur weg... Hast du nicht schon genug angerichtet?«

»Nein.«

Jetzt war er im Zimmer. Ganz nah. Aber immer noch konnte sie ihn nicht sehen. Sie versuchte, sich noch mehr zurückzuziehen, zog die Knie noch höher. »Geh weg«, jammerte sie. »Bitte, laß mich in Frieden.«

»Sieh mich an, Anna. Ich habe eine Waffe.«

»Ich kann nichts sehen«, schrie sie. »Ich kann nichts sehen, meine Brille…«

Ein heller Lichtstrahl fuhr über ihr Gesicht, nur einen kurzen Augenblick, dann war er wieder weg.

»O je, unser kleines Mädchen kann nichts sehen?«

»Geh weg…«

Er kam jetzt näher, wie eine Ratte zum Käse. Sie hielt den Atem an, wartete auf den Schlag. Das Warten war unerträglich…

»Hier bin ich, Anna.« Und da war er wirklich, direkt vor ihr, auf Händen und Knien, keine zwei Meter entfernt. Sie sah verschwommen sein Gesicht, das blonde Haar, das eckige Kinn, die etwas zu nah beieinanderliegenden Augen.

Er hielt die Pistole in einer Hand, die Mündung auf ihr Gesicht gerichtet. Das Gewehr stand mit dem Kolben auf dem Boden, und er stützte sich auf. »Wir werden jetzt ein bißchen Spaß haben. Den hätten wir schon lange haben können, wenn du auf diesem Parkplatz deinen Bodyguard los geworden wärst. Aber statt dessen mußtest du ja das hier tun.«

Der Pistolenlauf zeigte auf seine Wange. Sie sah dunkel aus.

»Was tun?«

»Mich verdammt noch mal, beißen«, fluchte er. Er kam noch näher, hielt die Hand weiterhin an seine Wange. »Zeit, daß zurückgezahlt wird, Anna. Steve wird eine Menge Spaß haben…«

Jetzt war er nah genug. »Das wird dir Spaß machen«, prophezeite ihm Anna. Der Ton, in dem sie das hervorbrachte, überraschte ihn. Sie sah genau, wie er zusammenzuckte, plötzlich Angst bekam, und dann spreizte sie die Knie.

Zwischen ihren Schenkeln blitzte ein Revolver. Die Mündung zielte auf seinen Hals.

Er konnte gerade noch sagen: »Nein.«

Anna erschoß ihn.

Und saß drei Sekunden lang blind und benommen in der plötzlichen Stille. Steve Judge war vor ihr zusammengesackt. Der Schuß hatte ihn nicht nach hinten geworfen, sondern er war einfach nach vorne gesunken. Sie kramte die Brille aus der Tasche, schob sie sich wieder auf die Nase und versuchte aufzustehen.

»Jake?« rief sie schwach.

»Anna?« Er war nicht weit. Sie holte die Taschenlampe heraus und leuchtete zum Badezimmer. Harper lehnte mit dem Gewehr in der Hand am Türrahmen ... Hinter ihm zog sich eine lange Blutspur. Sein Gesicht war leichenblaß.

»Ich habe ihn getötet«, erklärte Anna.

In diesem Augenblick stand Judge auf.

Er hatte einen irren Blick. Sein Hals schien zur Hälfte weggerissen, doch eine Hand hielt die Wunde, und er kam auf die Beine und torkelte ihr entgegen, sah sie irre und mit offenen Mund an, die weißen Zähne gebleckt.

Anna trat einen halben Schritt zurück, riß die Waffe hoch und feuerte aus wenigen Zentimetern Entfernung ein-, zwei-, dreimal auf seine Brust, und Judge ging wieder zu Boden. Harper schrie von hinten: »Hör auf, Anna.« Aber Anna stellte sich über Judge und schoß ihm noch zweimal in den Kopf.

Diesmal bewegte er sich nicht mehr.

»Arschloch«, knurrte Anna. Sie zog immer noch am Abzug, und das Klicken echote über dem auf einmal totenstillen Schlachtfeld.

Anna schleppte Pam zu Harpers Wagen, wischte die Scherben vom Sitz und bettete sie darauf. Harper war ihr zu schwer. Er kroch benommen auf die Veranda, und Anna setzte den halb zu Schrott geschossenen Wagen erst vor und dann wieder seitlich zurück, bis sie Harper auf den Beifahrersitz schieben und die Tür notdürftig zudrücken konnte. Etwas mit der Tür stimmte nicht, aber sie klemmte offenbar fest.

Anna blutete heftig am Kopf. Ein Schnitt in der Kopfhaut war ihr gar nicht aufgefallen, doch jedesmal wenn sie mit der rechten Hand über ihr Ohr fuhr, war die Handfläche blutig. Sie lenkte den Wagen so sanft wie möglich in die Auffahrt.

Sie waren beide Male diesen Weg gekommen. Es mochte einen kürzeren geben, über den vielleicht ein Krankenwagen hereinkommen konnte, doch diesen hier kannte sie, und es blieb ihr keine Zeit, nach einem anderen zu suchen.

Sie wartete fünf Minuten und probierte dann, ob ihr Handy schon Netzanschluß hatte. Keine Verbindung. Sieben oder acht Minuten später versuchte sie es noch einmal, wieder ohne Erfolg. Nach zehn Minuten bekam sie endlich die 911.

»Mein Gott, auf alle wurde geschossen«, brabbelte sie ins Telefon, während sie rechts heranfuhr. Sie konnte den Ort beschreiben, wo sie sich befanden und welche Richtung die Ambulanz nehmen mußte.

Dann rief sie Wyatt an und informierte ihn.

Er war mittendrin beim Fragenstellen, als sie das Handy sinken ließ.

31

Anna Batory wartete am Dock, als sie mit der *Lost Dog* einliefen, Creek, Glass und ein anderes Paar – zwei bekennende Schwule und begeisterte Dentisten, die alles über die Reparatur von Zahnbein und Zahnmark wußten.

Fünfzehn Meter vor dem Ankerplatz stellte Creek den Außenborder ab und hievte ihn aus dem Wasser. Das Boot glitt elegant weiter. Creek zog die Ruderpinne, und das Boot drehte bei, wurde langsamer und langsamer, bis Glass schließlich über die Bordkante auf den Pier sprang, die Bugleine über einen Poller warf und das Boot an der Kaimauer festmachte.

Anna stand auf und wischte sich den Hosenboden ab. »Wie war's?«

Glass sprudelte los. »Ganz toll. Diese Dinger, also, da war ein Boot, ich meine …«

»Spuck es schon aus«, lachte Creek.

»Ein paar Boote waren so groß wie Lokomotiven. Und ganz nah.« Glass spreizte den Unterarm. »Einer dieser Typen stieß bei einer Wende mit einem anderen zusammen und nannte ihn Arschloch. Wenn sie zurück sind, wollen sie es ausfechten.«

Von den Schlägen, die ihr Gesicht abbekommen hatte, sah man kaum noch etwas. Bei der Einlieferung ins Krankenhaus hatten die Ärzte anfangs befürchtet, sie könnte auch einen chronischen Gehirnschaden davongetragen haben, doch schon in knapp einer Woche hatte sie sich wieder gut erholt, und nach weiteren zwei Wochen daheim war sie ganz wiederhergestellt gewesen. Vier Wochen später waren die Prellungen und Quetschungen verblaßt und die

Verletzungen verheilt. Sie sah jetzt wie jemand aus, der sich das Gesicht mit einem rauhen Schwamm abgerieben hatte, und ihre Nase war nicht mehr ganz so gerade wie vorher. Auf alle Fälle sah Pam nun beileibe nicht mehr so aus, als würde sie gleich sterben.

Doch sie litt immer noch unter Kopfschmerzen. Nach Meinung der Ärzte würden die auch noch eine Weile anhalten. Vielleicht sogar eine ziemlich lange Weile. Aber sie könnten genausogut auch verschwinden. Heute schon oder morgen. Oder irgendwann.

Auch Creek war jetzt, einen Monat nach seiner Verletzung, so gut wie neu und fing an, über das Ganze zu sprechen wie über eine Geschichte aus grauer Vorzeit. Aber sie war gut genug, auf ihren nächtlichen Rundfahrten durch die Stadt immer mal wieder aufgewärmt und ausgeschmückt zu werden.

Anna war die einzige, die immer noch unter Schmerzen litt.

Die Schnitte im Gesicht waren durchweg geringfügig gewesen, der in der Kopfhaut allerdings tiefer. Er hatte die Haarwurzeln in Mitleidenschaft gezogen: An der Stelle wuchs nun ein dünner Streifen, so schmal wie ein Messerrücken, weiß heraus. Die Ärzte meinten, er würde möglicherweise nie mehr schwarz werden.

Doch ihr wirkliches Problem war Harper.

Nachdem sie Judge erschossen hatte, hatte sie sich umgedreht und im Licht von Judges Taschenlampe Harper auf sich zukriechen sehen. Er hatte ihr helfen wollen, alarmiert von ihren Hilferufen. Als sich dann jedoch herausstellte, daß Anna damit Judge nur in die Falle gelockt hatte – und als sie den Revolver in Judges Kopf leergeschossen hatte –, da hatte sich etwas zwischen ihnen verändert.

Harper sagte zwar, daß er sie liebe. Aber er kam nicht

mehr zu ihr. Anna spürte, daß er ihr auswich. Sie drängte ihn, wollte mit ihm darüber reden. Aber nur einmal brachte sie ihn soweit, nach einem Dinner mit zwei Martinis vorneweg. Dabei erwähnte er den Ausdruck ihres Gesichts, als sie die beiden letzten Schüsse auf Judge abgab.

Und da wurde Anna klar, daß sie ihm angst gemacht hatte. Ungewollt natürlich, aber es war einmal passiert.

Die Dentisten halfen dabei, das Boot klar Schiff zu machen, und verabschiedeten sich anschließend.

»Gehen wir noch auf ein Bier?« fragte Anna.

»Ich hoffe, ja«, antwortete Glass. »Mein Hals ist staubtrocken.«

»Wann läßt er dich denn mal an die Pinne?« erkundigte sich Anna.

»Na ja, endgültig ist da noch nichts entschieden. Aber ich könnte mir denken, nächste Woche bei der ›Beer-Can‹-Regatta.«

Hinter ihr stand Creek und rollte mit den Augen. »Creek«, sagte Glass.

»Ja?«

»Ich habe gespürt, wie du mit den Augen rollst.«

»Ach, du meine Güte«, stöhnte Creek.

Sie gingen die Straße hinunter in ein Restaurant. Dort stießen sie an der Bar und im Speiseraum auf noch zwei Dutzend Regatta-Teilnehmer. Anna bestellte einen Cheeseburger und eine Coke, Creek und Glass orderten zwei Gläser Bier. Nach einer Weile kamen Creek und Anna auf den nächsten Abend zu sprechen. In vierundzwanzig Stunden würden sie wieder auf der Straße sein.

»Womit wir anfangen sollten«, meinte Creek, »ist die Suche nach mehr attraktiven Stoffen. Ist doch klar, daß wir nicht täglich so eine perfekt inszenierte Geschichte vorgesetzt bekommen – als Futter für die Kameras.«

»Ach komm, Creek, du weißt doch genau, daß wir nicht die ganze Zeit Sachen verkaufen können, die...«

»Weil wir uns eben nicht auf die Tricks und Kniffe konzentrieren. Man muß nur den richtigen Dreh bei etwas finden.«

»Ich glaube, da ruft mich jemand«, erklärte Glass nach einer Weile. Sie nahm ihr Bierglas und ging zu einem anderen mit Segelfreunden besetzten Tisch, von einem Chor von »Heys« begrüßt.

»Sie kommt gut mit ihnen aus«, stellte Anna fest und sah ihr nach.

»Weil sie auf Machos steht«, entgegnete Creek. »Du solltest sie mal draußen auf dem Vorderdeck sehen. Am Vorsegel arbeitet sie perfekt, hat es immer voll im Wind... sie wird ein guter Vorschotmann, und den Spinnaker hat sie auch optimal im Griff.«

»Und was meint sie zu deinen schwulen Dentisten?«

»Ach, sie war ein bißchen mißtrauisch. Du weißt ja, sie ist ein bißchen etepetete. Aber diese Burschen sind derart gemein, daß sie gar nicht anders kann, als sie gern zu haben.«

Creek lachte, und das klang so glücklich, daß Anna in sein Lachen einstimmte und prophezeite: »Mein Gott, Creek, als nächstes suchst du für sie noch ein paar passende Penner aus, die ihr Gesellschaft leisten.«

»Das nun gerade nicht«, erwiderte er und sah zu Pam hinüber, wandte sich dann wieder an Anna und fragte mit gedämpfter Stimme: »Wie läuft es mit Jake?«

»Ach, Mensch«, seufzte Anna. Das Lächeln verschwand aus ihrem Gesicht. Es kamen keine Tränen nach, aber ihr Kinn zitterte, und sie schob die Brille hoch. »Es ist einfach... Mein Gott, ich weiß auch nicht.«

»Du liebst ihn noch immer?«

»Ich weiß nicht einmal mehr, ob ich das je getan habe«, gestand sie. »Ich glaube allerdings, es könnte wirklich so gewesen sein. Aber wir hatten nie eine echte Chance.«

»Ach wo, er fängt sich schon wieder.« Creek trank einen Schluck Corona, ließ den Blick aber nicht von Anna.

Sie schüttelte den Kopf. »Weißt du was, Creek? Harper kommt nicht wieder. Gerade er nicht.«

»Das tut mir leid, Anna.«

»Mann, es gab nur zwei Kerle in meinem ganzen Leben, bei denen es mir so gegangen ist«, sagte sie und bemühte sich um ein Lächeln. »Na ja, zumindest weiß ich, daß ich bei einem Mann zu so einem Gefühl überhaupt fähig bin.«

»Hmm.« Creek blickte aus dem Fenster zum Hafen und dem Wald von Masten, die auf das Meer warteten.

Später am selben Abend saß Creek, während Glass schon schlief, in seinem vollgestopften Wohnzimmer und las Conan Doyles *Sherlock Holmes and the Red Demon.* Er schlug die letzte Seite um, seufzte, legte das Buch weg und stand auf. Dachte an ein Bier, ließ den Gedanken wieder fallen. Schließlich zog er ein Sweatshirt an und verließ das Haus, leise, um Glass nicht zu stören.

Er verließ mit seinem Ford-Pick-up den Hafen in Richtung San Diego Freeway, bog ab in den Wilshire Boulevard und ließ die UCLA links liegen.

Der Apartment-Komplex lag gleich drüben am Westwood, einer dieser glitzernden Glastürme an der Südseite der Straße. Er und die Night-Crew kannten die meisten größeren Wohnkomplexe in L. A. – reiche Leute starben da ihren sauberen Tod. Aber selbst wenn er ihn nicht durch die Night-Crew gekannt hätte, hätte er ihn doch nicht verfehlt: In der letzten Woche war er hier nämlich ein dutzendmal herumgekurvt, hatte es aber nie geschafft anzuhalten.

Diesmal allerdings tat er es und schritt durch die kühle Nacht über den Parkplatz.

Apartment 976. Nach der Eingangstür kam noch eine Tür, und zwischen beiden warteten in Reihen die Briefkästen aus Messing. Er fand die Nummer 976, starrte sie lange zehn Sekunden an, schüttelte den Kopf und drückte den Klingelknopf.

Nach fünf Sekunden meldete sich eine männliche Stimme, ein Bariton, der Stimme von Judge nicht unähnlich.

»Ja, bitte?«

»Mein Name ist Creek«, sagte er. »Spreche ich mit Clark?«

»Ja. Und?«

»Ich komme, weil ich mit Ihnen über eine Frau sprechen möchte«, entgegnete Creek.